dtv

Auf dem Weg von Nizza nach Frankfurt verschwindet ein Flugzeug spurlos vom Radar. Wenig später werden Teile des Wracks vor der Küste Montenegros gefunden, doch von den Passagieren fehlt jede Spur. Mit an Bord der Maschine war die Malerin Tina Carabella – auf dem Weg zu ihrer Hochzeit ... Auf der Suche nach seiner Verlobten reist der deutsche Hirnforscher Christian Brück sofort nach Montenegro. Eine Videokassette, aufgenommen wenige Minuten vor dem Unglück, wird ihm in die Hände gespielt. Sie liefert den ersten Hinweis auf ein ungeheuerliches Geschehen. Jemand will diese Kassette um jeden Preis in seinen Besitz bringen – um sie zu vernichten. Wem kann Christian noch vertrauen? Was hat Tina mit der ganzen Sache zu tun? Und: wer ist eigentlich seine Braut?

»Der beste Thriller, der je in Finnland erschienen ist.« (Savan Sanomat)

*Ilkka Remes* ist der meistgelesene Autor in Finnland. Sein Name ist Garant für hochkarätige Spannungsliteratur von internationalem Format. Seine Bücher erscheinen in Deutschland bei dtv. Weitere Informationen unter www.ilkka-remes.de

ILKKA
REMES

# HOCHZEITSFLUG

Thriller

Aus dem Finnischen
von Stefan Moster

Deutscher Taschenbuch Verlag

www.ilkka-remes.de

Deutsche Erstausgabe
Februar 2009
Deutscher Taschenbuch Verlag GmbH & Co. KG,
München
www.dtv.de

Titel der finnischen Originalausgabe: ›Uhrilento‹
(Werner Söderström, Helsinki 2001)
Der Text wurde vom Autor für die deutsche Ausgabe überarbeitet.

Umschlagkonzept: Balk & Brumshagen
Umschlagfotos: gettyimages und shutterstock
Satz: Fotosatz Reinhard Amann, Aichstetten
Gesetzt aus der Aldus 10/11,75
Druck und Bindung: Druckerei C. H. Beck, Nördlingen
Gedruckt auf säurefreiem, chlorfrei gebleichtem Papier
Printed in Germany · ISBN 978-3-423-21117-8

# Oktober 2000

# ERSTER TEIL

# 1

Allein der Anblick des Flugtickets brachte Christians Herz zum Pochen. Er hatte keine Angst vorm Fliegen, er mochte es einfach nicht, versuchte er sich einzureden. Er schob das Ticket Nizza–Frankfurt zurück in sein Notizbuch und sah dabei auf das Foto von Tina unter der Plastikhülle im Inneneinband. Hier war der zweite Grund für sein pochendes Herz. Wenn er den Flug überstanden hatte, wartete eine Belohnung auf ihn.

Vorläufig befand sich Christian aber noch in seinem Büro in der Produktentwicklungsabteilung von IC-Pharma in Sophia Antipolis, dem großen Technologie- und Wissenschaftspark an der Côte d'Azur. Er trat an ein Regal, das vor Ordnern und Büchern überquoll, nahm diverse Unterlagen zum Thema Nervenwachstumsfaktor heraus und warf sie auf die Couch. Auf seine Hochzeitsreise wollte er nicht allzu viel Arbeit mitnehmen.

Das Telefon auf seinem Schreibtisch läutete.

»Brian hier«, sagte eine aufgeregte Stimme. »Alarm in der Drei. Anaphylaktischer Schock.«

Christian riss die Tür auf und rannte so schnell er konnte den Gang entlang. Entschlossen schob er die Kennkarte, die um seinen Hals hing, in den Schlitz neben der Tür zu Labor 3 und drückte den Notschalter. Die elektrische Tür blieb hinter ihm offen, darüber blinkte ein rotes Licht im Takt einer ohrenbetäubend heulenden Sirene.

Die Menschen in den weißen Kitteln, die sich vor der Tür zum PET-Labor drängten, traten zur Seite, und Christian eilte in den kühl klimatisierten und von Laborlampen erleuchteten Raum. Auf der Vorbereitungsliege des Gehirntomographen lag regungslos ein Mann mit langen Haaren. Es war derselbe Mann, dem Christian einige Stunden zuvor versichert hatte, die Tomographie würde nicht die geringste Gefahr mit sich bringen.

»Was ist passiert?«, fragte Christian atemlos und beugte sich über den Patienten.

»Ich habe seine Kopfhaut gereinigt«, antwortete Brian.

»Womit?«

»Chlorhexidin.«

Der Mann hatte einen schwachen Puls, aber er atmete. Christian riss die Verpackung einer Einwegspritze auf und nahm eine Adrenalinampulle aus dem Erste-Hilfe-Koffer.

»Blutdruck«, sagte er zu seinem Forschungsassistenten, während er einen Milliliter Adrenalin mit der Spritze aufzog. Der magere Arm des Patienten war voller Einstiche. Christian suchte eine Vene, fand aber keine. Die Haut fühlte sich feuchtkalt an, die Peripherie der Vene war zu. Christian musste gegen aufsteigende Panik ankämpfen.

»Ich bekomme keinen Venenkontakt«, sagte er so ruhig er konnte und nahm erneut eine Adrenalinampulle zur Hand. »Ich werde es intramuskulär versuchen. Schulter frei machen.«

Mit leicht zitternden Händen zog Christian zwei weitere Milliliter Adrenalin auf. Er war kein Notarzt, er war Wissenschaftler. Der Assistent schnitt dem Patienten das Hemd auf.

»Blutdruck sinkt. Siebenundachtzig zu sechsundvierzig.«

Mit einem energischen Stich in den Bizeps des Patienten injizierte Christian das Adrenalin. »Ringer-Infusion«, sagte er zum Assistenten.

Man hörte ein Poltern auf dem Gang, und gleich darauf wurde ein Bett ins Labor geschoben. Nachdem der Patient umgebettet worden war, wurde er zum Seitenausgang befördert. Christian begleitete ihn und sah, dass der Mann ein schmales Lederband mit einem roten Kreuz als Anhänger um den dünnen, sehnigen Hals trug.

Mit Blaulicht fuhr der Krankenwagen rückwärts an die Tür heran. Eine jungenhaft wirkende Frau mittleren Alters in weißer Jacke sprang heraus und zog im Gehen Latexhandschuhe an.

»Anaphylaktischer Schock«, sagte Christian zu der Notärztin mit einem leichten Zittern in der Stimme. »Offensichtlich durch das Chlorhexidin, mit dem die Haut für die Befestigung der Elektroden gereinigt worden ist. Er wurde für ein PET vorbereitet ... Ich habe ihm drei Milliliter Adrenalin und eine Ringer-Infusion gegeben.«

Die Frau sah sich die Einstiche am Arm des Patienten an, während die Sanitäter ihn einluden. »Drogensüchtig?«

»Er nimmt als freiwilliger Proband an einer pharmazeutischen Versuchsreihe teil.«

»Was untersuchen Sie?«

Christian machte eine Kopfbewegung zu den Handschuhen der Frau. »Ich würde Ihnen empfehlen, auf Latex zu verzichten. Kann sein, dass er auch dagegen überempfindlich reagiert. Haben Sie Vinylhandschuhe?«

»Nein. Aber ich werde vorsichtig sein.«

»Das reicht nicht.«

Die Frau sah Christian gereizt an, aber er störte sich nicht daran. »Brian, geh Vinylhandschuhe holen!«

»Ich benutze kein Vinyl«, sagte die Notärztin und stieg zu dem Patienten in den Krankenwagen.

»Statistisch gesehen ist es wahrscheinlicher, dass er auf Latex reagiert als auf Chlorhexidin.«

»Zerbrechen Sie sich meinetwegen den Kopf über Statistiken, ich werde mich jetzt um den Patienten kümmern«, erwiderte die Frau und nahm das Blutdruckmessgerät aus der Halterung.

»Ich gehe bei meinen Probanden nicht das geringste Risiko ein. Bitte wechseln Sie die Handschuhe.«

Brian kam mit einer Packung Vinylhandschuhe zurück. Christian hielt sie der Ärztin hin, sie musterte ihn finster und griff widerwillig nach der Packung.

»Mit wem habe ich die Ehre?«, fragte Christian. »Und wie kann ich Sie erreichen?«

»Die Nummer steht an der Tür«, sagte die Frau kurz angebunden.

Der Fahrer machte die Wagentür zu, und Christian merkte, dass er die aufgemalte Telefonnummer anstarrte, die sich nun mit dem Krankenwagen entfernte.

»Schreib die Nummer auf«, sagte er zu Brian, der sogleich nach einem Stift in seiner Tasche tastete, während Christian ins Gebäude zurückging.

Kurz darauf holte ihn Brian auf dem Gang ein. »Ich habe die Nummer nicht komplett aufschreiben können ...«

»726 4041«, sagte Christian, ohne die Schritte zu verlangsamen.

Er ging in sein Büro, warf die Tür hinter sich zu und ließ sich mit zitternden Muskeln auf die Couch fallen. Er kniff die Augen zu und sah vor sich eine Bushaltestelle in Heidelberg. Sie war voller Blut. Christian atmete tief durch, um die Erinnerung zurückzudrängen, und stand auf. Aus der untersten Schreibtischschublade nahm er eine Schachtel mit Büroklammern heraus, tastete darin nach einer Tablette und schluckte sie ohne Wasser.

Ein Geiger pflegt und stimmt sein Instrument, damit es so klingt, wie er es will. Christians Instrument war das Gehirn. Ein dunkler Fleck in den verborgenen Tiefen von Neuronen und Synapsen glich der verstimmten Saite einer Violine. Beides musste in Ordnung gebracht werden.

Christian sah auf die Uhr und beschloss, eine verlängerte Mittagspause einzulegen. Er wollte so schnell wie möglich bei Tina sein.

# 2

Vom üppigen Grün reflektiertes Licht flutete in das hohe Zimmer des alten Hauses, das gerade renoviert wurde.

Christian stieß die Fensterläden ganz auf und blickte in den verwilderten Garten, der ihn endgültig davon überzeugt hatte, das Haus zu kaufen. Eigentlich war Mougins, ein kleines Städtchen unweit von Cannes, eine viel zu teure Gegend, aber für Reue war es jetzt zu spät.

Tina kam mit einem Tablett aus der Küche.

»Ihr Dessert, Doktor Brück«, sagte sie und küsste Christian auf die Wange. »Möchten Sie, dass Ihnen das Mittagessen von nun an immer so serviert wird?«

»Du brauchst gar nicht erst zu versuchen, mich zu besänftigen.« Mürrisch fing Christian an, sein Eis zu löffeln.

Tina nahm ihm gegenüber Platz. »Es tut mir leid.«

»Ich verstehe einfach nicht, warum du schon morgen fliegen musst. Zwei Tage vor der Hochzeit. Kann der Galerist nicht ...«

»Er fährt für drei Wochen nach Chile. Du willst doch nicht im Ernst, dass ich diese Chance aufs Spiel setze?«

»Natürlich nicht. Ich möchte bloß keinen einzigen Tag von dir getrennt sein.«

In Tinas Augen lag ein seltsam trauriger Blick, der durch die leichten dunklen Grübchen unter den Augen noch betont wurde. An den Augenwinkeln waren winzige Fältchen zu sehen, aber sonst deutete nichts auf ihr Alter hin. Sie hätte ebenso gut einundzwanzig oder einunddreißig sein können. Vom Aussehen her konnte man sie für eine Italienerin halten, doch wenn sie sprach, verriet sie ihr amerikanischer Akzent.

Christian nahm ihre Hand. »Weißt du«, flüsterte er. »Du machst mich verrückt. Seit dem Tag, an dem ich dich zum ersten Mal gesehen habe, bin ich verrückt nach dir. Ich hätte nie geglaubt, dass mir so etwas passieren könnte.«

»Hab ein bisschen Geduld«, sagte Tina und stand auf. »Nur zwei Tage, dann gehöre ich für immer dir.«

Christian schaute zu, wie sie in ihrem dünnen, mädchenhaften Kleid das Zimmer verließ.

Tina betrat das Schlafzimmer und blickte aus dem offenen Fenster und durch blühende Ranken hindurch auf die Reihe der Birnbäume, über denen sich ein klarer blauer Himmel wölbte. Sie ließ ihr Gesicht von den Sonnenstrahlen liebkosen, dann richtete sie den Blick auf das Brautkleid, das zusammengefaltet auf der Kommode lag.

Im selben Moment zog sie ihr Sommerkleid aus und warf es aufs Bett. Sie nahm das Brautkleid, hielt es vor ihren nackten Körper, trat vor den verzierten, ovalen Spiegel und betrachtete sich darin.

Plötzlich bemerkte sie im Spiegel eine Bewegung hinter sich. Am Fenster stand ein schwarz gekleideter Mann mit Locken und starrte sie an.

Sie drehte sich um und erwiderte regungslos und ohne eine Miene zu verziehen seinen Blick.

»Tina«, rief Christian aus der Küche. Seine Schritte näherten sich auf dem Steinfußboden.

»Ja, Liebling«, antwortete sie und schaute dabei dem Mann am Fenster unverwandt in die Augen.

»Brian hat angerufen«, sagte Christian aus der Nähe.

Der Mann verschwand ebenso lautlos vom Fenster, wie er aufgetaucht war.

»Im Labor herrscht völliges Chaos. Ich muss sofort los.«

Als er Tinas nackten Körper hinter dem Brautkleid sah, hielt Christian inne.

Tina drehte sich vor dem Spiegel und näherte sich ihm.

»Schade.« Sie legte ihm die Arme um den Hals, worauf das Kleid zu Boden fiel. Sie küsste Christian lange, bis er sich aus ihrem Griff befreite.

»Ich muss gehen. Brian klang seltsam.«

Tina zog sich den Morgenmantel über und folgte Christian an die Haustür. »Wie lange bist du weg?«

»Ich weiß nicht.«

Christian trat in den von Blumen und Sträuchern eingefassten Hof. Dort stand sein staubiger Citroën, der noch aus den 60er Jahren stammte.

»Ich ruf dich an«, rief er, als er in den Wagen stieg.

»Ich gehe zu Yvette. Es kann spät werden.«

Nachdem der Citroën die Einfahrt verlassen hatte und auf der von Mimosen gesäumten Straße verschwunden war, kam der Mann mit den Locken um die Hausecke.

Tina drehte sich zu ihm um. »Jacob, tu das nie wieder«, sagte sie leise. »Er hätte dich sehen können.«

Jacob nahm Tina in die Arme, küsste sie und flüsterte: »Lass uns gehen.«

# 3

An Springbrunnen und Steingarten vorbei eilte Christian neben Brian auf die neue glänzende Glas- und Aluminiumfassade des Bürogebäudes von IC-Pharma zu.

»Tina fliegt schon morgen«, sagte Christian. »Ich komme übermorgen nach.«

»Hättet ihr eure Hochzeit hier organisiert und nicht in Deutschland, hätte ich auch kommen können.«

»Hast du in der Klinik angerufen?«

»Er ist okay. Ich würde mir mehr Sorgen wegen der Sitzung machen als wegen ihm. Hoffentlich treffen die Gerüchte nicht zu.«

»Gerüchte sind Gerüchte«, schnaubte Christian, seine Bedenken überspielend. Die Leitung des Pharmaprojekts ANTI, das auf die Entwicklung eines Medikamentes zur Behandlung von Drogenabhängigkeit abzielte, hatte in der letzten Zeit zig Krisensitzungen abgehalten. Dabei hatte Christian mit ansehen müssen, wie er mit seinen Ansichten immer mehr in die Opposition geriet. Und das, obwohl er den neurobiologischen Teil der Anti Narcotic Treatments Initiative verkörperte.

»Die Frage ist, ob IC-Pharma unendlich viel Geduld hat«, meinte Brian. »Und entsprechend viel Geld in der Kiste.«

Die exakt geschnittenen Zypressen und die weißen, kugelförmigen Hofleuchten spiegelten sich in der Glastür, die sich vor Christian und Brian automatisch öffnete.

»Wir sind näher am Durchbruch als irgendwer sonst auf diesem Planeten«, sagte Christian.

»Du kannst aber auch nicht abstreiten, dass die Resultate des Nervenwachstumsfaktors eine Überraschung für uns waren …«

»Es sind lediglich einige weitere Untersuchungen erforderlich, was zu einer kleinen Verzögerung führt.« Christian wedelte mit seiner Kontrollkarte über den Scanner, und eine Tür öffnete sich.

Brian ging ins Labor und Christian zum Aufzug, der ihn zum Besprechungszimmer der Führungsgruppe in der obersten Etage brachte. Als er dort eintraf, erschrak er.

An dem langen, blank polierten Verhandlungstisch saßen in dunklen Anzügen die Vorstandsmitglieder, die vom Hauptsitz des Konzerns angereist waren. Das gedämpfte Gespräch brach ab, als er den Raum betrat. Die Blicke der Männer waren ausweichend.

Christian spürte, wie sich seine Wangen röteten, als er am Kopfende des Tisches einen Mann mit grauen Schläfen sah, den er aus der Zeitung und aus dem Jahresbericht der Firma kannte: Konrad Gladbach, der Vorstandsvorsitzende von IC-Pharma. *Was ging hier vor?*

Der Leiter der Produktentwicklung stand auf. »Darf ich vorstellen: Doktor Brück, Leiter des ANTI-Projekts.«

Die Männer nickten billigend, aber die Stimmung war angespannt. Man bedeutete Christian, sich zu setzen.

»Ich habe viel von Ihnen gehört, Doktor Brück. Auch wenn wir uns bisher nicht persönlich begegnet sind, so habe ich doch meine Augen und Ohren überall, wo unser Unternehmen sich für die Entwicklung immer besserer und wirkungsvollerer Medikamente ins Zeug legt«, sagte der Vorstandsvorsitzende mit maliziösem Lächeln.

Das verhieß nichts Gutes.

»Sie haben sich als ausgesprochen begabter und fleißiger Forscher erwiesen. Männer wie Sie braucht IC-Pharma. Sie haben Ihre Aufgabe in einem Projekt, das zu den wichtigsten unseres Unternehmens gehört, beispielhaft erfüllt, Doktor Brück.«

War das vielleicht doch eine Art Preisverleihung, blitzte es in Christians Kopf auf. Er nickte verdutzt und zwang sich zu einem Lächeln.

»Leider muss ich Ihnen dennoch mitteilen, dass der Vorstand nach genauer Analyse beschlossen hat, das ANTI-Projekt einzustellen.«

Christian starrte den Vorstandsvorsitzenden ungläubig an. Dieser fuhr fort: »Der Markt für ein gehirnchemisches Medikament zur Drogenentwöhnung ist astronomisch. Leider sind das auch die Aufwendungen, die dafür benötigt werden. Wegen des Nervenwachstumsfaktors muss mit einem Teil der In-vitro-Forschungen noch einmal bei null angefangen werden.«

Christian war nicht fähig, den Mund aufzumachen.

»Doktor Brück, die Basis unseres Unternehmens ist der *shareholder value*«, sprach der Vorstandsvorsitzende weiter, als reagierte er auf Christians stummen Einwand. »Das Wort der Aktionäre ist für uns Gesetz. Und bei IC-Pharma laufen mehrere anspruchsvolle Vorhaben an, bei denen wir den Einsatz von Ihnen und den erfahrensten Forschern Ihres Teams benötigen.«

Christian befeuchtete seine trockenen Lippen. »Wollen Sie damit sagen, dass ich den weniger erfahrenen Mitarbeitern die Tür weisen und die erfahrenen überreden soll, bei IC-Pharma zu bleiben?«

Rasch ergriff der Leiter der Produktentwicklung das Wort. »Doktor Brück ist verständlicherweise erschüttert, vielleicht ist es besser, wenn wir ihm Zeit geben, das Gehörte erst einmal zu verdauen.«

»Das Personal ist das wichtigste Kapital unseres Unternehmens«, sagte Gladbach so gefühllos, als redete er über das Wetter, aber Christian hörte ihm nicht weiter zu, sondern stand auf und verließ wortlos den Raum.

Weit hinter dem Zypressenhain schimmerte im Licht der untergehenden Sonne purpurrot das Mittelmeer. Tina Carabella blickte schockiert auf den blassen jungen Mann, der schwer atmend auf dem Boden lag. Lange Haare, dichte Augenbrauen, magerer Körper. Festgezogene Nylonschnüre scheuerten an seinen knochigen Hand- und Fußgelenken. Um Tina herum saßen vier Männer und Frauen.

Sie sah, wie Jacob den Kassettenrecorder anschaltete.

»*Tina* ...« Die Worte, die von dem rauschenden Band kamen, ließen sie jedes Mal zusammenzucken. Die Stimme der Toten war klar, aber kraftlos, wie die einer Fieberpatientin, die im Schlaf redete: »*Ich weiß, dass du alles versucht hast* ...«

»Das habe ich nicht«, sagte Tina heiser. Die anderen im Kreis schwiegen. »Es hätte noch etwas geben können, das ...«

»*Mach dir keine Vorwürfe.*« Die Stimme wurde schwächer.

»Julia ...«, murmelte Tina gequält.

»*Nur ich bin schuld. Vergiss das nicht* ...«

Julias letztes Flüstern verhallte auf der Kassette, aber Tinas Puls hämmerte weiter.

Jacob schaltete den Recorder aus und sagte mit erregter, dünner Stimme zu dem gefesselten jungen Mann: »Willst du Julia Gesellschaft leisten?«

»Lasst mich in Ruhe«, fauchte der Junge. »Lasst mich gehen!«

»In Freiheit wirst du sterben. Nur in Gefangenschaft kannst du leben.«

Tina schluckte und warf einen Blick auf Jacob. In dessen entschlossenen Augen glänzte ein Tränenfilm.

»Lass zu, dass wir dir helfen«, fuhr Jacob fort.

»Ihr seid verrückt!«, schrie der Junge.

Die Sitzung war zu Ende, und der junge Mann wurde zurück ins Haus gebracht. Tina beugte sich nach vorne, um die Kassette mit Julias letzten Worten aus dem Recorder zu nehmen.

»Ist das … unbedingt notwendig?«, fragte sie.

»Willst du darüber entscheiden, was der Neue Morgen tut?«, fragte Jacob kühl zurück.

»Verzeihung.«

Tina folgte Jacob zu dem Renault, der im Schatten der Bäume geparkt war, und setzte sich auf den Beifahrersitz. Jacob nahm hinter dem Steuer Platz und schlang einen Arm um sie. Sie spürte seinen Atem an ihrem Ohr.

»Komm mit zu mir«, flüsterte er.

»Nein, ich muss meine Sachen für den Flug packen. Morgen ist ein wichtiger Tag.«

»Wirst du es können?«

»Na klar.« Tina versuchte ihre Stimme unter Kontrolle zu halten, aber das war aussichtslos. Sie drückte Jacob an sich. »Ich werde an dich denken«, sagte sie sicherheitshalber.

»Sieht der Deutsche deiner Meinung nach … gut aus?«, fragte Jacob, als er sich von Tina löste.

»Ja.«

»Du willst mich nur ärgern.«

Tina zwang sich zu einem Lächeln. »Groß und breitschultrig. Ein Traum von einem Bräutigam.«

Jacob ließ den Wagen an. »Wenn du so etwas sagst, sehe ich mich geradezu gezwungen, dich mit zu mir zu nehmen.«

Christian ging unruhig durch den dunklen, warmen Garten, in den schwaches Licht aus den hohen Fenstern fiel. Wo blieb Tina nur? Er war eifersüchtig auf ihre Künstlerfreunde – zumal sie ihm nie vorgestellt worden waren.

Er hatte lange mit Brian telefoniert und sich mit ihm über die katastrophale Situation bei IC-Pharma ausgetauscht.

Jetzt würde alles von vorne beginnen. Eine neue Arbeit, vielleicht auch ein neues Land. Und eine Ehefrau.

Eine Ehefrau … Christian spürte eine ganz neue Verantwortung. Eine angenehme Verantwortung, die ein wenig die Niedergeschlagenheit und die Wut linderte, die die Einstellung des Projekts hervorgerufen hatte. Die Vorstellung, eine Familie zu gründen, verwirrte ihn auf sanfte, warme Art. Sara und er hatten das Kinderkriegen unter verschiedenen Vorwänden immer wieder aufgeschoben, aber jetzt wusste Christian, dass er dazu bereit war. Tina war die Frau, mit der er sein Leben teilen wollte.

Er ging ins Schlafzimmer und zog sein Hemd aus. Vor dem Spiegel betrachtete er sich mit ganz neuen Augen. Der gebräunte Brustkorb war vom Schwimmen straff, aber an den Bauchmuskeln könnte er arbeiten. Jetzt hätte er endlich Zeit, ins Fitnessstudio zu gehen. Er suggerierte sich positive Gedanken. Tina sollte ihm nichts anmerken, jedenfalls nicht vor der Hochzeit.

Er schaute auf das Brautkleid, das auf einem Bügel am Schrank hing. An der Wand daneben lehnte ein unfertiges Gemälde, das eine schwarze Sonnenblume zeigte und das Christian nicht mochte.

Er hörte ein Motorengeräusch vor dem Haus und eilte zur Tür. Tina kam ihm bereits entgegen.

»Endlich«, sagte Christian, ohne seinen Ärger ganz verbergen zu können. »Bist du mit dem Taxi gekommen? Ich hätte dich abholen können.«

»Yvette hat mich gebracht.« Seltsam zurückhaltend ging Tina an ihm vorbei ins Haus.

»Gehen wir essen?«, fragte Christian.

»Nein, ich werde packen. Morgen muss ich früh los.«

»Ich auch. In der Firma geht es gerade drunter und drüber, ich muss zeitig da sein.«

»Ich kann ein Taxi nehmen, mach dir keine Gedanken.«

»Nein, natürlich fahre ich dich zuerst zum Flughafen.«

»Wie kommt euer Projekt voran?«

»Reden wir nicht von der Arbeit.« Christian gab sich Mühe, munter zu klingen. Er würde sich am nächsten Morgen noch vor der Arbeit mit Brian in der Stadt treffen. Brian hatte gute Beziehungen zu seinem ehemaligen Arbeitgeber GenSoft, wo es auch für jemanden wie Christian Arbeit geben könnte. Aber bei dem auf Eis gelegten ANTI-Projekt ging es für ihn nicht bloß um ein Projekt unter vielen anderen, dem er sich einige Jahre mit vollem Einsatz gewidmet hatte, sondern um wesentlich mehr.

# 4

Auf dem Flughafen Nizza blickte Tina auf den Monitor an ihrem Abfluggate: RG213 NICE–FRANKFURT. Dann sah sie wieder auf die Uhr; ihre Nervosität konnte sie nur mit Mühe verbergen.

Christian hatte sie vor dem Terminal abgesetzt, und es war ihr schwergefallen, ihre Emotionen unter Kontrolle zu halten. Der Flirt, zu dem sie vor Monaten gezwungen gewesen war, hatte zu Verliebtheit geführt und sich schließlich in Liebe verwandelt. Ob Jacob das bemerkt hatte?

Tina wusste, dass sie ein irrsinniges Risiko einging. Als junges Mädchen in Michigan hatte sie von Europa geträumt, vom Mittelmeer, vom lockeren Leben im Schatten von Olivenbäumen. Und jetzt, da es Wirklichkeit geworden war, offenbarte es sich als die Hölle und nicht als Paradies.

Der Wartebereich war überfüllt, denn er wurde mit den Reisenden von zwei weiteren Gates geteilt. Auf einem großen Fernsehschirm lief ein Asterix-Zeichentrickfilm. Die Kinder und ein paar Erwachsene schauten hin, weil sie nichts Besseres zu tun hatten. Tina lehnte sich ans Geländer und sah zu, wie die Maschine startklar gemacht wurde. Wäre Christian bei ihr gewesen, hätte er garantiert in der Arbeit der Mechaniker Anlass zur Besorgnis gesehen: weil sie die Reifen des Fahrwerks genauer als üblich in Augenschein nahmen und die Mechanismen der Tragflächen unendlich lang testeten.

Tina sah sich das in der Sonne glänzende Flugzeug genauer an. Auf dem silbernen Rumpf stand in riesigen Buchstaben »Regus Air«. Von Zeit zu Zeit warf sie einen verstohlenen Blick auf Jacob, der nicht weit von ihr entfernt in einer gläsernen Telefonzelle stand. Er trug ein schwarzes Polohemd und einen schwarzen Anzug. Den Griff seines Koffers hielt er fest umklammert, und ihr fiel auf, wie er sich ständig nach den anderen Reisenden umsah. Sein hektischer, argwöhnischer Blick verursachte einen eisigen Druck in Tinas Brust. War etwas Unerwartetes passiert?

Es knackte in den Lautsprechern. »*Votre attention, s'il vous plaît … Eine Information für die Passagiere des Air-Regus-Flugs RG213 von Nizza nach Frankfurt. Aus technischen Gründen wird sich der Abflug der Maschine leider verzögern …*«

Unter Tinas Enttäuschung mischte sich ein Hauch von Belustigung. Diesmal hätte Christian das Verhalten der Mechaniker nicht falsch gedeutet. Ein entrüsteter Geschäftsmann schlug mit der zusammengefalteten Zeitung gegen sein Knie und ließ sich fluchend wieder auf seinen Sitz fallen.

Tina sah erneut zu Jacob hinüber. Oberflächlich betrachtet wirkte er ebenso frustriert und verärgert wie die übrigen Fluggäste, aber Tina erkannte die Panik, die hinter den aufgeregt umherspähenden Augen aufkeimte.

Vom Mittelmeer her wehte bereits ein warmer Wind, obwohl es noch nicht einmal acht Uhr morgens war. Christian ging in Cannes durch die Rue Macé zu seinem Lieblingscafé. Bei einer Tasse Kaffee würde er mit Brian weiter über die Lage bei IC-Pharma sprechen.

Er fluchte innerlich, als er unvermutet seine einstige Verlobte in Shorts und hautengem Oberteil in Richtung Strand joggen sah. Sie kam direkt auf ihn zu. Was machte

Sara hier, und dann auch noch um diese Zeit? Sie war doch früher nicht in aller Herrgottsfrühe gelaufen. Und auch nicht diese Strecke. Und warum in einem so knappen, engen Sportdress?

Sara blieb vor ihm stehen und sagte Hallo. Christian wäre am liebsten weitergegangen.

»Wie geht's?«, fragte er so neutral wie möglich. In Saras Erscheinungsbild vereinigten sich harmonisch die bescheidene Meeresarchäologin, die sportliche Taucherin und die Frau, die mit dem Blick ihrer braunen Augen Christian einst zum Schmelzen gebracht hatte.

»Ganz gut«, sagte Sara mit einem Lächeln.

»Dass du schon so früh am Morgen joggst …«

»Gehört zu meinem neuen Lebensstil. Morgens laufen, abends schwimmen, Fitnessstudio oder Aerobic.«

»Ich bin beeindruckt. Du warst ja schon immer in Hochform, aber jetzt … siehst du noch besser aus.«

»Du siehst auch nicht schlecht aus.«

»Hör auf …«

»Christian.« Sara wurde plötzlich ernst. »Ich habe nachgedacht. Ich meine, gründlich …«

In dem Moment klingelte Christians Handy.

»*Hi, it's me*«, drang Tinas Stimme aus dem Telefon.

Christian wandte Sara den Rücken zu. Eine Vespa schnurrte an ihnen vorbei.

»*Der Abflug verzögert sich, die Maschine hat irgendeinen technischen Defekt*«, sagte Tina mit einem Hauch von Nervosität in der Stimme. »*Ich wechsle zu Lufthansa. Die ist am Mittag in Frankfurt.*«

»Gut, tu das. Wir telefonieren später.«

Christian war seltsam beunruhigt, er wusste nicht, warum. Tina wollte nicht mit einer Maschine fliegen, die vor dem Start repariert werden musste.

»War das deine Tina?«, fragte Sara giftig.

»Was willst du?«

Sara trat so dicht an ihn heran, dass sie sich fast berührten. Sie waren exakt gleich groß.

»Kannst du ... kannst du es dir nicht noch einmal überlegen?«, flüsterte sie. Auf einmal lagen Trauer und Bekümmerung auf ihrem Gesicht. Mit dem Finger berührte sie Christians Kinn.

»Mach dich nicht lächerlich.« Christian konnte sich nur mit Mühe beherrschen. »Du hast offenbar vergessen, wer von uns beiden was getan hat.« Die Berührung ließ ihn den wesentlichen Unterschied zwischen Sara und Tina erkennen. Sara war der kühlere Mensch, sogar was die Körpertemperatur betraf.

»Ich habe einen Fehler gemacht«, flüsterte sie. »Und ich gebe es zu. Ein Mensch kann sich doch mal irren?«

»Wir haben doch längst über alles geredet.« Christian begriff, dass man ihm seine Unsicherheit anmerkte. *Unsicherheit*? Zwei Tage vor der Hochzeit!

»Spontane Einfälle sind etwas Gutes«, sagte Sara. »Schnelle Entscheidungen auch. Aber eine Ehe will genau überlegt sein.«

»Ich muss weiter.«

»Du solltest dich auf Überraschungen gefasst machen, wenn du Tina heiratest.«

»Wovon redest du?«

»Ich kenne sie. Immerhin habe ich eine Zeitlang mit ihr zusammengewohnt. Mach dich auf etwas gefasst, wenn du vorhast, diese Frau zu heiraten.«

»Was soll das heißen? Was sind das für kindische Andeutungen?«

»Warum sollte ich Andeutungen machen? Denk doch nur mal an dich ... Wählst du noch immer jeden Morgen deine Unterhosen mit der Vorstellung aus, dass du einen Unfall haben und von Krankenschwestern ausgezogen werden könntest? Wenn man es genau bedenkt, müsste ich eigentlich Tina warnen. Doktor Brück, das junge wissenschaftliche Genie, ist in Wahrheit ein neurotisches Nervenbündel.«

»Schrei nicht so!«

»Wusstest du eigentlich, dass du vollkommen überdreht bist? Wie ein Rallyeauto, aus dem man alles herausholt, obwohl der Motor schon auseinanderzufliegen droht.«

»Das ist die typische Diagnose der Tochter eines Rallyefans.«

»Tina wird bald deinen wahren Charakter erkennen.«

»Hast du mich nicht gerade noch vor Tina gewarnt? Entscheide dich mal, wen du vor wem warnen willst.«

»Wenn man es genau bedenkt, passt ihr eigentlich sogar sehr gut zusammen. Ihr habt beide einen Sprung in der Schüssel. Aber keine Angst. Ich werde euch keine Knüppel zwischen die Beine werfen. Von mir aus könnt ihr euch zu Tode turteln!« Sara wandte sich so abrupt ab, dass ihr Pferdeschwanz auf und ab hüpfte.

Irritiert von ihrem unerwarteten Ausbruch ging Christian weiter.

»Viel Glück für den gemeinsamen Lebensweg!«, rief ihm Sara hinterher.

Christian blickte nicht zurück. Eine unerklärliche Übelkeit breitete sich in ihm aus.

An der feuchten, fleckigen Wand hing ein Ölgemälde, das eine schwarze Sonnenblume zeigte. Auf dem Fußboden unter dem Bild lag ein Beil.

Die grauhaarige Frau gab dem mit Händen und Füßen am Bett fixierten jungen Mann den letzten Löffel Suppe und wischte ihm fast mütterlich den Mund ab. Die Muskeln des Jungen zitterten, und auf seinem bleichen Gesicht glänzte der Schweiß. Die Morgensonne erleuchtete das Zimmer, in dem außer dem Bett nur noch ein kleiner Tisch und ein Stuhl standen. Auf dem Tisch lag eine gelb-grüne

Decke im Provence-Stil, und in einer Vase standen frische Blumen.

Die Frau gab dem Jungen Wasser zu trinken. Gerade als sie vom Bett aufstehen wollte, spuckte ihr der junge Mann einen Mundvoll Wasser ins Gesicht. Die Frau bewahrte jedoch die Fassung.

»Ihr bringt mich um«, flüsterte der Junge heiser und trat mit seinen gefesselten Füßen heftig gegen das Fußende des Bettes.

»Nein. Wir halten dich am Leben.« Die Frau stellte das Glas in den leeren Suppenteller. »Der Neue Morgen wird anbrechen«, sagte sie mit fester Stimme und bückte sich nach dem Beil. Langsam legte sie dem Jungen die Klinge an die Kehle. Dann flüsterte sie: »Mach also keine Schwierigkeiten. Ich habe die Erlaubnis und die Macht, dich mit allen Mitteln gegen dich selbst zu verteidigen.«

»Du spinnst«, zischte der Junge, am ganzen Leib zitternd.

Die Sonne glühte auf dem Rumpf der silbernen Boeing auf dem Flughafen Nizza. Die Passagiere bestiegen die Gangway, die an den Vordereingang der Maschine geschoben worden war. Tina stand in der gläsernen Telefonzelle am Abfluggate und beobachtete Jacob, der inmitten der anderen Passagiere auf das Flugzeug zuging und seine Nervosität kaum verbergen konnte.

Christian meldete sich nicht, der Anruf ging an die Mailbox.

»Ich bin's«, sagte Tina. »Sie haben die Maschine nun doch schneller als erwartet wieder in Ordnung gebracht. Es war nur eine Signallampe defekt. Ich fliege also mit Regus. Wir sehen uns bald.«

Tina hängte den Hörer in die Gabel und stellte sich ans Ende der Schlange. Sie war bedrückt und angespannt zugleich.

# 5

In seinem Schlafzimmer in Rockville an der amerikanischen Ostküste öffnete Kurt Coblentz die Augen einen Spalt. Neben ihm schlief seine vierjährige Tochter Martha anstelle seiner Frau in dem großen Ehebett. Ihre Augen bewegten sich schnell unter den seidenweichen Lidern. Behutsam zog Coblentz die Bettdecke der Kleinen etwas höher.

Gerade als er die Augen wieder schließen wollte, klingelte das Telefon. Coblentz' Hand schnellte zum Hörer.

»Hello«, flüsterte er und setzte sich am Bettrand auf. Martha regte sich, wachte zum Glück aber nicht auf.

»*Coblentz?*«, versicherte sich der Anrufer aufgeregt.

Sein Tonfall ließ Coblentz endgültig wach werden. »Am Apparat.«

»*Mach dich zum sofortigen Aufbruch bereit. Klassifizierung: kritisch.*«

Coblentz sprang auf. »Entschuldigung, könntest du das wiederholen?«

»*Klassifizierung: kritisch.*«

Der Anrufer legte auf. Coblentz riss die Bettdecke seiner Tochter zur Seite und nahm das Mädchen auf den Arm. »Martha«, sagte er laut, während er mit ihr die Treppe hinunterrannte. »Wach auf.«

Auf halbem Weg öffnete Martha die Augen. Sie wirkte erschrocken über das wilde Geruckel und den plötzlichen Aufbruch. »Debbie wird sich um dich kümmern, bis Mama wiederkommt.«

Coblentz rannte in Pyjamahosen und mit dem Kind auf dem Arm in die Morgendämmerung hinaus, überquerte den feuchten Rasen vor dem Haus und klingelte am Nachbarhaus. In der Ferne hörte man das rhythmische Knattern der Rotoren eines Hubschraubers. Coblentz hämmerte gegen die Tür, und Martha fing auf seinem Arm an zu weinen.

»Debbie, mach auf! Ich bin's, Kurt.«

Das Dröhnen des Helikopters wurde stärker. Die Tür ging auf, und das bestürzte Gesicht einer Frau erschien im Türspalt.

»Was ist ...«

»Debbie, ich ruf dich später an!« Der Lärm des Helikopters, der in diesem Moment auf der Straße landete, übertönte Coblentz' Stimme. Er küsste seine weinende Tochter und drückte sie der Nachbarin in den Arm. Der Luftstrom der Rotorblätter ließ die Haare von allen dreien flattern und wirbelte trockenes Laub auf. Coblentz rannte über den Rasen zum Hubschrauber, der kaum den Asphalt berührt hatte, als er schon wieder jäh in die Morgendämmerung aufstieg.

Wie vor den Kopf gestoßen sah die Nachbarin dem Helikopter nach und versuchte die weinende Martha auf ihrem Arm zu beruhigen.

Die Swisscontrol-Lotsen in der Flugüberwachung Lugano-Agno saßen mit ihren Headsets vor den grün leuchtenden Radarmonitoren. Durch die indirekte Beleuchtung war es halb dunkel in dem Raum, man hörte gedämpfte Anweisungen, Bestätigungen, Pieptöne.

Einer der Fluglotsen, eine dunkelhaarige Frau mit Pferdeschwanz, bewegte das Gesicht näher an den Radarschirm heran. Ihr Blick heftete sich auf einen grün leuchtenden Punkt, neben dem ein Feld mit vier Zeilen bestehend aus Buchstaben und Zahlen zu sehen war. Die erste Ziffernfolge des Feldes benannte die Flugnummer der Maschine. Sie lautete RG213. Der Regus-Air-Flug von Nizza nach Frankfurt war routinemäßig auf Flugfläche 330 gelotst worden, aber nun wurde angezeigt, dass die Maschine aus nicht erkennbarem Grund auf Flugfläche 310 gesunken war.

»Regus 213, maintain 330«, sagte die Lotsin in das Mikrofon vor ihrem Mund.

Im Kopfhörer rauschte es nur.

»Regus 213, contact Lugano-Agno radar. Haben Sie Probleme?«

Keine Antwort.

Die Lotsin wechselte auf die Notfrequenz und versuchte erneut, Kontakt aufzunehmen, aber vergebens. Die Maschine sank weiter auf Flugfläche 290, was einer Höhe von 29 000 Fuß entsprach.

»Carlo«, rief die Lotsin und winkte ihrem Wachleiter zu. Sofort eilte der Mann mit den grauen Schläfen zu ihr.

»Regus 213 verliert an Höhe und reagiert nicht, wenn man sie ruft.«

Der Vorgesetzte blickte auf die Maschinen in der Nähe der Regus. »Bring LU463 sicherheitshalber auf Kurs 040 und gib ihm die Anweisung, die Flugfläche zu halten.« Während er sprach, nahm er das Mikrofon aus der Halterung, wählte eine Frequenz und sagte ruhig: »Regus 213, Lugano-Agno radar.«

Keine Antwort. Die Maschine sank auf 28 000 Fuß.

»Frag in Nizza an, wann sie zuletzt Kontakt hatten«, sagte der Schichtleiter zur Lotsin und sprach dann wieder mit Nachdruck ins Mikrofon: »Regus 213, Lugano-Agno radar.«

Zwei Fluglotsen, die gerade Pause hatten, traten mit Kaffeetassen in der Hand hinter ihn. Alle Blicke richteten sich auf den Monitor, wo neben dem leuchtenden Punkt die Angabe mit der Flughöhe zu lesen an. Überraschenderweise fing sie plötzlich wieder an zu steigen.

Der Wachleiter setzte sein Headset auf. »Herr Salvini, würden Sie bitte zum Modul für den Südsektor kommen.«

Wenige Sekunden später ging die Tür auf, und der Chef des Flugverkehrkontrolldienstes kam mit strenger Miene und betont aufrechter Haltung hereinmarschiert und ging direkt auf den Wachleiter zu. Die anderen traten zur Seite.

»RG213 ändert unmotiviert die Flughöhe und reagiert nicht auf Funkrufe.«

Die Fluglotsin setzte den Kopfhörer ab. »Laut Nizza hatten sie zuletzt Kontakt, als die Maschine die zugeteilte Flugfläche 330 erreichte.«

Im selben Moment ging der Steigflug der Regus in einen schnellen Sinkflug über. Alle schauten auf die Flughöhe, die sich der unteren Grenze des Radarfelds näherte.

Plötzlich verschwand der Punkt vom Bildschirm.

»Verdammter Mist«, entfuhr es dem Chef. Auf dem Monitor war keine Spur mehr von der Maschine zu sehen. »Katastrophenalarm!«

Das unnatürliche Brüllen der Motoren riss an den Trommelfellen, und das Zittern des Rumpfes war so stark, dass die Augen auf nichts fokussieren konnten. Durch die enorme Beschleunigung wurden die Passagiere mit zermalmender Kraft in die Sitze gedrückt. Fast senkrecht stürzte das Flugzeug nach unten. Die gelben Sauerstoffmasken fielen aus der Deckenverkleidung und bogen sich an ihren Schläuchen nach hinten, als bliese ihnen ein Orkan entgegen.

Aus dem Cockpit ertönte das durchdringende Heulen der Alarmsirene, und eine mechanische Stimme sagte unablässig: »*Stall! Stall! Stall!*« In der vorderen Kombüse wurde ein schwerer Servierwagen aus der Verankerung gerissen und schoss mit unfassbarer Wucht durch den Gang. Hinter ihm her rollte ein am Ellbogen amputierter

Unterarm, den der Wagen im Vorbeirasen einem Passagier wie mit der Guillotine abgetrennt hatte.

Das hysterische Kreischen der Passagiere war bei dem Lärm nicht zu hören, aber es war an den Gesichtern zu sehen, in denen panisches Entsetzen loderte. Das Zittern wurde immer stärker, das Flugzeug schien jeden Moment zu zerbersten, da wurde der Sturzflug abrupt abgefangen. Während einiger seltsam ruhigen Sekunden nahm der Lärm der Motoren ab, und man konnte das Schreien der Menschen hören.

Im selben Moment explodierte das Dröhnen der Motoren aber schon wieder, und die Maschine richtete sich mit schwerem Zittern nach oben und ging in senkrechten Steigflug. Tina kniff die Augen zu. Der betäubende Lärm der Turbinen und die wahnsinnige Vibration verursachten einen höllischen Schüttelfrost, der ihren Körper derart malträtierte, dass die inneren Organe zermahlen und zerrieben zu werden drohten. Sie hatte das Gefühl, sich am Brennpunkt immenser Kräfte zu befinden und von ihnen zermalmt zu werden.

# 6

Im Café in Cannes sah Christian auf seine Uhr. »Wir müssen gehen«, sagte er zu Brian. Im Labor würde man sich bereits wundern, wo sie blieben.

Auf dem Weg zum Auto erkundigte sich Brian nach der Hochzeit, die am nächsten Tag bevorstand, aber Christian antwortete nur einsilbig. Saras Worte hallten noch unschön in seinem Kopf nach.

*Du solltest dich auf Überraschungen gefasst machen, wenn du Tina heiratest.*

Sara versuchte offenbar alles, um Misstrauen zu säen. Trotzdem war Christian beunruhigt. Sara kannte ihre ehemalige Mitbewohnerin länger als er.

Christian wusste, dass die Heirat, wenn man es objektiv betrachtete, viel zu früh kam. Hatte Sara also doch recht, war er zu impulsiv, zu jäh in seinen Entscheidungen? Andererseits: Gab es etwas Schrecklicheres, als immer nur den vertrauten und sicheren Weg zu wählen, seine Entschlüsse allein nach den Kriterien der Vernunft des möglichst geringen Widerstandes und der Bequemlichkeit zu treffen? So etwas brachte keine Befriedigung – die konnten einem nur Herausforderungen verschaffen. Um diese aber zu bewältigen, benötigte man einen Willen, und für den wiederum galt, was für das ganze Leben galt: Wenn man ihn nicht benutzte, existierte er nicht.

*Überdreht.* Christians Lippen verzogen sich zu einem Lächeln. Saras Vater, ein wohlhabender finnischer Autohändler, war in jungen Jahren als Kartenleser Rallyes gefahren, sogar auf WM-Niveau. Sara war unter Männern aufgewachsen, die ein Faible für Autos hatten, und hatte in diesen Kreisen die erste Bekanntschaft mit Autos wie auch mit Männern geschlossen.

Während Brian zum Geldautomaten ging, wartete Christian im Schatten der Palmen und sah aufs Meer. Nun war er fast schon fähig, eine gewisse, wenn auch mit Wehmut durchsetzte Freude darüber zu empfinden, dass sein Chef mit einem Schlag sämtliche Termine in seinem Kalender gelöscht hatte.

Die schlimmste Phobie, die er kannte und die am stärksten sein Leben beeinflusste, war die Angst vor dem Vergehen der Zeit. Die Zeit war das Wichtigste, das er hatte, und er war äußerst pingelig im Umgang mit ihr. Er beneidete Menschen, die keinen Stress hatten, die fähig waren, die Zeit als Zyklus zu sehen, als Abfolge von Jahreszeiten, von Sommer zu Sommer, als regelmäßigen Wechsel von Sonnenaufgang und Sonnenuntergang. Für Christian war die Zeit kein Kreislauf, sondern ein lineares Kontinuum, eine Abfolge von einzigartigen Ereignissen. Jeder Tag, der verging, jede Stunde, jede Minute war für immer verloren, jede Sekunde nagte an seinem Leben.

Mit Hilfe von Kalender, Uhr und Selbstdisziplin hatte er seine Chronophobie in ein enges Kontrollsystem gezwängt. Er war fähig, nicht in Hektik zu verfallen, auch wenn er verspätet zu einem Termin unterwegs war. Er tat nur, woran er wirklich glaubte, und lenkte sein Leben mit klaren Entscheidungen. Das Leben fand hier und jetzt statt, nicht gestern und nicht morgen. Trotzdem schien die Gegenwart oft einfach zu zerrinnen, und ein sonderbares Gefühl von Sinnlosigkeit plagte ihn. Er hatte lange auf etwas gewartet, ohne selbst zu wissen, auf was – bis er Tina getroffen hatte.

Und nun würden sie bald viel Zeit füreinander haben, vorausgesetzt, er stürzte sich nicht gleich übereilt in ein neues Projekt. Jetzt hätte er endlich die Gelegenheit, etwas für seine Fitness zu tun, Französisch zu lernen, zu lesen, was ihm gefiel. Er versuchte sich per Autosuggestion zu positivem Denken zu bringen. Er wollte nicht, dass Tina etwas vom Ende des ANTI-Projekts erfuhr, jedenfalls nicht vor der Hochzeit.

Der Blick auf die Horizontlinie, die in der Ferne im blauen Dunst verschwamm, brachte Christian in die Realität zurück: In Wirklichkeit hatte er keine Angst vor dem Vergehen der Zeit, sondern vor dem Tod. Die Begegnung mit Tina hatte diese Angst nicht vertrieben, machte das Leben aber lebenswerter.

Christian gab Brian ein Zeichen, dass er zu seinem Wagen vorgehen würde. Er kam an einem Elektrogeschäft vorbei, in dessen Schaufenster mehrere Fernseher standen.

Auf einmal hefteten sich seine Augen auf einen der Bildschirme. Sein Herz setzte aus.

Auf einer Kartengrafik war eine Linie zu sehen, die von Nizza nach Frankfurt führte. Auf Höhe der Alpen wurde die Linie von einem schwarzen Kreuz unterbrochen.

Beherrscht betrat Christian das Geschäft und merkte, dass Brian ihm folgte.

Er blieb vor einer Reihe mit Fernsehgeräten stehen und starrte auf die Bildschirme.

»Ton«, sagte er. »Wie kriegt man den Ton an?«

Brian drückte so lange einen der Knöpfe an einem Gerät, bis es aus den Lautsprechern tönte: »*... Den Schweizer Behörden zufolge sind mehrere italienische Rettungshubschrauber an der Suche nach der Maschine beteiligt. Das Flugzeug vom Typ Boeing 767 der Fluggesellschaft Regus Air verschwand östlich von Lugano vom Radarschirm. Es wird befürchtet, dass es in den Alpen abgestürzt ist. Sobald wir neue Informationen erhalten, werden wir ...*«

»Tina ist in eine Lufthansamaschine umgestiegen«, sagte Christian bemüht ruhig und verließ das Geschäft. Seine Hand griff dabei nach dem Handy in der Tasche.

*Lieber Gott, mach, dass sie in einer Lufthansamaschine sitzt!*

Für die Zeit des Gesprächs mit Brian hatte er sein Handy ausgeschaltet, nun schaltete er es wieder ein.

Eine Nachricht auf der Mailbox. »*Sie haben eine neue Nachricht ...*«

Christian schloss die Augen. Es piepte zweimal, dann hörte man ein Rauschen und dazu Tinas Stimme: »*Ich bin's. Sie haben die Maschine nun doch schneller als erwartet wieder in Ordnung gebracht ...*«

Christian sank in sich zusammen.

»*Es war nur eine Signallampe defekt. Ich fliege also mit Regus. Wir sehen uns bald.*«

Christian spürte, wie Brians fester Griff um seinen Arm ihn auf den Beinen hielt. Der Schock lähmte seine Gedanken, er keuchte wie ein Herzpatient.

»Wir gehen zu mir«, sagte Brian. »Da kommen wir ins Internet.«

Sie liefen los. Brian redete, aber die Worte zogen an Christian vorbei, ohne dass er sie registrierte. Eine kühle Eingangshalle, Treppen, Brians geräumige Zweizimmerwohnung, ein Computer.

Christian ließ sich auf den Stuhl vor dem Bildschirm fallen. Brian öffnete mit der Maus die Nachrichtenseite von CNN. Ganz oben erschien folgende Meldung:

> Passenger jet vanishes from radar in the Alps
>
> LUGANO (CNN) – Eine Passagiermaschine der Fluggesellschaft Regus Air ist auf dem Flug von Nizza nach Frankfurt in der Grenzregion zwischen der Schweiz und Italien vom Radarschirm verschwunden. Man befürchtet, die Maschine könne abgestürzt oder in der Luft explodiert sein, aber noch gibt es keine Bestätigung für ein Unglück. Die Behörden der Schweiz und Italiens haben eine groß angelegte Suchaktion gestartet.

# 7

Eine schwarzweiß gefleckte Kuh, die mit Rollschuhen an den Füßen auf der Weide steht – immer wieder wanderte Christians Blick über die Käsereklame auf der Hecktür des Lieferwagens vor ihnen auf der Straße. Dennoch nahm er sie nicht richtig wahr, ebenso wenig wie die anderen Autos, er registrierte seine Umgebung bloß, benutzte mechanisch seinen Sehsinn. Seine Ohren hingegen sogen jedes Wort aus dem Autoradio förmlich auf.

Selbstverständlich war das Schicksal des Flugs RG213 die Nachricht des Tages. Man hatte die Suche ausgeweitet, doch noch immer war unklar, ob die Maschine zerschellt war oder ob es dem Piloten gelungen war, eine Notlandung vorzunehmen.

Brian setzte den Blinker und wechselte auf die Überholspur. Christian hatte beschlossen, seine Reise nach Frankfurt vorzuverlegen, was bei IC-Pharma passierte, war ihm inzwischen vollkommen gleichgültig. Er würde knapp den Air-France-Flug erreichen, für den er über Brians Computer ein Ticket gebucht hatte.

Er rief seine Eltern an. Sein Vater meldete sich.

»Habt ihr die Nachrichten gehört?«, fragte Christian mit belegter Stimme.

»*Wieso?*«

»Ein Flugzeug, das von hier nach Frankfurt unterwegs war, ist verschwunden. Tina ist in der Maschine.«

Am anderen Ende war es still. Im Hintergrund hörte man gedämpft das Rauschen der WC-Spülung.

»*Wo ... wo bist du?*«

Christian hörte aus der Stimme seines Vaters den tapferen Versuch heraus, seine Bestürzung zu verbergen.

»Auf dem Weg zum Flughafen, ich fliege nach Frankfurt. Die Maschine startet bald. Schaltet den Fernseher an ...«

Christian beendete das Gespräch und biss die Zähne zusammen. Angesichts der bedrückenden Situation war der Konflikt zwischen Vater und Sohn in den Hintergrund gerückt. Auf einmal kam ihm sein Vater wieder wie der Vater von damals vor, als er, Christian, noch ein kleiner Junge gewesen war.

Er fragte sich, woher dessen unbegreifliche Ablehnung gegenüber Tina rührte. Hatte es etwas damit zu tun, dass er sich so gut mit Sara verstanden hatte? Sein Vater war ein urdeutscher Griesgram, der nur langsam mit anderen Menschen warm wurde, aber mit Sara hatte er schließlich eine gemeinsame Wellenlänge gefunden. Finnen und Deutsche hatten vieles gemeinsam. Ein Grund für seine Vorbehalte gegen Tina konnte darin bestehen, dass sie Amerikanerin war. Als Ingenieur sprach er zwar ein bisschen Englisch, aber die Hemmschwelle war hoch. Der wahre Grund musste jedoch woanders liegen, zumal Tina Christians Eltern bislang nur ein einziges Mal begegnet war, im Juli, bei ihrem gemeinsamen Besuch in Deutschland.

Brian drosselte das Tempo und bog zum Flughafen ab. Aus dem Radio kam eine Mitteilung, die Christian schlagartig wieder aufmerksam machte.

»*Nach Informationen, die uns gerade eben erreicht haben ...*«

Christian drehte die Lautstärke höher.

»*... ist eine Radarbeobachtung von der verschwundenen Maschine gemacht worden ...*«

Ein gewaltiges Gefühl der Erleichterung durchfuhr ihn.

*»... und zwar im nördlichen Teil der Adria, vor der kroatischen Küste. Wie es heißt, sei die Maschine so tief gesunken, dass sie sich unterhalb des Radarfeldes befunden habe, dann aber wieder gestiegen. Sie habe sich instabil auf- und abwärts bewegt und sei schließlich erneut verschwunden ...«*

»Warum benimmt sich ein Flugzeug so?«, wunderte sich Christian.

»Wegen einer technischen Störung, vermutlich.« Brian klang unsicher. Kurz vor dem Terminal bremste er ab und sah auf die Uhr.

»Aber warum haben die Piloten dann keinen Kontakt zur Flugleitung aufgenommen? Womöglich ist die Maschine entführt worden.«

»Hauptsache, sie ist nicht abgestürzt.«

Brian setzte Christian so nah wie möglich am Eingang ab, und dieser rannte sofort zu den Check-in-Schaltern. Diesmal dachte er nicht einmal an seine Flugangst.

Vor dem Haus von Kurt Coblentz in der Wellington Road in Rockville hielt ein dunkelgrüner Chrysler. Ein breitschultriger Mann mit aufrechter Haltung stieg aus und betrat mit einer Reisetasche in der Hand das Haus.

Er ging ins Schlafzimmer hinauf, schaute auf die Liste, die er dabeihatte, und packte Kleider und ein paar persönliche Dinge von Coblentz in die mitgebrachte Reisetasche. Anschließend schloss er sorgfältig die Haustür ab und ging zur Tür des Nachbarhauses, die sogleich geöffnet wurde.

»Guten Morgen. Ich bin ein Kollege von Kurt, er hat sicherlich schon bei Ihnen angerufen und gesagt, dass ich komme.«

»Bei uns ist alles in Ordnung, nicht wahr, Martha?«, sagte die Frau irritiert. Sie hielt Coblentz' Tochter auf dem Arm. »Kurt musste plötzlich zur Arbeit ...«

»Seine Frau ist schon auf dem Weg hierher. Ich wollte nur sehen, ob Sie klarkommen.«

»Bestens. Oder?«

Das Mädchen lächelte und nickte. Der Mann lächelte zurück und ging mit der Tasche in der Hand zum Wagen. Brennend vor Neugier schaute ihm die Nachbarin nach.

# 8

Der pockennarbige Mann folgte zielstrebig der jungen Frau im Menschengewimmel der Innenstadt von Cannes. Béa trug sandfarbene Hosen und eine geflochtene Tasche. Ihre Haare waren zerzaust. Sie ging mit forschen Schritten, ab und zu wich sie vor entgegenkommenden Fußgängern auf die Fahrbahn aus.

Wegen eines Geldtransporters vor einer Bank stand der Verkehr in der Rue d'Antibes, und die verärgerten Autofahrer drückten auf die Hupe. Eine Gruppe amerikanischer Touristen, die einen Schaufensterbummel machte, versperrte Béa auf dem schmalen Bürgersteig den Weg. Wieder war sie mit einem Satz auf der Straße und wäre um ein Haar vor eine Vespa geraten, die sich an den stehenden Autos vorbeischlängelte. Die Fahrerin der Vespa, eine Frau im Nadelstreifenkostüm, konnte gerade noch rechtzeitig ausweichen und fluchte unflätig. Béa begnügte sich mit einem nonchalanten Winken und trat wieder auf den Bürgersteig.

Der Mann, der ihr folgte, beschleunigte seine Schritte, als Béa in die Rue des Etats-Unis in Richtung Ufer abbog. Sie überquerte den Boulevard de la Croisette, die Flaniermeile von Cannes, bei Rot und ging in den Palmenpark. Vom glitzernden Mittelmeer wehte ein warmer Wind. Sie ging weiter bis zum Festivalpalast, vor dem ein etwa dreißigjähriger Mann gelbe Flugblätter verteilte. Keiner der Einheimischen nahm von ihm Notiz, aber ein Touristenpaar blieb stehen und ließ sich einen Zettel geben.

Béa grüßte den Flugblattverteiler, machte ihre geflochtene Tasche auf und entnahm ihr einen weiteren Stoß gelber Zettel, den sie dem Mann überreichte. Dann setzte sie sogleich ihren Weg zurück in Richtung Croisette fort. Ihr Verfolger musste einige Laufschritte einlegen, um sie in dem lebhaften Verkehr nicht aus den Augen zu verlieren. Béa überquerte die Straße, obwohl die Ampel für Fußgänger Rot zeigte.

Der Verfolger musste stehen bleiben, weil ein doppelstöckiger deutscher Reisebus vor seiner Nase vorbeirollte. Während ihm der Bus die Sicht versperrte, hörte der Mann, dass jenseits des großen Gefährts gehupt und fast gleichzeitig gebremst wurde.

Als der Bus vorüber war, sah man mitten auf der Straße einen Mann in Arbeitskluft aus einem Lastwagen springen. Vor dem Lkw lag Béa auf dem Asphalt. Der pockennarbige Verfolger rannte zu ihr und fühlte ihr den Puls. Sie war bewusstlos, aber am Leben. Ein Knie war unnatürlich verdreht und blutete stark. Ringsum waren Leute stehen geblieben. Einige mussten den Blick von der Blutlache auf der Straße abwenden.

Bedrückt verließ Christian das Flugzeug und ging durch die Gangway ins Terminal des Frankfurter Flughafens. Noch in der Maschine, direkt nach der Landung, hatte er Brian angerufen und von diesem den aktuellen Stand der Dinge erfahren: Es gab keine Neuigkeiten.

Er blieb vor dem Monitor mit den ankommenden Flügen stehen. In einer Zeile stand: RG213 – VERSPÄTUNG.

Dieses Wort gab ihm Hoffnung. *Verspätung.*

Genau. Die Maschine hatte Probleme, sie würde verspätet eintreffen.

Er ging weiter in die Ankunftshalle hinein und schaute sich unsicher um. Seinem Selbstbetrug wurde in dem Moment die Maske heruntergerissen, als er im Wartebereich der Abholer drei Menschen sah, die sich krampfhaft umarmt hielten, ohne zu weinen. Ein Kloß bildete sich in seinem Hals.

Sein Handy klingelte. Auf dem Display stand: »Unbekannter Teilnehmer«.

»*Florian hier. Scheiße, Mann … Ich hab gehört, du heiratest.*«

»Morgen. Um zwei.«

»*Und bist nicht auf die Idee gekommen, mich einzuladen? Aber was hat ein stinknormaler Arzt auch auf der Hochzeit eines berühmten Wissenschaftlers zu suchen.*«

»Es wird keine Hochzeitsfeier geben. Nur eine kleine Trauungszeremonie.«

»*Du klingst gestresst. Du bist doch nicht etwa …*«

»Ich hab jetzt keine Zeit, wir telefonieren später.«

»*Ich hätte nie geglaubt, dass daraus was wird. Du und Sara, ihr seid doch wie Feuer und Wasser.*«

»Es ist nicht Sara.«

»*Wie bitte?*«

Christian pumpte alle Kraft in seine Stimme. »Die glückliche Braut heißt Tina Carabella.«

»*Was? Und Sara?*«

»Ich muss aufhören. Wir telefonieren«, sagte Christian grob und erschrak, als er zwei Kamerateams sah, die aufgeregt mit einem Flughafenangestellten verhandelten.

Er ging weiter und bemerkte eine Gruppe Menschen, denen man deutlich ansah, dass sie inständig auf ein Flugzeug warteten, das nicht kommen würde – oder wenigstens auf irgendwelche Informationen über dieses Flugzeug.

Christian holte tief Luft und ging zu ihnen.

In der Küche eines heruntergekommenen Hauses im Nordteil von Cannes schnitt eine grauhaarige Frau mit dem Brotmesser Zucchini in Scheiben und hörte zu, was im Radio gesagt wurde.

*»Die verschwundene Maschine der Fluggesellschaft Regus Air war auf dem Weg von Nizza nach Frankfurt ...«*

Urplötzlich hieb die Frau das Brotmesser mit einer solchen Wucht in das Kofferradio, dass das Plastikgitter vor dem Lautsprecher zerbrach. Der Nachrichtensprecher redete trotzdem weiter. Mit der freien Hand ergriff die Frau das Radio und schleuderte es auf den Steinfußboden. Da verstummte es.

Mit dem Messer in der Hand starrte die Frau auf das Bild mit der schwarzen Sonnenblume an der Wand.

Es klopfte an der Haustür. Die Frau hielt noch immer das Messer umklammert, als sie in den Flur trat. Sie spähte durch den Türspion und öffnete daraufhin die beiden massiven Schlösser.

Ein aufgeregter junger Mann trat ein und sagte außer Atem: »Béa ist im Krankenhaus.«

»Warum?«

»Sie ist von einem Auto angefahren worden. Wir müssen zu ihr.«

Kurt Coblentz schaute seinem Vorgesetzten in die Augen und ballte die Fäuste. Sie saßen im Hauptquartier des US-Verteidigungsministeriums, in einem bunkerartigen, abhörsicheren Besprechungsraum, in dem eine Wand aus grobem Naturstein war, die anderen Wände aber aus Stahl mit matter Oberfläche bestanden.

»Du bist vorläufig der Einzige, der etwas davon weiß«, sagte der Chef mit leiser, angespannter Stimme. Das indirekte Licht aus Halogenspots wurde von der schrägen Decke reflektiert, hinter der sich vibrierende Metallplatten verbargen. Ihre Aufgabe war es, vor elektromagnetischen Strahlen zu schützen. Der gesamte Raum war davon eingefasst; selbst wenn es gelungen wäre, einen Sender hineinzuschmuggeln, hätte der nicht durch die Wände hindurch nach draußen senden können.

»Das ist viel verlangt, ich weiß«, fuhr der Vorgesetzte fort. »Aber es gibt keine Alternative. Das Ganze muss absolut und kategorisch geheim gehalten werden. Bei der Luftwaffe ist ein Privatflug nach Montenegro für dich reserviert. Du erhältst jede Hilfe, die wir organisieren können. Vor Ort wirst du aber trotzdem auf dich gestellt sein. Und du allein bist für das Gelingen der Operation verantwortlich.«

Coblentz stand schwerfällig auf. Der Chef drückte ihm stumm die Hand. Dann verließ Coblentz den gesicherten Raum, trat in den Gang, der mit Teppichboden ausgelegt war, und ging erhobenen Hauptes zum Aufzug.

Der Auftrag war ihm unheimlich, aber er würde ihn erfüllen.

Er wusste, dass er der Mann war, auf den man setzte, wenn das gewünschte Resultat mit allen Mitteln erreicht werden musste. Er bezeichnete sein Prinzip in Anlehnung an Max Weber als Ethik der absoluten Ziele: *Fiat iustitia, pereas mundi* – es geschehe Gerechtigkeit, und wenn die Welt dabei untergeht.

# 9

Die Gerüchte kamen ganz allmählich auf, verdichteten sich aber, je weiter der bewölkte Nachmittag vor den hohen Fenstern des Frankfurter Flughafens in den Abend überging.

Zuerst achtete Christian nicht auf die Gerüchte, weil er dachte, sie entsprängen bloß dem wirren Gemütszustand von traumatisierten Menschen. Dann – mit abnehmender Zuversicht – keimte in ihm der Gedanke, dass es keinen Rauch ohne Feuer gebe, und seine Fantasie beteiligte sich daran, die Gerüchte weiter zu nähren. Die Maschine war entführt worden, aber es wurde versucht, das zu verheimlichen. Warum? Oder war die Maschine tatsächlich *verschwunden,* wie jemand behauptete – auf unerklärliche, unheimliche Weise?

Die Vernunft wehrte die paranoiden Gedanken ab, aber es hatte mit dem Verschwinden des Flugzeugs etwas wirklich Sonderbares auf sich, das war klar. Schließlich konnte man nicht davon ausgehen, dass sich ein Passagierflugzeug am Himmel über Europa einfach in Luft auflöste.

Die aufgeregten, kreuz und quer durcheinanderredenden Wartenden am Frankfurter Flughafen waren begierig darauf, aktuelle Informationen zu erhalten. Die meisten Angehörigen der Passagiere waren Deutsche, aber auch einige Franzosen, die offen ihre Gefühle zeigten, gehörten dazu. Christian wechselte immer wieder einzelne Sätze mit den anderen, die wie er im Fegefeuer litten. Die Katastrophe spannte ein Netz der Solidarität zwischen ihnen aus. In jeder Uniform, in jedem Angehörigen des Flughafenpersonals sahen sie einen gemeinsamen Feind, einen Überbringer des Todes.

Die übliche Routine auf dem Airport schien einer anderen Welt anzugehören. Flugzeuge starteten und landeten, Reisende kamen und gingen, Reinigungskräfte fuhren mit ihren Bohnermaschinen durch die Halle. Im Fernseher, der an der Decke des Cafés angebracht war, wiederholten Sondernachrichtensendungen die immer gleichen Informationen. Am schlimmsten war die Grafik, die zeigte, welche heftigen Auf- und Abwärtsbewegungen die Maschine bei den letzten Beobachtungen gemacht hatte. Sie war steil aufgestiegen, jäh in den Sturzflug gefallen und hatte dann wieder an Höhe gewonnen.

Was mochte in Tina in dieser unmenschlichen Achterbahn vorgegangen sein?

Christian wurde von der Stimme eines Reporters aus seinen Gedanken gerissen. Wegen der Aufregung ringsum waren die Worte des Journalisten nur undeutlich zu verstehen: »*Der Fall erinnert an das Egypt-Air-Mysterium von 1999, als eine Maschine, die auf dem Weg von New York nach Kairo war, unerklärliche Kapriolen flog, bevor sie in Nantucket, Massachusetts, zerschellte. Damals wurden unterschiedliche Theorien aufgestellt: ein Selbstmordversuch des Piloten, ein Handgemenge im Cockpit, Sabotage oder ein technischer Defekt. Es handelte sich damals ebenfalls um eine Boeing 767, um den gleichen Flugzeugtyp also wie bei der Regus-Air-Maschine. Inoffiziell hat Egypt Air zugegeben, als möglicher Grund komme der Selbstmord des Piloten in Frage …*«

Aber die Maschine der Egypt Air war nicht verschwunden.

»Mama?«, rief ein kleiner Junge, der ein Spielzeugauto in der Hand hielt, unmittelbar neben Christian. Anscheinend hatte der Kleine seine Mutter aus den Augen verloren. »Mama!«, wiederholte er ängstlich.

Christian ging neben ihm in die Hocke. »Keine Angst, wir werden deine Mama schon finden. Wie heißt du denn?«

»Daniel.«

»Du hast aber einen tollen Geländewagen. Ist das ein Mercedes?«

»Das ist ein Land Rover.«

»Daniel!«, rief eine besorgt wirkende Frau, die in diesem Moment aus der Menschenschar auftauchte. »Daniel, du sollst doch nicht einfach davonlaufen«, sagte sie erleichtert, nahm den Jungen auf den Arm und gab ihm einen Kuss.

»Ach, zum Glück. Ich wollte ihn schon zur Information bringen und Sie ausrufen lassen«, sagte Christian.

»Vielen Dank. Ich habe nur kurz einen Blick auf die Anzeigetafel geworfen, aber das hat ihm genügt, um zu verschwinden.«

»Gibt es etwas ... Neues?«, fragte Christian vorsichtig.

Sie schüttelte den Kopf. »Regus hat versprochen, in zehn Minuten die Passagierliste zu veröffentlichen und die neuesten Informationen mitzuteilen.«

»Das habe ich auch gehört.«

Die Frau, die eine kurze Lederjacke und Jeans trug, sprach amerikanisches Englisch. »Mein Mann ist in der verschwundenen Maschine. Er sollte eigentlich schon gestern Abend fliegen, aber es kam etwas Berufliches dazwischen. Auf wen warten Sie?«

»Auf meine Frau ... auf meine zukünftige Frau, meine ich. Wir ...« Christian musste kurz husten. »Wir wollen morgen heiraten.«

Die Amerikanerin sah ihn mitfühlend an. »Ich heiße Rebecca. Rebecca Curtis.«

Christian ergriff ihre kleine, sehnige Hand. »Christian Brück.«

Da erschien eine Freundin von Rebecca, die betroffen wirkte und verzweifelt nach den richtigen Worten suchte. Sie umarmten sich lange und Christian zog sich etwas zurück. Schließlich übergab Rebecca ihren Sohn der Freundin, die ihn mit zu sich nach Hause nahm.

Christian sah zu, wie Daniel mit der anderen Frau im Menschengewimmel verschwand.

Rebecca seufzte schwer. Doch dann versuchte sie offensichtlich, sich zusammenzureißen.

»Da drüben scheinen sich Journalisten zu drängen«, sagte Christian.

»Gehen wir hin?«, fragte Rebecca entschlossen.

Christian nickte. »Wo sich Journalisten drängen, gibt es die neuesten Informationen.«

Sie gingen zu dem Personaleingang, durch den die Presseleute in den Bereich hinter den Kulissen des Terminals strömten.

»Ihren Presseausweis«, sagte ein Flughafenangestellter streng.

»Mein Mann ist in der verschwundenen Maschine, und Regus Air rückt keine Informationen heraus«, erwiderte Rebecca mit ebenso strengem Ton. »Ich habe das Recht, zu erfahren ...«

»Das hier ist nur für die Presse. Hinterbliebene haben ...«

»Hinterbliebene?« In Christians Brust krampfte sich etwas zusammen. »Ist denn ...«

»Verzeihung, ich habe mich missverständlich ausgedrückt. Bitte warten Sie die offizielle Informationsveranstaltung ab, sie wird in Kürze bekannt gegeben.«

Männer und Frauen mit Presseausweisen drängten sich an ihnen vorbei.

»Hat er wirklich ›Hinterbliebene‹ gesagt?«, fragte Rebecca.

»Das ist ihm vielleicht nur so herausgerutscht.«

»So etwas rutscht einem nicht heraus.«

»Warten wir erst mal ab«, sagte Christian und versuchte damit nicht nur die Frau zu überzeugen, sondern auch sich selbst.

»Mark, mein Mann, ist Offizier bei der Nato. Ursprünglich Ingenieur. Er war bei irgendeiner Firma in Südfrankreich …« Rebeccas Stimme zitterte. »Ist Ihre zukünftige Frau Französin?«

Christian schüttelte den Kopf. »Amerikanerin.«

»Tatsächlich? Von wo?«

»Aus Michigan.« Christian zog sein Portemonnaie hervor und suchte nach einem Foto.

»Der Bruder meines Mannes lebt dort mit seiner Familie. Wir haben sie letzten Sommer besucht.«

»Das hier ist meine Braut.« Christian zeigte ihr das Foto einer dunkelhaarigen, lächelnden Frau. Im Hintergrund sah man ein heruntergekommenes, cremefarbenes Haus inmitten eines üppigen Gartens.

»Eine schöne Frau«, sagte Rebecca. »Kennen Sie sich schon lange?«

Christian schmunzelte. »Ehrlich gesagt, nein. Erst wenige Monate.« Er wollte nicht »zwei Monate« sagen.

Zum ersten Mal zeigte sich ein Lächeln auf Rebeccas Gesicht. »Liebe auf den ersten Blick.«

Christian lächelte verlegen. »So kann man es wohl ausdrücken.«

»Dann sind Mark und ich das Gegenteil von euch. Wir sind seit der Schulzeit zusammen.«

»Dann kennt ihr euch ja wirklich gut.«

»Einen Menschen kann man nie vollkommen kennen. Auch wenn man mit ihm sein ganzes Leben verbringt.«

»Ich glaube auch nicht, dass ein proportionales Verhältnis zwischen der Intensität des Kennens und der Länge der Zeit besteht.« Christian merkte, dass seine Worte geschraubt klangen.

»Wo haben Sie Ihre zukünftige Frau denn kennen gelernt? Sind Sie in derselben Branche tätig?«

Christian schüttelte den Kopf. »Ich bin Gehirnforscher. Tina ist Künstlerin. Wir haben uns ... durch eine gemeinsame Bekannte kennen gelernt. Es war vielleicht nicht Liebe auf den ersten Blick, aber auf den zweiten allemal. Sie hatte einfach alles ... Ihre Erscheinung, ihre Intelligenz, ihr Humor, speziell ihre Selbstironie ... Kann man überhaupt einzelne Eigenschaften eines Menschen benennen, in die man sich verliebt?«

»Wohl kaum. Die Liebe ist ein einziges Rätsel.«

»*Achtung, Achtung ...*«, tönte es aus den Lautsprechern. »*Für die Wartenden auf den Flug RG213 ist im Sheraton Flughafen-Hotel ein Aufenthaltsbereich reserviert. Dort wird die Fluggesellschaft in zehn Minuten neueste Informationen bekannt geben.*«

Christian und Rebecca schlossen sich den bestürzten Menschen an, die zu den Rolltreppen strömten. Auch wenn in Christian der rationale Pessimismus mit einem nach jedem Hoffnungsfunken greifenden Optimismus kämpfte, so machte er sich doch auf das Schlimmste gefasst. Dass die Maschine als verschwunden galt, hieß nicht unbedingt, dass sie auch zerstört worden war – aber das konnte es heißen.

Die Wartenden betraten das Foyer des Sheraton-Hotels und wurden von dort in einen von Halogenspots erleuchteten Konferenzraum geführt. Christian und Rebecca blieben nebeneinander stehen. Die ängstliche Stille wurde noch angespannter, als ein Mann im dunklen Anzug zum Mikrofon im vorderen Bereich des Raums schritt. Sein blasses Gesicht hatte rote Flecken, und es gelang ihm nicht, seine Aufregung zu verbergen, die kein bisschen zu der äußeren Erscheinung eines kühlen Managers passte. Der Kloß in Christians Hals wurde größer.

»Meine sehr verehrten Damen und Herren ...« Der

Mann räusperte sich unsicher. »Mein Name ist Alexander Mayer, ich bin der stellvertretende Geschäftsführer der Regus Air. Wie Sie wissen, ist unsere Maschine 213 von Nizza nach Frankfurt während des Flugs verschwunden.«

Die Stimme des Mannes zitterte, und es lag nicht der Hauch von der Autorität einer Führungskraft darin. »Die Passagierliste des Fluges ist nun bestätigt und veröffentlicht worden …«

Christians Herz erbebte, und er spürte eine merkwürdige Hitze in den Schläfen aufsteigen. Er blickte kurz auf Rebecca, die ihm in die Augen schaute, ohne ein Wort über die Lippen zu bringen.

Instinktiv fassten sie sich an der Hand.

# 10

Sobald im Licht der untergehenden Sonne Luftblasen an die Wasseroberfläche stiegen, zog Sara Lindroos in ihrem engen orange-schwarzen Nassanzug am Seil, bis der Taucher sichtbar wurde.

»Wie fühlen Sie sich?«, fragte Sara auf Englisch. Ihre blonden Haare klebten am schwarzen Neopren.

Der Mann, ein Abteilungsleiter einer Londoner Investmentbank, der in voller Taucherausrüstung ins Aluminiumboot kletterte, löste den Bleigürtel und lächelte breit. »Großartig«, sagte er schnaufend. »Aber hier oben gibt es die schöneren Seejungfrauen.« Der Gummianzug betonte seinen Kugelbauch, aber das hinderte den Mann im mittleren Alter nicht daran, mit gierigen Blicken Saras sportliche Kurven aufzusaugen.

Sara kehrte ihm den Rücken zu und leerte ihr Airtrim-Jacket. Ein anderer Kunde hatte es sich inzwischen im Liegestuhl auf dem Vorderdeck bequem gemacht. Das Boot trieb südlich der Insel Saint-Honorat im stillen Wasser. Aus dem Radio kam das träge Französisch eines Moderators.

Auf Sainte-Marguerite, einer anderen Insel vor Cannes, befand sich das Musée de la Mer, wo Sara den Sommer über gearbeitet hatte. Das meeresarchäologische Museum war in einem uralten ehemaligen Festungsgefängnis untergebracht, dessen berühmtester Insasse der »Gefangene in der Eisenmaske« gewesen war. Sara war für vier Monate, für die Zeit einer Ausstellung über die Seemacht der Sarazenen, dort beschäftigt gewesen. Im Juli, als die Beziehung zu Christian nach dem idiotischen Fehltritt mit Xavier in einer Sackgasse geendet hatte, war Sara zu einem Bootseigentümer marschiert, der Tauchtouren organisierte, und hatte ihn nach einem Job gefragt. Es hatte sie ins Wasser gezogen, in eine andere Welt, in eine Stille weit weg von den Menschen – insbesondere von den Männern.

Der Londoner Banker zerrte sich ächzend die Flossen von den Füßen. Pierre, der Bootsbesitzer, der Sara nach einigem Feilschen schließlich angeheuert hatte, schraubte in der Kabine an dem ewig Zicken machenden Echolot herum. Er war ein sehniger Unternehmer von sechzig Jahren, bodenlos geizig, der sich seit zehn Jahren seine Rente mit Tauchtouren in Cannes verdiente. Sara beugte sich nach vorne, um das aufgewickelte Seil in die Halterung zu legen, und sah aus dem Augenwinkel, wie der Blick des englischen Bankers über ihren Po wanderte.

»Das mit der Seejungfrau war als Kompliment gemeint. *Sorry*«, lächelte der Mann selbstgefällig. »Zur Entschädigung frage ich Sie, ob Sie heute Abend schon etwas vorhaben. Ich kenne da ein ausgezeichnetes Restaurant in der Altstadt.«

»Meine Kinder sind krank. Und mein Mann ist auf Dienstreise«, log Sara mit reizendem Lächeln.

»Ach so. Das ist aber schade ... Also ich meine, dass die Kinder krank sind.«

Sara schraubte den Schlauch von der Druckluftflasche und schaute mit zusammengekniffenen Augen aufs offene Meer hinaus. Sie liebte das Mittelmeer über alles. Die vollkommene Harmonie von Meer und Geschichte, Natur und Mensch atmete an den seit Jahrtausenden besiedelten Küsten. Ihre Kommilitonen hatten gelacht, als sie hörten, Sara verbringe den Sommer in Cannes, in der Wiege des Glamours und der Aristokratie, wo sich abgelebte Dekadenz und energische Jugendlichkeit trafen, der internationale Jetset und Interrailer mit Rucksäcken. Aber für Sara war die Côte d'Azur vor allem eine Wiege der Kultur, der Kunst und des Handwerks, wo ständig einzigartige Schätze gefunden wurden.

Im Radio kamen die Nachrichten. Sara zog den Reißverschluss unter ihrem Kinn auf, wobei sie darauf achtete, ihn nicht zu weit zu öffnen, um ihren Kunden nicht zu provozieren. Etwas an den Nachrichten ließ sie in ihrer Bewegung innehalten.

»*... auf dem Weg nach Frankfurt. An Bord der Maschine sind zweiundachtzig Passagiere und fünf Besatzungsmitglieder.*«

Sara trat näher ans Radio heran. Fräulein Carabella, die zukünftige Frau Brück, war heute nach Frankfurt geflogen.

Tina schwebte an der Grenze von Schmerz und unfassbarem Wohlgefühl. Auch wenn sie die Augen öffnete, sah sie nur eine glatt glänzende, graue Fläche. Der Lärm, der in den Ohren pulsierte, war sonderbar und beängstigend, aber zugleich herrlich berauschend, und ein seliger Frieden durchströmte immer stärker ihre Adern.

Sie versuchte, Arme und Beine zu bewegen, aber es gelang ihr nicht. War sie gelähmt? Nein, sie konnte Zehen und Finger bewegen. Aber es war zu eng, um die Position von Armen und Beinen zu ändern.

Der Schmerz wich, und klare Glückseligkeit erfüllte sie. Sie hatte das Gefühl, sich aus ihrem Körper zu lösen und in die Höhe zu steigen, immer weiter in die Höhe ...

Bis sie Julias Stimme hörte ... *Nur ich bin schuld ... vergiss das nie ... vergiss das nie ...*

Julia ... würde sie Julia bald begegnen?

Der stellvertretende Geschäftsführer von Regus Air beendete sein Statement, in dem er die Ereignisse des Tages zusammengefasst hatte. Neue Erkenntnisse über das Schicksal des Flugzeugs gab es nicht.

»Wir arbeiten mit allen zuständigen Behörden zusammen, um an Informationen zu gelangen, und werden eine Verlautbarung abgeben, sobald etwas Neues zu berichten ist …«

Christian sah einen blassen Mann mit Brille auf den Sprecher zueilen. Der stellvertretende Geschäftsführer verließ das Mikrofon. Die Männer wechselten mit gesenkter Stimme einige Worte, und der mit der Brille gab dem stellvertretenden Geschäftsführer einen Zettel.

Da bemerkte Christian, dass eine Gruppe recht abgeklärt wirkender Personen den Raum betrat, Männer und Frauen, die aufmerksam die Anwesenden musterten.

*Ein Krisenteam.*

Christian spürte, wie eine eisige Faust sein Herz umschloss. Er warf einen kurzen Blick auf Rebecca, die ihr Gesicht bedeckte und verzweifelt versuchte, nicht die Kontrolle über sich zu verlieren.

»Gerade eben haben wir neue Informationen erhalten …«

Christians Herz war kurz vorm Zerspringen.

Der stellvertretende Geschäftsführer räusperte sich, bevor er fortfuhr. »Bedauerlicherweise muss ich Ihnen mitteilen, dass das Wrack der Maschine an der Adriaküste gefunden worden ist, nahe der Grenze zwischen Montenegro und Kroatien.«

Christian schluckte schwer. Rebecca klammerte sich an seinen Arm, er befürchtete, sie könne jeden Moment in Ohnmacht fallen. Ein Teil der Menschen brach in hysterisches Weinen aus. An den Ärmeln der Personen, die gerade den Raum betreten hatten, waren inzwischen weiße Bänder mit rotem Kreuz aufgetaucht. Das Krisenteam des

Roten Kreuzes teilte sich auf, mischte sich unter die Menge und stand denjenigen bei, die am stärksten reagierten.

»Achtung, ich fahre fort«, musste der Vertreter der Fluggesellschaft über den Lärm hinweg rufen. »Ich betone, dass wir *keine* Informationen über das Schicksal der Passagiere haben, auch nicht darüber, ob es der Besatzung geglückt ist, eine Notlandung vorzunehmen. Vorläufig ist es also verfrüht, über die Zahl der Opfer oder Überlebenden zu spekulieren ...«

Rebecca umklammerte Christians Arm so heftig, dass es ihm wehtat. Aber nicht einmal dieser Schmerz konnte Christian in der Welt, die ihn umgab, halten, und er sank auf die Knie.

## 11

Im Krankenhaus Broussailes in Cannes unterhielt sich ein pockennarbiger Mann mit einer Krankenschwester. In der Ecke des Stationszimmers röchelte die Klimaanlage, schaffte es aber nicht, in der brennenden Nachmittagssonne, die durch die Jalousien drang, für kühle Luft zu sorgen.

»Monsieur Cresson, wir können niemanden daran hindern, einen unserer Patienten aufzusuchen, solange die Besuchszeiten eingehalten werden«, sagte die sommersprossige Schwester.

»Auch dann nicht, wenn die Eltern des Patienten ausdrücklich an Sie appellieren?«

»Wir haben schlichtweg nicht die Kapazitäten, die Besucher jedes Patienten im Auge zu behalten. Das werden Sie doch verstehen.«

»Ist sie transportfähig?«

»Transportfähig wohin?«

»Nach Nizza. In eine Privatklinik, wo man garantieren kann, dass sie ihre Ruhe hat.« Luc Cresson stand auf. »Ich möchte Sie bitten, die Unterlagen der Patientin fertig zu machen.«

»Wollen Sie damit sagen, dass Sie sie nach Nizza verlegen wollen?«

»Das will ich damit sagen. Und ich bitte darum, dass bis dahin niemand zu ihr gelassen wird. Sie ist Mitglied einer Sekte namens Der Neue Morgen.«

Das schien das Interesse der Schwester zu wecken. »Sind Sie ein Verwandter von ihr, Monsieur Cresson?«

»Ich bin Psychologe und darauf spezialisiert, den Opfern von Kulten und Sekten zu helfen.« Luc zog eine Visitenkarte aus dem Portemonnaie. »Die Eltern von Béa Métral haben mich engagiert. Sie wollen ihre Tochter aus dem Neuen Morgen herausholen. Und jetzt möchte ich mit ihr sprechen.«

»Die Patientin ist gerade erst aus der Narkose aufgewacht. Ich glaube nicht, dass sie ...«

»Ich möchte gerade jetzt mit ihr reden.«

Die Schwester führte Luc auf den Gang und von dort weiter auf ein wandhohes Fenster zu. Luc warf einen Blick auf den Zettel mit den Stichworten, die ihm Béas Eltern vorab genannt hatten. Ganz oben stand »Milou«. Die Schwester führte ihn in das Zimmer, in dem Béa mit einem Gipsbein im Bett lag und apathisch an die Decke starrte. Luc nickte der Schwester zu, die sich sogleich entfernte.

»Béa ...«, sagte er ruhig und freundlich, während er auf das Bett zuging.

Béa wandte den Kopf und fragte matt: »Wer bist du?«

»Mein Name ist Luc Cresson. Ich war zufällig am Unfallort und habe den Krankenwagen gerufen.«

Béas Lippen formten sich zu einem kleinen Lächeln. »Danke.«

»Wie fühlst du dich?« Luc warf erneut einen Blick auf den Zettel. Béas Miene wurde lebendiger.

»Durcheinander... ich müsste meine Freunde anrufen.« Das Lächeln verschwand, und ein wirrer Blick trat in ihre Augen. »Und Jacob. Ich sollte heute auf der Croisette Trockenblumen verkaufen.«

»Und deine Eltern?«

Béas umherirrender Blick bohrte sich nun in den Besucher. »Was ist mit ihnen?«

»Solltest du nicht auch deine Eltern benachrichtigen?«

»Warum fragst du mich das?« Der Argwohn in ihrer Stimme wuchs.

»Ich dachte, es wäre sicher gut, wenn sie erfahren, dass dir bei dem Unfall nichts Schlimmes passiert ist.« Luc lächelte und versuchte, den Blickkontakt zu halten. Béa regte sich nicht.

»Ich habe sie lange nicht gesehen«, sagte sie schließlich. »Sie leben in der materiellen Welt.«

»Wer ist Milou?«

»Milou? Das ist mein Hund …« Das Lächeln kehrte in Béas Gesicht zurück, verflog aber im Nu wieder. »Woher weißt du von Milou?« Ihre Stimme wurde lauter. »Meine Eltern haben dich geschickt …«

»Bevor du aufgewacht bist, hast du fantasiert«, unterbrach Luc sie sanft. »Du hast gesagt: ›Milou, spring aufs Dach …‹ Was hast du damit gemeint?«

Béas Gesichtszüge wurden weicher. Sie schwieg eine Weile. »Milou hatte eine Hundehütte mit flachem Dach. Ich hatte mir eine schöne Hütte mit Satteldach gewünscht, aber mein Vater wollte billig davonkommen und ließ bloß eine Kiste bauen. Aber ich habe darauf einen tollen Dachgarten angelegt und ihm versucht beizubringen, sich dort aufzuhalten.«

»Wollte Milou das nicht?« Luc lächelte.

»Nein, so sehr ich es auch versuchte.« Béa lächelte zurück. »Ich habe ihm sogar Leckereien aufs Dach gelegt.«

»Wie geht es Milou jetzt?«

»Ich weiß es nicht.« Eine Träne trat in Béas Auge. »Ich habe ihn lange nicht gesehen.«

»Warum fährst du nicht hin und siehst nach?«

Béa schwieg erneut einen Moment und flüsterte dann: »Jacob will das nicht …«

»Du hast viel Respekt und Achtung vor Jacob.«

»Jacob ist wunderbar. Außergewöhnlich.« Wieder verwelkte ihr Lächeln. »*Wer bist du?*«

Christian starrte auf den gelben Gegenstand, der vor seinen Augen schaukelte. Er ging mechanisch vorwärts, hörte um sich herum Gerede, sah helle Lichter und Gesichter, nahm aber nichts von alldem wirklich wahr.

»Entschuldigung ...«

Das Wort wurde hartnäckig wiederholt. Der gelbe Gegenstand schwang weiter.

»Entschuldigung ...«

Christian merkte, dass er nickte.

»Darf ich fragen, wen sie abholen wollten?«, fragte der Journalist und hielt Christian das gelbe Mikrofon vor den Mund.

Der Kameramann stand mit seinem Arbeitsgerät auf der Schulter vor Christian, grelles Licht blendete ihn.

Ohne ein Wort ging Christian weiter und stieß den Kameramann dabei versehentlich an. Dieser wich zur Seite.

Außerhalb des Stroms eiliger Menschen blieb Christian stehen. In der Faust hielt er einen Essensgutschein von Regus Air. Minutenlang stand er reglos auf der Stelle und starrte in die Ferne. Der Flughafenbus fuhr in Richtung Zentrum davon, Taxis nahmen Fahrgäste auf, Fahrzeuge von TV-Sendern standen vor den Türen. Christian beschwor seine Willenskraft, aber er war total gelähmt. Schließlich spürte er aber doch, wie er nach und nach wieder Herr seiner Sinne wurde.

Er hatte das Bedürfnis, mit Tinas Verwandten zu sprechen, aber er besaß von niemandem eine Telefonnummer. Er sah Rebecca lebhaft mit einer Journalistin reden, die sich dabei Notizen auf einem kleinen Block machte. Christian war enttäuscht. Hatte Rebecca sich dafür entschieden, über ihre Gefühle zu reden, damit diese von der Journalistin dann in einen Artikel verwandelt wurden, der auf die Tränendrüse drückte?

Der Medienzirkus nahm immer größere Dimensionen an, mehr und mehr Kamerateams und Journalisten kamen herbei; Informationen wurden ausgetauscht, und die Gerüchteküche brodelte. Vieles war vollkommen unbegreiflich. Warum war die Maschine von ihrer Route abgewichen und hatte sich in eine völlig andere Richtung verirrt? Warum hatte die Besatzung keinen Kontakt aufgenommen oder auf Funkrufe reagiert? Christian irrte durchs Gedränge, saugte alle Informationspartikel, die durch die Luft schwirrten, auf und versuchte, die wildesten Spekulationen herauszufiltern.

Jemand berührte von hinten seinen Ellenbogen. Er blickte sich um und sah in Rebeccas blasses Gesicht. Etwas darin hatte sich jedoch verändert. Sie wirkte entschlossen und vernünftig.

»Ich wollte dir etwas erzählen, aber du warst schon weg«, sagte sie und schaffte es, inmitten des Schmerzes und der Irritation so etwas wie ein Lächeln zustande zu bringen.

»Was Neues? Wurde die Maschine entführt oder ist das Navigationsgerät ausgefallen?«

»Nach den neuesten Gerüchten hat ein Flugkörper die Maschine getroffen – was für einer und woher er kam, kann keiner sagen. Über dem Pulverfass Balkan klingt fast jede Vermutung plausibel.«

»Hast du schon einmal vom Brac-Hvar-Dreieck gehört?«, fragte Christian mit müdem Sarkasmus.

»Was soll das sein?«

»Das Bermuda-Dreieck der Adria. In der Gegend von Brac-Hvar sind in den letzten Jahren vier Flugzeuge auf unerklärliche Weise abgestürzt. Zumindest eine Transportmaschine der Nato und ein italienisches Frachtflugzeug.«

»Könnte das mit dem Krieg zu tun gehabt haben?«

»Weiß ich nicht. Aber wir haben die Hoffnung erst dann endgültig verloren, wenn die Toten gefunden worden sind.«

»Theoretisch.«

»Praktisch. Bis dahin ist alles möglich.«

»Du bist ein Mann der Theorie. Welche Temperatur hat

das Meerwasser um diese Jahreszeit? Wie weit vom Ufer entfernt ist der Sturz ins Wasser erfolgt?«

Rebeccas Vernunft und Stärke überraschten Christian. Gemeinsam bahnten sie sich einen Weg zu den TV-Monitoren, die auf Rollwagen standen, und schauten eine Nachrichtensendung an, in der das immer seltsamer werdende Mysterium von RG213 behandelt wurde. Auf einer Karte war die merkwürdige Route eingezeichnet: zuerst von Nizza über Norditalien bis in die Gegend von Lugano, die plötzlichen Aufstiege und Sturzflüge, dann die Wende um fast 180 Grad nach Süden und schließlich die Notlandung vor der Adriaküste.

»Hast du schon von dem hellen Lichtphänomen gehört, das genau zu der Zeit, in der die Regus Air umherirrte, an der kroatischen Küste gesehen worden ist?«, fragte Christian leise.

»Ufos haben uns gerade noch gefehlt.«

Inzwischen war der Direktor von Regus Air eingetroffen, um neue Informationen bekannt zu geben. Die Nervosität des Mannes steckte Christian an. Der Direktor erklärte, man werde einen Besuch der Familienangehörigen der Passagiere am Unfallort ermöglichen. Christian hatte früher nie verstanden, warum Fluggesellschaften so etwas organisierten, aber jetzt wusste er, warum. Das Bedürfnis, den Schauplatz der Tragödie zu sehen, war elementar und zwingend.

Er merkte, dass die Nervosität des Direktors weiter wuchs.

»Wir können jetzt die Mitteilung bestätigen, dass die Maschine im Meer gelandet ist. Ein Teil des Wracks befindet sich an Land, ein Teil im Wasser...«

Eine böse Ahnung befiel Christian, und sein Herzschlag beschleunigte sich.

»Wir müssen leider vermelden, dass alle Passagiere verschwunden sind. Das Wrack ist leer.«

# 12

Auf dem Fernsehschirm brach bestürztes Stimmengewirr aus, ebenso im Saal, in dem das Gerät stand. Christian sah Rebecca entsetzt an und wusste nicht, ob die unfassbare Neuigkeit Trauer oder Zuversicht in ihm auslösen sollte.

Das Wrack war leer. Die Passagiere waren verschwunden.

Er konnte nicht verhindern, dass sich in ihm Hoffnung regte. Tinas Leiche war nicht gefunden worden. Es konnte also sein, dass sie lebte.

»Was hat das zu bedeuten?«, fragte Rebecca außer sich. »Wohin können fast hundert Passagiere einfach so verschwinden?«

»Nirgendwohin«, sagte Christian in verwirrtem, über alle Maßen erregtem Zustand. »Die Leichen sind im Meer. Es dauert, bis man sie findet.« Er wollte seinen Hoffnungsfunken für sich behalten; abergläubisch befürchtete er, es würde der Hoffnung schaden, wenn er sie preisgäbe.

Rebecca drückte seinen Arm und sagte leise, aber entschlossen: »Ich will zum Unglücksort.«

Christian war nicht sicher, ob er richtig gehört hatte, aber noch bevor er etwas erwidern konnte, ging Rebecca los und schob sich wie ein Eisbrecher durchs Gedränge zum Ticket-Schalter der Regus Air. Christian folgte ihr. Wenn Rebecca zum Unglücksort flöge, würde er es dann auch tun? Der Gedanke faszinierte ihn einige Sekunden lang, dann siegte die Vernunft. Dort könnte er später immer noch hinfliegen, wenn es wirklich Grund gab und er das Ganze verarbeiten musste.

»Das mit dem Bermuda-Dreieck der Adria«, sagte Rebecca über ihre Schulter hinweg, »das klingt nicht mehr lächerlich, sondern ... beängstigend. Wie hieß es noch mal?«

»Red keinen Blödsinn.«

»Antworte!«

»Brac-Hvar-Dreieck. Du solltest einen kühlen Kopf bewahren. So wie bis jetzt auch.«

Rebecca drängte sich an den Schalter der Regus Air und sagte zu der übermäßig gebräunten, hochnäsig wirkenden Frau, die dort saß: »Mein Mann war in der Unglücksmaschine. Ich will zur Absturzstelle.«

»Wir prüfen gerade die Möglichkeiten eines Transports von Angehörigen nach Montenegro. Morgen früh wissen wir mehr...«

»Sie prüfen die Möglichkeiten?«, wiederholte Rebecca mit einer eisigen, ruhigen Stimme, um die Christian sie beneidete. »Ob es einen Transport geben wird oder nicht?«

»Wie gesagt, morgen können wir mehr sagen. Aber Sie erhalten von uns einen Hotelcoupon.«

Rebecca drehte sich so schnell um, dass sie fast mit Christian zusammengeprallt wäre.

»Mir ist nicht wohl«, sagte Christian gedämpft.

»Du bist wahnsinnig blass ...«

»Das meine ich nicht ...« Er fasste Rebecca am Arm und redete aufgeregt weiter. »Das Wrack kann nicht leer sein. Die Passagiere lösen sich auf ihren Sitzen nicht einfach in Luft auf, egal ob sie leben oder tot sind.«

»Außer wenn die Maschine eine Notlandung im Meer gemacht hat und die Passagiere versucht haben, sich zu retten.«

»Sind die Rettungswesten benutzt worden?«

»Das weiß ich nicht. Wir wissen hier gar nichts. Wir sind ganz auf Verlautbarungen und Gerüchte angewiesen«, schnaubte Rebecca und drängte sich wieder durch die Menge, dicht gefolgt von Christian.

»Was hast du vor?«, fragte dieser außer Atem, als sie einen weniger vollen Terminalbereich in der Nähe der Rolltreppen erreicht hatten.

»Ich fliege auf eigene Faust hin. Regus Air hat überhaupt nicht vor, einen Transport zu organisieren, die sind völlig unfähig. Die Reporterin vorhin hat gesagt, über Belgrad kommt man zumindest mit Lufthansa und JAT nach Podgorica, und von Podgorica ist es mit dem Auto nicht weit bis an die Küste.«

»Aber die Regus hat versprochen, einen Transport ...«

»Sie versprechen gar nichts, wie du selbst gerade gehört hast. Sie ›prüfen die Möglichkeit‹. Du verstehst doch, was das heißt?«

Christian schämte sich für seine Ratlosigkeit und Blauäugigkeit.

Rebecca blickte auf die Abflugmonitore. »In einer Stunde geht ein Flug nach Belgrad. Wenn, dann müssen wir jetzt handeln.«

Christian musterte sie. »Sollten wir nicht doch noch abwarten ...« Die Vorstellung, fliegen zu müssen, weckte Beklemmung in ihm.

»Warten worauf? Auf noch mehr Gerüchte? Ich will selbst sehen, was dort vorgeht. Wenn Mark hier wäre und ich in der Maschine, würde er keine Sekunde zögern. Ich gehe mir ein Ticket kaufen.«

»Ich will auch zum Unglücksort, unbedingt. Aber ich weiß nicht, ob es klug ist, so spät am Abend ...«

»Wann dann?«, fragte Rebecca ruhig und ging los. Ihre aufrechte Haltung unterstrich die Kraft ihrer Seele, die in dem kleinen Körper wohnte.

Christian dachte nach. *Wann dann?* Genau. Was sollte er in Frankfurt tun? Warten, die Hochzeitsvorbereitungen absagen? Sich endlos alles durch den Kopf gehen lassen, um Tina trauern? Wenn er seine Braut wirklich liebte, musste er alles aufs Spiel setzen und sich nicht von Flugangst oder anderen Vorwänden aufhalten lassen ... Er lief Rebecca nach. »Warte!«

Sie blieb stehen.

»Ich komme mit. Aber was ist mit dem Visum?«

»Für Jugoslawien braucht man ein Visum, für Montenegro nicht.«

Luc Cresson wischte sich den Schweiß vom pockennarbigen Gesicht, als er die breite Treppe zum Foyer der Klinik hinunterging.

»Es war Glück im Unglück«, sagte er in sein Handy zu Béas Vater am anderen Ende der Leitung. »Sie hat Morphium gegen die Schmerzen bekommen, außerdem sind die Abwehrmechanismen unmittelbar nach der Narkose ohnehin schwach.«

*»Was hat sie gesagt? Wie hat sie reagiert?«*

»Excusez-moi, Monsieur«, rief der Pförtner, der aussah wie ein in die Jahre gekommener Skinhead, hinter dem Empfangstresen. »Handys sind hier drin verboten, gehen Sie raus, wenn Sie telefonieren wollen.«

Luc hob lächelnd die Hand und trat ins Freie, wo es dank des Windes etwas kühler war als drinnen. Die Abendsonne stand tief am wolkenlosen Himmel.

»Der Prozess ist gut in Gang gekommen«, sprach er weiter ins Telefon. »Aber wir müssen sie an einen Ort bringen, wo ihre Freunde sie nicht finden. Es ist nur eine Frage der Zeit, bis sie versuchen, zu ihr vorzudringen.«

*»Handeln Sie schnell. Haben Sie schon einen geeigneten Ort im Sinn?«*

Luc trat, während er sprach, in den Schatten einer Palme am Rand der mit Blumenbeeten dekorierten Rasenfläche. »Ich habe bereits eine Privatklinik in Nizza angerufen. Sie ist teuer, aber gut.«

*»Machen Sie sich über die Kosten keine Gedanken.«*

»Die Verlegung erfolgt, sobald es möglich ist, vermutlich morgen früh. Was Béa an Informationen preisgegeben hat, deutet darauf hin, dass der Neue Morgen Methoden anwendet, die genauere Nachforschungen verlangen.«

Lucs Blick heftete sich auf eine grauhaarige Frau und einen jungen Mann, die am Rand des Parkplatzes aus einem uralten Renault 5 stiegen. Den Mann hatte Luc schon oft vor dem Festivalpalast Flugblätter verteilen sehen, und die Frau entsprach exakt Béas Beschreibung: trotz ihres Alters von höchstens fünfzig Jahren graues Haar, mütterliche, rundliche Erscheinung, schwarzes Kleid, wie man es zu Beerdigungen trägt, Handtasche.

»Verzeihung, aber ich muss aufhören. Wie es aussieht, bekommt Ihre Tochter Besuch.«

*»Ich verlasse mich darauf, dass Sie sich um ihr Wohlbefinden kümmern, Monsieur Cresson ...«*

Luc steckte das Handy ein und folgte den Besuchern ins Foyer, wo ihnen der Pförtner den Weg wies. Sie gingen zum Lift und warteten. Luc ging ohne Hast die Treppe hinauf, rannte aber sofort los, als er außer Sichtweite war. Auf Béas Station stürzte er ins Stationszimmer.

»Excusez-moi«, keuchte er. »Zwei Mitglieder der Sekte kommen gleich herauf, um Béa Métral zu besuchen ...«

Die Schwester richtete sich auf. »Ich werde ihnen sagen, dass die Patientin schläft.«

»Bleiben Sie hart! So machen es diese Leute auch. Ich werde in Béas Zimmer warten.«

Gerade als die Aufzugtür aufging, rannte Luc auf den Gang hinaus. Ohne sich umzublicken, eilte er in Béas Zimmer. Zum Glück schlief sie.

Luc schloss die Tür und wartete. Nach allem, was Béa erzählt hatte, stand es mit der psychischen Gesundheit der grauhaarigen Frau nicht zum Besten. Das war außergewöhnlich, denn normalerweise vermieden es Sekten, Mitglieder anzuwerben, die unter psychischen Problemen litten. Aber die Gruppe des Neuen Morgens, die in Cannes aktiv war, war Luc trotz aller Nachforschungen unbekannt geblieben. Es war ihm nicht einmal gelungen, ihren Stützpunkt zu lokalisieren, denn es wären mehr Personen und Ressourcen nötig gewesen, um den einzelnen Mitgliedern zu folgen.

Auf dem Gang wurde laut geredet, Türen wurden geöffnet und fielen wieder zu. Luc trat näher an Béa heran. Das Türenschlagen kam immer näher – jemand ging systematisch alle Zimmer durch. Rufe und Lärm wurden lauter. Luc war erleichtert, als er darunter auch die scharfe Stimme des Pförtners aus der Eingangshalle heraushörte.

Dann hörte das Türenschlagen auf. Luc wartete eine Weile ab, bevor er auf den Gang hinaustrat. Dort war niemand. Er eilte ins Stationszimmer, wo die Schwester, mit der er gesprochen hatte, gerade mit rotem Gesicht ein in erregtem Ton geführtes Telefonat beendete.

»Ich habe den Oberarzt verständigt«, sagte sie. »Die beiden Besucher haben versucht, mit Gewalt zu der Patientin vorzudringen. Die Frau war vollkommen verrückt, ich musste den Pförtner rufen.«

»Entschuldigen Sie bitte, aber ich muss gehen.«

Luc eilte auf den Gang und rannte die Treppe hinunter. Seine Schritte hallten von den Wänden wider. Am Ausgang kam ihm der Pförtner entgegen. Luc ging ohne ein Wort an ihm vorbei auf den Parkplatz zu. Die schwarz gekleidete Frau und der junge Mann näherten sich ihrem Renault. Luc eilte hinter den Rosensträuchern zu seinem kastenförmigen Fiat Multipla.

Die beiden Vertreter des Neuen Morgens fuhren nach Norden, in Richtung Rocheville. Luc blieb ihnen im dichten Verkehr auf den Fersen. Kurz vor der Abzweigung nach Le Cannet drängte sich ein Saab-Cabrio vor Luc, die Ampel sprang auf Rot, und der Saab bremste. Der Renault des Neuen Morgens hatte es noch bei Gelb über die Kreuzung geschafft. Luc scherte aus, trat aufs Gas und beschleunigte. Ganz knapp vermied er einen Unfall, als er über die Kreuzung raste.

Alte Villen waren nun keine mehr zu sehen, und statt der großen Wohnhäuser inmitten von Palmengärten säumten jetzt Autowerkstätten und Lagerhallen die Straße. Der Renault fuhr durch den Stadtteil Rocheville hindurch nach Norden weiter und überquerte die Autobahn auf einer Betonbrücke voller Graffiti. Luc hielt ausreichend Abstand, gab sich aber alle Mühe, den Renault nicht aus den Augen zu verlieren.

Dann kamen überhaupt keine Häuser mehr, nur dort, wo es nach Grasse abging, befand sich ein kleines Dorf. Die Straße stieg an und wurde kurvenreich. Im Rückspiegel blitzte hinter Cannes kurz das Meer auf.

Aus dem, was Béa berichtet hatte, war hervorgegangen, dass die Gruppe zweigeteilt war. Die meisten neuen Sektenmitglieder galten noch als Novizen; im »Haus« außerhalb der Stadt versammelten sich nur die langjährigen und vertrauenswürdigsten Mitglieder des Neuen Morgens. Béa hatte noch nicht zu ihnen gehört, aber gehofft, über Jacob wenigstens einmal einen Besuch im »Haus« machen zu dürfen.

Luc zweifelte nicht daran, dass die Krankenhausbesucher zu dem besagten Haus fuhren. Hinter Mimosenbüschen leuchteten plötzlich die Bremslichter des Renaults auf, und der Wagen bog in eine mit Gräsern bewachsene Nebenstraße ein. Luc fuhr an der Kreuzung vorbei und hielt hinter der nächsten Kurve an. Eilig lenkte er den Wagen rückwärts zwischen ein paar Sträucher am Straßenrand, sprang aus dem Auto und rannte in den Wald hinein, in die Richtung, die der Renault genommen hatte. Die trockene Bodenvegetation raschelte im Dämmerlicht unter seinen Füßen. Als er die Nebenstraße erreichte, beschleunigte er die Schritte, bis er abrupt stehen blieb. Hinter einer Wegbiegung stand der Renault vor einem heruntergekommenen Haus.

Außer Atem zog sich Luc in den Wald zurück. Über dem verlassen wirkenden Haus lag Stille. Nur der Motor des Renaults knackte vor Hitze. Die blassgrünen Fensterläden waren fest geschlossen, das Ziegeldach war stellenweise mit rostigem Blech ausgebessert worden. An einer Wand lehnte ein kaputtes Fahrrad, und etwas weiter weg lag eine rostige Mähmaschine, die bereits von Unkraut überwuchert wurde.

Luc ging langsam zur Rückseite des Hauses. An einem Fensterladen waren zwei Bretter kaputt, dahinter schimmerte gelbliches Licht. Das Haus stand an einem flachen Hang, der in das bewaldete Tal hinunterführte. Auf der anderen Seite des Tals stieg ein steilerer Hang an, dem grüne Höhenzüge folgten. In der Ferne, zwanzig Kilometer weit weg, schimmerte im Dämmerblau das Mittelmeer.

Luc bemerkte vierzig, fünfzig Meter vor sich eine Lichtung im Wald. Vorsichtig ging er näher heran. In der Mitte der Lichtung befand sich ein flacher Stein, hinter dem ein Kreuz aus zwei Ästen errichtet worden war. Rechts und links davon stand je eine verrußte Fackel.

Luc erschrak. Aus dem Haus erschallte ein Gebrüll, das ihm das Blut in den Adern gefrieren ließ.

Er zog sich weiter zwischen die Bäume zurück. Der Ort und die ganze Atmosphäre ließen ihn an den Massenselbstmord – oder eben Massenmord – der Sonnentempel-Mitglieder in einem abgelegenen Haus in den Hügeln unweit von Genf denken. Normale Menschen hatten als Opfer der Sekte die Macht über sich selbst verloren und ihr Leben in die Hände der Kultvorsteher gelegt. So wie es Luc vor dreizehn Jahren beinahe selbst passiert wäre.

Behutsam näherte er sich dem Haus. Wieder ertönte das Schreien, nun länger und jammervoller als zuvor. Eisige

Beklemmung schnürte Lucs Brust ein. Der Schrei stammte von einem Mann, von einem jüngeren Mann.

Alle Sinne aufs Äußerste gespannt und bereit, sofort in der Dunkelheit des Waldes zu verschwinden, näherte sich Luc weiter dem Haus. Er ging auf den beschädigten Fensterladen zu. Das gelbliche Licht drang ungefähr auf Augenhöhe heraus. Es waren noch drei Meter bis zum Fensterladen. Luc mochte keine Spannung, keinen hämmernden Puls und auch nicht das hohle Gefühl im Magen. Er hätte sich am liebsten aus dem Staub gemacht, aber er konnte die Gelegenheit nicht ungenutzt lassen.

Er wollte gerade durch die Lücke im Fensterladen ins Haus spähen, da fiel auf der anderen Seite des Hauses die Tür zu. Er sprang zurück und verschwand im Wald. Von der schwarz gekleideten Frau, die um die Ecke kam, war in der zunehmenden Dämmerung nicht viel mehr zu sehen als die grau leuchtenden Haare. Sie trug etwas in der Hand, als sie auf die Lichtung zuging. Der Gegenstand sah aus wie ein Radiorecorder.

Der Schrei erschallte zum dritten Mal. Es war unmöglich zu entscheiden, ob er durch seelischen oder durch physischen Schmerz ausgelöst wurde. Luc wusste, dass in Kulten mitunter nichts so war, wie es von außen den Anschein hatte. Zu manchen Ritualen konnten Todesschreie gehören, die mit dem Ausmaß der realen Angst nichts zu tun hatten.

Er stand regungslos da und sah zu, wie die Frau die beiden Fackeln entzündete.

Der Zwei-Millionen-Candela-Scheinwerfer des Hubschraubers strich über die schwarze Meeresoberfläche, auf der leere orangegelbe Rettungswesten trieben.

Kurt Coblentz beobachtete aus dem Cockpit, wie der Lichtkegel unter ihm langsam weiterglitt und auf das abgerissene Stück einer Tragfläche stieß. Direkt am Ufer lag ein großes Wrackteil im Wasser; das einem dynamischen

Pfeil nachempfundene schicke Logo der Regus Air leuchtete deutlich sichtbar.

Alle anderen Insassen des Helikopters trugen Helme, nur Coblentz nicht. Er starrte nach unten und redete mit niemandem, spürte jedoch die Blicke der fünf weiteren Passagiere an Bord auf sich. Der Hubschrauber landete auf dem Streifen Land zwischen dem Ufer und einer steil aufragenden Felswand, und Coblentz öffnete routiniert den Sicherheitsgurt. Er nahm den abgenutzten flachen Aluminiumkoffer vom Boden, und einer der Mitpassagiere öffnete ihm die Schiebetür, wobei er es vermied, ihm in die Augen zu sehen.

Coblentz stieg aus, ohne sich auch nur einen Millimeter zu bücken, obwohl die Rotorblätter über ihm die Luft zerstückelten. Die Schöße seines langen, dunkelvioletten Mantels flatterten, als er mit dem Koffer in der Hand auf das Wrackteil am Ufer zuging. Daneben, in einer engen Felsnische, war ein Zeltdach aufgespannt, vor dem eine Satellitenantenne stand. Das Brummen des Strom produzierenden Aggregats ging im Lärm des Helikopters und im Rauschen des Windes unter. Die Batterie von Halogenscheinwerfern, die an einem Teleskopmast brannten, sorgte dafür, dass die Schatten der Männer, die sich über etwas beugten, das sie offenbar gemeinsam untersuchten, unnatürlich scharf geschnitten waren.

»Er kommt.«

Coblentz hörte die schnell ausgesprochenen Worte, in deren Folge die Männer sich aufrichteten. Er hasste die Mischung aus Angst und Gefallsucht, die sich auf den Gesichtern widerspiegelte.

»Wir haben sie gefunden«, sagte einer der Männer.

Coblentz blieb stehen, um sich das Fundstück anzuschauen. Für ihn war es Ehrensache, ein Gesicht zu wahren, das wie aus Stein gehauen wirkte, auch wenn die Männer noch so sehr eine Reaktion erwarteten.

# 13

Luc Cresson lag im dunklen Wald auf trockenem Laub und versuchte zu hören, was die Mitglieder des Neuen Morgens am Lagerfeuer redeten.

Außer der Frau und dem jungen Mann, die mit dem Renault vom Krankenhaus gekommen waren, hatten sich noch zwei Männer eingefunden. Die vier saßen im Kreis zusammen und unterhielten sich. Der süße Duft eines Jasminräucherstäbchens schwebte heran und drang Luc in die Nase.

Aus dem Haus war schon länger kein Schreien mehr zu hören. Hatte es sich bei dem Schreienden um den jungen Mann gehandelt, der mit der Frau im Krankenhaus gewesen war und der jetzt neben ihr saß, oder war noch jemand im Haus, der nicht an der Sitzung bei Fackelschein teilnahm?

Luc hatte mit dem Gedanken gespielt, einen Blick ins Haus zu werfen, während die Mitglieder am Feuer saßen, aber es war unmöglich, sich unbemerkt in der Nähe des Hauses zu bewegen. Er begriff, dass er diesmal nicht mehr über die Gruppe erfahren würde, und trat langsam den Rückzug an. Erst als er ganz sicher war, im Dunkeln nicht mehr gesehen werden zu können, stand er auf.

Hinter sich im Wald hörte er jemanden rufen.

Luc blickte sich um, sah in der Dunkelheit aber nichts als die dicken Stämme von Buchen. Er erstarrte auf der Stelle, um zu lauschen.

Auf einmal schien sich hinter jedem Stamm ein Mensch

zu verstecken. Unmittelbar in seiner Nähe knackte ein Zweig. Jemand ging durch den Wald auf ihn zu. Luc spannte die Muskeln an.

Die Schritte hielten hinter einem Mimosenstrauch an, dann entfernten sie sich allmählich. Am Rand des Grundstücks vor dem Haus ging eine helle Taschenlampe an. Luc setzte sich in Bewegung und eilte, so leise er konnte, zu seinem Wagen.

Sobald die kurvenreiche Gebirgsstraße die Passhöhe überwunden hatte, tat sich vor Christian und Rebecca die Adriaküste im Schein des Mondlichts auf. Der Anblick des Meeres ließ Christian erschaudern.

*Das Wrack ist leer.*

Der unfassbare, unheimliche Satz klang in Christians Kopf nach. Er fragte sich, was es für ein Gefühl sein würde, die Überreste der Maschine zu Gesicht zu bekommen. Weiter wagte er nicht zu denken. Im Autoradio wurde geredet, aber Christian erkannte nicht einmal die Sprache, es mochte Slowenisch oder Serbokroatisch sein. Seit Stunden hatten sie keine Nachrichten mehr gehört.

Die kyrillischen Buchstaben neben den lateinischen auf den Straßenschildern steigerten weiter das Gefühl der Fremdheit. Es hatte bereits eingesetzt, als sie in Belgrad umgestiegen waren, und war nach Mitternacht auf dem Flughafen Podgorica, wo noch die Spuren der Nato-Bomben zu sehen waren, stärker geworden. Der Luftkrieg der Nato gegen Jugoslawien hatte Christian nicht gefallen, weshalb er es vermied, mit Rebecca, der Frau eines Nato-Offiziers darüber zu reden. Er fragte sich, was Rebecca gedacht haben mochte, als er im Flugzeug beim Start und bei der Landung ihre Hand genommen hatte. Hatte sie geglaubt, er litte unter Flugangst, oder hatte sie es mit dem Unglück und der daraus resultierenden Beklemmung in Verbindung gebracht? Sie hatte jedenfalls nichts gesagt, sondern nur seine Hand gehalten. Immer wieder waren sie die verschiedenen Gründe durchgegangen, die zum Verschwinden der Passagiere geführt haben konnten, aber eine vernünftige Erklärung hatten sie nicht finden können.

Rebecca hatte vor dem Abflug lange mit ihrem Sohn und mit der Freundin, die auf ihn aufpasste, telefoniert. Sie hatte zu ihrem Sohn gesagt, sie mache sich auf den Weg, »um den Papa abzuholen«.

An einem flachen Hang neben der Straße stand die Ruine eines burgartigen Gebäudes, das man mit gutem Grund als geisterhaft bezeichnen konnte.

»Und ich hatte immer gedacht, Graf Dracula wohnt in Transsylvanien«, sagte Rebecca.

Christian kam sich vor wie in der Welt der Geschichten von Tim und Struppi, die er als kleiner Junge verschlungen hatte; eine von ihnen hatte in einem dubiosen Balkanstaat gespielt. Die schwarzen, schneebedeckten Gipfel reichten bis zu den Wolken. Christian war von der Wildheit Montenegros überrascht. Es war, als wären die Alpen nach Süden verrückt worden, in die mediterrane Vegetationszone.

»Was immer in der Maschine auch geschehen ist, Mark hat mit Sicherheit versucht, etwas zu unternehmen«, sagte Rebecca leise. »Er ist nicht einfach auf seinem Platz sitzen geblieben.«

Christian nickte.

»Hast du schon mit den Eltern deiner Braut gesprochen?«

»Sie kamen bei einem Autounfall ums Leben, als Tina neun Jahre alt war. Die Tante, bei der sie aufwuchs, starb zehn Jahre später.«

»Das tut mir leid.«

»Jetzt wird mir erst klar, wie wenig ich über Tinas Leben weiß. Ich bin keinem ihrer Verwandten je begegnet und kenne kaum einen ihrer Freunde. Wir wollten auf unserer

Hochzeitsreise auch die Vereinigten Staaten besuchen. Dort wäre ich dann zum ersten Mal mit Tinas Geschichte in Berührung gekommen. Ihre Familie ist in den 30er Jahren von Italien nach Amerika ausgewandert.«

»Es kommt nicht darauf an, was du weißt, sondern was du fühlst. Wohin sollte die eigentliche Hochzeitsreise denn gehen?«

»Auf die Malediven. Wir haben uns dafür aufgrund eines einzigen Fotos in der Zeitung entschieden«, schmunzelte Christian. »Es sah für uns beide wie das vollkommene Paradies aus.«

Je näher sie dem Meer kamen, umso üppiger wurde die Vegetation. Am Straßenrand sah man Palmen, Zypressen und Pinien. Christian war nie richtig bewusst gewesen, wie mediterran die Küste des Balkans war.

»Warum bist du eigentlich Gehirnforscher geworden?«, fragte Rebecca unvermittelt.

Christian umklammerte das Lenkrad und starrte auf die holprige Straße im Licht der Scheinwerfer. »Ich wollte nicht als Arzt weitermachen.«

Rebecca schien aus seinem Tonfall etwas herauszuhören, das sie davon abhielt, weiterzufragen. Verlegenes Schweigen breitete sich im Auto aus.

»Ich bin zur Neurologie gewechselt«, fuhr Christian schließlich fort. »Das Gehirn ist das komplizierteste Forschungsobjekt, das es gibt. Und die Gehirnforschung ist die größte intellektuelle Herausforderung der Menschheit.«

»Glaubst du, die Gehirnforschung kann erklären, wie das Innenleben des Menschen funktioniert? Lässt sich zum Beispiel das Handeln eines Menschen im Moment eines Unglücks über die Gehirnfunktion erklären? Muss man dabei nicht auch Dinge wie Moral und Wertvorstellungen in Betracht ziehen?«

Christian warf einen kurzen Blick auf Rebecca und schmunzelte. »Wo hast du studiert?«

»Wie bitte? Soll eine normale Hausfrau und Mutter etwa nicht fähig sein, sich auf wissenschaftlichem Niveau zu unterhalten? Du scheinst ein Gefangener deiner Vorurteile zu sein. Hast du je Thomas Szasz gelesen?«

»Nein.« Der Name des amerikanischen Psychiaters war Christian geläufig, aber er hatte nie eines seiner Bücher gelesen.

»Leute wie du müssten sich gleich zu Beginn des Studiums mit Szasz beschäftigen. Wie kann jemand behaupten, das Gehirn zu erforschen, wenn er es nicht auch vom Gesichtspunkt der Moral und der Werte betrachtet?«

»Du hast überraschende Züge an dir, Rebecca.«

»Und da du nun einmal Gehirnforscher bist, kannst du offenbar auch zwischenmenschliche Beziehungen auf Chemie und Biologie reduzieren?«

Christian lachte auf und konzentrierte sich dann auf eine Haarnadelkurve, hinter der sich ein senkrechter Abgrund auftat. Die Straße führte nun steil bergab. Rebecca sah aus dem Seitenfenster und umklammerte den Sicherheitsgurt. »Kannst du noch fahren? Ich könnte dich ablösen ...«

»Nein, es geht schon«, sagte Christian schnell.

Als sie den Ford mieteten, hatten sie sich erkundigt, ob es riskant war, in der Nacht das Gebirge zu überqueren, und die mürrische Angestellte hatte Rehe und andere Tiere als größte Gefahren genannt. Dennoch wurde Christian das Gefühl nicht los, dass man in dieser Gegend durchaus das Opfer von Straßenräubern werden könnte. In seiner Tasche brannten tausend D-Mark, die er am Flughafen aus dem Automaten gezogen hatte. Montenegro hatte die D-Mark als offizielles Zahlungsmittel eingeführt.

Auf einem Aussichtsplatz neben der Straße stand ein riesiges Denkmal von Tito, dessen Blick auf den Horizont der Adria gerichtet war. Ein eckiger Lada, mit Tarnmuster besprüht, überholte sie. Christian schaute misstrauisch den Rücklichtern nach, von denen eines nicht brannte. Die Atmosphäre der Umgebung erschien ihm auf beklemmende Weise unwirklich. Ihm gingen Nachrichten von Massakern, Vergewaltigungen, ethnischen Säuberungen und Massengräbern durch den Kopf.

*Massengräber*. Eines davon befand sich nun vor ihnen an der Küste.

Die Straße führte durch ein kleines Dorf inmitten verwilderter Olivenhaine und Weinstöcke. Als die Abfahrt weniger steil wurde und sie sich endlich dem Ufer näherten, lebte Christian auf. Rebecca schien es ebenso zu gehen. Aus der Nähe betrachtet, sah das tintenschwarze Meer allerdings noch unheilvoller aus. Sie fuhren an einem Haus vorbei, das dem salzigen Seewind überlassen worden war.

»Hoffentlich finden wir ein Hotel.«

Beide versanken in ihre eigenen Gedanken. Die Uferstraße, die auf der Karte mit dem romantischen Namen *Jadranska magistrala* verzeichnet war, folgte den Biegungen der Küstenlinie. Dörfer und Sandstrände belebten den schmalen Landstreifen am Fuße der Berge, gegen den die Wellen brandeten. Je weiter sie nach unten fuhren, umso abgeschiedener wirkte dieser Winkel der Welt.

»Bist du sicher, dass wir auf der richtigen Straße sind?«, fragte Christian müde und besorgt. Er hielt nach Straßenschildern Ausschau, die jedoch nicht besonders häufig waren.

»Nur weiter geradeaus.«

Erste Regentropfen fielen auf die Windschutzscheibe, aber das zu erwartende Gewitter setzte nicht ein. Es blieb schwül. Christian wollte schon wieder auf die Hauptstraße zurückkehren, als sich am Fuß von Geröllhängen die Landschaft zum Meer hin weitete und sie endlich Pjevac erreichten. Um diese Zeit in der Nacht brannte in keinem einzigen Fenster Licht, von Leuchtreklame war erst recht nichts zu sehen. Nur ein schwacher Lichtschein im Zentrum der Stadt brach das bläuliche Dunkel.

»Fahr dorthin«, sagte Rebecca vorsichtig.

Schilder und Gebäude verrieten den Ehrgeiz der Stadt, Touristen anzulocken, aber die Ortschaft war sogar nach montenegrinischem Maßstab nur ein abgelegener Winkel, eingezwängt zwischen Bergen und Meer. Wer hierherkam, musste es wirklich wollen und bereit sein, dafür einige Anstrengungen in Kauf zu nehmen. Die Schönheit der karg bewachsenen Hänge und des Meeres konnte freilich niemand bestreiten.

Außerhalb der Saison hatte es jedoch den Anschein, als müsste man den Touristen etwas dafür geben, dass sie ihren Urlaub in Pjevac verbrachten. Was man sah, waren bescheidene Restaurants, ein Stück steiniger Strand, primitive Herbergen, die den Namen Hotel trugen, eine halb fertige Minigolfanlage und einige klobige Wohnblocks aus Beton.

Von den Häusern bröckelte der Putz, aus den Fenstern hingen rote montenegrinische Fahnen, und das verblasste Bild eines Mannes, der Christian unbekannt war, starrte von zerrissenen Plakaten. Auf den Straßen der Innenstadt sah man nach und nach mehr Menschen, und Christian musste einigen entgegenkommenden Autos ausweichen. Je näher sie dem Marktplatz kamen, umso belebter wirkte die Stadt auf einmal, obwohl es mitten in der Nacht war.

»Was weißt du über die politische Lage in Montenegro?«, fragte Christian.

»Als zur Debatte stand, dass Mark auf den Balkan soll, habe ich verfolgt, was dort passiert, aber dann haben sie ihn doch im Stützpunkt Wiesbaden behalten.«

Am Marktplatz angelangt, traute Christian kaum seinen Augen. Im Schein heller Halogenscheinwerfer standen zahlreiche Lieferwagen und Kombis mit Satellitenantennen auf den Dächern. Christian erkannte die Logos mehrerer Fernsehsender: RTL, SAT1, PRO7, RAI. Deutsche und Italiener waren am stärksten vertreten. Zwischen den Fahrzeugen liefen Techniker, Kameraleute und Reporter umher.

Der blaue Schein der Nacht verstärkte die seltsame Atmosphäre. Die dahinsiechende Stadt war überraschend zu neuer, surrealer Betriebsamkeit erwacht. Aus den Fenstern lugten neugierige Gesichter, und wild bellende umherstreunende Hunde liefen durch die Gassen. Sie hatten die Vormacht über das nächtliche Kopfsteinpflaster an die Journalisten verloren. Einige Einwohner von Pjevac hatten sich auf die Balkone gewagt, Ausrufe des Erstaunens hallten von Haus zu Haus, und beim Lamentieren über das Spektakel wurde wild mit den Händen gestikuliert.

Christian und Rebecca gelangten über mehrere enge Gassen zu einem anderen, kleineren Platz, auf dem ebensolches Gewimmel herrschte wie auf dem vorigen, aber ohne den hell ausgeleuchteten Medienzirkus: Hier waren Polizisten, Soldaten und Angehörige der Rettungsmannschaften versammelt. Militärstiefel, Tarnanzüge, Mützen und Kalaschnikows füllten das Blickfeld. Das Ganze erinnerte insgesamt mehr an einen militärischen Einsatz als an eine Rettungsaktion.

Trotz der abweisenden Atmosphäre hätte Christian gerne angehalten, um den nächsten Uniformierten zu fragen, was es Neues gebe. Aber es war sinnlos, Fragen zu stellen, das war Christian längst klar geworden. Diejenigen, die etwas wussten, äußerten sich nur über offizielle Verlautbarungen, und diejenigen, die nichts wussten, verbreiteten Gerüchte.

Sie fuhren weiter, bis sie auf ein Hotel stießen, das seine besten Tage bereits hinter sich hatte. Von der schmutzigen Wand bröckelte der Putz ab, eine gelbliche Lampe beleuchtete ein verziertes Schild: HOTEL JADRAN.

»Sollen wir es hier versuchen?«, fragte Christian.

»Das ist sicherlich das Klügste.«

Christian hielt nach einem Parkplatz Ausschau, fand aber keinen. Neben der Straße lag ein Rasenstück, auf dem Unkraut wucherte. In der Mitte ragten zwei schmächtige Palmen hervor.

»Versuchen wir es an der Straße, die näher zum Ufer verläuft«, sagte Christian. Sie fuhren ein paar Blocks weiter und bogen in eine schmale, unbeleuchtete Gasse ein, an deren Ende das Meer schimmerte. Eine Querstraße, die in die Richtung des Hotels zurückführte, gab es nicht, dafür grenzte ein leerer Parkplatz ans Ufer. Wellen schlugen gegen die rauen Steine, funkelnde Wasserperlen spritzten zum Nachthimmel auf. Zwei Tropfen landeten auf der Windschutzscheibe des Ford und bildeten sogleich dünne Rinnsale.

Christian und Rebecca stiegen aus, um ein paar Meter zu laufen und ihre müden Glieder zu recken, bevor sie ins Hotel gingen. Der salzige Wind hauchte ihren verschwitzten Körpern etwas Frische ein. Intuitiv vermieden es beide, aufs Meer zu blicken, auch wenn sie nicht wussten, wie weit entfernt der Unglücksort lag. Normalerweise löste der Anblick des Meeres bei Christian den unwiderstehlichen Wunsch aus, zu schwimmen, diesmal jedoch nicht.

»Jemand beobachtet uns von der Gasse aus«, sagte Rebecca.

Christian drehte vorsichtig den Kopf. Er sah gerade noch eine dunkle Gestalt hinter der Ecke eines heruntergekommenen Hauses verschwinden. »So manch ein Einwohner von Pjevac wird sich über all das wundern, schätze ich«, sagte er ruhig, blickte sich aber nach allen Seiten um. In der Stille jenseits des Medienspektakels lag etwas Bedrohliches.

Sie kehrten zum Wagen zurück und wollten gerade die Türen öffnen, als ein junger Mann in Lederjacke aus dem Schatten der Gasse vor ihnen auftauchte.

»Seid ihr Journalisten?«, fragte er in schwerfälligem und etwas schüchternem Englisch. Er hatte ein balkantypisches Aussehen mit starkem Kinn, starker Nase und dichten schwarzen Augenbrauen.

Christian und Rebecca sahen einander an.

»Ja«, sagte Rebecca.

»Ich habe Sachen, die mit dem Unglück zu tun haben.«

»Sachen?«

Der junge Mann bedeutete ihnen, ihm zu folgen. Christian und Rebecca schauten sich erneut an. Christian schüttelte den Kopf.

»Lass uns nachschauen, was er uns zeigen will«, flüsterte Rebecca und schickte sich an, dem Fremden in die Gasse hinein zu folgen. »Ich bin hierhergekommen, um etwas herauszufinden. Wenn ich nur im Hotelzimmer hocke und CNN schaue, hätte ich ebenso gut daheim bleiben können.«

»Wir werden bald um eine Geldbörse ärmer sein«, murmelte Christian an ihrer Seite. »Oder im schlimmsten Fall um unser Leben.«

»Keine Angst, ich passe schon auf dich auf.«

Rebeccas bitterer Unterton ließ Christian nachgeben. Die Häuser, die Mauer an Mauer standen, wurden immer baufälliger, ihre Eingangstüren gingen direkt auf die Straße. Der vom Meer kommende Wind trieb Papierabfall durch die menschenleeren Gassen und brachte an die Wand gekleisterte rissige Plakate zum Flattern. Der Junge bog in eine Querstraße ein und blieb stehen, um auf sie zu warten. Unter einer matten Straßenlaterne sah man schwarze, aufgesprühte kyrillische Buchstaben auf einer Betonwand sowie eine kantige Figur, die Christian an etwas erinnerte.

»Ich glaube nicht, dass das klug ist«, flüsterte er.

»Was meinst du mit ›Sachen, die mit dem Unglück zu tun haben‹?«, fragte Rebecca den jungen Mann.

»Das werdet ihr gleich sehen«, entgegnete dieser und ging weiter.

Erst jetzt sah Christian die Narbe, die sich von der Schläfe bis zum Nacken des Jungen erstreckte, und er bereute allmählich ernsthaft, dem wortkargen Burschen gefolgt zu sein.

»Mir gefällt das nicht.«

Rebecca blieb stehen. Auch ihr schienen Mumm und Neugier abhandengekommen zu sein.

Der junge Mann drehte sich zu ihnen um. »Ich war in den Bergen, als die Maschine abstürzte.«

Dieser Satz elektrisierte mit einem Schlag die Luft.

»Willst du damit sagen, dass du den Absturz gesehen hast?«, fragte Christian zögernd.

»Ich habe Lärm gehört. Dann bin ich zum Ufer abgestiegen, nahe bei der Absturzstelle.« Das schlechte und undeutlich ausgesprochene Englisch des Jungen war kaum zu verstehen. »Im nächsten Haus ist es.«

Christian und Rebecca folgten ihm wortlos. Der Junge öffnete eine Tür und winkte sie ins Haus. In dem kühlen Flur roch es nach feuchtem Hundefell. Christians Herz pochte. Er versuchte, im Dunkeln etwas zu sehen, und wartete unwillkürlich auf einen Schlag von hinten. Plötzlich erschrak er, als eine Hand seinen Ellenbogen berührte. Es war Rebeccas Hand.

»Hier entlang«, sagte der Junge und schaltete im angrenzenden Raum eine Stehlampe an. Ungleichmäßig und fleckig drang das Licht durch den gelben Lampenschirm. Zögernd betrat Christian den Raum, gefolgt von Rebecca. In dem kleinen Zimmer standen ein zerfetztes Sofa und ein Fernseher, auf dem Fußboden lag ein abgetretener Teppich. Auf dem Bildschirm war nur ein schwarzweißes Rauschen sichtbar, wodurch die halb leere Weinflasche auf dem Tisch einen flackernden Schatten gegen die Wand warf. Die Spitze des Schattens traf ein mit Reißnägeln an der Wand befestigtes Bild von Đukanović, dem Anführer des autonomen Montenegro.

»In der Nähe der Unglücksstelle trieben Schrott und alle möglichen Sachen im Meer. Am Strand habe ich unter lauter Metallteilen das hier gefunden.«

Er zog einen Müllsack unter dem Sofa hervor und leerte ihn auf dem Fußboden aus.

Mehrere Geldbörsen, drei Kameras, zwei Videokameras, von denen eine übel demoliert war, ein Christian unbekannter Metallgegenstand, vier Handtaschen und zwei größere Umhängetaschen kamen zum Vorschein.

Rebecca sah die Sachen aufgeregt durch, schien aber nicht zu finden, was sie suchte. Christian starrte auf eine der beiden Umhängetaschen.

Tina besaß so eine.

»Du musst das zur Polizei bringen«, sagte Rebecca.

»Zur Polizei?« Der Junge schien ehrlich erstaunt. »Als ich zum letzten Mal dort war, haben sie mich halb tot geschlagen.«

»Wir wollen mit so etwas nichts zu tun haben«, meinte Rebecca.

Christian kniete sich hin und machte wie unter Schock die Umhängetasche auf. Darin fand er eine Sonnenbrille, wie Tina sie hatte... Christian beherrschte sich und untersuchte weiter den Inhalt. Rebecca beobachtete ihn, sie schien zu ahnen, wer die Eigentümerin der Tasche war. Christians Finger stießen auf ein Stück Papier. Er warf einen Blick darauf und sah eine Handschrift, die er kannte. Sie hatte hastig wenige Worte aufgeschrieben:

WIR STÜRZEN BALD AB. ICH FILME HEIMLICH.

Christian ließ den Zettel zurück in die Tasche fallen und zwang sich, ruhig zu bleiben.

»War eine der beiden Videokameras in dieser Tasche?«, fragte er mit pochendem Herzen.

»Die Sony.«

Der Form halber ging Christian die übrigen Sachen durch und gab sich dabei Mühe, seine Aufregung zu verbergen. Wo hatte Tina die Kamera hergehabt? Warum musste sie *heimlich* filmen? *Was* hatte sie gefilmt?

Rebecca nahm eine der Geldbörsen in die Hand. »War da kein Geld drin?«

»Nein.«

Selbst ein Kind hätte gesehen, dass der junge Mann log.

Christian griff zu der Videokamera. Das Objektiv war kaputt und an der einen Seite des Gehäuses fehlte die Hälfte.

Aber die Kassette war noch drin.

# 14

»Was willst du?«, zischte Christian dem jungen Mann zu, der eine Schachtel Zigaretten aus seiner Lederjacke zog und sich eine anzündete. Die Flamme des goldenen Feuerzeugs wollte nicht wieder ausgehen, und der Junge musste den Mechanismus mit dem Finger zudrücken.

»Geld.«

Christian zwang sich, Ruhe zu bewahren. »Warum sollte jemand hierfür etwas bezahlen?«

»Weil jemand eine letzte Erinnerung von einem Angehörigen haben will«, grinste der Junge und steckte das defekte Feuerzeug in die Tasche zurück.

Rebecca stand wütend auf. »Wir wollen mit so etwas nichts zu tun haben ...«

»Wie viel willst du für die Videokamera?«, fragte Christian den Jungen, ohne auf Rebeccas bestürzte Miene zu achten.

Der junge Mann wollte etwas antworten, wog dann aber die Lage offenbar noch einmal ab. Er zog an seiner Zigarette und sagte: »Zweitausend D-Mark.«

»Mach dich nicht lächerlich.«

»Die Kamera enthält eine Kassette. Die hat Erinnerungswert für jemanden. Für Leute wie euch sind zweitausend ein Klacks.«

»Kann sein, aber ich trage solche Summen nicht mit mir herum.«

»Dann musst du das Geld holen, wenn du die Kamera willst.«

»Umgekehrt. Ich nehme die Kamera mit und bringe dir dann das Geld.«

Der Junge lächelte und blies den Rauch durch die Nase.

Christian zog sein Portemonnaie heraus. Rebecca wunderte sich immer mehr.

»Hier sind achthundert D-Mark.« Christian hielt dem Jungen ein Bündel Scheine hin. »Den Rest hole ich, sobald die Banken aufmachen. Oder gibt es hier einen Automaten?«

Der Junge schüttelte den Kopf und rührte das Geld nicht an. »Ich will deinen Pass als Pfand. Du kannst das Geld mit Visa am Bankschalter holen.«

Christian überlegte einen Moment. »Ohne Pass bekomme ich mit der Visa-Karte kein Geld am Schalter.«

»Aber sie bekommt welches«, sagte der Junge und nickte in Richtung Rebecca.

Christian gab ihm seinen Pass.

»Was machst du da für einen Blödsinn?«, zischte Rebecca.

Christian nahm keine Notiz davon. »Wann macht die Bank auf?«

»Um halb neun.«

»Dann komme ich wieder.«

Christian legte die Kamera in die Umhängetasche.

»Die Tasche kostet zweihundert.«

Christian hätte dem jungen Mann am liebsten eine Ohrfeige verpasst, aber er behielt sich unter Kontrolle. »Die nehme ich auch. Wie viele Leute wissen von deinem Fund?«

»Niemand.«

Der Junge begleitete Christian und Rebecca auf die Straße. Christian sah auf die Hausnummer neben der Tür.

»Ist das Tinas Tasche?«, fragte Rebecca, während sie in Richtung Ufer gingen. »Dann suchen wir jetzt ein Polizeirevier. Alles, was am Unglücksort gefunden worden ist, muss der Polizei übergeben werden ...«

»Sei still.«

Christian las den in kyrillischen Buchstaben geschriebenen Straßennamen an der Ecke und versuchte, ihn sich so gut es ging einzuprägen.

»Das hier ist Tinas Handschrift«, flüsterte er und nahm den Zettel aus der Umhängetasche.

Rebecca starrte das Stück Papier an. »Willst du damit sagen, dass ...«

»Ich weiß es nicht. Aber es sieht so aus«, sagte Christian aufgeregt. Er nahm die Kamera in die Hand und flüsterte: »Sie hat vor dem Unglück gefilmt. Im besten Fall kann die Kassette die Ursache der Katastrophe enthüllen.«

Christian sah sich die beschädigte Kamera genauer an. Es war ein Modell, für das man Hi8-Kassetten benötigte. Würde er eine entsprechende Kamera auftreiben, könnte er sich die Kassette auf deren Monitor ansehen.

»Wir müssen sie sofort den Behörden übergeben«, sagte Rebecca.

Christian legte die Kamera entschlossen in die Tasche zurück. »Unbedingt. Aber ich will die Kassette zuerst selbst ansehen«, entgegnete er und ging weiter in Richtung Ufer.

»Lass uns zum Marktplatz gehen und nach einem der Unfallermittler suchen«, schlug Rebecca vor.

Christian antwortete nicht. Wenige hundert Meter vor dem Parkplatz kamen sie an einen Strandabschnitt. In der Ferne leuchtete neben den Wellenbrechern ein heller Kamerascheinwerfer, vor dem eine Reporterin mit Mikrofon stand. Automatisch änderte Christian die Richtung und ging auf das Licht zu.

»Was hast du vor?«, fragte Rebecca.

Ohne zu antworten, stapfte Christian durch den weichen Sand, wobei er den Riemen der Umhängetasche fest umklammert hielt.

Die Stimme der Reporterin war über das Rauschen der

Wellen hinweg zu hören. »... Die Polizei hat die Unglücksstelle abgesperrt, nicht einmal Vertreter der Medien werden herangelassen. Die Tatsache, dass auch Filmaufnahmen vom Hubschrauber aus verboten sind, wirft Fragen auf. Hier in Pjevac herrscht Irritation, da im Lauf der Nacht bislang keine der vielen offenen Fragen beantwortet worden ist...«

Von Süden her näherte sich entlang der Küstenlinie ein Helikopter, und die Reporterin musste lauter sprechen.

»Die Aktivitäten der Behörden wirkten dennoch lebhaft, weshalb sich das Interesse aller auf die Pressekonferenz richtet, die für morgen früh um sieben anberaumt worden ist. Sylvia Epstein, Sky News, Pjevac, Montenegro«, sagte die Reporterin, und sogleich schaltete der Kameramann den Scheinwerfer an seiner Kamera aus.

»Entschuldigung«, sprach Christian die Journalistin an, die aus einer abgewetzten Ledertasche im Sand eine Schachtel Zigaretten kramte. »Meine zukünftige Frau war in der Regus-Air-Maschine, ebenso wie der Mann einer Freundin von mir...«

Die Reporterin hielt beim Anzünden der Zigarette schützend die Hand gegen den Wind. »Tatsächlich?« Die Flamme des Feuerzeugs erleuchtete ein hartes, stark geschminktes Gesicht. »Wie kommt es, dass Sie hier sind? Ich habe gehört, es würden vorläufig keine Angehörigen hertransportiert.« Sie brachte ihre Zigarette zum Brennen, blickte nach oben und stieß den Rauch durch die Nase aus. »Regus Air ist nicht Swissair. Und Pjevac ist nicht Nantucket. Und unter den Passagieren saß auch nicht gerade die Hautevolee von Genf. Das meine ich nicht böse.«

»Ist die Unglücksstelle weit von hier?«, fragte Christian, ohne sich an dem brüsken Ton der Frau zu stören.

»Ich schätze, so fünf Kilometer.«

»Sie schätzen? Waren Sie nicht dort?«

»Niemand ist dort gewesen. Noch nicht. Das ist ein

mysteriöser Fall, selbst wenn man das leere Wrack außer Acht lässt. Ein verdammt mysteriöser Fall.«

Der ernste, irritierte Ton der erfahrenen Journalistin jagte Christian einen Schauer über den Rücken. Er spielte an den Nähten von Tinas Tasche und blickte auf den Kameramann, der dabei war, seine Gerätschaften einzupacken.

Die Reporterin richtete den Blick aufs Meer, über dem das Licht eines Leuchtturms aufflammte. »Ich war in Paris beim Absturz der Concorde, in Amsterdam beim El-Al-Unglück, in Lockerbie bei Pan Am, aber hier läuft alles vollkommen anders. Kein Informationsfluss, alles äußerst schwerfällig.«

»Könnte es eine Rolle spielen, dass wir uns in Montenegro befinden?«, fragte Rebecca.

»Na klar. Aber immerhin leitet die ICAO die Ermittlungen.«

»Die ICAO?«

»International Civil Aviation Organisation. Die Leitung der Ermittlungen liegt praktisch in deutscher Hand, weil die Maschine in Deutschland registriert war. Wo sind Sie untergebracht?«

»Wir haben noch kein Quartier«, sagte Christian.

»Ein Teil der Journalisten wohnt in Budva, weil es dort die besseren Hotels gibt. Aber die Fahrerei kostet Zeit, darum übernachten die meisten in Pjevac. Ich kann Ihnen Zimmer in unserem Hotel besorgen ... es ist ein erbärmliches Loch, nur für uns aufgemacht worden.«

»Danke, aber wir besorgen uns selbst ein Hotel«, sagte Rebecca.

Die Journalistin lächelte trocken und sog mit hohlen Wangen an ihrer Zigarette. »Sie fürchten, ich würde Ihnen mit Interviewanfragen in den Ohren liegen.«

»Ich kenne die Spielregeln inzwischen.«

»Sie werden mir keinen Dank schuldig sein, auch wenn

ich Ihnen helfe. Sie können später selbst entscheiden, mit wem Sie reden oder ob überhaupt. Okay?«

Rebecca nickte unsicher.

Christian trat zu dem Kameramann, der einen ebenso hartgesottenen Eindruck machte wie die Reporterin. »Entschuldigung, könne Sie mir sagen, wo ich in Pjevac eine Hi8-Kamera bekomme? Meine ist im Eimer.«

»Das ist ein auslaufendes Format«, sagte der Kameramann, während er das Stativ zusammenklappte. »Von denen sind nicht mehr viele im Umlauf.«

»Könnte es sein, dass ein Kollege von Ihnen eine als Ersatzkamera dabei hat?«

»Die Hi8 ist von der Qualität her eine Amateurkamera. Könnte höchstens sein, dass ein einheimischer Kollege eine in Reserve hat.«

»Du fährst jetzt direkt zum Rathaus und baust auf«, sagte die Reporterin zum Kameramann. »Ich komme nach. Wir gehen nur kurz am Hotel vorbei.«

»Wir werden doch auch zu der Pressekonferenz hineingelassen, obwohl wir keine Journalisten sind?«, fragte Rebecca.

»Jedenfalls dann, wenn Sie mit mir kommen.«

Sie gingen zu Fuß am Ufer entlang. Die Kassette brannte heiß in der Umhängetasche, aber Christian versuchte sich zu beherrschen. Am nächsten Morgen bei der Pressekonferenz würden Vertreter der Behörden und Ermittler des Unglücks anwesend sein.

»Was sind Sie von Beruf?«, wollte die Reporterin von Christian wissen.

»Ich bin Gehirnforscher«, antwortete er zögernd. Er fragte sich, ob das schon der Anfang eines Interviews war oder bloß unschuldiges Interesse, sagte sich dann aber, dass er nicht paranoid werden durfte. »Ich untersuche die Mechanismen des Wohlbefindens und der Abhängigkeit beim Menschen«, fügte er darum hinzu.

Die Journalistin begriff sofort, wie der Hase lief. Übertrieben wollüstig nahm sie einen Zug aus ihrer Zigarette und behandelte sie dabei betont zärtlich. »Das hier also?«

Christian nickte. »Allerdings mit etwas stärkeren Stoffen.«

»Ich habe mal einen Neurobiologen getroffen«, sagte die Journalistin und stieß Rauch aus. »Der sagte, die Psyche und die Persönlichkeit des Menschen könne man in seinem Großhirn lokalisieren. Sind Sie der gleichen Meinung?«

Christian seufzte innerlich. Wissenschaftliche Argumentation und die Befriedigung des Geltungsbedürfnisses eines anderen Menschen interessierten ihn jetzt kein bisschen, aber es konnte sinnvoll sein, die Journalistin bei Laune zu halten.

»Eines der größten Probleme für uns Gehirnforscher besteht darin, die psychologische Information über die Sinneswahrnehmung des Menschen mit der neurologischen Information in Verbindung zu bringen. Und das ist keine messtechnische Frage, sondern eine abstrakte.«

»Ihr Gehirnforscher glaubt nicht an die Fähigkeit des Menschen, sein Leben selbst in die Hand zu nehmen und eigene Entscheidungen zu treffen. Ihr versucht das menschliche Handeln aus den chemischen und physikalischen Prozessen des Gehirns zu erklären. Und trotzdem geht ihr im wirklichen Leben davon aus, freie Individuen zu sein, die fähig sind, Entscheidungen zu treffen.«

Christian unterdrückte seinen Groll und überlegte einen Moment, wie er auf die Provokationen der Journalistin reagieren sollte. »Sie konstruieren einen unnötigen Widerspruch zwischen biochemischen Prozessen und dem zweckorientierten Handeln des Menschen. Auch ein Neurologe kann den Willen des Menschen als Mysterium, als Paradoxon begreifen.«

Christian hoffte, die Frau würde es dabei belassen, aber

sie hakte hartnäckig nach. »Ihr glaubt, im Leben eines Menschen geschieht nichts infolge seiner Entscheidungen, egal ob es sich um Gewalt, Drogen, Sex, Kriminalität oder Glücksspiel handelt. Das gesamte naturwissenschaftliche Weltbild beruht darauf, dass der Mensch ein von außen erklärbares, willenloses Wesen ist.«

Christian seufzte gequält. »Vielen Menschen fällt es schwer zu glauben, dass wir Eigenschaften von Menschen verändern können, indem wir die jetzigen Kenntnisse über das Gehirn mit den Möglichkeiten der Molekularbiologie kombinieren, um auf die Gehirnfunktion durch gezielte Medikation Einfluss zu nehmen. Aber ich werde hier keine Grundsatzdiskussion vom Zaun brechen.«

Die Frau triumphierte sichtlich, als sie erneut an der Zigarette zog. Ihr Verhalten ärgerte Christian zusehends. Sie hatte eine spitze Zunge und ein rätselhaftes Lächeln, das zwischen unbeabsichtigtem und absichtlichem Spott zu oszillieren schien. Was mochte sich dahinter verbergen?

»Und Sie, was machen Sie beruflich?«, wandte sich die Reporterin an Rebecca.

»Ich bin Hausfrau.«

Christian registrierte Rebeccas lakonische Antwort, die keine Nachfragen provozierte, und schämte sich für seine eigene Geschwätzigkeit. Sylvia warf die Zigarette in den Sand und trat sie aus. Sie erreichten einen beleuchteten Straßenabschnitt, der als Strandboulevard fungierte. Die geschlossenen Cafés sorgten für eine Atmosphäre der Verlassenheit und Melancholie.

»Ein seltsamer Ort«, nahm die Reporterin das Gespräch hartnäckig wieder auf, obwohl ihre Begleiter keinen Gesprächseifer an den Tag legten. »Ein Touristenort ohne Touristen. Ich war Ende der 80er Jahre hier, damals war die Küste von Montenegro einer der wichtigsten Kassenmagneten Jugoslawiens. Kennen Sie die Hotelinsel Sveti Stefan etwas weiter südlich? Wunderbar. Tito hat dort seinerzeit ein Luxushotel für Parteibonzen errichten lassen. Das Niveau kann man sich ausmalen, wenn man sich vor Augen führt, dass Robert Redford, Joan Collins, Sylvester Stallone und Konsorten dort regelmäßig absteigen. Für die beste Suite muss man allerdings tausendfünfhundert Dollar pro Nacht berappen.«

Das Geplauder der Frau ging Christian zum einen Ohr herein und zum anderen hinaus. Er hielt nach Elektrogeschäften Ausschau, aber die Schilder der heruntergekommenen Terrassenlokale warben nur für Campari und Perrier. Ohne Pass fühlte er sich nackt, und er bereute es, das Dokument in der Aufregung dem Jungen überlassen zu haben. Bis zur Öffnung der Banken waren es noch einige Stunden. Sie näherten sich dem Hotel Jadran.

»Zu Miloševićs Zeiten wurde der Tourismus heruntergefahren. Für zehn lange Jahre waren die Gäste ausschließlich Jugoslawen, und das merkt man«, sagte die Journalistin und machte eine weit ausholende Handbewegung. »Schade, dass der Anlass Ihres Besuchs ein so unschöner ist. Andernfalls müssten Sie unbedingt einmal nach Budva fahren. Das ist ein unglaublicher Ort aus dem frühen Mittelalter.«

Schließlich erreichten sie das Hotel, wo Christian und Rebecca sich unter Sylvias Ägide einschrieben. Christian glich den fehlenden Pass mit einem Hundertmarkschein aus und registrierte, dass Sylvia dies nicht verborgen blieb. Es war bereits vier Uhr morgens, und sie vereinbarten, gemeinsam zur Pressekonferenz zu gehen, die um sieben Uhr stattfinden sollte.

Christian zog sich in sein enges, kühles Zimmer zurück und holte ungeduldig die Kamera hervor. Mit sanfter Gewalt öffnete er das Kassettenfach und nahm vorsichtig die kleinformatige Kassette heraus. Er hätte jeden Preis bezahlt, um sie sich augenblicklich auf einem passenden Gerät ansehen zu können.

Er versuchte den antiken Fernseher einzuschalten, weil er Nachrichten sehen wollte, bekam aber kein Leben in den Apparat. Das kümmerliche Drahtgebilde, das als Antenne diente, ließ allerdings darauf schließen, dass ohnehin kein Sender in verständlicher Sprache zu empfangen gewesen wäre.

Christian legte sich aufs Bett. Er war todmüde, fand jedoch keinen Schlaf, sondern wälzte sich nur unruhig hin und her.

Dann musste er doch kurz eingenickt sein. Er fuhr hoch, als es an der Tür klopfte. Behutsam schob er die Kassette in die Innentasche seiner Jacke und schloss auf. Rebecca wollte gerade hereinschlüpfen, als Sylvia am Ende des Flurs auftauchte.

»Kommt«, sagte sie. »Der Rathaussaal ist klein, wir müssen rechtzeitig dort sein.«

»Wo ist die Kassette?«, fragte Rebecca leise.

Christian berührte seine Jacke an der Stelle, wo sich die Innentasche befand.

Sie traten ins Freie und gingen in Richtung Marktplatz. Je näher sie dem Zentrum kamen, umso mehr Leute waren auf den Straßen unterwegs, trotz der frühen Morgenstunde. Unsicherheit, Verwirrung und Neugier spiegelten sich auf den Gesichtern – auf denen der hektischen Journalisten wie auf denen der Einheimischen, die sich über die Hektik der Fremden wunderten. Rebecca sah aus, als wollte sie etwas sagen, fühlte sich aber offenbar durch Sylvias Anwesenheit gehemmt. Eine Schar Zigeunerkinder rannte ihnen ein Stück hinterher, aber Sylvia scheuchte die zerlumpten kleinen Spötter brüsk und routiniert davon.

Auf dem Marktplatz hatte der Medienzirkus noch zugenommen. Christian wäre gern zu den Kameraleuten gegangen und hätte nach einer Hi8-Kamera gefragt, aber um in die Pressekonferenz zu kommen, musste er bei Sylvia bleiben. Sie hielt einen internationalen Presseausweis in der Hand, den aber niemand sehen wollte. Es interessierte sich auch niemand dafür, ob Christian und Rebecca Journalisten waren oder nicht.

Die Montenegriner blieben draußen und schauten mit verwunderten Gesichtern zu, wie die schick gekleideten Westler ins Rathaus eilten. Als die ramponierten Eichentüren zufielen, trennten sie zwei Welten voneinander. Die Journalisten schüttelten die lokale Realität ab und gingen zur Jagd nach Knüllern über. Sylvia gesellte sich zu ihrem Kameramann.

»Komm, wir suchen einen von den Offiziellen«, flüsterte Rebecca Christian zu. »Die warten bestimmt im Nebenraum auf den Beginn der Pressekonferenz.«

»Lass uns zuerst schauen, was das für Leute sind, und hören, was sie Neues zu erzählen haben.« Christian konnte seine Gefühlswallung nicht verbergen. »Es ist Tinas Kassette. Es kann etwas darauf sein, das ... für mich ...« Er musste schlucken.

»Entschuldige. Ich wollte mich nicht in deine persönlichen Angelegenheiten einmischen.«

Sie gingen auf den Saal zu, in dem lebhaftes Treiben herrschte. Christian versuchte seine Gefühle unter Kontrolle zu halten und schaute sich aufmerksam unter den Kameraleuten nach deren Geräten um, auch wenn er wusste, dass es keine Amateurausrüstung im Saal gab. Er blickte nach vorne, doch standen keine Offiziellen in der Nähe des Rednerpults. Er scheute sich vor dem Gedanken, die Kassette de facto konfiszieren zu lassen, ohne weiteren Einfluss auf ihren Gebrauch nehmen zu können.

»Der reinste Rummelplatz«, sagte Rebecca. Die Kameraleute brachten ihre Ausrüstung in Bereitschaft und bauten die Mikrofone auf, die Reporter überprüften ihre Telefonverbindungen. Wegen der umliegenden Berge gab es kein Mobilfunknetz, darum waren Satellitentelefone in der Größe von Bierdosen im Gebrauch, die etwas größere Antennen hatten. Es waren nicht genügend Stühle für alle vorhanden, aber Christian und Rebecca gelang es, Plätze zu finden.

»Was hältst du von ihr?«, fragte Rebecca mit einer Kopfbewegung zu Sylvia, die sich mit ihrem Kameramann unterhielt.

»Sie ist schrecklich.«

»Immerhin versucht sie nicht, tränenreiche Statements von uns zu bekommen, wie es die meisten anderen tun würden.«

»Sie hat anscheinend eine bessere Taktik.«

Zwei Techniker in PRO7-Anoraks bauten große Stative mit Kameraleuchten auf. Im Mittelpunkt von allem stand das Rednerpult voller Mikrofone. Vorne hatte es einer der Stadtväter offenbar auf die Schnelle mit der Aufschrift »PJEVAC« versehen. Neben dem Pult leuchtete ein weißes Flipchart, dahinter waren Plakate eines Reisebüros zu erkennen.

»Die Stadt versucht anscheinend, mit Hilfe der Tragödie Touristen anzulocken«, sagte Rebecca.

»Aber ob die Touristen nächsten Sommer noch wissen, was hier passiert ist?« Christian konnte seine Anspannung nicht verbergen. Er sah immer wieder auf die Uhr, so wie es auch viele der Journalisten taten. Das Warten auf Neuigkeiten sorgte für eine angespannte Atmosphäre in dem stickigen Saal.

Schließlich trat ein Jugoslawe mit lockigen Haaren und schäbigem Anzug ans Pult, gefolgt von einem besser angezogenen Mann und zwei Offizieren in Uniform.

»Meine sehr verehrten Damen und Herren, herzlich willkommen zu unserer Pressekonferenz«, sagte der Jugoslawe in gebrochenem Englisch. »Ich bin Miloš Orlović, der Leiter des für die Ermittlungen zuständigen Komitees der jugoslawischen Luftfahrtbehörde. Außerdem anwesend sind Helmut Mayer, der Direktor der Regus Air, Oberstleutnant Dubocke von der montenegrinischen Küstenwache und Oberst Carrington von der US-Luftwaffe. Als Erstes übergebe ich das Wort an ...«

»Mr Orlović, trifft es zu, dass die Maschine schon leer war, als sie ins Meer stürzte?«, fragte ein Journalist.

Die Frage sorgte für einen metallischen Geschmack in Christians Mund. Er spürte, wie Rebecca neben ihm erstarrte.

»Es ist nicht meine Absicht, auf Fragen zu antworten ...«

Ohne sich um Orlovićs Worte zu kümmern, meldeten sich weitere Journalisten und stellten Fragen.

»Können Sie bestätigen, dass Jagdflugzeuge der Nato der Unglücksmaschine gefolgt sind?«

»Ich bitte um Ruhe«, rief Orlović, während einer der Männer in Uniform zum Pult ging, begleitet von allgemeinem Lärm und Durcheinander. Christian und Rebecca sahen einander irritiert an. Plötzlich hatte die Kassette einen ganz neuen Wert erhalten.

»Ich übergebe das Wort an Oberst Carrington von der Luftwaffe der Vereinigten Staaten.«

Ein Stimmengewirr der Überraschung erhob sich im Saal. Christian ballte die Fäuste und machte sich auf unangenehme Neuigkeiten gefasst. Der Anblick des Militärvertreters beunruhigte ihn. Der Oberst trug eine Brille mit Metallbügeln, sein Haar war weiß und fast stoppelkurz geschnitten. Sein Auftreten sorgte zunächst einmal für Disziplin unter den Journalisten, er musste nicht einmal um Ruhe bitten.

»Guten Morgen. Als Erstes möchte ich sagen, dass wir es hier mit einem außergewöhnlichen Ereignis zu tun haben. Mit einem sehr außergewöhnlichen. Es gibt zwei große Fragen. Erstens: Warum hat die Maschine so heftige Bewegungen vollführt, warum ist sie von ihrem Kurs abgekommen und schließlich abgestürzt? Und zweitens: Warum sind am Unglücksort noch immer keine Toten gefunden worden?«

Es wurde absolut still im Saal. Auf dem gebräunten Gesicht des Oberst sah man die militärische Selbstsicherheit bröckeln. Bei jedem anderen hätte das Durchscheinen von Emotionen menschlich gewirkt, aber auf dem Gesicht des strengen Oberst sah es beängstigend aus.

»Ich bin sicher, für alles wird sich eine rationale Erklärung finden«, sagte er und musste sich räuspern. »Aber im Moment haben wir es mit einer unbekannten Größe zu tun.«

# 15

Luc Cresson saß neben Béa im hinteren Teil des schaukelnden Krankenwagens. So früh am Morgen herrschte so gut wie kein Verkehr zwischen Cannes und Nizza. Vor den Kreuzungen ließ der Fahrer die Sirene aufheulen und fuhr über Rot, obwohl es sich nur um eine Patientenverlegung handelte.

»Ich habe den Neuen Morgen verraten, und jetzt ist Jacob ... tot.« Béas Augen waren rot vom Weinen. Ihre Haare fielen auf den groben Einwegbezug des Kopfkissens, ihr Gesicht war blass. Im Krankenwagen roch es stark nach Desinfektionsmittel.

Luc musterte Béa, die längst nicht mehr so kooperationswillig war wie am Vortag nach dem Aufwachen aus der Narkose. Am frühen Morgen hatte sie in der Klinik einen Nachrichtenausschnitt gesehen, in dem vom Schicksal der Regus-Air-Maschine die Rede gewesen war. Danach hatte die Schwester ihr ein Beruhigungsmittel geben müssen.

»Erzähl mir von Jacob«, bat Luc.

»Ich habe doch schon gesagt, dass ich das nicht will. Und nicht kann. Es gibt nichts über ihn zu erzählen. Jacob ist ein Rätsel. Er hätte Verständnis für meine Entscheidung gehabt ... Jacob ist nicht wie die anderen ...« Béas Stimme brach.

»Hat er im Haus gewohnt?«

Sie schüttelte den Kopf. »In der Rue Henri Paschke, gegenüber der Bäckerei.«

Luc prägte sich die Adresse ein. »Weißt du, ob im Haus Gewalt ausgeübt wurde?«

»Wieso?« Sie wirkte ehrlich erstaunt.

Béas spontane Reaktion beruhigte Luc. Der Schrei hatte bis weit in die Nacht in seinen Ohren nachgehallt, aber er war noch nicht so weit, sich an die Polizei zu wenden.

Der Krankenwagenfahrer ließ erneut die Sirene aufheulen, und das Auto geriet leicht ins Schwanken.

Christian berührte die Innentasche seiner Jacke, wo die Kassette zu spüren war, und starrte dabei auf den Oberst. Als er einen Blick auf Rebecca warf, bemerkte er, dass sie kreidebleich war und die Augen geschlossen hatte.

»Bist du in Ordnung?«, flüsterte er.

Sie nickte und öffnete die Augen, in denen ein ängstlicher Schimmer lag. Der Saal vibrierte vor Erwartung. Der Oberst hustete und sammelte seine brüchige Selbstsicherheit.

»Zunächst kurz etwas zu dem Hintergrund, warum wir an der Ermittlung beteiligt sind, obwohl das Unglück ein Zivilflugzeug betrifft. Jugoslawien wird demnächst der internationalen Zivilluftfahrtorganisation ICAO beitreten ...«

Der Oberst blickte in seine Unterlagen und fuhr mit monotoner Stimme fort: »Gemäß Artikel 13 des ICAO-Abkommens und Paragraph 12 der Satzung der nationalen jugoslawischen Zivilflugorganisation wurde für die Untersuchung des Unglücks von Flug 213 eine Kommission eingesetzt, die sich aus Vertretern der genannten Organisationen sowie der deutschen Untersuchungsstelle für Flugunfalluntersuchung BFU zusammensetzt, da das betroffene Flugzeug in Deutschland registriert war.«

Während er sprach, schrieb der Oberst mit einem Filzstift die Abkürzungen der genannten Institutionen auf das Flipchart und skizzierte mit wenigen Strichen ein Organisationsschema. Es sah aus, als würde er auf Zeit spielen, seinen Vortrag hinauszögern wollen. Die Zuhörer wurden unruhig und warteten darauf, dass er endlich zur Sache kam.

»Zusätzlich wurden Experten von der britischen Flugunfalluntersuchungsbehörde AAIB, von der US-amerikanischen Unfalluntersuchungsbehörde NTSB sowie von der Luftwaffe der Vereinigten Staaten berufen.«

Die Worte des Oberst strömten als einförmige, nicht zu fassende Liturgie in Christians Ohren. Eventuelle wesentliche Aspekte gingen in den Formalien, in denen es von Abkürzungen wimmelte, unter. Die Journalisten im Saal machten sich Notizen. Es herrschte ungeduldige Stille.

»Aufgrund von Faktoren, die mit dem Unfallort und der Ermittlung zu tun haben, ist die Hauptverantwortung für die Untersuchung an die US-Luftwaffe übergegangen, als deren Vertreter ich hier stehe. Ich werde nun kurz den Ablauf des Unglücksflugs durchgehen, soweit er bekannt ist.«

Ein verärgertes Raunen ging durch den Saal. »Was meinen Sie ...«

»Was heißt ›übergegangen‹? Wer hat die Entscheidung getroffen?«

»Wie gesagt, ich werde jetzt den Ablauf des Unglücksflugs durchgehen, soweit er bekannt ist«, fuhr der Oberst unerschütterlich fort.

»Aber ...«

»Fragen können im Anschluss daran gestellt werden.« Der Oberst brachte auf dem Flipchart eine Karte von Norditalien und dem Alpenraum zum Vorschein. Im Saal wurde es vollkommen still. Christian registrierte jede Bewegung des Militärvertreters. Zum ersten Mal schien jemand konkrete Informationen und langersehnte Einzelheiten parat zu haben.

»Flug 213 erreichte planmäßig den Schweizer Luftraum

um 11.20 Uhr. Der Raum gehört zu den am meisten frequentierten Luftwegknotenpunkten Europas. Die Flugaufsicht liegt bei der Swisscontrol. Aus unbekannten Gründen verlor und gewann das Flugzeug scheinbar unkontrolliert an Höhe. Es stieg abrupt auf, stürzte nach wenigen Minuten stabilen Fluges im Winkel von fast vierzig Grad für zwanzig Sekunden nach unten und erreichte dabei eine geschätzte Geschwindigkeit von Mach 0,86 – also fast Schallgeschwindigkeit.«

Christian spürte, wie sein Arm gedrückt wurde. Unter den Worten des Oberst war Rebecca noch blasser geworden.

»Die Situation an Bord war chaotisch. Die Passagiere haben Schwerelosigkeit empfunden, und die Überschreitung der Maximalgeschwindigkeit hat den heulenden Hauptalarm im Cockpit ausgelöst. Der Sturz wurde auf 17 000 Fuß abgefangen, und die Maschine begann erneut zu steigen. An dem Punkt wurden die Passagiere von der Schwerelosigkeit ins andere Extrem geschleudert, das heißt mit zweieinhalbfacher Schwerkraft in die Sitze gedrückt.«

Christian merkte, wie er sich vor dem Moment fürchtete, in dem er sehen würde, was auf der Kassette war. Dem Gedanken, die Kassette dem Oberst zu übergeben, stand er widersprüchlich gegenüber. Zweifellos bekäme man den Inhalt des Bandes dann bald zu Gesicht, aber etwas an dem abweisenden Verhalten des Offiziers ließ Christian zögern. Es wäre keineswegs ausgeschlossen, dass der Oberst die Kassette konfiszierte und Christians Bitte, sie ansehen zu dürfen, einfach ignorierte. Die Behörden waren nicht verpflichtet, seine privaten Wünsche zu berücksichtigen.

»Hier drinnen geht langsam der Sauerstoff aus«, flüsterte Rebecca, die sich offenkundig äußerst unwohl fühlte. So blass, wie sie war, sah die kleine Frau aus wie ein zerbrechliches Kind.

Christian stand auf, um ein Fenster zu öffnen; er spürte die Blicke in seinem Rücken. »Entschuldigung«, sagte er ein ums andere Mal zu den Journalisten, die alle die Knie einziehen mussten, um ihn durchzulassen.

»Schließlich verschwand 213 im Gebiet Sondrio–Tirano–St. Moritz vom Radar der regionalen Flugaufsicht Lugano-Agno. Das Verschwinden fand ungefähr an der unteren Grenze des Radarfeldes statt, weshalb in dem Gebiet mit der Suche begonnen wurde. Als Ursache für den Abbruch der Sekundärradarerfassung wurden zwei Möglichkeiten in Betracht gezogen: Entweder die Maschine wurde in der Luft zerstört, oder der Transponder, der in der Maschine das Radarsignal beantwortet, fiel aus. Oder wurde absichtlich ausgeschaltet.«

Christian blieb am Fenster stehen und blickte auf den Oberst, dessen Worte immer unheilvoller klangen. Er öffnete das Fenster und noch zwei weitere. Der hereinflutende kühle Seewind brachte die Notizblätter der in der Nähe sitzenden Journalisten zum Flattern.

»Es hat sich schließlich bestätigt, dass der Transponder ausfiel, denn etwas später wurde 213 über den Dolomiten registriert, als die Maschine im Bereich des Radarsystems der militärischen Flugkontrolle erschien.«

Das war eine neue Information, die bei den Journalisten Getuschel auslöste, während Christian an seinen Platz zurückkehrte. Der Oberst bemerkte die Reaktion der Journalisten und fuhr fort, wobei er mit dem Teleskopkartenstock in seiner Hand spielte: »Die normale zivile Luftüberwachung basiert auf dem Sekundärradar, das nur dann funktioniert, wenn der Transponder in der Maschine das Radarsignal beantwortet. Bei der militärischen Flugüberwachung wird zusätzlich das so genannte Primärradar eingesetzt, weshalb man die Flugbahn der jeweiligen Maschine verfolgen kann, indem man die Informationen aus unterschiedlichen Radarquellen kombiniert, auch dann, wenn der Transponder nicht eingeschaltet ist. Wir haben erst jetzt die Daten der militärischen Radaraufzeichnungen sammeln und auswerten können.«

Der Oberst zeichnete mit Filzstift eine Linie auf die Karte, wobei das Raunen im Saal abflaute. »213 vollzog also einen unerklärlichen Kurswechsel nach Süden. Wiederholt wurde versucht, Kontakt zur Cockpitbesatzung aufzunehmen, aber ohne Erfolg. Einzelne Beobachtungen konnten von der Maschine noch gemacht werden, als sie wesentlich unterhalb der normalen Flughöhe den Kurs nach Süden richtete. Wie Sie wissen, kommt es aufgrund des Funktionsprinzips des Radars in Gebirgsregionen zu toten Zonen.«

Der Oberst legte eine neue Karte auf. Sie zeigte die gesamte Adriaregion. Christian beugte sich zu Rebecca. »Wie geht es dir?«

»Ein wenig besser. Die frische Luft hilft.«

»Nach einer toten Zone in den Dolomiten konnten mehrere Radarbeobachtungen von 213 gemacht werden, örtlich auch Sicht- und Hörbeobachtungen. Nachdem die Maschine den Lago di Marano überquert hatte, flog sie weiter auf das Adriatische Meer zu. Aufgrund des weiten Abstands der Radarstationen liegt der untere Rand des Radarfeldes in der Meeresregion höher; wegen der extrem niedrigen Flughöhe von 213 war daher keine durchgehende Beobachtung möglich. Westlich der Insel Hvar stieg die Maschine plötzlich rapide auf und flog an der Küste entlang in Richtung Süden, bis seine Flugbahn über der Küste Montenegros jäh nach Osten abwich. Die Maschine stürzte ins Meer und schlitterte zwei Kilometer südlich des Dorfes Bigovo ans Ufer. Zu dem Zeitpunkt hatte die Flugüberwachung der Nato einen genauen Begriff von der Stelle, an der die Maschine zerschellte, und auf Bitte der Küstenwache Montenegros wurden vom italienischen Stützpunkt Aviano aus unverzüglich Rettungsmaßnahmen eingeleitet. Die Unglücksstelle ist aufgrund des Gebirges praktisch nur auf dem See- und Luftweg zu erreichen.«

Christian schloss aus dem Verhalten der Journalisten, dass etwas nicht stimmte. Viele sprachen in ihre Satellitentelefone oder redeten aufgeregt untereinander.

»Unsere ersten Hubschrauber waren etwa um 13 Uhr vor Ort«, fuhr der Oberst fort. Seine Stimme sollte sicher klingen, aber er konnte seine Anspannung nicht ganz überspielen.

»Und wie gesagt, die größten Wrackteile waren leer. Vorläufig sind weder im Meer noch an Land Leichen von Passagieren gefunden worden. Es hat den Anschein, als sei der Rumpf der Maschine beim Aufprall aufs Wasser so stark beschädigt worden, dass sämtliche Passagiere ins Wasser geraten sind. Die Rettungswesten unter den Sitzen sind nicht benutzt worden, weshalb eine unkontrollierte Notlandung stattgefunden haben muss. Zieht man die Umstände in Betracht, scheint es wenig wahrscheinlich, dass noch überlebende Passagiere gefunden werden.«

Christian und Rebecca sahen einander mit leerem Blick an. Auch Christians letzter heimlicher Hoffnungsfunke erlosch.

# 16

»Wir suchen intensiv nach Toten, aber auch nach dem Stimmenrecorder und Flugdatenschreiber, also nach der so genannten ›Blackbox‹«, fuhr der Oberst fort. »Das Problem, das wir dabei haben, ist, dass der Sonarsender unter Wasser offenbar nicht aktiviert wurde. Dieser Pinger sendet ein akustisches Signal von 37,5 Kilohertz aus, das mit einem speziellen Empfänger gehört werden kann, aber alles deutet darauf hin, dass der Sender Schaden genommen hat. Das zweite Problem hat mit der Tiefe des Wassers und den Meeresströmungen an der Unfallstelle zu tun. Wir werden in Kürze eine Robotertauchanlage der Marine vor Ort haben.«

Der Oberst sah auf die Uhr und sagte betont energisch, als wolle er sich für die bevorstehende Schlacht wappnen: »Ich habe für Ihre Fragen zehn Minuten vorgesehen und erkläre schon vorab, dass ich mich an diese Vorgabe halten werde. Bitte sehr.«

Der Saal explodierte förmlich. Zig Journalisten reckten die Hände und riefen laut ihre Fragen.

»*Ruhe!*« Der Oberst machte eine Befehlsgeste, die verblüffend effektiv den Lärmpegel dämpfte.

»Danke«, sagte er beinahe sanft, als wäre er selbst von der Wirkung seines Befehls überrascht. »Ich bitte Sie, Ihren Namen und das Medium, das Sie vertreten, zu nennen. Und der Reihe nach, bitte.« Er deutete auf einen Journalisten ganz vorne.

»Manfred König, dpa. Sie haben am Anfang den außergewöhnlichen Charakter des Unglücks hervorgehoben und gesagt, ›im Moment haben wir es mit einer unbekannten Größe zu tun‹. Was wollten Sie damit andeuten?«

»Viele Aspekte des Unglücks sind trotz intensiver Ermittlungen noch immer dubios. Das größte Mysterium besteht jedoch in der Frage, wie es möglich sein kann, dass noch immer keine einzige Leiche im Wrack oder im Meer gefunden worden ist.«

»John Davies, ›The Times‹. Waren die Sicherheitsgurte im Wrack geöffnet oder geschlossen?«

Der Oberst überlegte kurz. »Ich kenne die Details nicht«, sagte er und nickte sofort dem nächsten Journalisten zu.

»AP, Jacques Dumas. Lokalen Gerüchten zufolge waren am Fundort der Maschine schon Hubschrauber in der Luft, *bevor* die offiziellen Ermittlungen begannen. Wie kommentieren Sie das?«

»Wie gesagt, wir haben sofort nach dem Unglück Mannschaft und Gerät losgeschickt. Was die Gerüchte angeht, so muss ich sagen, dass wir sie nicht kommentieren. Wir würden uns damit in einen endlosen Sumpf begeben, wie jeder sicherlich verstehen wird.«

Christian kam unwillkürlich die Vorstellung in den Sinn, was im Saal passieren würde, wenn er aufstünde und den Journalisten von der Kassette erzählte. Wahrscheinlich würde man sie ihm mit Gewalt aus den Händen reißen und den Fernsehsendern übergeben. Allein der Gedanke an die Veröffentlichung des Bandes im Fernsehen ließ Christian auf der Hut sein. Wer würde ihm garantieren, dass von den Ermittlungsbehörden nichts über den Inhalt der Aufnahmen an das Hyänenrudel durchsickerte?

»Kann man den Transponder im Cockpit, den Sie erwähnt haben, während des Fluges ausschalten, und wenn ja, wie geht das vonstatten?«

»Die Flugleitung spricht für jedes Flugzeug vor dem

Start eine Flugkontrollfreigabe aus, bei der auch der Transpondercode, der bei dem betreffenden Flug benutzt werden muss, festgelegt wird. Bei dem Code handelt es sich um eine vierstellige Ziffernfolge, die der Flugkapitän im Sekundärradar-Transponder einstellt. Dieser kann wie jedes andere Instrument im Cockpit sehr einfach ausgeschaltet werden.«

»John Abrahams, Reuters. Sie haben gesagt, die Untersuchungen seien ›aufgrund von Faktoren, die mit dem Unfallort und der Ermittlung zu tun haben‹, an die Luftwaffe der Vereinigten Staaten gegangen. Was für Faktoren meinen Sie? Hat die Luftwaffe etwas mit dem Unglück zu tun?«

»Zunächst einmal habe ich nicht gesagt, die Untersuchungen seien an die Luftwaffe übergegangen, sondern ich habe von der ›Hauptverantwortung für die Untersuchungen‹ gesprochen. Da besteht ein wesentlicher Unterschied. Die Experten von NTSB, BFO und AAIB arbeiten Seite an Seite mit uns, aber wegen des Unfallortes ist es unausweichlich, sich bei den Ermittlungen in entscheidender Weise auf die Hilfe der US-Streitkräfte und der Nato zu stützen. Die Nato verfügt freilich nicht über die Voraussetzungen für eine solche Ermittlung, weshalb die praktischen Maßnahmen an die Unfalluntersuchungsabteilung der US-Luftwaffe übergeben wurden. Das ist natürlich außergewöhnlich bei einem Zivilflugunglück, aber wir haben der Bitte um Hilfe bei der Aufklärung der Tragödie sofort entsprochen.«

»Wer hat das entschieden?«

»Die ICAO. Nächste Frage«, sagte der Oberst blinzelnd.

»François Delacourt, ›Le Monde‹. Die Maschine ist wegen einer technischen Störung verspätet in Nizza gestartet. Was für eine Störung war das?«

»Es gab Probleme mit einer Signallampe der Klimaanlage. Mit dem Unfall hatte das nichts zu tun.«

»In den letzten Jahren ist es bei diesem Flugzeugtyp zu mindestens zwei schlimmen Unfällen gekommen. Wird man dem Typ für die Dauer der Ermittlungen Flugverbot erteilen?«

»Die 767 ist ein äußerst sicheres Flugzeug. Es sind fast achthundert Stück davon hergestellt worden, mit denen mehr als drei Millionen Flüge absolviert worden sind. Man muss das Unglück in Relation zu diesen Zahlen sehen. Nichts deutet darauf hin, dass ein Flugverbot notwendig wäre. Aber eine endgültige Entscheidung lässt sich erst treffen, wenn die Unfallursache geklärt ist.«

»Sylvia Epstein, Sky News. Wann werden unsere Fotografen und Kameraleute zum Wrack gelassen?« Christian und Rebecca blickten auf Sylvia, die sich mit frisch geschminkten Lippen wieder setzte und im Meer der Journalisten verschwand.

»Später. An erster Stelle steht nun das Finden der Opfer. Und des Flugschreibers.«

»Das kann nicht der wahre Grund sein«, sagte Sylvia ebenso kalt, wie der Oberst bislang gesprochen hatte. »Warum sind auch Aufnahmen aus dem Hubschrauber verboten?«

»Jede Flugaktivität ist der Suche nach den Opfern vorbehalten, das dürfte verständlich sein. Aber wir werden Ihnen heute im Laufe des Tages die Möglichkeit bieten, in dem Gebiet Aufnahmen zu machen. Darüber werden wir um zehn Uhr genauer informieren.«

»Klaus Heinemann, ›Bild‹. Können Sie die Beobachtung eines hellen Lichtphänomens bestätigen, das während des Irrflugs der Maschine an der kroatischen Küste gesehen worden sein soll?«

Der Oberst drückte den Rücken durch. »Uns liegen Berichte über das betreffende Lichtphänomen vor, aber vorläufig deutet nichts darauf hin, dass es mit dem Unglück in Verbindung steht.«

Ein Raunen ging durch den Saal. Offenbar hatte niemand geglaubt, dass der Oberst dem Phänomen Beachtung schenken würde. Der Journalist, der die Frage gestellt hatte, hakte überrascht nach: »Sie halten es also im Prinzip für möglich, dass ein unbekanntes Flugobjekt mit dem Unglück zu tun haben könnte?«

»Wie gesagt, wir stehen vor einem großen Rätsel«, sagte der Oberst. »Sämtliche Spekulationen sind in dieser Phase sinnlos.«

Die Aufregung im Saal nahm immer mehr zu. Christian konnte den Wunsch der Journalisten, das Ganze in die Richtung zu lenken, die die Sensationslust ihrer Leser befriedigen würde, nur mit einem verächtlichen Schnauben quittieren. Er sah schon die Schlagzeile der ›Bild‹-Zeitung vor sich: *UFO verursacht Absturz der Regus-Air-Maschine – alle Passagiere entführt?*

»Mir gefällt das nicht«, sagte Rebecca mit blutleeren Lippen.

»Versuch, einen kühlen Kopf zu bewahren. Wir dürfen uns nicht zu Dummheiten hinreißen lassen.« Es gelang Christian nicht, so überzeugend zu klingen, wie er es beabsichtigt hatte. Er musste *sofort* sehen, was auf der Kassette war.

Als der Oberst merkte, was für eine Unruhe seine Worte ausgelöst hatten, fügte er mit Nachdruck hinzu: »Beachten Sie, dass ich von einem unbekannten Lichtphänomen gesprochen habe, nicht von einem unbekannten Flugobjekt. Die nächste Pressekonferenz findet um zehn statt. Vielen Dank.«

Er nahm seine Unterlagen und verließ das Rednerpult. Im Saal brach ein komplettes Durcheinander aus, weil alle Reporter und Fotografen zum Ausgang stürzten. Christian fuhr aus seinen Gedanken auf und versuchte dem Oberst mit dem Blick zu folgen. Jeder Journalist wollte einen Kommentar erhaschen, egal wie kurz, aber der Oberst marschierte ohne eine Miene zu verziehen zur Tür.

Christian bahnte sich mit den Ellbogen einen Weg durchs Gedränge. Die Journalisten waren hartnäckige Gegner, weshalb er seine ganze Kraft einsetzen musste. Als er schließlich die Tür erreicht hatte, war der Oberst bereits draußen. Christian drängte sich durch die Eingangshalle und erreichte gleichzeitig mit dem Oberst die Außentreppe. Die Lampe über dem Eingang warf einen schwachen Lichtkreis um den Mann mit dem strengen Gesicht.

»Entschuldigen Sie«, sagte Christian und fasste den Oberst atemlos am Arm.

Der Oberst riss sich los und marschierte die Treppe hinunter.

»*Warten Sie*«, sagte Christian. Sein Tonfall veranlasste den Oberst dazu, sich zu ihm umzudrehen. »Meine zukünftige Frau war in der Maschine ...«

»Die Fluggesellschaft kümmert sich um die Angehörigen.«

Vor dem Oberst hielt ein großer, dunkler BMW an, dessen Beifahrertür sogleich aufging.

»Hören Sie, ich habe etwas Wichtiges für Sie«, sagte Christian und versuchte näher an den Oberst heranzukommen, aber der groß gewachsene Mann, der an der Beifahrerseite ausgestiegen war, trat ihm in den Weg und öffnete dem Oberst die Tür zum Fond.

Bevor Christian etwas über die Kassette sagen konnte, umgab ihn bereits wieder die dichte Schar der Journalisten, und Blitzlichtgewitter blendete ihn, während das Auto mit dem Oberst davonfuhr.

»Sie haben gesagt, dass Ihre zukünftige Frau in der Maschine war«, sagte einer der Journalisten. Christian versuchte sich davonzustehlen, aber die Fotografen und Reporter waren hartnäckig.

»Wie haben Sie von dem Unglück erfahren?«, fragte einer.

Christian spürte einen Kloß im Hals, als er sich mit Gewalt den Weg aus dem Menschenknäuel hinausbahnte. »Ich will dazu nichts sagen ...«

Schließlich glaubten die Journalisten seinem Gesichtsausdruck und ließen von ihm ab. Christian sah Rebecca mit Sylvia die Treppe herunter und auf ihn zu kommen.

»Alles sieht noch sonderbarer aus als zuvor«, sagte Sylvia und wühlte aggressiv nach ihren Zigaretten.

»Was meinen Sie damit?«, fragte Christian.

»Gehen wir etwas zur Seite.« Sylvia machte ein paar Schritte von der kreuz und quer durcheinanderredenden Menge weg und zündete sich eine Zigarette an. »Die Amerikaner verschanzen sich hinter der Hilflosigkeit und der Unerfahrenheit der Einheimischen«, sagte sie und blies den Rauch in den Seewind. »Sie hätten die Pressekonferenz nüchtern und sachlich über die Bühne bringen können, aber das Chaos kommt ihnen nur entgegen.«

»Inwiefern?«, wollte Rebecca wissen.

»Wenn sie wollten, könnten sie einen Informationsapparat anwerfen, der mit der Präzision einer Uhr Material für alle, die sich auch nur ein kleines bisschen dafür interessieren, ausspuckt. Die Amerikaner können das. Wenn sie wollen.«

»Willst du damit sagen, dass die Amerikaner etwas verheimlichen?«

Sylvia winkte ihren Kameramann herbei.

»Ich würde es so sagen: Sie fahren zumindest eine sehr reduzierte Informationsstrategie.« Sie grinste auf ihre sarkastische Art, die Christian nicht gefiel.

»John fährt gleich zum Hubschrauberflugplatz Tivat, um auf einen Flug zum Unfallort zu warten. Unterhalten wir uns also jetzt.«

Der Kameramann schaltete die Lampe an seiner Kamera

ein und nahm das Gerät auf die Schulter. Sylvia zauberte ein Mikrofon hervor, das sie sogleich Christian unter die Nase hielt.

»Doktor Brück, ihre zukünftige Frau war in der Unglücksmaschine. Wann ...«

»Du verdammtes Miststück!«, fauchte Christian Sylvia an, die keine Miene verzog. Er drehte sich abrupt um und marschierte davon. Durch das helle Licht der Kameralampe warf er einen langen Schatten auf das Kopfsteinpflaster des Platzes. Fast wäre er über einen hervorstehenden Stein gestolpert, nur mit Müh und Not fand er das Gleichgewicht wieder. Gleich darauf spürte er, dass ihn jemand am Arm packte. Obwohl er sah, dass es Rebecca war, riss sich Christian von ihr los.

»Diese Frau wollte mir mit Gewalt ein Interview abpressen«, sagte er außer Atem. Seine Stimme zitterte vor Wut.

»Was hat der Oberst zu dir gesagt?«

»Der Herr hat sich nicht zu einer Äußerung herabgelassen.«

»Beruhige dich«, sagte Rebecca scharf. »Er weiß nicht, was wir haben. Wir müssen die Kassette jemand anderem geben.«

»Gehen wir ins Hotel«, sagte Christian und hielt nach einem deutschen Journalisten Ausschau. Aber warum sollte ein deutscher Journalist anders sein als die anderen? »Ich muss telefonieren.«

»Ich auch. Wenn die Amerikaner und die Nato schon so einen wesentlichen Anteil an den Ermittlungen haben, dann versuche ich Marks Kollegen in Brüssel zu erreichen. Sie wissen vielleicht etwas.«

Sie schlängelten sich zwischen den Fahrzeugen der Medienvertreter, die auf dem Platz geparkt waren, hindurch. In eines davon lud gerade ein Kameramann seine Ausrüstung.

»Entschuldigen Sie«, sprach Christian den Mann an. »Hätten Sie zufällig eine Hi8-Kamera?«

»Sehe ich aus wie ein texanischer Rentner auf Europareise?«, fragte der Kameramann zurück und schlug die Heckklappe seines Kombis zu.

»Ich meine als Ersatzkamera.«

»Als Ersatz habe ich eine DV-Sony«, sagte der Mann eine Spur freundlicher. »Profis benutzen keine analogen Geräte mehr.«

Innerlich fluchend ging Christian weiter.

»Meiner Meinung nach müssten wir die Kassette zur Polizei bringen«, sagte Rebecca.

»Auf ein, zwei Stunden kommt es dabei nicht an. In einer Stadt dieser Größe wird es doch wohl ein Elektrogeschäft geben, in dem man ein passendes Gerät kaufen kann.«

»Das gibt es höchstens in Kotor oder Budva.«

Sie bogen in eine dunkle Nebenstraße ein, wo es nach Rauch und Pferdemist roch.

»Was der Oberst gesagt hat, macht mir Angst«, sagte Rebecca.

»Für alles wird es irgendwann eine Erklärung geben«, erwiderte Christian, auch wenn er eigentlich sagen wollte: *Mir auch.*

Die schmale, abgelegene Straße wurde von verfallenen, nicht mehr benutzten Eis- und Andenkenkiosken gesäumt, zwischen denen vergammelter Müll lag. Dieselbe Schar von Zigeunerkindern, die Sylvia zuvor verscheucht hatte, stürmte an ihnen vorbei. Allein der Gedanke an die dreiste Journalistin brachte Christians Blut erneut in Wallung. Er merkte, dass seine Nerven bis zum Zerreißen gespannt waren. Die zerlumpten Kinder rannten mit schmutzigen nackten Füßen zu einem Bretterzaun, erklommen ihn und turnten darauf herum.

Christian und Rebecca bogen um die nächste Ecke und ließen das Lachen der Kinder hinter sich. Auf der anderen Straßenseite stand ein kleiner Mercedes mit laufendem

Motor, bei dem sich einige Männer unterhielten. Als Christian und Rebecca näher kamen, stiegen sie ein.

»Das kann nicht wahr sein«, rief Rebecca aus.

»Was ist?«

Sie rannte über die Straße zu dem Auto, dessen hintere Türen gerade zugingen.

# 17

»Jack!«, rief Rebecca und schlug heftig gegen das Seitenfenster des Mercedes. »Jack …«

Christian sah, wie die Scheibe des Heckfensters elektrisch heruntergelassen wurde, aber er konnte dahinter kein Gesicht erkennen.

»Rebecca, was machst du denn hier?«, fragte eine tiefe Männerstimme auf dem Rücksitz.

»Mark war in der Maschine … das weißt du doch?«

»Wir reden später«, kam es hastig vom Rücksitz. »Wir müssen los.« Der Fahrer trat aufs Gas, und das Fenster schloss sich.

»Warte …« Rebecca klopfte an die Scheibe, während der Wagen losfuhr. »Ein Einheimischer hat am Unglücksort Sachen gefunden …«

Christian kam neben Rebecca zum Stehen und sah zu, wie das Auto auf der dunklen Straße davonglitt. Nur die Bremslichter leuchteten auf, als der Fahrer ohne Blinker an der nächsten Ecke rechts abbog. Stille legte sich über die Straße.

»Das war Jack Lawrence, Marks Vorgesetzter bei der Nato.« Rebecca sprach leise. Sie rang um Fassung. »Er sah komisch aus in seiner Windjacke. Ich habe ihn noch nie in Zivil gesehen.«

»Was macht er?«

»Er leitet das NEWAC.«

»Was ist das?«

»Das *Nato Electronic Warfare Advisory Committee.*

Jack ist Spezialist für elektronische Kriegsführung und Radartechnologie. Was hat das alles zu bedeuten?«

Christian sah Tränen in Rebeccas Augen glänzen, und das schnürte auch ihm die Kehle zu. »Ich weiß es nicht. Aber ich werde es herausfinden.«

»Warum hat das Auto eben erst das Licht eingeschaltet, als es schon um die Ecke gebogen war?«

Christian war das auch aufgefallen, aber erst Rebeccas Frage veranlasste ihn, darüber nachzudenken. »Vielleicht war der Fahrer zerstreut.«

»Zerstreut? Ein professioneller Chauffeur, der Nato-Bonzen durch die Gegend kutschiert?«

Andere Gründe schwirrten Christian durch den Kopf, und er wollte gerade einen davon nennen, als Rebecca ihm das Wort aus dem Mund nahm: »Vielleicht wollten sie nicht, dass die Nummernschildbeleuchtung angeht.«

»Ein paranoider Gedanke«, sagte Christian niedergeschlagen und müde.

Sie gingen weiter zum Ufer. Das Meer rauschte gedämpft, im Osten färbte sich der Horizont bereits rötlich. Der traumartige Medienkarneval hatte sich in einen seltsam menschenleeren Morgen verwandelt.

»Wo sind die ganzen Einheimischen?«, wunderte sich Christian. »Vorhin war der Marktplatz doch noch voll von ihnen.«

»Es wird allmählich hell. In der Nacht ist es leichter, neugierig zu sein. Vielleicht haben sie schlechte Erfahrungen gemacht, was die Einmischung in fremde Angelegenheiten betrifft. Die Menschen hier haben mehr blutige Brutalitäten zu Gesicht bekommen als alle anderen Europäer nach dem Zweiten Weltkrieg.«

Sie bogen um eine Ecke, durchquerten einen kleinen, verwilderten Park und gelangten auf eine Straße, die mit Sicherheit diejenige war, die zum Hotel führte, denn Christian erinnerte sich noch an die stinkenden Müllsäcke an ihrem Rand.

Plötzlich war er sicher, dass ihnen jemand folgte. Wieder die Zigeunerkinder? Er blickte kurz über die Schulter, sah aber niemanden.

»Was ist?«, fragte Rebecca.

»Nichts.«

Sand knirschte unter ihren Füßen. Es roch nach Meer.

Hinter dem Rezeptionsschalter des Hotels saß ein Kaugummi kauender junger Mann mit abstehenden Ohren; er langte hinter sich und nahm die Schlüssel von den dicken Messinghaken. Christians Blick fiel auf einen alten Mann im Foyer, der laut schnarchend in einem Sessel schlief.

»In spätestens einer halben Stunde hole ich dich ab«, sagte Christian zu Rebecca. »Ich will vor der Bank stehen, wenn sie aufmacht.«

In seinem Zimmer war es kühl; er schaltete das kastenförmige Wärmegebläse ein, aber es funktionierte nicht. Eine dicke Staubschicht hatte sich auf dem Gerät angesammelt. Christian nahm die Kassette aus der Jackentasche, versteckte sie unter der Matratze und ging ins Bad, um sich die Hände zu waschen. Aus dem Hahn kam nur kaltes Wasser.

Er machte die Tür zum Balkon auf, wo sich ein Blick auf das Meer in der Morgendämmerung bot. Vom Geländer blieb schwarzer Staub an seinen Händen haften. Er musste an seine Eltern denken, die er vor seiner Abreise aus Nizza angerufen und gebeten hatte, die Hochzeit abzusagen. Dann kam ihm der erste gemeinsame Moment mit Tina in dem Haus an der Côte d'Azur in den Sinn, das er unmittelbar zuvor gekauft hatte. Vom Balkon aus hatten sie die idyllische französische Landschaft bewundert und dazu Weißwein aus der Region getrunken. Als die Nachtigall im Garten zu singen anfing, hatten sie lachen müssen, denn alles war einfach zu perfekt gewesen. In der Nacht hatte Christian die schlafende Tina angeschaut und Angst verspürt, das Glück könnte plötzlich verloren gehen, sich in Luft auflösen.

Er erinnerte sich, wie ihr Atem schwer geworden war und wie sie dann im Schlaf immer wieder panisch gesagt hatte: »Julia ... Julia ...« Verstört war sie aufgewacht, und Christian hatte sie gefragt, wer Julia sei. Tina hatte geantwortet, sie wisse es nicht.

Das war eine Lüge gewesen, und Christian hatte es gesehen. Erneut hallte in seinen Ohren Saras Satz wider: *Du solltest dich auf Überraschungen gefasst machen, wenn du Tina heiratest.*

Der auffrischende Morgenwind erfasste Christians Haare, während er in die Ferne blickte. Auf der anderen Seite lag Italien, die Heimat von Tinas Großeltern, das Land, das sie in ihren Bildern verewigt hatte. Vor Christians innerem Auge schimmerten die nächtlichen Wellen von Venedig und Tinas Silhouette, die sich auf der schwankenden Wasserfläche widerspiegelte. Noch immer wunderte er sich darüber, dass sie damals nicht Tinas Verwandte in der Nähe von Bologna besucht hatten.

Zum ersten Mal war Christian richtig alleine, zum ersten Mal drückte ihn die gesamte Last nieder: Tina war tot. Aber wo war sie? Was war geschehen?

Er wollte mit jemandem reden. Nicht mit seinen Eltern, nicht mit Brian und nicht mit anderen Bekannten, sondern – mit Sara. Von allen Menschen auf der Welt kannte er sie am besten. Und umgekehrt. Christian beschloss, in Cannes anzurufen.

»*Wo bist du?*«, rief Sara ins Telefon. Ihre Stimme verriet, dass sie wusste, dass Tina an Bord der Unglücksmaschine gewesen war. *»Ich habe dir hundert Nachrichten auf Band hinterlassen ...«* Sie klang ehrlich erschüttert. *»Es tut mir wahnsinnig leid ... Wo bist du?«*

»In Montenegro, in der Nähe der Absturzstelle.« Christians Stimme drohte zu brechen. »Bis jetzt ist kein einziges Opfer gefunden worden.«

»*Ich weiß. In den Nachrichten wird über nichts anderes berichtet.*«

»Ich sollte das nicht gleich als Erstes fragen, aber ich kann nicht anders ... Was hast du gemeint, als du sagtest, ich solle mich bei Tina auf Überraschungen gefasst machen?«

»*Nichts.*« Sara seufzte gequält. »*Verzeih mir, ich wollte dir nur wehtun.*«

»Ich will es hören.«

»*Christian, lass gut sein, jetzt ist nicht der richtige Moment für so etwas, ehrlich ...*«

»Was für Überraschungen hast du gemeint?«

»*Du solltest dich nicht quälen ...*«

»Ich will es wissen. Es ist wichtig.«

Sara war ganz still, aber dann antwortete sie. »*Einmal habe ich Tina zufällig in der Stadt gesehen, wie sie mit einem Typen sprach.*«

»Mit was für einem Typen?«

»*Du erinnerst dich bestimmt an das Sektenmitglied, das vor dem Festivalpalast Flugblätter verteilt.*«

»Ja, und?« Christian merkte, dass er seine Frage etwas zu schnell stellte. »Es hat doch wohl nicht viel zu bedeuten, wenn man sich mit jemandem unterhält?«

»*Natürlich nicht, aber sie sind zusammen weggegangen. Und sie benahmen sich so, als würden sie sich gut kennen.*«

Christian wurde schwindlig, und er schloss die Augen.

# 18

»Hast du Tina nachspioniert?« Christian war nicht fähig, die Härte in seiner Stimme zu kontrollieren.

*»Natürlich nicht. Ich habe auf eine Freundin gewartet. Entschuldige, aber ich habe dir doch gesagt, dass ich nur eine Andeutung machen und gemein sein wollte.«*

»Warum hast du mir das nicht früher erzählt?«

*»Was hat es denn schon für eine Bedeutung? Der Typ redet mit vielen Leuten, das ist sein Job.«*

Christian atmete tief durch. Die Flecken auf der Tapete schienen Gesichter zu bilden, die ihn mit leblosen Augen anstarrten. Er erinnerte sich an den jüngeren Mann, der die gelben Zettel vor dem Festivalpalast verteilte, bei Wind und Wetter. Überall hatte er solche Sektenanhänger gesehen. Bei einem rational orientierten Gehirnforscher weckten sie am ehesten Belustigung. Tina hingegen war von allem fasziniert gewesen, was sich mit dem Verstand nicht erklären ließ. Sie hatten ein paarmal über die neurotheologische Behauptung diskutiert, derzufolge es im Gehirn einen besonderen religiösen Kanal gibt, einen leeren, von materieller Erfahrung freien nervösen Sektor. Tina hatte sich dafür sehr interessiert. Der Hinweis, sie könne etwas mit dem Sektenmitglied vor dem Festivalpalast zu tun gehabt haben, war einerseits lächerlich und andererseits – möglich. Das musste sich Christian eingestehen.

Tina hatte gesagt, ihre Kunst komme von irgendwo »außerhalb« oder »aus der Vergangenheit«, und sie hatte vom »automatischen Malen« gesprochen, wie man vom automatischen Schreiben spricht. Sie hatte sich leidenschaftlich für die mittelalterlichen Mystiker und ihre Kunst interessiert, aber ihre eigentliche Fixierung galt Hieronymus Bosch. Tina hatte nicht an der Kunstakademie studiert, sondern Kurse in den USA und in Paris besucht, wo sie ein Jahr zuvor hingezogen war. Über ihr Einkommen hatte sie sich dank ihres Erbes keine Sorgen zu machen brauchen, weshalb sie sich hundertprozentig ihrer Berufung widmen konnte. Christian mochte nur wenige ihrer Arbeiten und hatte deswegen ein schlechtes Gewissen.

»*Bist du noch dran?*«, fragte Sara.

»Ich möchte dich um einen kleinen Gefallen bitten ... Könntest du in Tinas Wohnung gehen und dich dort ein bisschen umsehen?«

»*Warum? Ich weiß nicht, ob das richtig wäre ...*«

»Sara, ich bitte dich darum.«

»*Und wie komme ich hinein?*«

»Ich rufe die Concierge an, sie kennt mich. Ich werde sie bitten, dich hineinzulassen.«

Sara überlegte kurz. »*In Ordnung. Kommst du zurecht?*«

»Ich komme klar. Ich rufe dich später wieder an.«

Christian legte irritiert auf. Er fing an, in Tinas Verhalten nach Gesten, Mienen und Worten zu suchen, die von der Normalität abwichen. Es kamen überraschend viele zusammen. Na und? Er hatte sich ja gerade in sie verliebt, weil sie anders war, ungewöhnlich. Hätte er Vorhersehbarkeit gewollt, hätte er Sara nehmen müssen. Und niemandes Verhalten war durch und durch rational, am wenigsten sein eigenes. Er liebte Tina, und daneben hatten Kleinigkeiten keine Bedeutung.

Trotzdem blätterte er in seinem Adressbuch und rief die Concierge an, die in der untersten Etage von Tinas Haus wohnte. Sie sprach nur gebrochen Englisch, konnte sich aber sofort an Christian erinnern. Sie klang nicht sonderlich schockiert, als sie hörte, dass Tina in der Unglücksmaschine gewesen war, hatte aber Verständnis, als Christian ihr erklärte, er benötige einige Unterlagen aus Tinas Wohnung.

»Eine Finnin namens Sara Lindroos, eine Freundin von Tina, wird sie abholen, wenn es Ihnen recht ist.«

»*Selbstverständlich. Ich werde sie in die Wohnung lassen. Was für ein entsetzliches Unglück ...*«

Christian beendete das Gespräch, sah auf die Uhr und warf sich die Jacke über. Er holte die Kassette unter der Matratze hervor, steckte sie in die Innentasche seiner Jacke und trat auf den Flur. Zögernd ging er auf die Zimmertür von Sylvia Epstein zu. Ob sie schon zurück war? Christian versuchte, seinen Zorn herunterzuschlucken und einen klaren Kopf zu bewahren. Er klopfte energisch an.

»Wer da?«, fragte eine barsche Stimme.

»Christian Brück.«

Sylvia öffnete die Tür. »Kommst du zum Interview?«, fragte sie mit einem schiefen Lächeln.

Christian wollte schon auf der Stelle kehrtmachen, beherrschte sich aber mit knapper Not und sagte kalt: »Ich habe etwas zu besprechen.«

»Komm rein.«

Sylvia benahm sich, als wäre auf dem Marktplatz nichts Besonderes vorgefallen; ihn um Entschuldigung zu bitten, schien ihr gar nicht erst einzufallen. Sie bedeutete Christian, sich auf den altersschwachen Stuhl zu setzen, und räumte ihre Papiere auf den Nachttisch. Ihr Laptop stand offen auf dem Boden. Der Zigarettenqualm im Zimmer mischte sich mit Parfumduft. Christian wäre nicht erstaunt gewesen, wenn er irgendwo eine halb leere Flasche Hochprozentiges entdeckt hätte.

Sylvia nahm ihre Zigarettenpackung und ihr Feuerzeug und öffnete das Fenster. »Schau nicht so böse. Ihr Ärzte wollt der Wahrheit nicht ins Auge sehen, was die Verantwortung und die freien Entscheidungen des Menschen betrifft. Raucher sind ...«

»Weißt du etwas Genaueres über die Flugunfallforschungsorganisation?«

Sylvia steckte sich eine Zigarette zwischen die Lippen. »Was willst du wissen?« Ihre Augen verengten sich ein klein wenig, womit sie ihre eigentliche Frage verriet: *Warum* willst du etwas darüber wissen?

»Wer leitet die zivilen Ermittlungen?«

»Ich glaube nicht, dass sie sich über die Organisationsstruktur selbst im Klaren sind.« Sylvia zündete sich die Zigarette an, während sie sprach. »Ich kläre gerade ab, wen ich als Erstes grillen werde. Oberst Carrington ist angeblich nicht zu erreichen, und wer der offizielle Sprecher ist, wird erst später bekannt gegeben. Die wollen uns veralbern.«

Christian mochte diese Frau überhaupt nicht, die allem mit zynischem Hohn zu begegnen schien, den sie zusätzlich mit einem seltsamen Lächeln garnierte. Sein Blick fiel auf die Narbe unter ihrem Armreif: Sie lief quer über die Pulsader.

»Warum fragst du?« Sylvia schien die Richtung von Christians Blick zu bemerken und drehte die Hand um.

»Was geht dich das an?«

Wieder bildeten Sylvias Lippen dieses eigentümliche Lächeln. »Es gehört zu meiner Arbeit, Fragen zu stellen.«

»Ich muss gehen.« Christian begab sich zur Tür; er war sicher, dass eine Frau wie Sylvia nicht verheiratet sein konnte. Zwar glitzerten an ihren Fingern Ringe, aber am wichtigsten Finger fehlte einer. »Entschuldige die Störung.«

»Wir kommen auf das Thema zurück, bald werde ich schlauer sein«, sagte Sylvia, während er die Tür hinter sich schloss.

Christian ging ein Stockwerk höher und klopfte bei Rebecca an. Es dauerte lange, bis sie öffnete. Ihre Augen waren gerötet.

»Daniel hat vor Enttäuschung geweint, weil sein Vater heute nicht nach Haus kommt und morgen vielleicht auch nicht.«

Christian nickte schweigend. Er konnte ihr keinen Rat geben.

»Wir müssen los«, sagte Rebecca und gab sich einen Ruck. »Es macht nichts, wenn wir etwas früher vor der Bank stehen. In diesem Land sollte man nicht länger als unbedingt nötig ohne Pass sein.«

Draußen berichtete Christian von seinem Besuch bei Sylvia. »Entweder sie weiß nichts von der Organisationsstruktur, oder sie will uns nicht helfen.«

»Journalisten sind kaum daran interessiert, die Informationen, die sie mühsam beschafft haben, mit anderen zu teilen. Man muss ihnen einen Gegendienst erweisen.«

»Ich sollte besser Abstand von dieser Frau halten.«

Hinter den Bergen wurde der bewölkte Himmel langsam hell. Das Meer wogte in unruhigem Rhythmus. Auf dem Weg zur Stadtmitte sog Christian die frische Luft ein.

»Ich weiß nicht, ob ich das überhaupt erzählen will«, fing Rebecca zögernd an. »Bevor du zu mir kamst, bin ich kurz eingenickt ... Im Traum saß ich neben Mark im Flugzeug. Ich schaute ihn an und sah seine leblosen Augen. Entsetzt stand ich auf und sah dann auch die anderen Passagiere leblos auf ihren Plätzen sitzen ...«

Rebecca blieb stehen, legte die Hände vors Gesicht und schüttelte den Kopf. »Es war so schrecklich ...«

Christian nahm sie in den Arm. Die kleine Frau zitterte am ganzen Leib.

»Das ist der wahnsinnige Stress ...«

»Hast du als Gehirnforscher eine sinnvolle Erklärung für so etwas? Etwas, mit dem du mich trösten könntest?«, fragte Rebecca und drückte das Gesicht an Christians Schulter.

»Im Traum geraten Sinnvolles und Sinnloses oft durcheinander«, sagte Christian sanft. »Die Gehirnrinde versucht mit mehr oder weniger großem Erfolg aus den sinnlosen Splittern einen sinnvollen Zusammenhang zu bilden. Ein bisschen wie beim Rohrschachtest. Wir haben es mit einem Mysterium zu tun, das unser Fassungsvermögen völlig übersteigt.«

Rebecca wischte sich die Augen, dann löste sie sich aus Christians Umarmung und zwang sich, weiterzugehen.

»Ich will mit Marks Chef sprechen«, sagte sie entschlossen.

»Er schien vorhin nicht gerade versessen darauf zu sein, mit dir zu reden.«

»Er hatte keine Zeit. Ich werde ihn suchen.«

Verstohlen blickte Christian wieder auf die mit schwarzer Farbe auf die Wände gesprühten Zeichen. Auf den ersten Blick sahen sie aus wie Graffiti von Jugendlichen. Im ersten Morgenlicht erkannte Christian aber, woran ihn eines davon erinnerte: an ein Pentagramm, das Kennzeichen der Satanisten, das auch auf einem Gemälde von Tina vorkam. Christian erschrak über seine Beobachtung. Er schaute erneut auf das Zeichen. Jetzt sah es nach dem aus, was es tatsächlich war, nämlich ein ungenau hingeschmierter kyrillischer Buchstabe.

Wenig später hatten sie die Filiale der Jugobank erreicht, und Rebecca hob ohne Probleme tausendfünfhundert D-Mark ab.

»Kannst du deinen Pass alleine holen?«, fragte sie. »Dann könnte ich inzwischen zum Rathaus gehen und mich erkundigen, wo ich Jack Lawrence finde.«

»Wir treffen uns spätestens um neun in der Straße mit den Kiosken.« Christian eilte mit dem Geld in der Tasche zu der Wohnung des jungen Mannes in der Lovcenskastraße. Dessen Geschäfte auf Kosten der Angehörigen widerten ihn an, aber gefährlich schien ihm der Junge nicht zu sein. In den stillen Gassen schepperten die Deckel einzelner Mülltonnen.

Christian blieb vor dem Haus stehen, das er angesteuert hatte. Erst als er schon angeklopft hatte, bemerkte er, dass die Tür offen war. Er wartete einige Sekunden, dann trat er vorsichtig ein.

»Hallo«, sagte er leise im engen Flur. Aus dem Wohnzimmer drang gedämpftes Fernsehspektakel. Das Rauschen war von lebendigen Stimmen abgelöst worden. Christian wartete einen Moment.

Keine Reaktion.

Die Tür zum Wohnzimmer stand einen Spaltbreit offen. Er klopfte höflich an, aber in der Bewegung seiner Hand lag bereits ein Zögern.

Niemand rührte sich.

Christian stieß vorsichtig die Tür auf. Muffiger Rauchgeruch schwappte ihm entgegen. Im Fernsehen lief eine psychedelische Jeansreklame. Niemand war im Zimmer. Christian sah sich im flimmernden Licht der hektisch geschnittenen Fernsehbilder um.

Er schloss die Augen und schaute erneut hin. Der Anblick war derselbe.

Der junge Mann lag vor dem Fenster, mit einem Einschussloch in der Stirn, das goldene Feuerzeug in seiner verkrampften Faust brannte noch immer. Die erloschene Zigarette schwamm in der Blutpfütze auf dem Teppich. An der Wand, auf der Höhe von Đukanovićs Kopf, und auf den bis zum Boden reichenden Vorhängen waren rote Spritzer zu sehen.

Christian starrte auf den Jungen und traute seinen Augen nicht. Das flackernde Flämmchen, das aus der Faust des Toten aufstieg, wirkte unnatürlich. Dann gewann der Arzt in Christian die Oberhand, und er beugte sich über den Toten. Er wollte die Feuerzeugflamme löschen, aber dann hielt er inne. Er durfte keine Fingerabdrücke auf dem Feuerzeug hinterlassen, aber die Flamme musste gelöscht werden. Er suchte in seinen Taschen nach einem Taschentuch, das er mit Spucke befeuchten konnte.

Im selben Augenblick wurde ihm bewusst, dass der Mörder noch immer in der Wohnung sein konnte. Christians Sehfeld trübte sich, in den Schläfen pochte es schwindelerregend. Er machte ein paar Schritte zurück und war sich auf einmal sicher, jemanden im Rücken zu haben. Er rechnete mit einem Schuss oder damit, dass sich von hinten eine Hand auf seine Schulter legte. Dennoch konnte er dem Toten auf dem Fußboden nicht den Rücken zukehren. Ein starker Windstoß aus dem Flur brachte den dünnen Vorhang in Bewegung, er kam in Berührung mit der Feuerzeugflamme, die sogleich vom Sauerstoff Nahrung bekam, schlagartig größer wurde und den Vorhang erfasste.

Christian riss den Stoff herunter und trampelte die Flammen aus. Beißender Qualm drang ihm in die Nase, Panik wollte seinen Atem lähmen. Er stürzte in den Flur und rannte so schnell er konnte auf die Straße. Dort war kein Mensch, aber er hatte Angst, jemandem zu begegnen – dem Mörder, einem Polizisten, einem Zigeunerkind, wem auch immer. Er musste weg, er musste verschwinden. Sofort.

Mit zitternden Fingern griff er nach der Innentasche seiner Jacke. Die Kassette war noch da.

# 19

Ein Stück weit rannte Christian wie wild, aber dann blieb er abrupt wie vor einer Wand stehen.

Er floh vom Tatort. Das war nicht vernünftig.

Er zwang sich, normal zu gehen, dabei ballte er die Fäuste, öffnete sie, ballte sie wieder. Er hätte am Tatort bleiben und die Polizei benachrichtigen müssen. Aber wie hätte er den Grund seines Besuchs erklären sollen? Er wäre gezwungen gewesen, von der Kassette zu erzählen – und sie der hiesigen Polizei zu übergeben.

Das aber wollte er nicht.

Vorsichtig blickte er über die Schulter zurück. Am anderen Ende der Straße war kurz ein verbeultes Auto zu sehen, aber ansonsten war es still. Müssten die Leute um diese Zeit nicht zur Arbeit gehen? Es kam ihm vor, als würde ihm vom Tatort her leichter Rauchgeruch in die Nase wehen. War der Vorhang womöglich gar nicht richtig erloschen? Christian war hin und her gerissen: Zurück zum Haus oder möglichst weit weg davon, wohin auch immer?

Tief in seinem Innern nagte eine beängstigende Frage. Wer hatte den jungen Mann umgebracht? Und warum? Was waren die Hintergründe? Die Wunden der Revolution? Montenegros Kampf um die Unabhängigkeit? Die hiesige Schmugglermafia? Gab es vielleicht einen persönlichen Grund? Oder konnte der Mord etwas damit zu tun haben, dass der Mann am Absturzort gewesen war und die Tasche mit der Kamera gefunden hatte?

Christian überlief ein kalter Schauer. Um das Schicksal des Flugzeugs rankten sich so viele finstere Fragen, dass sich manch einer für die Kamera interessieren musste, sobald er von ihrer Existenz erfuhr. Die Kassette in Christians Tasche glühte förmlich vor Brisanz.

Der Wind vom Meer blies zwischen den Häusern hindurch, ergriff Christians Haare und wehte den leichten Rauchgeruch zum Tatort zurück. Es war keine Einbildung gewesen. Das Feuer war tatsächlich nicht erloschen.

Da schoss Christian ein lähmender Gedanke in den Kopf. Sein Pass war bei dem jungen Mann! In einem Haus, das in diesem Moment womöglich in Flammen aufging. Wer immer in der Wohnung einen halb verbrannten Pass finden würde, er wäre auf jeden Fall in den falschen Händen.

Christian drehte sich um und nahm die in ihm aufsteigende Panik mit Gewalt an die Kandare. Eine Gehirnhälfte befahl ihm, unverzüglich die Polizei zu rufen und ihr die Kassette zu übergeben, die andere Hälfte ermunterte ihn, in aller Stille seinen Pass zu holen, die Spuren zu verwischen und die Kassette zu behalten. Oder konnte es sein, dass der Mörder den Pass schon gefunden und mitgenommen hatte?

Wie ein willenloser Roboter ging Christian auf das Haus zu. Falls der Killer bei seinem Besuch vorhin noch dort gewesen sein sollte, wäre er jetzt wegen der Flammen mit Sicherheit verschwunden.

Christian hatte mit dicken Rauchschwaden aus den offenen Fenstern des Hauses gerechnet, aber da war nichts. Noch einmal versuchte er die Alternativen abzuwägen, doch unter diesen Umständen und in dieser Situation durfte er nicht zulassen, dass sein Pass in fremde Hände geriet. Es war verrückt, zum Tatort zurückzukehren, aber letztlich war es egal, ob er den Verlauf der Ereignisse erklären musste, wenn die Polizei den Tatort umstellte, oder später in seinem Hotel, wenn die Polizei dort mit seinem verkohlten Pass vorstellig würde.

Bis zur Haustür war es nicht mehr weit. Sie stand noch immer einen Spaltbreit offen, so wie er sie bei seiner hysterischen Flucht zurückgelassen hatte. Durch den Türspalt schwebte eine dünne Rauchsäule auf die totenstille Straße. Noch hatte niemand etwas bemerkt, noch bestand die Möglichkeit ... Oder war der Mörder im Haus?

Christian blieb stehen. Rinnsale von Schweiß kreuzten sich auf seiner Stirn und liefen ihm bis auf die geröteten Wangen hinab. Mit der Schuhspitze stieß er die Tür auf und hörte das Rauschen seines Blutes in den Ohren. Drinnen war die Luft grau vor Rauch.

Er wischte sich mit dem Handrücken über das Gesicht und hielt sich den Ärmel als Rauchschutz vor den Mund. Unter dem verkohlten Vorhang brannte der Juteteppich in kleinen Flammen. Das Feuer musste gelöscht werden, bevor es die ganze Stadt in Aufruhr versetzte.

Christian war selbst überrascht über seine plötzliche Tatkraft und seinen Mut. Er riss den groben Schonbezug vom Sofa und warf ihn auf den Teppich. Der Rauch quoll bis zur Decke hinauf. Christian befürchtete, die provisorische Löschdecke würde Feuer fangen, und trampelte mit den Füßen darauf herum.

Den ermordeten jungen Mann zu sehen war jetzt nicht mehr so schlimm. Aber wo war der Pass?

Fünfzig Meter von der Wohnung des jungen Mannes entfernt bog eine rundliche alte Frau in die Lovcenskastraße ein. Sie trug einen Mantel und abgetretene Halbschuhe, ihre Wangen waren rot, und ihr Mund schien unentwegt lachen zu wollen. In der Hand hielt sie eine braune Einkaufstasche, aus der eine Milchpackung, eine zusammengerollte Zeitung und ein rundes, in graues Papier eingeschlagenes Brot herausragten. Ohne Eile ging sie auf die

Wohnung des jungen Mannes zu, blieb zwischendurch stehen, um zu verschnaufen, und setzte dann ihren Weg fort.

Christian nahm schnell ein Papiertaschentuch zur Hand und ging neben dem von Ruß und Blut verschmierten Toten in die Hocke. Ständig blickte er sich zur halb geöffneten Tür um. Mit dem Taschentuch schützte er seine Finger, als er die Jacke des Toten etwas anhob, um die Innentasche betasten zu können.

Die Tasche war leer, die Brusttasche des Hemdes ebenfalls. Er stand auf, ohne selbst recht zu glauben, so kaltblütig handeln zu können. Hatte der Mörder den Pass mitgenommen? Er trat an die Kommode und öffnete die oberste Schublade. Sie knarrte laut. Christian erschrak und sah sich hastig um.

Die Frau im schwarzen Mantel war zehn Meter von der Tür zum Haus des jungen Mannes entfernt, als die Nachbartür aufging und eine rotgesichtige Frau gleichen Alters mit einer Tischdecke in der Hand herauskam.

»Dobro jutro!«, begrüßten sich die beiden.

»Du wirst doch nicht etwa Veljko aufwecken wollen«, sagte die Nachbarin und schüttelte die Brotkrümel aus der Tischdecke auf den Bürgersteig. »Der arme Junge schläft noch.«

»Es ist Zeit, aufzustehen«, sagte die Frau im schwarzen Mantel und lachte so laut, dass ihr einziger Zahn aufblitzte. »Ich bringe ihm frisches Brot. Veljko hat immer frisches Brot gemocht.«

Ein heiseres Lachen auf der Straße ließ Christian auf der Stelle erstarren. Rasch zog er die unterste Kommodenschublade auf, wühlte in der Bettwäsche und stellte fest, dass sein Pass auch dort nicht versteckt war. Er wollte gerade zur Tür eilen, da fiel sein Blick auf einen Stoß Bücher auf der Fensterbank. Unter dem obersten war eine Farbe zu sehen, die er kannte. Christian hob das Buch an und fand seinen Pass.

Erleichtert steckte er ihn ein. Im selben Moment hörte er die Haustür aufgehen, jemanden den Flur betreten und wegen des Rauchs lautstark schnuppern. Im Bruchteil einer Sekunde wog Christian die Lage ab, soweit es sein Schock zuließ. Die Polizei würde so jedenfalls nicht das Haus betreten.

Er eilte in die Küche, die gekachelte Wände und einen Steinfußboden hatte. Dort machte er die Hintertür aus Milchglas auf, sah, dass die Luft rein war, und huschte in den Hof, von dem eine Pforte zu dem gemeinsamen Gartengrundstück der umliegenden Häuser führte.

Im Haus hörte man den Aufschrei einer alten Frau.

Christian rannte durch die Pforte und stellte fest, dass er in einem eingezäunten Gartenlabyrinth gelandet war. Jenseits des Zauns wurde Abfall verbrannt. Der Rauchgeruch war von dort gekommen, nicht aus dem Haus. Durch die Ritzen im Bretterzaun sah er eine graue Mütze schimmern. Auf der anderen Seite des Gartens war das energische Kratzen eines Rechens zu vernehmen. Somit war der Fluchtweg in beide Richtungen blockiert.

Christian hörte das schwere Keuchen des Mannes, der den Abfall verbrannte, unmittelbar hinter dem wackligen Zaun und suchte mit den Augen fieberhaft nach einem Ausweg. Der Rauch reizte seine Lunge, aber Christian gab sich Mühe, nicht zu husten.

Sein Blick flog in alle Richtungen: Eine niedrige, kümmerliche Buschreihe setzte sich jenseits des Zauns bis zur verwitterten Wand des Nachbarhauses fort. Ein lehmiger Pfad führte zu einer offenen Bretterpforte und in die schmale Gasse dahinter. In der entgegengesetzten Richtung stand nur ein Holzschuppen mit eingesunkenem Dach, daneben lagen verrostete Schrottteile, ein paar zerfetzte Autoreifen – vor allem aber schnitt dort ein grauer Bretterzaun den Weg ab.

Das heulende Geschrei der alten Frau hielt an. Der Mann im Garten ließ seinen Abfall alleine weiterbrennen und eilte zum Haus. Christian begriff, dass er sich zum Verdächtigen Nummer eins machte, wenn man ihn hier bemerkte.

Er richtete den Blick wieder nach vorne, auf die Pforte. Er hatte keine andere Wahl. Also ging er auf alle viere, um nicht gesehen zu werden, und kroch hastig auf die Pforte und die sich dahinter anschließende enge Gasse zu.

Christian drückte die Pforte ganz auf und schlüpfte in den Schatten des Gässchens hinaus, in wenigstens vorübergehende Freiheit. Kurz darauf traute er sich bereits, im Laufschritt durch das Gewirr der engen Gassen zu eilen, bis er glaubte, weit genug vom Tatort entfernt zu sein.

Die Straßen wurden breiter, und er ging langsamer, um weniger aufzufallen. Er merkte, dass er den Blicken der entgegenkommenden Passanten auswich. Hatte man ihn bereits unter Verdacht? Außer Atem ging er unter Pappeln in Richtung Innenstadt und verfluchte innerlich seine Tollkühnheit. Was, wenn ihn jemand in der Nähe des Tatorts gesehen hatte?

Allmählich wuchs jedoch das Gefühl, vernünftig gehandelt zu haben. Denn jetzt hatte er sowohl seinen Pass als auch die Kassette. Ob Rebecca den Mann von der Nato schon gefunden hatte? Christian wollte lieber einem der Flugunfallermittler oder einem Vertreter der Nato über die Vorfälle bei dem jungen Mann berichten als der lokalen Polizei.

Ein alter Fiat fuhr an ihm vorbei, und etwas weiter weg jammerte ein Moped. Die obdachlose Zigeunerfrau, die an der Hausecke lag, drehte sich ächzend auf die andere Seite und zog ihre Decke aus Karton zurecht. Christian steuerte den Marktplatz und das Rathaus an. Es war nicht mehr weit bis dorthin, ein paar Häuserblocks noch. Er hoffte inständig, dass Rebecca den Vorgesetzten ihres Mannes gefunden hatte. Christians Atem beruhigte sich allmählich, auch das Zittern der Hände wurde schwächer.

Weit weg hörte man die Sirene eines Einsatzfahrzeugs. Christian beschleunigte seine Schritte. Zum Glück nahm das Menschengewimmel rund um den Marktplatz zu. Unentwegt gingen Christian dieselben Fragen durch den Kopf, sie ließen ihm einfach keine Ruhe. Hatte der Mord mit der Kassette zu tun? Wusste jemand davon, dass der junge Mann die Kamera gefunden hatte? Jemand, der die Kassette unbedingt haben wollte?

# 20

Das Laub der Bäume entlang der Avenue de la Croix des Gardes in Cannes rauschte im Morgenwind. Über den blauen Himmel segelten Wolken wie Wattebäusche. Ein Motorroller wimmerte die ansteigende Straße hinauf und überholte eine blonde Frau in Minirock und mit Sonnenbrille, die auf dem Bürgersteig ging.

Sara Lindroos hatte Pierre angerufen und den Tauchlehrgang für diesen Tag abgesagt. Mit zielstrebigen Schritten betrat sie den mit Schiefer gepflasterten Gang, der zur Eingangstür eines mehrstöckigen Hauses führte. Ihr Finger berührte kurz den Klingelknopf neben dem Schild »CONCIERGE«.

Ein weckerartiges Schellen ertönte, und Sara trat intuitiv zwei Schritte zurück. Sie spiegelte sich in der mit Messing eingefassten dicken Glasscheibe der Haustür. Durch die unregelmäßige Oberfläche wurden die Gesichtszüge verzerrt. Hinter der Scheibe bewegte sich etwas, dann ging die Tür auf.

Sara nannte ihren Namen und erklärte: »Monsieur Brück hat Sie angerufen und meinen Besuch angekündigt ...«

»Ah, oui!«, sagte die blondierte Concierge mit einer Zigarette zwischen den Lippen heiser und kehrte in ihre Wohnung zurück, um die Schlüssel zu holen. »Ich kann mich sehr gut an Monsieur Brück erinnern ...«

Sie sprach den Namen mit einem weichen Schnurren aus.

Sara setzte die Sonnenbrille ab, damit ihre Augen sich an das Dämmerlicht im Treppenhaus gewöhnten. Die Concierge warf ihr einen abschätzigen Blick zu, lächelte unmerklich und bedeutete Sara, ihr zu folgen. Auf der schmalen Marmortreppe klapperten die Absätze. Im ersten Stock nahm die Concierge die Zigarette aus dem Mund, hustete und lächelte Sara freundlich an.

»Hier hat Tina Carabella gewohnt.«

Sara starrte auf die polierte Holztür. »Es sind bis jetzt keine Toten gefunden worden. Es kann noch Überlebende geben.«

»Ja, in der Tat ... Excusez-moi.«

Die Concierge klimperte mit dem Schlüsselbund und machte ohne ein weiteres Wort die Tür auf. Muffige Luft strömte den Frauen entgegen. Sara betrat die Diele.

»Ich gehe jetzt auf den Markt. Sie finden doch hinaus?«

Sara nickte und überlegte, ob sie der Concierge Geld geben sollte. Nein, nicht in so einer Situation. Als die Tür zuging, überkam Sara ein unangenehmes Gefühl der Unsicherheit. Christians Schmerz berührte sie zutiefst, aber dennoch kam sie sich vor wie ein Eindringling. Hier wohnte die – aller Wahrscheinlichkeit nach ums Leben gekommene – Verlobte ihres ehemaligen Geliebten. Hier begegnete sie auch einem Teil von Christians und Tinas gemeinsamer Vergangenheit und ungelebter Zukunft.

Sara ahnte, dass sich in Tina etwas Rätselhaftes verbarg. Christian schien das bereits erkannt zu haben. Sie ging weiter. In der Wohnung war es halb dunkel. Durch die Ritzen der heruntergelassenen Rollläden drangen waagrechte Lichtstreifen ein, die gemächlich umherschwebende Staubpartikel sichtbar machten. Sara griff nach der Kurbel neben einem Fenster, das zur Straße ging, und ließ etwas mehr Licht herein. Ihr Blick richtete sich auf ein kleines Ölgemälde in der Diele, auf dem ein Teufel mit feurigen Augen die Gäste willkommen hieß. Düster. Und seltsam.

Das Parkett knarrte unter Saras Schritten. Im Wohnzimmer herrschte ein kreatives Chaos aus Bildern unterschiedlicher Größe, alle mit der Vorderseite zur Wand gedreht. Sie hob eines an. Die Leinwand zeigte den lächelnden, aber aufgespießten und blutigen Kopf eines Lamms. Sara lief ein Schauer über den Rücken. Diese Arbeit verriet einiges über die Seelenlandschaft der Künstlerin.

Das Schlafzimmer löste in Sara eine Woge der Eifersucht aus, was sie sich nur schwer eingestehen mochte. Sie setzte sich kurz auf den Bettrand, legte die Hände in den Schoß und fixierte der Reihe nach zornig jeden einzelnen Gegenstand. Das Buch auf dem Nachttisch enthielt Erzählungen von Edgar Allan Poe. Die Messinguhr war altmodisch und charmant verbeult. Tina war Romantikerin, das wusste Sara bereits von ihrer ehemaligen Mitbewohnerin, aber in dieser Romantikerin steckte ein harter Kern. Auch das hatte sie gleich am Anfang gemerkt.

Was stellte sich Christian vor? Was sollte sie hier finden?

Dafür dass sie Künstlerin war, wusste Tina ihr Leben in Ordnung zu halten, das hatte Sara begriffen, als sie noch mit ihr zusammenwohnte. Tina war eifrig im Putzen und Aufräumen, viel mehr als Sara.

Sie ging durch das Wohnzimmer in die enge Küche und sah sich dort um. Sämtliche Metall- und Holzflächen glänzten spiegelblank. Geschirrberge gab es keine. Sara öffnete eine Schranktür und sah der Größe nach geordnete, fein säuberliche Reihen von Tellern und Tassen vor sich.

Tina war sich bis zum Schluss treu geblieben. Ihr Aufbruch zum letzten Flug war gut vorbereitet gewesen, aber auf alles hatte selbst Tina nicht achten können. Wie hätte sie sich auch vorstellen sollen, von einem Flugzeugunglück betroffen zu sein? Sara musste sich eingestehen, dass sie selbst sich ebenfalls als unverwundbares, vom Glück begünstigtes Wesen betrachtete. Bei vielen Tauchgängen war sie unnötige Risiken eingegangen. Unfälle passierten immer anderen, gesichtslosen Opfern. Würde sie sich auch irgendwann fragen müssen: *Warum gerade ich?*

Im Gewürzregal herrschte die gleiche Ordnung wie überall sonst in der Küche. Sämtliche Etiketten waren peinlich genau nach vorne ausgerichtet. Sara graute vor einer solchen Genauigkeit. Die Eigenschaft der peniblen Staubwischerin passte überhaupt nicht zu Tinas italienischer Abstammung. Dieser Widerspruch störte Sara zusehends.

Sie machte die schwere Tür des altmodischen Kühlschranks auf. Gähnende Leere. Nur eine Eierschachtel, Majonäse, eine Dose Oliven und Ketchup. Ganz hinten auf dem Gitter war eine Halbliterpackung Sahne zu erkennen. Wie hatte Tina so etwas Verderbliches im Kühlschrank vergessen können? Sara streckte die Hand nach der Packung aus. Sie war seltsam leicht. War da überhaupt Sahne drin? Sara schüttelte die Packung leicht. Es raschelte merkwürdig gedämpft. Sie öffnete die gefalteten Papplaschen und spähte hinein. In der Packung steckte eine Audiokassette.

Sara nahm sie heraus und hielt sie sich vor die Augen. Auf dem Etikett der Kassette stand in Tinas Handschrift: »*Julia*«. Saras Neugier war geweckt. Warum war die Kassette so sorgfältig versteckt worden?

Sie schob ihren Fund in ihren kleinen Lederrucksack und ging ins Wohnzimmer zurück. Wahllos drehte sie einige Bilder um, nur um Tinas Pinselstrich zu sehen. Sie spürte Übelkeit in sich aufsteigen, als sie ein breitformatiges Gemälde betrachtete, auf dem es in der klaffenden Wunde eines schon halb abgefressenen Wolfskadavers von kleinen weißen Würmern wimmelte. Sara ließ das Bild an seinen Platz zurückfallen.

Es war sonderbar, dass der schreiende Schmerz, der auf Tinas Bildern zum Ausdruck kam, in ihrem persönlichen Auftreten oder in ihrer Art, mit anderen Menschen zu reden, überhaupt nicht zu Tage trat. Wer Tinas Gemälde sähe und dann in einem anderen Zusammenhang die Malerin selbst, könnte die Frau auf keinen Fall mit der Kunst in Verbindung bringen. Die Werke schienen einfach nicht zu Tinas heiterem Gemüt zu passen. Sara hatte Tina einmal gefragt, was sie mit ihren Bildern ausdrücken wolle, aber keine Antwort erhalten. Dabei sprachen Künstler eigentlich immer gern über ihre Arbeit.

Die Gemälde und die unklaren Motive für Tinas düstere Kreativität ließen Sara Mitleid mit Christian empfinden, der nicht gewusst hatte, auf was für ein Wagnis er sich bei der Frau eingelassen hatte. Sara ging ins Schlafzimmer zurück, wo erneut ihre Eifersucht herausgefordert wurde.

Sie öffnete eine Schublade der Kommode und nahm das Kuvert eines Fotoladens heraus, das einen Stoß Fotos enthielt. Mit schlechtem Gewissen öffnete sie das Kuvert und sah sich die Bilder an. Ihre Augen wurden dabei immer schmaler. Tina mit ihrem perfekten Körper oben ohne am Strand, Christian im Wasser, groß, schlank und lachend, Tina im Sand, Tina auf einem Baum, Tina sitzend, Tina liegend.

Sara steckte die Bilder ins Kuvert zurück und warf es in die Schublade, wo in einer Ecke ein Stapel Unterlagen verschiedener Art lag, darunter auch eine Fotokopie des amerikanischen Passes von Tina Carabella. Das Passbild war alt, Tina sah darauf wesentlich rundlicher und ungepflegter aus als heute. Das hob Saras Laune ein klein wenig. Sie faltete die Kopie zusammen und schob sie zu der Kassette in ihren Rucksack.

Sie wollte die Schublade schon schließen, da fiel ihr ein Briefumschlag auf, der mit einem Absenderstempel versehen war: JEAN D. PRÉVERT, FACHARZT FÜR GYNÄKOLOGIE, 12 RUE LECERF, 06400 CANNES. Sara zögerte einen Moment, aber dann öffnete sie den Umschlag und las das Schreiben.

Tina war schwanger.

Sara schluckte. An das ärztliche Attest war ein Zettel mit Tinas Handschrift geheftet: »*Christian, es sieht aus, als würde ein Brück jr. in mir heranwachsen …*« Das Schreiben der Nachricht war offenbar unterbrochen worden. Sara legte den Brief zurück und wusste eine Weile nicht, wohin sie sich wenden sollte. Sie war erschüttert.

Schließlich beschloss sie, sich noch im Bad umzusehen. Steinboden mit Wabenmuster, cremefarbene Kacheln an den Wänden, zwei offene Regale. Der Zahnputzbecher war leer, aber Sara stellte sich darin zwei aneinanderlehnende Zahnbürsten vor. Das Bild schnürte ihr die Kehle zu. Was hatte sie hier verloren? Sie wollte weg.

Wieder im Schlafzimmer hörte sie ein Geräusch an der Wohnungstür. Die Concierge? Nein, die hatte gesagt, sie wolle auf den Markt gehen. Und sie hatte keinen weiteren Besucher erwähnt. Das Schloss rasselte sonderbar. Es wurde nicht normal geöffnet. Versuchte jemand mit dem Dietrich in die Wohnung der Toten einzudringen? Intuitiv sah sich Sara nach einem Versteck um. Gerade als die Wohnungstür aufging, schlüpfte sie auf den Balkon hinaus, schloss vorsichtig die Tür hinter sich und duckte sich unter das Fenster.

Durch den untersten Schlitz im Rollladen spähte sie ins Wohnzimmer. Sie sah schwarze, gut gepflegte Herrenhalbschuhe und graue Anzughosen. Zwei Männer, deren Verhalten verriet, dass sie ohne Erlaubnis eingedrungen waren. Saras Herz hämmerte immer heftiger. Würden sie auch auf dem Balkon nachsehen? Sie versuchte genauer zu erkennen, was in der Wohnung vor sich ging, aber ihr Blickfeld war eingeschränkt. Einer der Männer schob etwas in eine schwarze Aktentasche. Dann drehten sich die Füße in Richtung Balkon. Der Mann blieb eine Weile auf der Stelle stehen. Sara hielt den Atem an.

Langsam näherte sich der Mann dem Balkon. Die Füße

machten am Fenster Halt, unmittelbar vor Sara. Der Mann sah sich die Gegenstände auf der Fensterbank an. Nach einigen Sekunden, die Sara wie eine Ewigkeit vorkamen, verschwanden die Füße. Die Besucher verließen die Wohnung so schnell und unbemerkt, wie sie gekommen waren. Sie hatten gewusst, was sie suchten.

Sara richtete sich auf und spähte über den Rand des Balkons. Am Hang auf der anderen Straßenseite stand zwischen gewöhnlichen Renaults und Peugeots ein dunkler Geländewagen. Sara war sicher, die Männer würden gleich dort einsteigen. Wer waren sie? Und was hatten sie gesucht?

Sara verließ den Balkon, rannte aus der Wohnung und mit lautlosen Schritten die Treppe hinunter. In der Eingangshalle sah sie durch die Glastüren hindurch, wie die Männer hinter einem Rhododendron zur Straße gingen. Sara trat aus dem Haus und zwang sich, gemächlich zu gehen. Erst jetzt sah sie von den Männern mehr als nur die Schuhe und die Hosenbeine. Beide waren breitschultrig, vierzig bis fünfzig Jahre alt und ordentlich gekleidet. Einer trug eine Sonnenbrille. Sara ging auf dem von üppig grünen Büschen gesäumten Schieferweg zur Straße. Sie sah die Männer tatsächlich auf den Jeep Cherokee zugehen und prägte sich das Nummernschild ein.

Sie erreichte ihren näher am Haus geparkten, kleinen grünen Citroën und machte die Tür in dem Moment auf, in dem die Männer in den Geländewagen stiegen. Sie setzte sich ans Steuer, rückte ihre Sonnenbrille zurecht und biss sich auf die Unterlippe.

Sie hatte das Kinderkriegen aus allen möglichen Gründen immer wieder aufgeschoben, aber Tina war schon vor der Hochzeit schwanger gewesen. Wie würde Christian die Nachricht von der Schwangerschaft aufnehmen?

Der Geländewagen fuhr an ihr vorbei, und Sara ließ den Motor an. Vor Aufregung legte sie den Rückwärtsgang zu hastig ein, und es knirschte im Getriebe. Sie manövrierte den Wagen aus der engen Parklücke und sauste dem Geländewagen hinterher den Hügel hinunter. Zum Glück mussten die Männer am Boulevard du Riou vor der roten Ampel anhalten.

Bei dem regen Morgenverkehr im Straßengewirr von Cannes war es nicht einfach, einem schnell fahrenden Auto zu folgen, aber Sara ließ die seltsamen Besucher nicht aus den Augen. An der verstopften Kreuzung von Boulevard Carnot und Boulevard du Ferrage musste sie über Rot fahren und sich das Gehupe der von rechts kommenden Autos anhören.

Vor der Boulangerie Juillet bog der Geländewagen in die Rue Henri Paschke ein, eine enge Einbahnstraße auf dem Hügel St. Pierre. Sara setzte den Blinker und bog ebenfalls ab, musste aber sogleich anhalten, weil sie nicht weit vor sich den Geländewagen mit eingeschalteter Warnblinkanlage auf der Straße stehen sah. Etwas Außergewöhnliches ging dort vor. Auf dem Bürgersteig parkten mehrere Autos, um die Männer mit ernsten Gesichtern hastig herumliefen.

Sara fuhr langsam weiter, denn um diese Zeit am Vormittag bestand nicht die geringste Hoffnung auf einen Parkplatz. Das Duo aus dem Geländewagen stieg in einen Lieferwagen um, auf dessen Dach eine außergewöhnlich lange Antenne installiert war. Ein älterer Herr mit zwei Pudeln an der Leine und ein übergewichtiger Jogger in Shorts waren stehen geblieben, um sich das seltsame Treiben anzusehen.

Sara ließ den Citroën weiterrollen. Ihre Neugier wuchs immer mehr. Mittelpunkt der Handlung schien die Haustür eines massiven Stadthauses im Art-nouveau-Stil zu sein. Zwei Männer mit Aluminiumkoffern kamen heraus und stiegen in den Wagen, der vor der Tür wartete.

An Saras Stoßstange hing ein ungeduldiger kleiner

Smart, darum konnte sie nicht länger trödeln. Sie fuhr bis zur nächsten Kreuzung und bog auf die belebte Avenue de Grasse ein. Sogleich erspähte sie vor einer Bank einen freien Parkplatz und stellte ihren Wagen ab.

Sie überlegte, was sie tun sollte, nahm dabei die Audiokassette, die sie bei Tina mitgenommen hatte, aus der Tasche und schob sie in den Autokassettenrecorder. Man hörte ein starkes Rauschen, dann sagte eine weibliche Stimme: »*Tina …*«

Sara drehte den Ton lauter.

»*Ich weiß, dass du alles versucht hast … Mach dir keine Vorwürfe.*«

Die Stimme verlor sich in der Ferne. »*Allein ich bin schuld. Vergiss das nicht …*«

# 21

Christian sah sich in der Straße mit den halb verfallenen Kiosken um, aber Rebecca war zur vereinbarten Zeit nicht erschienen. Er war noch immer beunruhigt, aber auch stolz darauf, seine Nerven unter Kontrolle gehabt zu haben.

Wie war die Flamme des Feuerzeugs angegangen? Hatte der Mörder seinem Opfer das Feuerzeug in die Hand gedrückt, mit der Absicht, die Spuren seiner Tat durch das Feuer zu tilgen? Oder hatte der Täter das Opfer überrascht und so schnell hingerichtet, dass die Flamme des Feuerzeugs noch weiterflackerte, nachdem das Lebenslicht des jungen Mannes bereits erloschen war?

Christian begriff, dass er unbedingt zur Polizei gehen musste, um über die Ereignisse der Nacht zu berichten, bevor die Polizei zu ihm kam. Aber wenn sie ihn stundenlang auf dem Präsidium festhielten und verhörten? Das war möglich, sogar wahrscheinlich. Es konnte sein, dass sie ihn danach gar nicht mehr freiließen. Zumindest würden sie die Kassette beschlagnahmen. Und ob sie seinen verzweifelten Erklärungsversuchen Glauben schenken würden?

Rebecca war noch immer nicht zu sehen. Christian ging zum Marktplatz und stieg die Treppen zum Rathaus hinauf. Die Eingangstür war verschlossen. Es sah aus, als wären die Medienvertreter dabei, den Platz zu verlassen. Die Kameras wurden abgebaut und mit den übrigen Gerätschaften in Lieferwagen verstaut. Die Strahlen der Morgensonne griffen nach den Wolken, die träge über die

Berge hinwegzogen, und tauchten zugleich die Häuserfassaden in goldenes Licht.

Immer stärker pulsierten Angst und Stress in Christians Adern. Die Vorstellung, dass die Polizei mittlerweile bei dem ermordeten jungen Mann war, die Nachbarn verhörte und Fingerabdrücke nahm, jagte ihm einen Schauer über den Rücken. Er hatte eine Reihe falscher Entscheidungen getroffen, das war ihm klar, aber nun konnte er sie nicht mehr rückgängig machen.

Er ging auf einen Kameramann zu, der gerade einen Mercedes-Geländewagen belud. Auf der Seite des in Deutschland zugelassenen Wagens stand dezent »SAT 1«.

»Entschuldigen Sie, wissen Sie zufällig, wo ich eine Hi8-Kamera finden könnte?«

»Am ehesten in einem Elektrogeschäft, würde ich sagen.«

»Sind solche Geräte noch auf dem Markt?«

»In diesem Teil der Welt bestimmt. Digitalkameras sind teuer«, sagte der Kameramann.

Christian war sich mittlerweile sicher, in Pjevac nicht das richtige Modell auftreiben zu können. Er musste also nach Podgorica fahren – oder womöglich nach Budva, Kotor oder Cetinje. Aber er konnte von Pjevac nicht weg, bevor er sich nicht bei der Polizei gemeldet hatte, und das wiederum erschien ihm ganz unmöglich.

»Gibt es etwas Neues über das Schicksal der Passagiere?«

»Nichts Offizielles. Die nächste Pressekonferenz ist um zehn.«

»Wohin fahren die ganzen Leute?«

»Man hat uns zu verstehen gegeben, dass demnächst eventuell Kameraflüge zu dem Wrack erlaubt sein könnten. Die Rettungsmaßnahmen werden langsam heruntergefahren.«

Das zu hören tat Christian weh, auch wenn es ihn nicht

überraschte. Aber was für eine Formulierung: *Herunterfahren.* Er wandte sich ab und sah verzweifelt auf seine Armbanduhr, deren Zeiger ganz und gar nicht zu einer Besserung seines Gemütszustands beitrugen. 9.20 Uhr. Er müsste zur Polizei gehen und berichten, was bei dem jungen Mann vorgefallen war.

In der Ferne hörte man vom Meer her das Geräusch eines Hubschraubers. Waren mittlerweile Opfer gefunden worden? Allein der Gedanke an aufgereihte Leichensäcke löste schieres Entsetzen in Christian aus – von der Vorstellung, die Toten identifizieren zu müssen, ganz zu schweigen.

Plötzlich bereute er aus tiefstem Herzen, Sara gebeten zu haben, Tinas Wohnung aufzusuchen. Denn durch den Zweifel, den Sara gesät hatte, war seine Fantasie erst richtig in Gang gekommen. Je mehr er sich über Sara ärgerte, umso unbedingter liebte er Tina.

Ein bitterer Kloß setzte sich in seinem Hals fest. Er dachte an den Moment zurück, in dem er Tina zum ersten Mal gesehen hatte. Er hatte Sara in Cannes besucht, nachdem sie für die Zeit ihres Sommerjobs zu Tina gezogen war. Christian war die Stufen des alten Hauses hinaufgestiegen und hatte die schnarrende Türklingel betätigt. Am Türrahmen war mit Klebestreifen ein Zettel befestigt gewesen, auf dem in außergewöhnlicher Handschrift der Name *Carabella* gestanden hatte. Ein faszinierender Name, hatte Christian gedacht: *cara bella* – die liebe Schöne. Die Tür wurde von einer Person geöffnet, deren Erscheinung ihrem Namen voll entsprach: eine sinnliche Künstlerin mit zarten Gesichtszügen. Trotz ihres Aussehens hatte sie sich jedoch benommen wie eine lässige Amerikanerin hinter dem Tresen einer Hafenkneipe. Sara war noch nicht da gewesen, darum hatte Tina ihm Gesellschaft geleistet. Ironisch-intelligente, spontane, humorvolle Gesellschaft. Schon innerhalb weniger Minuten war zwischen ihnen eine ganz besondere Verbindung entstanden.

Damit hatte es jedoch für einige Wochen sein Bewenden gehabt, bis ihm Sara in ihrer kühlen, nüchternen Art mitgeteilt hatte, sie habe einen anderen Mann kennen gelernt. Das war für Christian ein Schock gewesen, ein Schlag vor den Kopf, auch wenn sie in ihrer Beziehung durchaus ihre Probleme gehabt hatten. Jetzt musste er sich eingestehen, dass es nicht lange gedauert hatte, sich von dem Schock zu erholen – und der Dank dafür galt Tina.

Seltsam war, dass Rebecca etwas von Tina an sich hatte. Nicht vom Aussehen oder vom Auftreten her. Es war etwas anderes, etwas, das tiefer lag. In beiden steckte eine Kraft und Stärke, die von der äußeren Zartheit vollkommen verborgen wurde. Saras Robustheit hingegen sprang schon von weitem ins Auge.

Christian begab sich erneut zu den Kiosken, aber von Rebecca war noch immer nichts zu sehen. Er ging weiter in Richtung Polizeiwache. Der Wind trieb eine Zeitungsseite zwischen den heruntergekommenen Häusern hindurch. Je näher er der Polizeiwache von Pjevac kam, umso größeres Chaos herrschte in Christians Kopf. Es erschien ihm absurd, in einer so komplizierten und lebenswichtigen Angelegenheit einen Ort aufzusuchen, wo man vielleicht nicht einmal richtig Englisch oder Deutsch sprach. Wenn es um Mord ging, durfte es aber keinen Raum für Missverständnisse geben.

Im selben Moment erschrak er. Ein Polizist bog um die Ecke. Suchte man ihn schon? Hatte ihn jemand gesehen und den Beamten eine Personenbeschreibung gegeben? Der Polizist sah eher überdrüssig als aufmerksam aus, trotzdem änderte Christian seine Route – und seinen Plan. Er musste die Polizei vergessen und stattdessen mit der Kassette zu den westlichen Ermittlungsbehörden gehen, die mit dem Unglück beschäftigt waren, und ihnen alles von Anfang an erklären. Die würden im Nu ein Gerät zu beschaffen wissen, mit dem man die Kassette ansehen konnte. Falls es ihm gelänge, sich das Band zuvor selbst anzuschauen, würde er ebenso vorgehen.

Als Erstes aber musste er Rebecca finden. Ob sie schon mit dem Vorgesetzten ihres Mannes gesprochen hatte? Christian kehrte wieder in die menschenleere Gasse mit den verlassenen Kiosken zurück. Langsam ging er die Straße entlang und sah sich aufmerksam um. Rebecca hatte nicht wie eine Frau gewirkt, die sich unnötig verspätete.

Wie zur Erinnerung an den Schock am Tatort drang Christian Rauchgeruch in die Nase. Jemand fachte den Holzherd an oder verbrannte Abfall. In der Ferne rauschte beruhigend das Meer.

Auf einmal blieb Christian abrupt stehen, weil er hinter einem Eiskiosk etwas Schwarzes hervorblitzen sah. Er trat näher, beugte sich nach vorn und erkannte, was es war.

Ein Schuh.

Christian holte stoßweise Atem. Er wusste, wer solche Schuhe trug.

Mechanisch bog er ein paar raschelnde Zweige zur Seite. Dahinter kam eine Leiche zum Vorschein, bleich und mit einer Schusswunde in der Stirn.

Rebecca.

# ZWEITER TEIL

## 22

Die Welt um Christian verfinsterte sich, als er auf Rebeccas aufgerissene Augen und die rotschwarze Schusswunde darüber starrte. Sie war exakt auf dieselbe Weise umgebracht worden wie der junge Montenegriner. Man hatte sie eiskalt hingerichtet.

Ihre Lippen waren zu einem sanften, leicht erstaunten Lächeln erstarrt. Das verlieh der Toten einen seltsam ruhigen Ausdruck, als wäre sie mit offenen Augen in den Schlaf gesunken. Der Tod war schnell gekommen.

Das Geräusch eines Autos auf der Querstraße ließ Christian zusammenzucken. Er sprang auf und rannte ohne nach rechts und links zu schauen hinter den verlassenen Kiosk. In diesem Moment empfand er weder Trauer noch Entsetzen noch Angst. Allein der Selbsterhaltungstrieb steuerte sein Verhalten, er war ein keuchendes, schwitzendes, fliehendes Tier.

Über den Wert der Kassette in seiner Jackentasche bestand nicht mehr der geringste Zweifel. Sie hatte nun schon zwei Menschenleben gekostet. Christian starrte auf die abblätternde Farbe der Bretterwand vor seinen Augen und horchte auf das Geräusch des näher kommenden Autos.

Zu seinem Entsetzen hielt das Fahrzeug unmittelbar neben der Toten an. Es drängte ihn, um die Ecke zu spähen, um zu sehen, was passierte, aber dann wäre er womöglich bemerkt worden. Zwei Türen gingen auf. Die Polizei?

Dann wurde der Kofferraum des Wagens geräuschvoll

geöffnet. Das war eindeutig nicht die Polizei. Christian wischte sich mit dem Ärmel über die laufende Nase. Was ging hier vor? Er musste es einfach wissen.

Millimeterweise schob er den Kopf nach vorne und sah schließlich, wie zwei Männer Rebeccas Leiche in ein Auto luden, derart zügig und mühelos, als handele es sich um eine Puppe in Lebensgröße. Einer der Männer – er war mittleren Alters und ordentlich, aber etwas nichtssagend gekleidet – schlug den Kofferraumdeckel zu und setzte sich auf die Rückbank, der andere, ähnlich aussehende Mann eilte zur Fahrerseite nach vorne. Die zielstrebige Aktion hatte nicht länger als einige Sekunden gedauert. Schon fuhr das graue Auto davon und hinterließ nichts weiter als eine blaue Abgaswolke in der Gasse.

Christian schaute auf das Nummernschild, sagte sich die Nummer hysterisch vor und tastete dabei nach einem Stift in der Tasche. PJ 369-12. Er zog sich hinter die Ecke des Kiosks zurück und notierte mit zitternden Fingern die Nummer auf der Rückseite eines Kassenbons. Dann steckte er den Zettel ein, sah sich nach allen Seiten um und verließ sein Versteck.

Ihm fiel nur eine Erklärung für die Vorfälle ein: die Kassette. Zwei Menschen waren getötet worden, obwohl sie nicht einmal gesehen hatten, was auf dem Band war. Allein das Wissen um die Existenz der Kassette hatte genügt. Und ebendiese Kassette befand sich in seinem Besitz.

Er war das nächste Opfer, daran konnte kein Zweifel mehr bestehen.

Christian beschleunigte seine Schritte und bog in die belebte Straße ein, auf der unnatürlich alltäglich das Leben dahinfloss.

Der Gedanke an Rebecca trat eine Welle physischen Schmerzes in ihm los. Er versuchte den Gedanken abzuwehren und den neugierigen Blicken der Einheimischen auszuweichen, merkte aber, dass er mit seinem scheuen, abweisenden Verhalten erst recht die Aufmerksamkeit der Leute auf sich zog. Ein uralter Mercedes Diesel knatterte vorbei und spritzte Matsch aus einer Pfütze auf Christians Hosenbeine, die ohnehin schon schwarze Rußflecken vom Ort des ersten Mordes zierten. Ein gebeugt gehender Greis kreuzte seinen Weg und murmelte mit seinem zahnlosen Mund mürrisch etwas vor sich hin. Christian fühlte sich nackt und von den Menschen und den Autos bedroht.

An einer Bäckerei bog er in eine stille Gasse ein und drückte sich an die Wand. Am anderen Ende erkannte er einen begrünten Platz und an dessen Rand eine altmodische Telefonzelle. Er grub in seinen Taschen und fand einige Münzen. Er ging weiter die Gasse entlang, dann blieb er stehen und sah sich um. Nur hin und wieder tauchte ein zufälliger Passant auf dem Platz auf.

Etwas Auffälliges war nicht zu erkennen. Christian betrat die Telefonzelle, in der es nach Urin roch, nahm die Visitenkarte des Hotels aus der Tasche und rief an der Rezeption an, mit der Bitte, ihn mit dem Zimmer von Sylvia Epstein zu verbinden. Sylvia mochte eine durchtriebene Journalistin sein, aber gegen einen Killer war sie harmlos.

»Hier ist Christian Brück. Haben Sie etwas über die Organisation, die den Flugzeugabsturz untersucht, herausgefunden?«, fragte Christian heiser, ohne fähig zu sein, seine anhaltende Erschütterung zu verbergen. Er hatte Schwierigkeiten, durch die trüben, gesprungenen Scheiben der Telefonzelle nach draußen zu sehen. »Wissen Sie, wo ich einen möglichst hochrangigen Ermittler treffen könnte?«

*»Ich weiß nicht, wo Oberst Carrington untergebracht ist. Aber ein Vertreter des deutschen BFU wohnt im Hotel Adriatic. Er heißt Joachim Klein. Warum fragst du?«*

Christian schrieb den Namen auf einen Zettel und versuchte angestrengt, durch die Scheibe zu blicken. »Sonst etwas Neues?«

*»So gut wie nichts. Einige Kollegen haben Ermittler vom US-Armeegeheimdienst DIA gesichtet. Das hat für Wasser auf die Mühlen der Ufo-Eiferer gesorgt. Allmählich wird das hier zu einer Farce.«*

Christian hielt es nicht länger aus. Er konnte in der Telefonzelle von allen Seiten gesehen werden, aber selbst nicht richtig nach draußen blicken. »Ich muss aufhören.«

*»Warte ... Jemand hat nach dir gefragt.«*

»Wer?«

*»Er hat seinen Namen nicht genannt. Ich war in der Lobby, als er mit dem Rezeptionisten sprach. Hat amerikanisches Englisch geredet, muss aber nicht unbedingt Amerikaner sein. Ein unfreundlicher Kerl mit dunklen Augenbrauen.«*

Christian hängte den Hörer in die verbogene Gabel. Sein Blick fiel auf ein durch die gesprungene Scheibe verzerrt aussehendes Auto, das zwanzig Meter weiter anhielt. Die Telefonzelle kam ihm wie eine Falle vor. Es war ein großer, alter Mercedes, der angehalten hatte. Die Türen blieben geschlossen. Warum stieg niemand aus?

Christian schlüpfte aus der Telefonzelle und eilte mit schnellen Schritten auf den verwucherten Park zu, der sich linker Hand auftat. Er hatte Angst, jemand würde aus dem Auto steigen und ihm folgen, aber dann beherrschte er sich und setzte seinen Weg in betont ruhigem Tempo fort.

Die rostige Pforte des Parks kam näher. Dahinter stieg das Gelände an und ging in die Berglandschaft über, von der die Stadt umgeben war. Bei dem Mercedes rührte sich nichts. Christian hatte nur noch wenige Schritte bis zum kühlen Schatten, in den er eintauchen konnte, um dann im Schutz der Bäume auf einem Umweg das Hotel Adriatic zu erreichen. Der Sand knirschte unter seinen Füßen.

Da sprangen fünf Zigeunermädchen aus ihrem Versteck zwischen den Bäumen. Die zerlumpten, barfüßigen Mädchen wedelten mit Pappstücken, die sie von Kartons abgerissen hatten, schwindelerregend wirbelten sie um Christian herum und verdeckten ihm die Sicht auf den Platz und auf das Auto, das dort angehalten hatte.

Mit flehenden Blicken bettelten die Mädchen ihn an; mit ihrem Lärm sorgten sie dafür, dass Christian die Lage nicht mehr überblicken konnte. Er gab sich alle Mühe, zu dem Auto hinüberzuschauen, aber der Kreis der Kinder mit den wedelnden Kartonstücken drehte sich wie ein hartnäckiges Karussell um ihn herum.

Er versuchte die Kinder zu verscheuchen, doch sie griffen mit geradezu verdächtiger Verzweiflung nach seinem Arm. Er hielt nach dem Auto Ausschau, sah aber nur Pappe, große Augen und flinke, schmutzige Hände.

Plötzlich stoben die Mädchen wie auf Befehl in alle Richtungen davon, und der verdutzte Christian blieb allein zurück und konnte nur noch zusehen, wie die letzte bloße Ferse um die Ecke verschwand. Warum waren die Kinder davongestürmt, obwohl er in seiner Verwirrung noch gar nicht dazu gekommen war, ihnen auch nur eine einzige Münze zuzuwerfen?

Christians Blick fiel auf einen alten Mann, der mit seinem Hund direkt neben der Pforte stand. Der schnurrbärtige Alte sah amüsiert zu ihm hinüber. Er schüttelte den Kopf, schmunzelte leicht abfällig, sagte das Wort »*zingari*« und gab Christian mit einer Geste zu verstehen, er solle seine Taschen kontrollieren. Natürlich. Die Mädchen waren Taschendiebe gewesen. Christians Hände griffen in alle Jackentaschen. Münzen und ein Bündel zerknitterter Geldscheine waren noch da. Er langte in die Innentasche und spürte die harten Ränder der Kassette. Dann schob er die Hand in die rechte vordere Hosentasche. Sie war leer. Sie hatten ihm Pass und Portemonnaie gestohlen.

Durch die aufsteigende Panik kam er in Bewegung, aber er wusste nicht, wohin er gehen sollte. Die Mädchen waren in verschiedene Richtungen davongerannt. Es war aussichtslos. Er würde sein Portemonnaie nicht wiederfinden. Ihm wurde immer deutlicher, dass es absolut verrückt war, die Kassette mit sich herumzutragen. Er verfluchte seine Dummheit, blickte sich um und sah den Mercedes noch immer an seinem Platz stehen. War jemand ausgestiegen, während Christian von den Zigeunermädchen umringt worden war?

Er ging weiter, sah sich erneut um und merkte, dass der Alte ihm kopfschüttelnd nachsah. Der Mercedes konnte jedem gehören. Christian redete sich ein, Gespenster zu sehen – aber andererseits hatte er nicht einmal bei den Zigeunerkindern gut genug aufgepasst.

Er ging nach links in Richtung Innenstadt, wählte dafür aber einen Weg im Schutz der Bäume. Auf der Straße wäre es kürzer und müheloser gewesen, doch jetzt wollte er konsequent vorsichtig sein. In dem Waldstück, das aus grauen serbischen Fichten bestand, hörte man es knarren und rumpeln, weil am Nordrand der Stadt die alte Zahnradbahn den Hang hinaufkletterte.

Christian sah vor sich Rebecca im Schmutz liegen, er sah den gebrochenen Blick ihrer leblosen Augen, und erst jetzt erfasste ihn der Schock mit aller Kraft.

Im Gehen wischte er sich mit dem Ärmel über die Augen. Am Stoff waren kleine Ruß- und Blutflecken zu erkennen. Er bemerkte sie erst jetzt, und der Anblick der Blutspuren ließ ihn innehalten. Es war nicht gut, einen solch offensichtlichen Beweis vom Tatort am Leib zu tragen, trotz aller Unschuld.

Er musste an den kleinen Jungen am Flughafen von Nizza denken, der den Spielzeuggeländewagen in der Hand gehalten hatte. Seine Mutter würde nie mehr nach Hause zurückkehren. Christian konnte noch immer spüren, wie Rebecca sich an ihn gelehnt hatte, wie sie sich die Tränen abgewischt, Trost gesucht und nach der Bedeutung ihres beängstigenden Traums gefragt hatte. Kalte Schauer überliefen ihn. Vielleicht ließ sich das alles doch nicht rational erklären. Unter seine Angst und Panik mischte sich ein blinder Hass auf die Mörder. Wer waren sie? Was wollten sie mit ihren Bluttaten erreichen oder verhindern?

Auf jeden Fall waren Rebeccas Mörder für ihre Tat selbst verantwortlich und konnten sich nicht auf die gehirnchemischen Prozesse berufen, die Einfluss auf ihr Aggressionsniveau genommen hatten. Sie hatten vorsätzlich getötet. Das Böse hatte nichts mit den Botenstoffen der Gehirnzellen zu tun, das Böse nistete im Herzen des Menschen, nicht im Gehirn.

Christian spürte trotzige Energie in sich aufwallen.

Der rote Filzstift zeichnete eine Linie auf den Stadtplan von Pjevac. Im Hintergrund hörte man das Rauschen des Funkverkehrs. Im Slalom fuhr der Stift durch die Gassen und Parks der Stadt, die zwischen Meer und Bergen eingeklemmt war, bis er einen Kreis gezogen und den Ausgangspunkt erreicht hatte.

»Wir riegeln die Stadt ab.«

Die Lippen bewegten sich vor dem Mikrofon eines Funkgeräts im gedämpften Licht hinter den dunklen Scheiben eines Vans.

»Der Wald«, antwortete eine Stimme über Funk. »Passt auf, dass er nicht durch den Wald aus der Stadt herauskommt. Ich werde euch Verstärkung schicken.«

Raschelnd wurde der Stadtplan zusammengefaltet, und das Auto setzte sich in Bewegung.

# 23

Christian blieb stehen. Er glaubte, undeutlich Worte und Schritte gehört zu haben. Oder war das Einbildung gewesen?

Schneller als zuvor ging er weiter, überquerte eine halbmorsche Brücke über einen Graben, verließ den ausgetretenen Pfad und begab sich tiefer in den Wald hinein, in den Schutz der niedrigen Laubbäume. Der Verlust von Pass und Portemonnaie machte ihn rasend. Wie hatte er nur so dumm sein können! Ohne Pass würde er aus Montenegro nicht hinauskommen, jedenfalls nicht auf legalem Weg. Neben einem umgekippten, morschen Baum lag allerlei Abfall herum. Christian pflückte sich eine verblichene Plastiktüte heraus.

Bald ging das Waldstück auf dem schmalen Uferstreifen in felsiges Berggelände über, und das Vorankommen wurde durch Reisig, Farn und Dornenhecken erschwert. Christian blieb im Schutz einer Kiefer neben einem Steinhaufen stehen, steckte die Kassette in die Plastiktüte, wickelte sie ein und schob sie tief in die von Moos überwachsene Öffnung zwischen zwei Steinbrocken. Lange würde er es nicht wagen, die Kassette dort zu lassen, denn irgendein neugieriges Tier konnte sie jederzeit aus dem Versteck ziehen.

Er prägte sich die Stelle genau ein: den Baum, der von einem Blitzschlag zersplittert war, die schwarzen Wurzeln, die sich über den Boden schlängelten, den Ameisenhaufen, weit weg hinter den Bäumen den Kirchturm …

Christian fühlte sich ohne die Kassette leichter, dennoch

war er noch vorsichtiger als zuvor, als er sich auf den Weg durch die Vorstadt ins Zentrum zum Hotel Adriatic machte. Ob er diesem Klein, den Sylvia erwähnt hatte, vertrauen konnte? Allein die kurz aufkeimende Vorstellung, der Angehörige einer deutschen Luftfahrtbehörde könne etwas mit den Morden zu tun haben, veranlasste Christian, sich Sorgen um seine geistige Gesundheit zu machen. Wurde er langsam paranoid? Realistischer war da schon die Frage, ob Klein um diese Zeit im Rathaus oder im Hotel sein würde. Das zu entscheiden war ein Lotteriespiel. Das Hotel lag näher, weshalb Christian beschloss, zuerst dort nachzusehen.

Wie als Kontrast zur Schroffheit der Berge lag vor ihm nun das sanft plätschernde, unendlich scheinende Meer. Christian sog die salzige Luft ein und eilte mit dem Pulsschlag äußerster Anspannung in den Adern dem Hotel entgegen. Das Adriatic war größer und in besserem Zustand als das Jadra, außerdem höchstens zwanzig Jahre alt. Offensichtlich hatte der Architekt in der Fassade die zerklüfteten Formen der Landschaft aufgreifen wollen. Christian näherte sich dem Hinterhof des Hotels durch eine Seitengasse und hatte bald den Geruch von Mülltonnen und Dieselabgasen in der Nase. Ein Lieferwagen fuhr gerade rückwärts an den Eingang zur Küche heran.

Christian betrat umstandslos die Küche. Die ältere Frau, die am Herd hantierte, stellte ihm keine Fragen, auch der schüchtern wirkende junge Koch mit seiner schäbigen weißen Schürze nicht. Auf dem Tisch lag ein Sortiment scharfer Messer neben einem riesigen Haufen Frühstückswürstchen. Mehrere Tomaten waren auf den Fußboden gefallen, einige davon inzwischen zu einer roten, glitschigen Masse plattgetreten. Alles wirkte improvisiert und auf die Schnelle organisiert; das Hotel war nur mit wenigen Stunden Vorwarnung für die auswärtigen Gäste außerhalb der Saison geöffnet worden.

Christian kam in einen Gang, an dessen Ende er den breiten Rücken des Angestellten an der Rezeption erkannte. Er wartete ab, bis ein ungeduldig wirkender Journalist seinen Zimmerschlüssel erhalten hatte und der Rezeptionist, der übertriebene slawische Gemächlichkeit ausstrahlte, frei war.

»Verzeihung«, sagte Christian.

Verdutzt drehte sich der Mann um und kratzte sich träge den üppigen Bauch. »Was wollen Sie?«

»Ich habe etwas mit Herrn Klein zu besprechen, der hier wohnt, soweit ich weiß.« Christian bemühte sich um einen neutralen Tonfall, bemerkte aber am bohrenden Blick des Hotelangestellten, dass man ihm seine Vorsicht und Anspannung ansah.

»Ich bin nicht befugt, Ihnen ...«, nuschelte der Mann durch seinen pechschwarzen Walrossbart und streckte die Finger nach einem halb aufgegessenen Hähnchen auf dem Empfangstresen aus.

Christian zog zwei Zehnmarkscheine aus der Tasche und schob sie dem Angestellten unauffällig zu. Dieser schnappte sich ohne zu zögern das Geld und ließ es in der Hosentasche verschwinden. Anschließend faltete er seine fettigen Hände, als wäre nichts gewesen.

»Zimmer 42, er ist gerade nach oben gegangen«, murmelte er und widmete sich dann wieder seinem Hähnchen.

Christian bedankte sich mit einem Nicken und ging zur Treppe mit dem ausgetretenen weinroten Teppich. Die Wände zierten schöne Seestücke. Im Foyer der vierten Etage saßen zwei Männer ins Gespräch vertieft in Sesseln. Sie redeten Deutsch. Auf dem Weg durch den Gang strich sich Christian die Haare glatt und richtete seine Kleider, auch wenn er wusste, dass ihm das kaum helfen würde, einen ernst zu nehmenden Eindruck zu machen. Der Zettel, der mit Klebestreifen an einer Zimmertür befestigt war, vertrieb jedoch seine Zweifel und gab ihm ein Gefühl der

Sicherheit: »BUNDESSTELLE FÜR FLUGUNFALLUNTERSUCHUNG – FEDERAL BUREAU OF AIRCRAFT ACCIDENTS«. Christian nahm Haltung an und klopfte energisch an die Tür, die sogleich ebenso energisch geöffnet wurde.

»Entschuldigen Sie die Störung«, sagte Christian auf Deutsch zu dem rothaarigen Mann, der mindestens ebenso müde und abgespannt aussah wie er selbst.

Bevor er weiterreden konnte, zischte Klein: »Wer sind Sie?«

»Ich habe Informationen, die mit dem Unglück zu tun haben«, sagte Christian leise und blickte nach rechts und links in den leeren Gang.

»Ich wollte gerade gehen ...«

»Ich garantiere Ihnen, dass meine Informationen interessant für Sie sind.« Christian drängte über die Schwelle. »Könnte ich kurz hereinkommen?«

»Ich habe nicht viel Zeit«, erwiderte Klein, trat aber einen Schritt zurück, sodass Christian die Tür hinter sich schließen konnte. Der Mann hatte rötliche Augenbrauen und helle Wimpern. Er wirkte selbstsicher, ungeduldig und schien es tatsächlich eilig zu haben. »Wer sind Sie?«

»Mein Name ist Christian Brück. Ich habe ...«

»Wie bitte?« Klein wich zurück. »Sind Sie gekommen, um auch mich zu töten?«

Christian starrte Klein verdutzt an. Er hatte befürchtet, in Verdacht zu geraten, aber die tatsächliche Lage schien wesentlich schlimmer zu sein. »Wie kommen Sie darauf?«

»Sie werden wegen des Mordes an einem gewissen Veljko Malić gesucht, Herr Brück.«

Christian holte tief Luft und protestierte: »Das ist eine infame Lüge. Ich bin kein Mörder!«

»Was wollen Sie?«

Es klopfte so scharf an der Tür, dass Christian zusammenfuhr.

Klein beeilte sich, aufzumachen. Ein großer Mann, der

Härte und Autorität ausstrahlte, trat ein. »Coblentz, Sie kommen wie gerufen«, sagte Klein auf Englisch. »Das hier ist der Deutsche, der unter Verdacht steht, Malić ermordet zu haben.«

»Ich werde mich um ihn kümmern.«

»Oder soll ich …«

»Nein. Sie werden unten erwartet.«

Klein verließ das Zimmer und schloss die Tür hinter sich. Christian stand bestürzt vor dem Mann, der Coblentz genannt worden war. Dieser schaute ihm ruhig und taxierend in die Augen. Der Mann war Amerikaner, etwa fünfzig Jahre alt, er trug einen Mantel, der an einen Trenchcoat erinnerte, und darunter einen schwarzen Rollkragenpulli. Eine Uniform hätte besser zu seiner Erscheinung gepasst.

»Die Mordvorwürfe gegen Sie sind also unbegründet?«, fragte Coblentz mit der Stimme eines Nachrichtensprechers.

Christian hörte nicht die geringste Ironie heraus, was ihn beruhigte. »Absolut. Darf ich fragen, ob Sie zu den Leuten gehören, die das Flugzeugunglück untersuchen?«

»Warum?«

»Ich habe eine Videokassette, die ein Bewohner der Gegend am Unglücksort gefunden hat. Meine zukünftige Frau war in der Maschine, sie hat vor dem Absturz heimlich gefilmt.«

Nichts regte sich in dem holzschnittartigen Gesicht von Coblentz, aber er trat in einer Art von einem Bein aufs andere, die Wachsamkeit verriet. »Das ist nicht Ihr Ernst«, sagte er in etwas milderem Ton.

Christian sah, dass die Reaktion des Mannes echt war. Die letzten Verdachtsmomente über eine Verschwörung hinter den Ermittlungen fielen von ihm ab. »Der Finder der Kassette war schon tot, als ich zu ihm kam.« Christian schluckte. Es erleichterte ihn, über das alles reden zu können.

»Warum sind Sie hier?«

»Eine Bekannte von mir wusste von dem Band. Ich fand sie im Schmutz auf der Straße liegen, mit einer Kugel im Kopf.« Christian hörte, wie seine Stimme zitterte. »Ich weiß nicht, was es mit dem Unglück auf sich hat, aber jemand will verhindern, dass die Kassette an die Öffentlichkeit kommt.«

»Wo ist die Kassette jetzt?«

»In einem Versteck.«

»Haben Sie gesehen, was darauf ist?«

»Nein. Es ist eine Hi8-Kassette.«

Coblentz nahm den Telefonhörer und wählte eine Nummer.

»Was ist?«, fragte Christian. Nachdem er von der Kassette erzählt hatte, fühlte er sich zwar erleichtert, zugleich aber auch verwundbar.

»Wenn jemand wirklich verhindern will, dass die Kassette an die Öffentlichkeit gelangt, müssen wir Sie in Sicherheit bringen, Mr Brück«, sagte Coblentz und sprach ins Telefon: »Bob, komm ins Zimmer von Klein. Sofort.«

Coblentz hatte kaum den Hörer aufgelegt, als es klopfte und ein Mann mit Bürstenhaarschnitt und Tweedsakko eintrat.

»Das ist mein Kollege Bob Rockler«, sagte Coblentz. »Gehen wir.«

Rockler gab Christian mit kräftigem Druck die Hand. Dank seiner lachenden Augen und seiner roten Wangen sah er sympathisch und aufgeweckt aus.

»Wohin gehen wir?«, fragte Christian.

»Wir holen die Kassette und sehen sie uns an. Wo ist sie?«

»Im Wald. Ich zeige Ihnen den Weg.«

Coblentz blieb an Christians Seite, während sie über den Gang zur Treppe eilten. Rockler folgte. Die Art, wie Coblentz den Buchstaben S aussprach, störte Christian, bis ihm aufging, warum: Der Mann hatte bereits künstliche Zähne. Christian kannte die Nebengeräusche beim Sprechen von einem seiner Vorgesetzten am Neuroinformatischen Institut in Zürich.

Sie gingen in die Lobby hinunter und verließen das Hotel. Ein kleiner Mann löste sich aus dem Schatten einiger Palmen und öffnete ihnen die Türen eines VW Passat. Coblentz setzte sich auf den Beifahrersitz, Rockler auf die Rückbank neben Christian. In dem Moment, in dem er die Tür zumachte, sah Christian im Augenwinkel ein graues Auto auf den Parkplatz fahren. Es war ein großer Opel. Intuitiv richtete Christian den Blick auf das Nummernschild.

PJ 369-12.

Das Auto, mit dem Rebeccas Leiche weggeschafft worden war!

Christian wollte es gerade Coblentz mitteilen, als er sah, wie Rockler dem Fahrer des Opels zuwinkte.

Wie gelähmt schluckte Christian seine Worte herunter.

Coblentz und Rockler gehörten demselben Lager an wie der Mörder von Rebecca! Diese Erkenntnis kam hoffnungslos zu spät, denn der Fahrer des Passats setzte bereits forsch zurück und fuhr dann vom Hotelgelände auf die Straße.

# 24

»In welche Richtung?«, fragte Coblentz in gereiztem Befehlston.

Christian befürchtete, die Männer könnten ihm seine Bestürzung anmerken. Er drückte die geballten Fäuste auf den Sitz und spürte seine Zunge am trockenen Gaumen kleben, aber er musste versuchen, Sicherheit in seine Stimme zu bringen.

»In Richtung Ufer und dann nach links«, sagte er, so ruhig er konnte. Die Kassette befand sich genau in der entgegengesetzten Richtung. Er musste auf Zeit spielen. Der Passat schlug jäh den genannten Weg ein, und Christian wurde dabei zur Seite geworfen. Wie lange konnte er das Ganze hinauszögern? Und was würde danach kommen?

Er ließ den Blick über die Häuser mit den roten Ziegeldächern gleiten, über die wenigen Fußgänger, über Coblentz' breite Schultern und über die Schuppen auf dem Jackett des Fahrers. Er konnte nicht glauben, dass die Leitung der Ermittlungen im Fall des Flugzeugabsturzes etwas mit dem Mord an Rebecca zu tun haben sollte. War es überhaupt so? Klein war rechtzeitig gegangen, seine Beteiligung konnte nicht direkt bewiesen werden. Christian begriff, dass er einen primitiven Fehler gemacht hatte, indem er einem Mann, den er nicht kannte, zu viel erzählt hatte.

Oder konnte es sein, dass Coblentz gar nicht wusste, was die Männer in dem Opel zuvor getan hatten? Das war möglich, aber nicht wahrscheinlich. Coblentz machte einen zu intelligenten und entschlossenen Eindruck, um bloß ein Befehlsempfänger zu sein. Coblentz war derjenige, der die Kassette wollte – und Christian war im Begriff, ihn zu ihr zu führen.

Christians Gehirn arbeitete auf Hochtouren. Er begriff, dass er nur einen einzigen Vorteil auf seiner Seite hatte: Coblentz wusste nicht, dass er gesehen hatte, wie Rockler den Männern im Opel zugewinkt hatte.

Die Zeit schien viel zu schnell zu vergehen. Schmerzlich ungehindert kam das Auto voran.

»Wie weit noch?«, fragte Coblentz und richtete einen erwartungsvollen Blick auf Christian.

Sie passierten den Busbahnhof, vor dem mehrere eckige alte Ikarus-Busse standen. Einige Passanten schauten dem Passat hinterher, in dem sich Christian vorkam wie ein Gefangener. Um die Buden am Rand des Platzes scharten sich Leute, aber die waren jetzt auch keine Hilfe.

»Ich sage Bescheid, wenn wir abbiegen müssen.«

Als die nächste Kreuzung näher kam, schob Christian langsam die Hand zum Türgriff. Der Verkehr floss jedoch ungehindert weiter, sie mussten nicht anhalten. Ein neuer Plan musste her, und zwar schnell.

Christian biss die Zähne zusammen. In dem Moment schob sich von links ein schwerfällig schwankender Bus vor sie, und der Fahrer des Passat musste scharf bremsen. Mit einer plötzlichen Bewegung stieß Christian die Tür auf und ließ sich aus dem fahrenden Auto fallen. Der weiße Pkw, der von hinten kam, konnte ihm gerade noch ausweichen, fuhr aber direkt gegen einen Laternenmast. Ein scharfes Scheppern zerschnitt die Luft. Glassplitter wurden auf die Straße geschleudert und regneten auf Christian nieder. Rasch stand er auf und rannte in die Menge der verdutzten Menschen hinein.

Ohne sich umzublicken, bog er in eine enge, gepflasterte Gasse ein, an deren Ende sich ein grauer Bretterzaun befand. Er kletterte über den wackligen Zaun und gelangte in einen Park mit dichtem Baumbestand. Sofort rannte er weiter. Sein Herz pochte heftig, als er es wagte, sich kurz umzudrehen. Die Äste von Fichten und Buchen huschten durch sein Blickfeld, aber er verringerte sein Tempo nicht, auch wenn sein Atem pfiff und die Milchsäure in seinen Waden zog. Er wollte nicht das nächste Mordopfer sein.

Auf dem Weg zum Versteck der Kassette schlug er einen Bogen um die ganze Stadt. Zwischenzeitlich glaubte er, sich verirrt zu haben, aber dann orientierte er sich mit Hilfe des Kirchturms, der zwischen Bergen und Meer aufragte.

Plötzlich blieb er stehen. Vor sich sah er ein kleines Mädchen mit Zöpfen, das Beeren sammelte. Wieder eine Zigeunerin? Nein. Sie trug saubere Kleider und einen Rucksack. Auf dem Weg näherten sich bald weitere Kinder, alle hatten Rucksäcke auf und außerdem Hefte in der Hand. Es waren Schulkinder. Sie lachten, als sie an Christian vorbeizogen.

Er wusste nicht, was er tun sollte. Konnte es sein, dass sich jemand trotz der Kinder auf ihn stürzen würde? Sollte er weiterrennen, ohne sich um die Reaktion anderer Leute zu kümmern? Auf keinen Fall wollte er die Kinder als Schutzschild missbrauchen, auch nicht unabsichtlich.

Der Zug der kleinen Schüler führte den Hang hinunter zur Innenstadt. Inmitten der Kinder ging eine Lehrerin und bemühte sich, die Schar unter Kontrolle zu halten. Christian hielt den Blick auf die Kinder gerichtet, entfernte sich aber von ihnen. Viele der Kleinen schauten lieber auf den Fremden, der sich so komisch benahm, als auf die Pflanzen, die ihnen von der Lehrerin erklärt wurden. Das fröhliche Lachen erleichterte Christian nicht. Er befürchtete, jeden Moment Coblentz in seinem Mantel den Hang heraufkommen zu sehen.

Die Lehrerin trieb die Kinder jetzt zur Eile an, und

Christian lief in die entgegengesetzte Richtung weiter. Bald schon war er wieder allein, und die Stimmen der Kinder entfernten sich immer mehr. Der bewaldete Hang wurde steiler, die Umgebung kam Christian nun überhaupt nicht mehr bekannt vor. Bäume und Steine, Meer und Berge, alles sah gleich aus. Vernarbte Baumstämme, bemooste Felsbrocken ... überall, wohin man auch sah. Er lief hin und her auf der Suche nach einer Lücke zwischen den Bäumen, durch die man den Kirchturm sehen könnte. Endlich erkannte er den umgestürzten Baumstamm und die schwarzen Spuren des Blitzes wieder. Mit zitternden Beinen ging er vor dem Felsspalt in die Hocke und schob die Hand hinein.

Der Spalt war leer.

Mit immer schneller hämmerndem Herzen tastete Christian die Wände der Felsöffnung ab. Vergebens. Er sprang auf. *Die Kinder*?

Er zwang seine Beine, sich noch einmal in Bewegung zu setzen, und rannte den Hang hinunter, auf der Suche nach den Schülern. Er stolperte über eine Wurzel, rappelte sich aber schnell wieder auf und rannte mit brennenden Muskeln weiter, bis er schließlich stehen blieb und lauschte. In der Ferne hörte er helles Lachen. Die Frage war, ob sich die Kassette überhaupt bei den Kindern befand? Konnte es sein, dass seine Verfolger sie bereits gefunden hatten? Natürlich nicht. Die Kinder mussten sie haben.

Nach einem Sprint, der seine Lunge voll beanspruchte, bekam er die Schülerschar in den Blick. Gerade bildete sie auf einer üppigen Wiese zwischen dem Wald und den ersten Häusern einen Kreis um die Lehrerin. Die Verfolger waren nirgendwo zu sehen, aber Christian wusste, dass sie ihn fieberhaft suchten.

Er näherte sich dem Kreis der Kinder und beruhigte seinen Atem. Einige der Kleinen drehten sich neugierig zu ihm um. Er wusste, dass er rot im Gesicht war und verschwitzt aussah. Sein Blick schweifte über die Rücksäcke und hielt bei der jungen Lehrerin inne, deren Korkenzieherlocken auf schmale Schultern fielen.

»Entschuldigung«, sagte Christian mit vor Erschöpfung rauer Stimmer. »Sprechen Sie Deutsch oder Englisch?«

Die Lehrerin sah ihn ängstlich an. »Ein bisschen Deutsch.«

»Könnte es sein, dass einer ihrer Schüler gerade im Wald eine Videokassette gefunden hat? Sie war in eine Plastiktüte gewickelt und in einem Felsspalt versteckt.«

Die Lehrerin sah ihn verwundert an und sagte in barschem Tonfall etwas zu ihren Schülern. Christian beobachtete die Reaktion der Kinder. Sie wechselten betretene Blicke. Die Lehrerin redete immer strenger auf sie ein.

Hinter den Gebäuden entlang der Wiese hörte man jetzt das Geräusch eines Autos. Christian drehte sich um und sah zwischen den Häusern einen Mercedes näher kommen. Es war dasselbe Auto, das in der Nähe der Telefonzelle gestanden hatte.

Christian wandte der Straße den Rücken zu. »Schnell«, sagte er zur Lehrerin. »Wir kontrollieren die Rucksäcke.«

Er blickte kurz zur Straße. Der Mercedes stoppte vor einem der Häuser. Als Christian wieder auf die Schüler schaute, hielt ein kleiner, dunkelhaariger Junge schon mit ängstlichem Gesichtsausdruck der Lehrerin die Plastiktüte hin. Christian schnappte sich die Tüte und rannte auf der Stelle los. Im Laufen blickte er über die Schulter zurück. Jemand half einer alten Frau, aus dem Mercedes zu steigen. Der Wagen hatte nichts mit den Verfolgern zu tun.

Christian hörte auf zu rennen. Während er weiterging, bereute er sein hysterisches Verhalten. Damit erregte er viel zu viel Aufsehen. Betont ruhig trat er in den Schutz des Waldes, öffnete dabei die Tüte und sah darin die kleine Kassette, deren Wert in Menschenleben gemessen wurde.

Er warf die Tüte weg und schob die Kassette in die Innentasche seiner Jacke.

Seine Beine zitterten. Sie hatten alles gegeben, aber der Wille hielt sie noch immer in Bewegung. Christian fragte sich, wem er noch vertrauen konnte. Vielleicht Sylvia Epstein, trotz allem. Und einem deutschen Journalisten, falls es ihm gelänge, einen aufzutreiben. Auf keinen Fall einer Person, die etwas mit der Untersuchung des Unglücks zu tun hatte. Er versuchte sich zu erinnern, wo er in der näheren Umgebung Telefonzellen gesehen hatte. Eine stand am Rand des Sportplatzes, fiel ihm ein. Aber sogleich kam ihm der Gedanke, ob die Verfolger nicht gerade die Telefonzellen im Auge behalten würden? Natürlich taten sie das.

Christian stapfte über den steilen Hang. Das Gehen fiel ihm schwer, aber er kämpfte sich vorwärts, in Gedanken ständig bei Rebecca und seinen Verfolgern.

# 25

Das kühle, dämmrige Treppenhaus in der Rue Henri Paschke auf dem Hügel St. Pierre in Cannes hallte von Saras Schritten wider. Sie blickte auf die massiven Eichenholztüren und fragte sich, wo die Männer, die zuvor Tinas Wohnung aufgesucht hatten, hineingegangen waren. Das merkwürdige Treiben vor der Haustür hatte aufgehört, die Lieferwagen mit ihren Antennen waren verschwunden, ebenso die Männer mit ihren Aktentaschen.

Vorsichtig stieg Sara die grauweißen Marmorstufen hinauf und ließ dabei die Hand über das verzierte schmiedeeiserne Geländer gleiten. In den Wandnischen standen zierliche Statuen. Über dem Prunk der Vergangenheit lagen freilich Staub und Patina. In jeder Etage gab es mindestens zwei Wohnungen. An einigen Türen waren Namensschilder angebracht. Hocquet, Debailleul, Izerguine.

Im vierten und obersten Stockwerk machte Sara halt. Von draußen hatte sie in einem Fenster ohne Vorhang ein großes, orange umrandetes Schild mit der Aufschrift A LOUER und der Telefonnummer des Vermieters gesehen. Enttäuscht machte Sara sich wieder auf den Weg die Treppe hinunter. Sie wusste selbst nicht, was sie zu finden geglaubt hatte. In der dritten Etage ging vor ihr eine Tür auf, und eine alte Dame, die sich auf einen Stock mit Silberknauf stützte, trat aus ihrer Wohnung. Sara eilte sogleich zu ihr.

»Bonjour, Madame«, sagte sie so höflich wie möglich.

»Bonjour«, erwiderte die Frau mit scharlachrot geschminkten Lippen. Ihre Gesichtshaut sah unnatürlich glatt und gestrafft aus, wohl eine Folge zahlreicher Schönheitsoperationen. Sie musste mindestens achtzig Jahre alt sein, hatte aber einen aufrechten Gang und war etwa in Saras Größe.

»Verzeihen Sie die Störung, aber ich frage mich, was hier heute Morgen wohl vor sich gegangen sein mag.«

Die alte Dame musterte Sara mit einem Blick, in dem keinerlei Argwohn lag. »Das frage ich mich auch. Ich habe mich erkundigt, ob Monsieur Weinstaub etwas zugestoßen sei, aber die Herren haben nur höflich gelächelt.«

»Kennen Sie Monsieur Weinstaub?«

»Nicht sonderlich gut. Aber ich glaube nicht, dass es sich bei ihm um einen Verbrecher handelt, auch wenn er etwas merkwürdig ist.«

»Wie kommen Sie darauf? Waren die Männer von der Polizei?«

»Von wo denn sonst? Sie sahen aus wie aus einer amerikanischen Fernsehserie. Sind Sie auch Polizistin?«

»Nein, ich wollte mir nur das Haus anschauen, weil ich gesehen habe, dass in der obersten Etage eine Wohnung frei ist.«

»Sie haben doch nicht etwa einen Hund?«

»Nein.«

Die Frau nickte billigend. »Das hier ist ein ruhiges Haus.«

»Was meinten Sie, als Sie sagten, Monsieur Weinstaub sei etwas merkwürdig?«

Die Dame lächelte mit leuchtenden Zähnen. »Das war das falsche Wort ... Jacob Weinstaub lebt sehr still und zurückgezogen. Das ist ungewöhnlich, denn gemeinhin sind gut aussehende Männer doch recht aufgeschlossen.«

Die alte Dame sprach mit einem Unterton, der vermuten ließ, dass sie über reichlich Erfahrung mit aufgeschlossenen Männern verfügte.

»Wie lange wohnt Monsieur Weinstaub schon hier?« Sara machte eine Kopfbewegung zu der Tür ohne Namensschild, da sie dem Verhalten der alten Dame entnahm, dass Weinstaub dort wohnte.

»Einige Monate. Er ist irgendwann im Sommer aufgetaucht.«

»Von wo ist er denn hergezogen?«

»Er ist wohl Amerikaner. Ich hatte mal einen Freund von dort, Ende der 50er Jahre. Ich mag die Amerikaner, obwohl viele hier nicht viel für sie übrig haben ... Aber entschuldigen Sie mich, ich muss gehen.« Die alte Dame berührte leicht ihre perfekt frisierten Haare. »Mein Friseur mag es nicht, wenn ich mich verspäte.«

»Aber natürlich. Au revoir, Madame.«

Sara blickte noch eine Weile auf Jacob Weinstaubs Wohnungstür. Dann folgte sie der alten Dame ins Erdgeschoss und trat aus dem kühlen Dämmerlicht des Treppenhauses in den sonnigen, warmen Vormittag hinaus. Sie überquerte die Straße und drehte sich noch einmal zu der Wohnung im dritten Stock um. In den hohen Fenstern hingen helle Vorhänge. Erst jetzt ging ihr auf, dass man auf der anderen Seite von Weinstaubs Wohnung einen Blick aufs Meer haben musste.

Vor der Haustür hielt ein dunkler Range Rover an. Sara wurde sogleich aufmerksam und zog sich in den Schatten des gegenüberliegenden Hauses zurück. Aus dem Auto stiegen zwei Männer in Anzügen. Sie trugen schwarze Taschen und betraten damit das Haus. Es bestand nicht der geringste Zweifel, zu welcher Wohnung sie wollten. Die Neugier brannte immer stärker in Sara.

Sie wollte gerade über die Straße gehen und erneut das Haus betreten, in dem sich Weinstaubs Wohnung befand, da bemerkte sie vor dem Käseladen einen Mann in Sakko und Cordhose, der sich rasch abwandte, als ihr Blick auf ihn fiel.

Sara hatte sich stets für eine mutige finnische Frau gehalten, die sich nicht so leicht aus der Fassung bringen ließ. Aber jetzt fühlte sie sich auf unangenehme Art schutzlos. Wahrscheinlich hatte der Mann die ganze Zeit schon das Haus im Auge gehabt. Sara änderte ihren Plan; statt ins Haus zurückzukehren, ging sie die Rue Louis Blanc entlang in Richtung Ufer. Ein rascher Blick über die Schulter verriet, dass der Mann ihr folgte.

Die Angst ließ Sara ihre Schritte beschleunigen. Wie lange war der Mann ihr schon gefolgt? Und vor allem: Warum hatte er Weinstaubs Wohnung so genau im Auge behalten?

Sara bog in die Fußgängerzone ein. Vor einem Restaurant putzten Küchenhilfen mit flinken Messern Krabben und Austern an Tischen voller Eis und Metallschalen.

Sara merkte, wie der Mann hinter ihr den Abstand verringerte. Sie ging noch schneller. Die schlimmste Touristenflut an der Côte d'Azur war bereits vorbei, da der Sommer in den Herbst überging, aber in der Fußgängerzone war davon nichts zu merken. Sara drängte sich durch die langsam vorwärtsströmende Menge und musste aufpassen, nicht gegen Kleiderständer und Verkaufstische voller Tischdecken mit Provence-Mustern, Honiggläsern und Flaschen mit Olivenöl zu stoßen. Der Mann kam immer näher.

In Sara stieg Panik auf, als sie sich den Weg durch eine Schar Frauen bahnte, die stehen geblieben war, um in einer Kiste mit Handtaschen zu hundert Francs zu wühlen.

Der Mann blieb ihr hartnäckig auf den Fersen.

Die Zunge klebte an Christians Gaumen, und es pochte schmerzhaft in seinem Kopf. Ihm lag das warme Klima nicht, im Gegensatz zu Tina. Als sie an einem heißen Tag in Eze gewesen waren, einem Bergdorf östlich von Nizza, hatte Tina den Tag in vollen Zügen genossen, während

Christian sich einen leichten Sonnenstich geholt hatte. Das durfte sich jetzt nicht wiederholen.

Er zog den Pullover aus und band ihn sich um die Taille. Weit unten lag Pjevac zwischen Meer und Bergen. Er erinnerte sich, wie beschwerlich es gewesen war, die steile Straße in die Stadt hinunterzufahren, aber zu Fuß und bergauf war es erst recht anstrengend. Er befürchtete, seine vor Erschöpfung zitternden Beine könnten ihm den Dienst verweigern, und machte halt. Seine Hand griff mit schon routinierter Bewegung nach der Kassette in seiner Tasche. Der Kassette durfte nichts passieren. Er musste es schaffen, sie irgendwo anzuschauen. Aber zuvor musste er ein Telefon finden.

Ein Geräusch aus der Ferne weckte seine Aufmerksamkeit. Ein Hubschrauber. War er Bestandteil des Hubschrauberverkehrs zur Unglücksstelle – oder suchten sie ihn, Christian, nun auch aus der Luft? Das Geröll unter seinen hastigen, taumelnden Schritten geriet ins Rutschen, Steine sprangen den Hang hinunter, und er musste langsamer gehen. Die Nähe des Unglücksorts pumpte neue Energie in seine Adern.

Wieder blieb er stehen. Das Geräusch des Hubschraubers war nicht mehr zu hören, aber das hatte nicht unbedingt etwas zu bedeuten.

Allmählich näherte sich Christian der Straße, die nach Kotor führte, wobei er immer wieder Schutz im Gelände suchte. Der Schlafmangel belastete seine Glieder, aber seine Gedanken waren klar. Er analysierte die Ereignisse der Nacht und des Morgens, entdeckte aber keine Logik darin, außer dass es mit dem Unglück etwas absolut Merkwürdiges auf sich haben musste. Und dass jemand Angst hatte, mit der Kassette würde genau das ans Tageslicht gelangen.

Die Bodenvegetation in dem steinigen Gelände nahm zu, und auch der Baumbestand wurde dichter. In den letzten Jahren hatte Christian immer weniger Zeit in der Natur verbracht, was auf keine bewusste Entscheidung zurückging, sondern eine Folge seines chronischen Zeitmangels war. In seiner Kindheit war er viel im Odenwald gewesen, hatte Hütten gebaut, war in Bächen geschwommen und mit seinem Vater durch die Wälder gestreift. Sein Vater war ein leidenschaftlicher Jäger gewesen, der sich selbst unter harten Bedingungen in der Natur wohlgefühlt hatte, und es war seine Absicht gewesen, auch seinen Sohn entsprechend abzuhärten.

Nachdem der Vater arbeitslos geworden war, waren sie nach langer Überlegung nach Ludwigshafen umgezogen, und der Vater hatte sichtlich darunter gelitten, nicht unmittelbar hinter dem Haus in den Wald oder ans Wasser kommen zu können. Seine Arbeit bei der BASF war anspruchsvoller gewesen als zuvor, was seiner Gesundheit nicht zugutekam. Im Nachhinein hatte Christian begriffen, wie stolz sein Vater auf ihn gewesen war, weil er schon als kleiner Junge gewusst hatte, wie man eine Forelle ausnimmt, ein erlegtes Reh aufbricht und mit feuchtem Holz Feuer macht. Christians Doktorarbeit und gesamte wissenschaftliche Laufbahn kamen nicht gegen diese Leistungen an. Als Kind war Christian gern mit seinem Vater unterwegs gewesen, aber in der Pubertät waren die beiden mit ihrem starken Willen immer öfter auf Kollisionskurs geraten. Der Ausflug zum Spessartskopf hatte mit einem Streit beim Siegfriedsbrunnen geendet. Gefolgt war langes Schweigen. Eine gemeinsame Tour hatte es danach nie wieder gegeben.

Das Gelände wurde ebener. In der windstillen Luft hörte man Kinderstimmen. Christian blieb stehen. Hinter den Bäumen war ein Acker zu erkennen und an dessen Rand ein altes Bauernhaus mit schmutzigem Verputz und eingesunkenem Dach. Auf dem Acker standen drei heruntergekommene Wohnwagen und ein mindestens dreißig Jahre alter Lieferwagen. Zwei Schafe fraßen zwischen den verrosteten Fahrzeugen Heu und blökten zwischendurch. Kinder spielten Fußball. Ein Junge in schmutzigen Kleidern stand im Tor zwischen zwei verbeulten Zinkeimern, die anderen rannten hinter einer leeren Blechbüchse her. Das Lachen und das Geschrei waren weithin zu hören. Ein Zigeunerlager.

Vorsichtig ging Christian näher heran. Er sah, dass von dem Leitungsmast am Straßenrand ein Kabel zum Haus führte. Zwischen den Wohnwagen waren Wäscheleinen gespannt, ein Lagerfeuer brannte, an dem ein Mann mit einem kleinen, zerlumpten Mädchen im Arm saß. Christian trat aus dem Schutz der Bäume und ging offen auf das Haus zu.

Seine Schuhe und Hosenbeine waren voller Lehm und Staub, und er wusste, dass er mit seinem westlichen Aussehen Aufmerksamkeit erregen würde.

Das Haus konnte den Fahrensleuten nicht gehören, aber sie schienen es in Besitz genommen zu haben. Es war nicht gesagt, dass das Telefon funktionierte. Wie aus dem Nichts tauchten plötzlich zwei Hunde vor Christian auf und bellten heftig. Ein mit tiefer Stimme gerufenes Kommando gebot ihnen Einhalt. Christian stand wie gelähmt vor den hechelnden Hunden und sah, wie ein mürrisch wirkender Mann zwischen den Wohnwagen hervorkam.

»Entschuldigung«, sagte Christian außer Atem. »Dürfte ich mal Ihr Telefon benutzen?«

»Idi!«, fauchte ihn der Mann an und wedelte mit der Hand.

Christian gab sich Mühe, eine möglichst freundliche Miene aufzusetzen, obwohl er nicht verstand, was für ein serbokroatisches Wort der abweisende Mann ausgestoßen hatte. Mit Gesten zeigte er, dass er telefonieren wollte und fügte auf Deutsch hinzu: »Funktioniert das Telefon?«

Der Mann schien ihn zu verstehen und schickte die Hunde mit einem leise ausgesprochenen Befehl davon.

»Money. Money.«

Christian wühlte hastig in den Taschen. Er gab dem Mann einen zerknüllten Zehnmarkschein. Der andere verzog keine Miene, machte sich aber auf den Weg zum Haus, und Christian eilte ihm hinterher. Im Gehen suchte er in der Tasche nach dem Kassenbon mit der Adresse und der Telefonnummer des Hotels Jadran. Er hoffte inständig, Sylvia dort zu erreichen.

Das Haus machte einen verlassenen und zugleich bewohnten Eindruck. Es gab Möbel und Kleider, aber die sahen aus, als wollte sie keiner mehr haben. Der Zigeuner wies auf ein Telefon, das an der Wand angebracht war, dabei blitzte eine goldene Kette am Handgelenk auf. Christian wählte hastig die Nummer des Hotels und wurde die Befürchtung nicht los, der Mann könnte es sich anders überlegen und ihm den Hörer aus der Hand reißen.

Die Frau an der Rezeption sagte, Sylvia Epstein sei gerade ausgegangen. Christian überlegte kurz, ob er eine Nachricht hinterlassen sollte.

*»Moment bitte«*, sagte die Frau. *»Sie kommt gerade wieder herein, ich gebe an sie weiter.«*

Christian umklammerte den Hörer.

*»Hallo«*, meldete sich Sylvia.

»Hier ist Christian Brück.«

*»Ja?«*

»Ich ... ich habe etwas für dich. Fahr zwei Kilometer in Richtung Kotor. Auf der rechten Seite steht ein Haus, und auf dem Feld daneben sieht man ein Zigeunerlager.« Er versuchte erst gar nicht, seine Aufregung zu verbergen. »Stell keine Fragen, sondern komm sofort her.«

Am anderen Ende war es kurz still, dann kam die Antwort: *»Okay.«*

Christian begriff, dass Sylvia Material für eine Geschichte witterte, schob diese Sorge aber von sich weg.

»... *und auf dem Feld daneben sieht man ein Zigeunerlager. Stell keine Fragen, sondern komm sofort her.*«

Bob Rocklers runde Backen glühten, als er das Aufnahmegerät ausschaltete und Coblentz ansah. »Sylvia Epstein, Hotel Jadran. Journalistin.«

Coblentz ging mit wehenden Mantelschößen zur Tür des Zimmers, das zur provisorischen Kommandozentrale umfunktioniert worden war. »Sag unten Bescheid.«

»Brauchen wir sie?«

»Wir gehen keine Risiken ein.«

Coblentz ging energisch in die Eingangshalle der Pension, die sie komplett gemietet hatten. Er nahm die schmale Treppe zur Garage hinunter, wo gerade ein kräftig gebauter Mann Heckler & Koch-Maschinenpistolen mit kurzem Lauf in einer großen Tasche im Kofferraum eines Vans verstaute. Ein zweiter Mann nahm mit Kevlar verstärkte Kommandooveralls und kugelsichere Westen vom Haken. Ein dritter Mann öffnete das Flügeltor, und ein vierter nahm hinter dem Steuer des Vans Platz.

Wenige Sekunden später verließ der schwarze Chrysler Voyager die Garage und fuhr östlich von Pjevac, am Fuß eines steilen Berghangs, zur Straße hinauf.

Der Wagen beschleunigte rasch auf seinem Weg nach Kotor.

## 26

Sara trat in ihrer kleinen Wohnung in Le Petit Juas in Cannes ans Fenster und spähte vorsichtig durch den Vorhangspalt. Sie atmete noch immer unregelmäßig, und ihre Hände zitterten.

Es war nichts Auffälliges zu erkennen, kein dunkler Range Rover und auch nicht der Mann, der auf dem letzten Stück des Weges plötzlich verschwunden war.

Sara nahm eine Flasche Wasser aus dem Kühlschrank, trank von der kalten Flüssigkeit und versuchte sich zu beruhigen. In der gewohnten, sicheren Umgebung der eigenen Wohnung kam ihr die Situation von eben gar nicht mehr so gefährlich vor. Der Mann musste ihr gar nicht unbedingt gefolgt sein, vielleicht hatte sie sich alles nur eingebildet.

Sicherheitshalber schrieb sie am Küchentisch den Namen auf, den die alte Dame genannt hatte: Jacob Weinstaub. Sie nahm sich eine Handvoll Mandeln aus der Schale, ging ins Wohnzimmer und ließ sich auf die Couch fallen. Seufzend nahm sie die Fernbedienung, schaltete den Fernseher ein und suchte CNN. Der mysteriöse Absturz der Regus-Air-Maschine dominierte noch immer die Nachrichten. Auf der Mattscheibe erschien die verwackelte Aufnahme aus einem Helikopter, die Sara schon mindestens dreimal gesehen hatte: Gegenstände, die im Meer trieben, ein Stück des Wracks im Uferwasser, Teile der Tragflächen, die abgebrochen waren. Auf dem schmalen Uferstreifen zwischen Meer und steil aufragendem

Berg lagen weitere Wrackteile. Außerdem sah man dort die Zelte der Unfallermittler.

»*Noch immer ist kein einziges Opfer des Unglücks gefunden worden*«, sagte der Reporter. »*Von offizieller Seite gibt es weder hierfür noch für die Absturzursache eine Erklärung. An den Ermittlungen sind auch Kriminalbeamte des FBI sowie der entsprechenden Institutionen aus Großbritannien und Deutschland beteiligt. Eine besondere Note erhält die Situation dadurch, dass von offizieller Seite nicht bestritten wird, dass ein Zusammenhang bestehen könnte zwischen dem Unglück und einem unerklärlichen Lichtphänomen, das an der kroatischen Küste gesehen wurde ...*«

Da klingelte es an der Tür. Das Geräusch kam so überraschend, dass Sara aufsprang. Wer läutete um diese Tageszeit bei ihr?

Mit pochendem Herzen ging sie ans Fenster und spähte hinaus. Es war nichts Ungewöhnliches zu sehen, nur ein herrenloser Hund lief über den sonnenbeschienenen Asphalt.

Es klingelte erneut.

Sara schlich zur Wohnungstür. Ihre Neugier siegte über die Angst. Mit der Fingerspitze schob sie den Metallschutz des Türspions zur Seite, dann bewegte sie ihr Gesicht an die Linse heran, konnte aber nichts sehen. Stand der Ankömmling absichtlich im Dunkeln, oder war das Licht im Treppenhaus bereits wieder erloschen?

Es klingelte zum dritten Mal. Sara legte die Sicherheitskette vor, drückte den Rücken durch und öffnete die Tür. Davor stand der Mann, der ihr von Weinstaubs Wohnung aus gefolgt war. Sara wollte die Tür schon wieder zuschlagen, aber der Mann konnte rechtzeitig eine braune Schuhspitze in den Türspalt schieben.

»Excusez-moi, Madame.« Sein Tonfall war sachlich, nicht aggressiv. Sara musterte das pockennarbige Gesicht mit dem Dreitagebart und den braunen Mandelaugen.

»Was wollen Sie?«

»Mich einen Moment mit Ihnen unterhalten.«

»Worüber?«

»Darf ich eintreten?«

Das Gesicht des Mannes machte im Lichtschein, der aus der Wohnung drang, einen harten Eindruck, strahlte aber nichts Bedrohliches aus.

»Worum geht es?«

Der Mann reichte Sara seine Visitenkarte. »Ich bin Luc Cresson. Psychologe.«

Die eine Seite der Karte war englisch, die andere französisch bedruckt. Sara las sorgfältig: *Luc Cresson, Psychologist – Exit counselor, 49 avenue des Ternes, 75017 Paris.*

Sara entfernte die Sicherheitskette und machte die Tür ganz auf. Der Mann trat in die Diele; er wirkte nicht bedrohlich, eher dankbar. Er hatte etwas von dem jungen Gérard Depardieu an sich: längere Haare, ausgeprägte Nase, hohe Wangenknochen.

»Wissen Sie, was ein *exit counselor* tut?«, fragte er in verbindlichem Tonfall.

»Müsste ich das wissen?«

»Ich helfe den Opfern von Sekten und Kulten beim Ausstieg aus ihrer Gemeinschaft.«

»Ich habe darüber in der Zeitung gelesen. Sie retten die Kinder reicher Eltern.«

Der Blick des Mannes wurde schärfer. »Es geht nicht um den Reichtum. Ich scheffle kein Geld, indem ich Menschen in Not helfe«, sagte er ruhig, aber es lag etwas von gekränktem Stolz in seiner Stimme.

»Warum sind Sie mir gefolgt?«

»Ich habe gemerkt, dass Sie sich für Jacob Weinstaub interessieren.«

Sara sah Luc Cresson abschätzig an. Er glich einer Mischung aus Akademiker und ehemaligem Boxer.

»Nehmen Sie Platz.« Sie bedeutete dem Mann, ins

Wohnzimmer zu gehen, und folgte ihm. »Wissen Sie etwas über Weinstaub?«

»Ich habe einen Klienten in Lyon, dessen zweiundzwanzigjährige Tochter Mitglied eines Kults namens Der Neue Morgen ist.« Luc schob den ›Nice-Matin‹ auf der Couch zur Seite und setzte sich. »Die junge Frau kennt Weinstaub, der mit in der Unglücksmaschine saß. Er gehörte zu den Führungspersonen des Neuen Morgens in Cannes. Und in seiner Wohnung hielt sich heute früh ein Haufen Amerikaner auf, von denen der Teufel weiß, was sie dort suchten.«

Luc machte einen aufrichtigen Eindruck. Dennoch blieb Sara auf der Hut, als sie im Sessel ihm gegenüber Platz nahm. »Mir kam es so vor, als wären es Polizisten.«

»Haben Sie die Männer auch gesehen?«

»Ich bin am Haus vorbeigefahren.«

»Darf ich fragen, warum Sie sich für Weinstaub interessieren?«

»Wer sagt, dass ich mich für Weinstaub interessiere?«, fragte Sara ruhig. »Ich sah zwei fremde Männer aus der Wohnung einer ehemaligen Freundin kommen und bin ihnen gefolgt, bis zu dem Haus in der Rue Paschke.«

»Hat Ihre Freundin etwas mit dem Neuen Morgen zu tun?«

»Meine ehemalige Freundin«, korrigierte Sara und überlegte kurz. »Das ist das erste Mal, dass ich vom Neuen Morgen höre. Aber ich habe meine ehemalige Freundin auf der Straße in Begleitung eines Sektenmitglieds, das Flugblätter verteilte, gesehen. Das war irgendwie ... überraschend.«

Sara änderte verlegen die Sitzhaltung. Es gefiel ihr nicht, mit einem wildfremden Menschen über Tina zu sprechen. »Sie sind also nach Cannes gekommen, um etwas über diese Sekte zu erfahren?«

»Ich bin vor einer Woche angekommen und habe bei

meiner Klientin mit der Intervention angefangen. Zunächst war es schwierig. Ich fand keinen rechten Kontakt zu Béa. Der Neue Morgen verfügt über einen ausgesprochen starken und konkreten Zugriff auf seine Mitglieder.«

Sara hörte interessiert zu und fragte sich unwillkürlich, wie Christian wohl Cressons Aussagen kommentieren würde.

»Bei meiner Arbeit kann der Zufall eine entscheidende Rolle spielen, auch wenn einige meiner Kollegen versuchen, alle Erfolge als die Früchte ihrer beruflichen Kompetenz erscheinen zu lassen«, fuhr Luc fort und lächelte. Seine Art lebte von einem Kontrast, der Sara faszinierte: Dem kultivierten Benehmen stand das etwas grobschlächtige Aussehen gegenüber. Unter der rauen Oberfläche offenbarte sich ein sensibler, empathischer Mann.

»Ich gestehe offen, dass mir der Zufall zu Hilfe gekommen ist«, sagte Luc. »Béa wurde in der Nähe des Festivalpalastes von einem Auto angefahren. Sobald sie nach der Knieoperation aus der Narkose aufgewacht war, konnte ich mit ihr sprechen. Für die Brechung der Manipulation war das der entscheidende Augenblick. Der durch den Unfall verursachte Schock und die Narkose haben die Abwehrmechanismen geschwächt, die der Kult aufgebaut hatte.«

»Und?«

»Béa zeigte sich kooperationswillig, wenn auch noch etwas verwirrt. Sie war in Jacob Weinstaub verliebt, der mit einem anderen Sektenmitglied in der Unglücksmaschine auf dem Weg nach Frankfurt war.«

Sara merkte, wie ihre Aufregung wuchs.

»Je mehr ich mit dem Neuen Morgen vertraut werde, umso mehr fasziniert er mich«, sprach Luc mit ernster Stimme weiter. »Diese Leute haben fast mit Gewalt versucht, zu Béa ins Krankenhaus vorzudringen. Ich habe sie im Morgengrauen in eine Privatklinik in Nizza gebracht.

Nachdem ich von dort zurückgekommen war, fuhr ich sogleich zur Wohnung von Weinstaub, wo sich die Amerikaner mit ihren Aktentaschen drängelten. Ich erkundigte mich, was passiert sei, aber sie machten den Mund nicht auf.«

»Sie klingen mehr nach einem Privatdetektiv als nach einem Psychologen.«

»Ein Privatdetektiv muss etwas für Spannung übrighaben. Das habe ich nicht. Darf ich fragen, in welcher Branche Sie tätig sind?«

»Ich bin Meeresarchäologin. Entschuldigen Sie, ich habe mich nicht einmal vorgestellt. Mein Name ist Sara Lindroos.«

»Sie meinen Lara?« Luc lächelte.

»Pardon?«

»Lara Croft. Archäologin. Sie sind die blonde Ausgabe von Angelina Jolie«, sagte Luc, und Sara lächelte in sich hinein, als sie den Mann erröten sah.

»Den größten Teil des Jahres verdiene ich mir meine Brötchen als Tauchlehrerin.«

»Sie tauchen im Meer, und ich tauche in die Seele der Menschen ein. Hier in der Gegend gibt es wohl viel Interessantes für Meeresarchäologen?«

»Ja. Aber wenig, für das man Geld bekommt.«

»Darf ich noch fragen, wie Ihre ehemalige Freundin heißt, von deren Wohnung die Männer zu Weinstaubs Haus gefahren sind?«

Sara überlegte kurz. Sie wollte vorsichtig sein, fand aber keinen Grund, die Information zu verschweigen. Denn dann käme nie Klarheit in die Sache. »Tina Carabella.«

Lucs Augen wurden schmäler. »Carabella heißt das zweite Mitglied des Neuen Morgens, das bei dem Flugzeugunglück ums Leben kam … Und laut Béa war sie die Freundin von Weinstaub …«

»Seine Freundin? Das muss ein Missverständnis sein.«

»Wissen Sie mehr darüber?«

»Das kann nicht wahr sein ...«

»Wie haben sie Frau Carabella kennen gelernt?«

Sara spürte das Blut aus ihrem Gesicht weichen. »Wir haben eine Zeitlang zusammengewohnt, als ich hier kurzfristig eine Wohnung brauchte. Dann ... haben sich unsere Wege getrennt.«

»Dass sie einer Sekte angehörte, wussten Sie nicht?«

Sara schüttelte fassungslos den Kopf.

»Oft wissen es nicht einmal die nächsten Angehörigen. Schon gar nicht bei einer Sekte wie dem Neuen Morgen.«

»Wie meinen Sie das?«

»Der Neue Morgen ist wie Scientology äußerst gut organisiert und straff geführt. Was auch kein Wunder ist, wenn man an die Behauptungen über gewisse gewalttätige Züge denkt.«

Sara spielte nervös mit einem Kugelschreiber. »Das kann nicht wahr sein«, flüsterte sie erneut.

Luc zog einige Blätter Papier aus der Tasche und faltete sie auseinander. Es war eine Art Dossier über den Neuen Morgen. Sara überflog die Zeilen, in denen das Wichtigste über die Ziele, die Organisationsform und Formen von Fehlverhalten gegenüber den Mitgliedern zusammengefasst war. Was sollte sie Christian sagen, wenn er sie anrief?

Luc schaute Sara ernst an und sagte leise: »Das Sonderbarste von allem ist, dass auf der Passagierliste der Unglücksmaschine, die von der Fluggesellschaft veröffentlicht wurde, der Name Weinstaub fehlt.«

Sara blickte von den Unterlagen auf und sah Luc verdutzt an.

»Dennoch ist Béa davon überzeugt, dass Jacob Weinstaub mit Regus Air geflogen ist«, fuhr Luc fort. Er nahm einen Stift und einen kleinen Block aus der Tasche. »Dürfte ich Sie bitten, mir alles, was Sie über Tina Carabella wissen, zu erzählen? Wie haben Sie sie kennen gelernt?«

Sara seufzte schwer. »Wir waren zufällig im selben Internetcafé an der Place Frommer. Sie hatte gerade eine Wohnung für mehrere Monate gemietet und suchte jemanden, der mit ihr die viertausend Francs Miete teilte. Ich wiederum brauchte eine Wohnung für den Sommer, aber es war schwer, außerhalb des superteuren Ferienwohnungsmarktes eine Wohnung für so kurze Zeit zu finden. Und so bin ich auf der Stelle mit Tina mitgegangen, um mir ihre Wohnung anzuschauen.«

»Wie war sie?«

»Auf den ersten Blick sehr schön. Hohe Zimmer, zwei Marmorkamine … Ich einigte mich mit Tina auf einen Zwei-Monats-Deal. Das war uns beiden recht.«

Es kehrte Stille im Zimmer ein.

»Und dann?«

Sara blickte auf das Stück Koralle, das sie zur Dekoration ins halb leere Regal gestellt hatte. »Dann entpuppten sich sowohl die Wohnung als auch Tina als unschöne Überraschungen. Das Wasser für die Dusche wurde mit Gas erwärmt, beziehungsweise es sollte damit erwärmt werden. In der Küche war Ungeziefer. Und es zog durch die Fenster.«

»Und welche Überraschung verbarg sich in Tina?«

»Das gehört nicht hierher.« Sara bemerkte selbst ihren unnötig brüsken Tonfall und sprach mit versöhnlicherer Stimme weiter: »Wir bekamen Streit in einer persönlichen Angelegenheit.«

»Sie haben gerade gesagt, Sie seien in ihrer jetzigen Wohnung gewesen. Ist Ihnen dort etwas aufgefallen?«

Sara stand auf und holte die Audiokassette, die sie in Tinas Kühlschrank gefunden hatte.

# 27

Der schwarze Chrysler Voyager neigte sich auf der Gebirgsstraße von Pjevac nach Kotor in jeder Kurve jäh zur Seite.

Kurt Coblentz saß auf dem Beifahrersitz und sprach ins Funkgerät. Die anderen vier Wageninsassen luden ihre Pistolen und Maschinenpistolen und kontrollierten ihre Ausrüstung. Scharfe, metallische Geräusche erklangen beim Einrasten der Magazine.

Der Chrysler brauste an einem verbeulten Kleinwagen vorbei, der sich aber trotz des wilden Tempos nicht abhängen ließ. Hartnäckig wie eine Klette hing der rostbraune Zastava auch in der engsten Kurve an der Stoßstange des Vans und betätigte dabei unablässig die Lichthupe.

Als der Fahrer des Chrysler verärgert in den Rückspiegel schaute, ließ seine Aufmerksamkeit für einen Moment nach. Nur durch eine abrupte Lenkbewegung gelang es ihm, den Zusammenstoß mit einem Motorrad, das aus Richtung Kotor kam, zu vermeiden. Die schwarze Lederjacke mit der roten Aufschrift *Easyriders Montenegro* verschwand hinter der nächsten Kurve. Die Tachonadel des Chrysler zitterte ebenso wie das Lenkrad, das der Fahrer mit leblos weiß wirkenden Fäusten fest umklammert hielt.

Coblentz legte das Funkgerät in den Schoß und sah aus dem Fenster. Nach der Kurve kam eine Kehre in die entgegengesetzte Richtung, und der Fahrer musste abbremsen. Der Zastava hupte heiser und setzte zum Überholen an.

Schamesröte überzog das Gesicht des Fahrers. Der Schrotthaufen auf vier Rädern zog mit dem amerikanischen Van gleich, und der Einheimische am Steuer schwenkte triumphierend die Faust, aus der ein ausgestreckter Finger hervorragte. Der Chryslerfahrer schnaubte, aber Coblentz reagierte in keiner Weise.

»Mach langsam. Wir sind gleich da«, sagte er.

Der Vormittag war windstill. Eine Krähe krächzte. Die Zigeunerkinder, die gegen die verbeulte Blechbüchse traten, kreischten. Christian schaute auf die Straße, die hinter dem Acker eine Kurve machte. Wie viel sollte er Sylvia erzählen? Wäre sie fähig, überhaupt etwas für sich zu behalten? Sicher nicht lange, das wäre gegen die Natur der Journalistin. Aber als solche verfügte Sylvia mit Sicherheit über gute Kontakte.

Ein alter verbeulter Zastava raste auf der Straße vorbei und hinterließ eine blaugraue Abgaswolke, deren Gestank beißend in die Lunge eindrang. Kurz darauf hörte man ein gedämpftes, vornehmeres Motorengeräusch. Christian wurde aufmerksam, als das Fahrzeug nicht auftauchte. Stattdessen verstummte der Motor auf einmal. War Sylvia so vorsichtig, dass sie nicht unmittelbar bis ans Haus heranfuhr?

Christian blickte sich unruhig um. Nur das Krächzen der Krähen und das Scheppern der Blechbüchse störten die Stille. Er ließ den Blick vom Zigeunerlager wieder zur Straße und zur Kurve schweifen. Sylvia war nicht zu sehen. Vorsichtig zog er sich in den Schutz des Waldes am Ackerrand zurück und lauschte aufmerksam.

Er zuckte zusammen, als die Hunde losbellten, gleich darauf aber röchelnd verstummten. Wo war das Lachen der Kinderschar geblieben? Plötzlich hatte die Stille etwas Unnatürliches. Christian war unschlüssig, ob er seinem Instinkt trauen oder vernünftig denken sollte.

Der Instinkt übernahm die Führung, als er immer tiefer in den Buchenwald eindrang. Rechts lag der Acker, also musste er nach links in Richtung Pjevac gehen. Jenseits der Bäume verlief die Straße. Nach der Kurve sah er einen schwarzen Van. Daneben stand ein Mann mit Maschinenpistole und sprach in ein Funkgerät. Die Stimme aus dem kleinen Lautsprecher drang bis an Christians Ohr, aber er verstand die Worte nicht.

Erschrocken setzte er seinen Weg mit erhöhter Geschwindigkeit fort. Das Grau und Grün der Bäume huschte vorüber, und es raschelte übermäßig laut, als er versuchte, sich unbemerkt aus dem Blickfeld des bewaffneten Mannes zu stehlen. Wie hatten die Verfolger ihn ausfindig machen können? Wo war Sylvia? Hatte sie Verdacht geschöpft und die Polizei verständigt? Oder hörte man die Hoteltelefone ab?

Schwer atmend eilte Christian weiter. Wem konnte er noch vertrauen? War Sylvia ebenfalls in die Intrige verwickelt? Oder hatte man sie entführt oder gar getötet …

Von der Stadt her näherte sich ein Auto. Christian spähte hinter einem Felsen hervor und sah einen roten Peugeot näher kommen. Außer dem Fahrer saß niemand darin. Christian kniff die Augen zusammen. Durch die Windschutzscheibe war es nur schwer zu erkennen, aber er war sich trotzdem sicher: Am Steuer saß Sylvia. Unwillkürlich lächelte er. Dann schätzte er die Lage im Bruchteil einer Sekunde ab. Das Auto war gut zehn Meter von ihm entfernt.

Er sprang auf und rannte zur Straße. Dabei hob er die rechte Hand. Sylvia drosselte nicht einmal das Tempo. Christian schwenkte beide Arme. Da quietschten die Bremsen, der Wagen schlingerte heftig und blieb schließlich am Straßenrand stehen.

Christian riss die Beifahrertür auf, zwängte sich hinein und sagte: »Dreh um!«

Sylvia sah ihn erstaunt an und bewegte die geschminkten Lippen, als wollte sie eine Frage stellen, bekam aber kein Wort heraus.

»Hast du gehört?«, rief Christian panisch. Er konnte seine Stimme nicht kontrollieren, er wusste, dass ihm das pure Entsetzen anzuhören war. »Fahr! Oder ich fahre.«

Sylvia legte den Rückwärtsgang ein und wendete.

Christian riss das Handschuhfach auf. »Hast du eine Karte?«

»In der Türablage.«

Sylvias Stimme verriet ihre Erschütterung. Christian nahm die Karte und breitete sie aus. Er erinnerte sich an die Abzweigung ins Hinterland, an der er auf dem Hinweg vorbeigekommen war. Die abzweigende Straße führte laut Karte nach Kotor, von wo man nach Cetinje kam und weiter bis nach Podgorica. Konnte es sein, dass es unterwegs Straßensperren gab?

»London erwartet von mir bis zwölf Uhr einen Telefonbericht«, sagte Sylvia und schaltete in einen höheren Gang. Die Straße schlängelte sich durch ein enges Tal, das von schmalen Wiesenstreifen mit blökenden Schafen und neugierigen Kühen belebt wurde. Über den Bergen hingen graue Regenwolken.

Christian blickte von der Karte auf und sah rechts einen Wegweiser mit ungleichmäßig verwitterten kyrillischen Buchstaben. Er verglich das Wort mit dem auf der Karte.

»Fahr hier rechts ab.«

Sylvia setzte den Blinker und bog ab. Sie fuhr sicher auf der unebenen, kurvenreichen Straße. »Was ist passiert?« Christian erkannte das menschliche Erstaunen hinter Sylvias hartem, zynischem Gesichtsausdruck.

Er versuchte tief Luft zu holen, aber sein Atem ging nur stoßweise, wie bei einem Kind, das heftig geweint hat und sich nur langsam beruhigt. »Wenn ich es dir sage, ist das für dich das Todesurteil.«

»Ich riskiere es.«

»Ich meine es ernst.«

Sylvia blickte kurz auf Christian, dann konzentrierte sie sich wieder auf die Straße.

Kurt Coblentz saß auf dem Beifahrersitz des Chrysler Voyager, der am Straßenrand parkte, und schrieb mit abrupten, kräftigen Bewegungen etwas auf. Dann reichte er das Blatt Papier seinem Mitarbeiter, der neben dem Wagen wartete.

»Lasst das ins Serbokroatische übersetzen und sorgt dafür, dass jedes Geschäft in der Umgebung, das Geräte zum Abspielen von Videokassetten verkauft, die Information erhält.«

Der Mitarbeiter sah auf das Blatt. »Das dauert ...«

»Darum ist es am klügsten, sofort anzufangen«, sagte Coblentz mit sanfter Stimme.

# 28

Christian beobachtete Sylvias Reaktion auf seine Neuigkeit über die Kassette, aber in dem sorgfältig geschminkten Gesicht regte sich nichts. Dachte sie schon an die Schlagzeilen? Journalistin durch und durch. Eine Zynikerin, für die menschliches Leid nur bewegendes, an die Gefühle appellierendes Material für eine aufsehenerregende Geschichte war. Dann sprach Christian weiter, denn eine andere Möglichkeit hatte er nicht.

»Den Jungen, der die Kassette ursprünglich hatte, habe ich tot aufgefunden. Und Rebecca ebenso. Jetzt bin ich an der Reihe. Sie haben offenbar das Hoteltelefon abgehört und waren darum vor dir da.«

»Was hast du vor?«, fragte Sylvia. Ihre Gelassenheit kam Christian unnatürlich und eisig vor. Es steckte etwas dahinter, das er nicht fassen konnte.

»Ich suche nach einem Gerät, in das die Kassette passt. Wir werden dafür kaum weiter als nach Kotor oder Cetinje fahren müssen.«

Sylvia schaute auf den verrußten Kastenwagen vor ihnen und wartete auf eine Stelle, an der sie überholen konnte. Die Straße wurde schmäler und stieg steiler an. Ein Warnschild mit einer Kuh huschte vorbei.

»Das alles bekräftigt die anderen Absonderlichkeiten, die im Zusammenhang mit dem Unglück zu Tage getreten sind«, sagte Sylvia und zog auf einer kurzen Geraden an dem Kastenwagen vorbei.

»Welche zum Beispiel?«

»Noch immer ist keine einzige Leiche gefunden worden. Die können sich doch nicht in Luft aufgelöst haben!«

»Wie wird diese Tatsache offiziell erklärt?«

»Mit dem Aufprall im Meer und dem Auseinanderbrechen der Maschine. Aber das erklärt das Verschwinden der Toten nicht.«

»Wer weiß, ob die Passagiere angeschnallt waren.«

»Oder ob sie zum Zeitpunkt des Absturzes überhaupt in der Maschine waren.«

Christian bekam eine Gänsehaut. »Wenn die Passagiere nicht in der abstürzenden Maschine waren, wo waren sie dann?«

»Oberst Carrington schließt keine Möglichkeit aus, wie er in der Pressekonferenz um zehn selbst gesagt hat. Offiziell sind die Opfer im Meer, und es wird nach ihnen gesucht. Inoffiziell geben die Amerikaner zu verstehen, dass sie keine rationale Erklärung für das Unglück haben.«

Christian starrte auf die blinden Fenster eines verlassenen Hauses am Straßenrand. »Und das heißt?«

»Schwer zu sagen. Man hat die Medien nicht an den Unglücksort gelassen, und Kameraflüge wurden erst zwölf Stunden nach dem Absturz genehmigt. Außerdem wird behauptet, schon vor der offiziellen Bekanntgabe des Unglücks und vor dem Beginn der Rettungsmaßnahmen seien Helikopter in der Luft gewesen.«

»Was denkst du über das alles?«

»Ich weiß nicht. Irgendetwas äußerst Seltsames geht hier vor. Die Amerikaner halten die Zügel fest in der Hand, das ist absolut klar. Boeing hat bei der ICAO offiziell Beschwerde eingelegt, weil ihr eigenes Ermittlungsteam nicht sofort und unbehindert die Wrackteile untersuchen durfte. Und der Geheimdienst der US-Army hat bestätigt, dass er an der Untersuchung des Unglücks beteiligt ist. Sie sind unter anderem für Ufo-Angelegenheiten zuständig.«

»Haben die den Verstand verloren?«

»Du erinnerst dich sicherlich an den Absturz der Egypt-Air-Maschine in der Nähe von Long Island?«

»Was hat das mit dem Fall hier zu tun? Außer dass die Egypt-Air-Maschine vom selben Flugzeugtyp war?«

»Es gibt einiges, was darauf hindeutet, dass ein elektromagnetisches Feld, das von einer externen Quelle erzeugt wurde, eine der Unfallursachen war. Der Autopilot wurde abgekoppelt, die Maschine geriet in heftigen Sturzflug, und die Motoren erloschen. Neben der Absturzstelle lag ein Gebiet, das für Militärübungen reserviert war, mit reichlich außergewöhnlicher Elektronik. Die hätte im Prinzip die Störungen im Elektroniksystem der Maschine hervorrufen können.«

Sylvias Kenntnisse und Erfahrungen machten Eindruck auf Christian. Trotz seines inneren Aufruhrs konzentrierte er sich auf das, was sie sagte.

»Die Luftwaffe verfolgte den Flug der Egypt Air mit starkem Radar, wie es unter anderem für die Ortung von Marschflugkörpern vorgesehen ist. Interessant ist, dass die Armee damals nicht willens war, über die Einwirkung von elektromagnetischen Interferenzen zu spekulieren, jetzt aber die Medien aktiv mit solchen Dingen füttert.«

»Was willst du damit sagen? Gibt es hier Geräte, die Störungen hervorrufen könnten?«

»Angeblich nicht. Jedenfalls keine, über die man Bescheid wüsste. Und da liegt der entscheidende Punkt. Sie deuten an, der Unfall könnte mit einem unerklärlichen elektromagnetischen Phänomen zu tun haben.«

Christian überlegte einen Moment. »Der Vorgesetzte von Rebeccas Ehemann bei der Nato ist Spezialist für elektronische Kriegsführung und Radartechnik ... Er war letzte Nacht in Pjevac. Jack Lawrence.«

»Und der Ehemann selbst?«

»Ich kenne nur seinen Namen. Mark Curtis. Bekommt

man keine konkreten Informationen aus der Blackbox? Ist die schon gefunden worden?«

»Es heißt, der ›Pinger‹, der ihre Position unter Wasser angeben soll, sei defekt. Ein Robotertauchsystem der Marine ist schon vor Ort. Aber die Blackbox wird wohl kaum auftauchen, falls die Amerikaner in irgendeiner Weise an dem Unglück beteiligt sind.«

»Anscheinend verrät die Kassette mit den Aufnahmen, die Tina in der Maschine gemacht hat, zu viel über den Grund des Absturzes.«

Sie schwiegen eine Weile. Die Straße stieg weiter zum Gebirge hin an. Durch den Fensterspalt strömte frische Luft herein und kühlte Christians vor Anstrengung gerötetes Gesicht. Die Bäume wurden kümmerlicher, und man konnte ungehindert ins Tal und auf die Berge schauen.

»Du wirst bestimmt verstehen, dass ich über diese Dinge nur gezwungenermaßen mit einer Journalistin rede.«

»Keine Angst. Ich kann den Mund lange genug halten.«

»Lange genug?«

»So lange, bis die Informationen veröffentlicht werden können.«

In Christian stieg Wut auf, aber er war letztlich nicht überrascht. »Du scheinst noch immer nicht zu begreifen …«

»Ich wollte dich nur ein bisschen provozieren. Wegen mir wird kein Schaden entstehen.«

Auf einmal bereute Christian zutiefst, Sylvia gegenüber den Mund aufgemacht zu haben, auch wenn es keine Alternative dafür gegeben hatte. »Du bist ein egozentrischer und vollkommen gefühlloser Mensch«, konstatierte er und war selbst über die Kälte seines Tons überrascht.

»Das bin ich. Aber vergiss nicht, dass ich für diese Angelegenheit mein Leben aufs Spiel setze.«

Christian schaute auf die dunklen Regenwolken über den Bergen. »Wem gehört das Auto hier? Kann man den Wagen mit dir in Verbindung bringen?«

»Wir haben ihn am Flughafen Podgorica gemietet.«

»Auf welchen Namen?«

»Auf den des Senders. Der Kameramann wurde als Fahrer eingetragen.«

»Und wo ist er jetzt?«

»Er schiebt Dienst am Hubschrauberlandeplatz Tivat.«

Die Straße wurde besser. Auf einer reparierten Brücke überquerten sie den Fluss. »Warst du vorher schon als Reporterin in Jugoslawien?«

»Zuletzt einige Monate im Frühjahr im Kosovo. Davor in Bosnien und Kroatien. War ein Scheißjob. Miserable Arbeitsbedingungen.«

»Einfache Hotels und bescheidene Mahlzeiten?«

»Soll ich dir vielleicht etwas über die Grausamkeit der menschlichen Natur vorheucheln?«

Der Peugeot wimmerte kläglich auf der steil ansteigenden Straße.

»Lebst du allein?«, fragte Christian unvermittelt.

Sylvia nickte.

»Das dachte ich mir. Ein derart auf sich selbst bezogener Mensch kann nur allein leben.«

»Mein Mann und meine sechs Monate alte Tochter sind vor fünf Jahren bei einem Autounfall ums Leben gekommen, den ich durch meine Unachtsamkeit verschuldet habe.«

Christian schloss die Augen. »Bitte verzeih mir«, sagte er mit heiserer Stimme, aus der plötzlich alle Kraft gewichen war.

Sylvia lachte zynisch auf. »Du brauchst meine Vergebung nicht.«

Drückende Stille breitete sich im Auto aus. Unwillkürlich fiel Christians Blick auf die Narbe, die unter Sylvias

Armreif zu erkennen war. Am anderen Arm trug sie einen anderen Schmuck, aber eine gleichartige Narbe.

»Ich bin selbst in einer... schwierigen Lage gewesen«, sagte Christian leise. »Ich weiß, was Schuldgefühle sind.«

»Ach, tatsächlich.«

Christian konnte sich nicht beherrschen. Sylvia hatte den wundesten Punkt in seinem Innern angestoßen. »Halt doch die Schnauze, du verdammtes Miststück!«

Sylvia schaute weiter geradeaus und konnte gerade noch rechtzeitig vor einer scharfen Kurve und dem steilen Abgrund dahinter das Steuer herumreißen. »Entschuldige«, flüsterte sie. »Du weißt ja nicht, wie sehr mich dieser Unfall damals verändert hat.« In ihrem blassen Gesicht waren deutliche Puderflecken zu erkennen. »Aber nicht genug, um ab und zu den Mund zu halten«, fügte sie mit einem schwachen Lächeln hinzu.

Christian riss sich zusammen und zwang sich, ruhig zu sprechen. »Es wäre vielleicht an der Zeit, das mal zu lernen.«

»Du hast mich so erschreckt, dass ich wie gelähmt war und fast in den Abgrund gefahren wäre.«

Christian ergriff die Gelegenheit, sich ehrenhaft von dem Minenfeld zurückzuziehen, auf das er sich verirrt hatte. »Der Schreck lässt den Menschen buchstäblich erstarren.« Er sprach in beschwichtigendem Tonfall und gab sich Mühe, möglichst normal zu klingen. »In unserem Gehirn gibt es einen Mechanismus, der bei drohender Gefahr im Nu anspringt, ohne die Hirnrinde, die langsamer funktioniert. Entwicklungsgeschichtlich betrachtet ist die Angst das wichtigste Gefühl des Menschen. Sie hat unsere Urahnen am Leben gehalten. Und sie hält hoffentlich auch uns am Leben.«

Die Straße führte nun so steil nach unten, dass Sylvia mit dem Motor bremsen musste, um eine zu starke Erhitzung der Bremsen zu vermeiden.

»Die Schlange oder der Löwe sehen ihre Opfer nicht unbedingt sonderlich gut, aber sie registrieren seine Bewegungen«, fuhr Christian mechanisch fort. »Bei Gefahr erstarren wir, weil unser Angstmechanismus automatisch funktioniert und uns zwei Sekunden Zeit verschafft, um die Situation einzuschätzen.«

Auf Sylvias Schläfe waren Schweißtropfen zu erkennen, als sie sich darauf konzentrierte, das Auto in einer Haarnadelkurve unter Kontrolle zu behalten. Christian verstummte. Sie näherten sich Kotor – und hoffentlich auch der Enthüllung des Geheimnisses auf der Kassette.

## 29

Sara ging forsch auf das Internetcafé an der Croisette zu. Warum hatte Christian noch immer nicht angerufen? Und was sollte sie ihm sagen, wenn er anriefe?

Eine lächerlich lange, weiße Limousine hielt vor dem monumentalen Gebäude des Carlton Hotels. Erhobenen Hauptes marschierte Sara an dem Hotel, das unschöne Erinnerungen in ihr weckte, vorbei. Spaßeshalber war sie einmal im *Health Club* in der sechsten Etage des Hotels gewesen, als sie sich einen Überblick über die Fitnessräume der Stadt verschaffen wollte. Die cremefarbene Lobby mit ihren Marmorsäulen und tennisplatzgroßen Teppichen hätte sie fast wieder rückwärts hinauskatapultiert, aber sie hatte sich trotz allem auf die Treppe gewagt und war mutig an den Roman-Polański- und Isabelle-Adjani-Suiten vorbei nach oben gegangen. Im öffentlichen Fitnessraum hatte sie dann einen Hotelgast kennen gelernt, einen jungen Unternehmer aus der Computerbranche namens Xavier, der aus dem Silicon Valley von Sophia Antipolis zum Entspannen ans Meer gekommen war.

Sara hatte sich von Xavier zu einem leichten Mittagessen und einem Glas Wein in der Brasserie des Hotels einladen lassen. Die Tage darauf waren wie im Rausch vergangen. Sara hatte das Gefühl gehabt, in die Glanzzeit von Cannes vor dem Ersten Weltkrieg versetzt worden zu sein, in die Welt der Erzählungen von F. Scott Fitzgerald, weit weg vom Alltag. Die unfassbare Romanze mit Xavier hatte in voller Blüte gestanden, als Christian für ein langes Wochenende aus Heidelberg kam. Sara bereute noch immer, dass sie damals nicht fähig gewesen war, das Verhältnis für sich zu behalten, obgleich es keine Zukunft hatte. Kurze Zeit nach ihrem Geständnis hatten Christian und Tina sich gefunden.

Sara ging geradewegs zur oberen Ebene des Internetcafés hinauf. Hier hatte sie Tina kennen gelernt. Technomusik wummerte in den Ohren, sie entströmte einer futuristisch wirkenden Musikanlage neben den dicht aneinandergedrängten Computern. Vor einigen Bildschirmen saßen Kunden.

Sara gab das Passwort ihres E-Mail-Accounts ein. Nur von einer Tauchfirma auf Mauritius war eine Nachricht gekommen; man teilte ihr mit, sie könne im November dort anfangen. Für eine Meeresarchäologin war es das reinste Lotteriespiel, eine Arbeit zu finden, die ihrer Qualifikation entsprach, darum traf Sara leichten Herzens den Entschluss, auch diesen Winter von ihrem Hobby zu leben. Das Tauchen in jenen Gewässern würde ein einziges Fest sein.

Schon allein das Wort Mauritius schmeckte nach Abenteuer. Sara war schon immer auf Herausforderungen aus gewesen und hatte mit großen Erwartungen angefangen, Archäologie zu studieren. Aber der erste Sommer als Praktikantin bei Ausgrabungen im südwestfinnischen Nauvo war eine bittere Enttäuschung gewesen. Das stückweise Abtragen von Steinen und das Rekonstruieren unter der Aufsicht eines peniblen Grabungsleiters war nicht das, was sie sich erhofft hatte, auch nicht der zehnwöchige Kurs in Meeresgeschichte. Sie hatte die Forschungstaucherprüfung abgelegt und wollte eine echte Meeresarchäologin werden. Darum war sie nach Schottland an die St.-Andrews-Universität gegangen.

Sara öffnete die Nachrichtenseiten von BBC und stellte

fest, dass der Flugzeugabsturz noch immer die Schlagzeilen dominierte. Es hatte sich nichts Neues ergeben, die Spekulationen gingen weiter. Die Piloten waren erfahren gewesen, die Maschine gerade erst gewartet worden. Sie hatte 32 000 Flugstunden sowie 6900 Starts und Landungen auf dem Buckel gehabt. Boeing bestritt heftig, dass die Überstunden, die bei der Fertigung der Unglücksmaschine wegen der großen Zahl von Bestellungen in der Fabrik in Everett geleistet worden waren, zu Qualitätsmängeln geführt hätten. Die Regus-Air-Maschine war im Oktober 1989 aus der Fertigung gekommen, mit der Modellnummer 285. Die Maschine von Egypt Air zwei Monate zuvor mit der Nummer 282 und die Lauda-Air-Maschine, die 1991 im Dschungel von Thailand abgestürzt war, mit der Nummer 283.

Als Nächstes ging Sara auf die Seiten des Neuen Morgens, von denen Luc gesprochen hatte. Sie waren professionell gemacht, vermittelten aber sehr wenig über die Philosophie der Gruppierung, im Gegensatz zu den Seiten einiger anderer Sekten, die Sara über die Suchmaschine und diverse Links ausfindig machte.

Neben ihr ließ sich ein amerikanischer Tourist in Turnschuhen und Shorts auf den Stuhl fallen. Er trug ein zeltgroßes T-Shirt mit der Aufschrift »Cannes Film Festival«. Sara war einmal zur Zeit des Filmfestivals in der Stadt gewesen, wenn sich die Zahl der Besucher und die Preise der Hotels verdoppelten, der Verkehr vollkommen still stand, die Touristen sich vor den roten Teppichen drängten, in der Hoffnung, einen Blick auf Claudia Schiffer beim Entsteigen einer Limousine zu erhaschen. Sara hatte einen Schauspieler vor einer Herde Fotografen in einem Rennboot posieren sehen. Einer der Fotografen hatte ihr gesagt, der Mann heiße Jean-Claude Van Damme, aber der Name hatte Sara nichts gesagt. Die einzigen Filme, die sie sich im Fernsehen ohne nachlassendes Interesse anschaute, waren die Unterwasserdokumentationen von Jacques Cousteau und dessen Sohn.

Sie nahm noch eine Suche zum Neuen Morgen vor und gelangte auf die Seite der *American Family Foundation,* die sich dem Kampf gegen Sekten und Kulte widmete. Dort hieß es über den Neuen Morgen: »*Eine kleine, kompakte Gruppierung, die hauptsächlich in den Vereinigten Staaten, in Kanada, Frankreich und in der Schweiz aktiv ist. Verbindungen zum Sonnentempel. Einige Mitglieder haben Selbstmord begangen, aber es ist unklar, ob diese Fälle von dem Kult organisiert waren. Mindestens zwei Sektenmitglieder sind wegen eines Drogenmords in Zürich verhört worden.*«

Am oberen Seitenrand wurde eine Gruppierung als untergangssüchtig definiert, die unter den Mitgliedern oder außerhalb der Gruppe »Verluste von Menschenleben« verursacht hatte oder bei der man damit rechnete, dass sie solche »Verluste« verursachen könnte.

Sara schluckte. Das klang übel.

Sie spähte nach unten und sah Luc hereinkommen. Der Anblick seiner derb-sanften Erscheinung löste in ihr ein Gefühl der Sicherheit aus, obwohl sie vor kurzem erst vor dem Mann davongelaufen war. Sie loggte sich aus, nahm ihren Rucksack und ging die enge Wendeltreppe hinunter, wobei sie sich die Haare hinters Ohr strich.

»Ça va?« Luc fuhr sich kurz über das massive, unrasierte Kinn.

»Bien. Oder wie man es nimmt. Ich habe gerade im Internet gelesen, dass der Neue Morgen zu den Sekten gehört, die …«

»Sind Sie sicher, dass Tina gesagt hat, sie habe das Lake Forest College besucht?«, unterbrach Luc sie und gab Sara die Kopie von Tinas Pass zurück, die sie ihm geliehen hatte. Sie setzten sich an einem Tisch aus rostfreiem Stahl auf zwei Barhocker.

»Ja. Warum?«

»Ich habe im Sekretariat des Colleges angerufen. Eine Person namens Tina Carabella hat es dort nie gegeben. Und hier in der Stadt wohnt auch niemand, der Carabella heißt.«

Betont ruhig nahm Sara einen Schluck aus ihrer Wasserflasche. »Also gehen wir zur Polizei.«

»Die Gendarmerie ist ein paar Blocks entfernt. Zur lokalen Polizei brauchen wir gar nicht erst zu gehen, das sind alles bloß Politessen.«

»Und was ist mit Weinstaub?«

»Ich habe Béa in Nizza angerufen und noch einmal nach Jacob gefragt. Sie scheint aber über ihn so gut wie nichts zu wissen. Das wenige, das ich herausgefunden habe, ergibt jedoch das Bild eines Mannes mit unbegrenztem Selbstbewusstsein und fanatischen Überzeugungen. Er macht den Eindruck eines charismatischen und tollkühnen Menschen. Besorgniserregend ist, dass er zu leidenschaftlichem Hass fähig zu sein scheint.«

Luc schaute Sara unangenehm forschend an. »Und wie Sie wissen, sind alle Frauen von waghalsigen, unberechenbaren Männern fasziniert. Béa ist da keine Ausnahme.«

Sara nahm noch einen Schluck Wasser, ohne Lucs Verallgemeinerung zu kommentieren.

»Sobald wir bei der Polizei waren, werde ich noch einmal zum Hauptquartier der Sekte in der Nähe von Mougins fahren«, sagte Luc. »Ich nenne es einfach ›Das Haus‹.«

Sara nahm ihren Lederrucksack, gab dem jungen Mann hinter dem Tresen Geld für die Benutzung des Computers und folgte Luc nach draußen.

»In welcher Verfassung ist Béa aus dem Neuen Morgen herausgekommen?«, wollte Sara wissen.

»Das Opfer eines Kults ist fast immer emotional, sozial oder sogar physisch geschädigt. Das Leben als Mitglied eines Kults ist hart. Aber Béa geht es einigermaßen gut. Wenn die Spuren des Unfalls verheilt sind, wird sie über alle Voraussetzungen für ein ausgeglichenes Leben verfügen. Vielleicht wird sie dann ihr Jurastudium wieder aufnehmen.«

Sara ging mit großen Schritten neben Luc her. Sie musste einer Vespa ausweichen, die dicht an ihr vorbeirauschte. Die Haare, die unter dem Helm der jungen Fahrerin herausragten, flatterten im Fahrtwind. Nach einigen Metern bogen Sara und Luc in die Fußgängerzone ein, die vom Ufer wegführte und vom Jaulen einer Drehorgel widerhallte.

»Ich finde es unglaublich, dass vernünftige Menschen sich auf so einen Blödsinn wie einen Kult einlassen«, sagte Sara und setzte die Sonnenbrille von der Stirn auf die Nase.

»Kulte und Sekten sind gerade darauf aus, begabte, fähige Menschen als Mitglieder zu gewinnen. Von denen profitiert der Kult, von Schwächlingen nicht. Und es ist gar nicht so schwer, diese Leute zu gewinnen, wie es von außen den Anschein haben mag. Der Anwerber geht sie frontal an.«

Luc blieb abrupt in der Nähe des graubärtigen Leierkastenmannes stehen und legte Sara die Hand auf die Schulter. »Er sagt zu dir: ›Sara, ich finde, du bist wahnsinnig intelligent. Nie im Leben würdest du dich zwingen lassen, etwas zu denken oder zu tun, was du nicht willst. Du entscheidest selbst über deine Einstellung und lässt dich nicht von dem beeinflussen, was die Zeitungen an dummem Zeug über uns schreiben. Dafür bist du einfach viel zu intelligent. Wann hättest du Zeit, dir einen von unseren Vorträgen anzuhören?‹ – Wie würden Sie darauf reagieren?«

»Das klang aber überzeugend. Sprechen Sie aus Erfahrung?« Sara merkte an Lucs Gesichtsausdruck, dass sie einen wunden Punkt bei ihm berührt hatte. »Haben Sie selbst einmal Mitglieder geworben?«

»Und wenn ich es getan hätte?« Luc nahm die Hand von Saras Schulter.

»Ich frage ja nur. Wenn jemand so zu mir reden würde, könnte ich mich eventuell entschließen, aus Neugier hinzugehen ...« Vor allem wenn es ein Mann wie du wäre, der mich anspricht, dachte Sara bei sich. »Sie glauben doch nicht im Ernst, dass ich mich in etwas so Absurdes stürze, auch wenn ich mir noch so viele Vorträge angehört habe?«

»Das sagen die Leute auch, wenn sie Drogen probieren.« Luc ging energischen Schrittes weiter.

»Ein lächerlicher Vergleich. Wie gehen die Kulte bei der Rekrutierung dann weiter vor?«

»Normalerweise werden Klassifizierungen vorgenommen. Gleich nach dem ersten Gespräch wirst du eingestuft. Oft benutzen sie dabei vier Kategorien: bist du jemand, der denkt, fühlt, handelt oder glaubt. In der weiteren Arbeit wird dann der Klassifizierung gemäß vorgegangen. Bist du eine Denkerin, wird eine intellektuelle Annäherungsform eingesetzt. Dem fühlenden Menschen wird mit Liebe und Fürsorge begegnet, damit er das Gefühl bekommt, Mitglied einer Familie zu sein. Beim Handelnden wirken konkrete, praktische Aufgaben.«

Luc blickte im Gehen kurz auf Sara, bevor er weitersprach. »Sie würden als Handelnde klassifiziert werden. Die Glaubenden wiederum suchen spirituelle Werte für ihr Leben, und ihnen nähert man sich darum auf dieser Schiene.«

»Der größte Teil derjenigen, die sich für Sekten interessieren, sind doch bestimmt solche Glaubenden?«

»Das ist ein weit verbreiteter Irrtum. Tatsächlich sind die meisten Handelnde oder Fühlende. Wenn sich beim ersten Gespräch auch noch herausstellt, dass du dich in einer Stresssituation befindest oder an einem Wendepunkt in deinem Leben, wirst du zum wirklich interessanten Objekt.«

Sie blieben an der Ampel vor dem Kaufhaus Monoprix stehen. Die Kreuzung war sehr belebt. Auf der anderen Seite lag das Polizeirevier. »Und danach?«, fragte Sara. »Wie schaffen sie es, mich abhängig zu machen?«

»Da gibt es nicht den einen Hokuspokus-Trick. Eine Gruppierung, die es auf geistige Manipulation abgesehen hat, setzt mehrere Mittel der Einflussnahme ein. Sie versucht die ursprüngliche Identität des Individuums zu zerstören und sie durch eine neue zu ersetzen. Das Grausamste ist, dass die neue Identität oft eine ist, gegen die sich die alte gewehrt hätte. Sie kennen sicherlich Patty Hearst, die Tochter des reichen Verlegers? Sie wurde unter dem Einfluss eines linken Terrorkults zu ›Tania‹, die als fanatisches Gruppenmitglied an Banküberfällen teilnahm und im Gefängnis landete.«

Die Ampel wurde grün, und sie überquerten die Straße. Sara spürte eine undefinierbare Anspannung, während sie auf das Polizeirevier zugingen.

»Die Macht des Kults beruht fast ausschließlich auf der Kontrolle dreier Dinge: des Verhaltens, des Denkens und der Gefühle«, fuhr Luc fort. »Jeder dieser drei Aspekte wirkt sich stark auf die anderen aus. Wird einer manipuliert, neigen auch die beiden anderen dazu, sich zu verändern. Der Anführer eines Kults kann nicht die Gedanken eines Mitglieds bestimmen, aber wenn er das Verhalten des Mitglieds kontrolliert, folgen Herz und Kopf bald nach.«

»So einfach kann das nicht sein.«

Luc schien mit Saras Interesse zufrieden zu sein. Ein Kastenwagen mit dem orangen Signalstreifen der Gendarmerie fuhr mit eingeschaltetem Blaulicht über die rote Ampel. Der Fahrer sah aus, als hätte er es eilig, zum Mittagessen zu kommen. Wegen des Verkehrslärms hob Luc die Stimme: »Die Manipulation des Verhaltens beginnt mit der Kontrolle über die Umgebung: wo und wie die Mitglieder wohnen, welche Kleider sie tragen, was sie essen, wie viel sie schlafen, was für Rituale sie befolgen … Gebete, Trance, Meditation, Hypnose.«

Sara schüttelte im Gehen den Kopf, sodass ihr Pferdeschwanz hin und her hüpfte.

»Aber am wichtigsten ist die soziale Kontrolle. Die Manipulation des Geistes ist ein sozialer Prozess, der üblicherweise von einer großen Gruppe von Menschen realisiert wird. Das Objekt wird in eine soziale Umgebung gesteckt, in der es sein altes Ich ablegt und nach und nach die Identität annimmt, die ihm die Gruppe anbietet. Alles, was es an seine alte Identität erinnern könnte, wird systematisch abgewehrt und durch die Realität der Gruppe ersetzt. Dieser Prozess lässt sich innerhalb weniger Stunden aktivieren, aber es dauert Tage oder Wochen, um ihn zu festigen.«

Sie gingen um eine Schutzplane von France Telecom herum, die über einem Loch im Gehsteig aufgespannt war, und Sara wäre fast über die daneben aufgestapelten Pflastersteine gestolpert. »Das ist wie bei modernen Arbeitsplätzen. Die Angestellten werden einer Gehirnwäsche unterzogen, damit sie einen großen Teil ihres einzigartigen Lebens für eine gesichtslose Organisation opfern!«, überlegte sie laut.

»Außer dass Gehirnwäsche nichts mit Manipulation des Geistes zu tun hat. Gehirnwäsche ist etwas Gewalttätiges, etwas Erzwungenes. Manipulation wird von freundlichen Instanzen ausgeübt. Vom Chef. Oder im schlimmsten Fall vom Ehepartner.«

»Sie haben einen anspruchsvollen Beruf«, sagte Sara mit unverhülltem Neid.

»In neun von zehn Fällen gelingt es mir, dass das Opfer zu seiner ursprünglichen Identität zurückfindet, es also wieder zu dem Menschen wird, der es vor dem Beitritt zum Kult war.«

Kurz vor dem Eingang zum Polizeirevier blieb Luc plötzlich stehen. »Sara ... es kann sein, dass wir gleich auf einen alten Vorfall stoßen, darum erzähle ich Ihnen am besten gleich jetzt davon.«

»Sie hatten schon einmal mit der Polizei zu tun?«

»Sieht man mir das an?«, fragte Luc mit einer übertriebenen Leichtigkeit, die eher seine Anspannung unterstrich, als einen Eindruck von Gelassenheit zu vermitteln. »Manchmal üben die Eltern Druck aus. Sie wollen, dass durchgegriffen wird, wenn die Demanipulation eines Sektenmitglieds nicht zu gelingen scheint. In Amerika werden Kinder gekidnappt und in Sicherheit gebracht, auch in Europa macht man das bisweilen, trotz großer juristischer Risiken. Zwei Tage vor dem Massenselbstmord in Genf wurde ein Mitglied der Sonnentempel-Sekte entführt.«

»Und Sie haben sich solcher Maßnahmen schuldig gemacht?«

»Am Anfang meiner Laufbahn war ich eher bereit, dem Druck verzweifelter Eltern nachzugeben, und ließ mich auf Methoden ein, die auch für mich selbst gefährlich waren. In solchen Fällen bewegt man sich in einer Grauzone. Ich will nicht ins Detail gehen, aber ich habe wegen Freiheitsberaubung vor Gericht gestanden. Der Richter begriff jedoch, worum es ging, und ich kam mit der Minimalstrafe davon, mit sechs Monaten. In den Augen eines normalen Polizisten sieht mein Vorstrafenregister dennoch nicht besonders gut aus.«

Luc klang ehrlich und aufrichtig, aber Sara war klar, dass sie nur seine Version der Geschichte gehört hatte.

»Sie alter Knastbruder«, sagte sie leichthin.

»Aber ohne Tätowierungen«, erwiderte Luc ebenso spielerisch, doch sein Lächeln wirkte gezwungen.

Zu ihrem eigenen Missmut musste sich Sara eingestehen, dass Luc durch diesen neuen Zug nur noch faszinierender für sie wurde. Es bereitete ihr keine Schwierigkeiten, sich diesen zählebigen Mann in einer Gefängniszelle vorzustellen.

Sie gingen die Stufen des Polizeigebäudes hinauf. Die Eingangstür war kugelsicher, der gesamte Komplex wirkte wie eine etwas zu karg ausgestattete Bank mit Überwachungskameras. Der Ort und die Situation flößten Sara Angst ein, auch wenn sie sich das nicht eingestehen wollte.

# 30

Schwere Wolken spiegelten sich im Wasser der fjordartigen Bucht von Kotor. Selbst an einem wolkenlosen Tag hätten die Sonnenstrahlen kaum über die steilen Felswände hinweggereicht. Die Stadt Kotor selbst war schön: honigfarbene alte Häuser mit roten Ziegeldächern, grüne, üppige Parks.

Christian und Sylvia stellten den Peugeot auf einem ungepflasterten Gelände ab, das als Parkplatz diente. Auf der Baustelle nebenan entstand ein kastenförmiger Neubau. Man hörte das Kreischen einer Kreissäge und Hammerschläge. Christian befühlte automatisch die Innentasche seiner Jacke, in der die Kassette steckte. Die geschäftig wirkende Kleinstadt weckte die Hoffnung auf ein gut sortiertes Elektrogeschäft.

An dem Neubau arbeiteten mehrere Männer mit Helmen und Arbeitskleidung, eingefallenen, bärtigen Gesichtern und qualmenden Zigaretten. Auf der Hauswand gegenüber sah Christian mit Kleister angebrachte, teilweise schon halb abgerissene Plakate mit Gesichtern, die er nicht kannte. Waren das Politiker oder Verbrecher?

»Bist du sicher, dass nicht schon in ganz Montenegro Bilder von uns kursieren?«, fragte Christian.

»Ganz ruhig. In diesem Land funktioniert nichts so, wie du es gewohnt bist. Am allerwenigsten die Polizei. Falls du dir einbilden solltest, sie nageln dein Bild an sämtliche Telegrafenmasten, hast du dich getäuscht.«

Christian glaubte Sylvia, aber trotzdem wich er den Blicken der wenigen Passanten aus. Links von ihnen glitzerte das Meer in der engen Bucht zwischen den Bergen, auf der rechten Seite dominierten die hohen Mauern der Altstadt von Kotor.

Sylvia blieb vor einem Kiosk stehen, der über und über mit Zeitungen und Zeitschriften verkleidet war. »Ich brauche Zigaretten.«

Christian starrte auf die Titelseiten der regionalen und nationalen Blätter, auf denen Luftaufnahmen vom Unglücksort und Kartengrafiken zu sehen waren. Er fand keine einzige Zeitung in einer ihm verständlichen Sprache, aber die Bilder waren deutlich genug. Zum ersten Mal sah er Aufnahmen vom Flugzeugwrack. Unwillkürlich ballte er die Fäuste und schloss die Augen.

»Versuch vom Verkäufer zu erfahren, wo es hier in der Stadt ein Geschäft gibt, das Videokameras verkauft«, flüsterte er Sylvia ungeduldig zu und sah sich nach einer Telefonzelle um. Sara musste längst in Tinas Wohnung gewesen sein.

Sara und Luc saßen nebeneinander auf der Kunststoffbank in der Eingangshalle des Polizeireviers, die ihnen von einer Polizistin zugewiesen worden war, nachdem sie ihre Personalien aufgenommen hatte. Im Wartebereich saßen drei weitere Personen, ein Geschäftsmann sprach hastig flüsternd in sein Mobiltelefon.

»Wie haben Sie Béa zum Sprechen gebracht?«, fragte Sara leise.

»Ich bin direkt in ihre alte Identität hineingegangen. Bis in die Kindheit. Ich behauptete, sie habe in der wirren Phase beim Nachlassen der Narkose von ihrem Hund Milou gesprochen. Von da aus kamen wir weiter.«

Der junge Geschäftsmann wurde aufgerufen, und gleich darauf kamen Luc und Sara in einem anderen Raum an die Reihe.

Ein freundlicher Polizist empfing sie hinter einer elektrischen Schreibmaschine. Er trug auffällige Koteletten und gewelltes Haar. Im ganzen Raum roch es nach Rasierwasser.

»Wir kommen wegen des Regus-Air-Unglücks von gestern.«

Sara hörte die Anspannung in Lucs Stimme.

»Genauer gesagt geht es um zwei Personen, die in dem Flugzeug waren.«

»Also?«

»In der Unglücksmaschine befand sich ein Mann namens Jacob Weinstaub, aber sein Name fehlt in der Passagierliste, die von der Fluggesellschaft veröffentlicht worden ist.«

Der Beamte ließ seinen Kugelschreiber klicken. »Woher wissen Sie, dass er in der Maschine war?«

»Seine Freunde haben es erzählt.«

»Und wer sind Sie?«

»Ich bin Luc Cresson, Psychologe. Jacob Weinstaub war in einer Sekte namens Der Neue Morgen aktiv, und ich helfe gerade einer Klientin, von dieser Sekte loszukommen.«

Der Satz vertrieb jegliches Interesse aus dem Gesicht des Beamten. »Ein Sektenmitglied hat Ihnen erzählt, dass dieser Herr Weinstaub in der Unglücksmaschine saß?«

»Es gibt keinen Grund, an der Information zu zweifeln.«

»Wir haben keine Zeit, uns in Ihre inneren …«

»Wenn Sie das nicht interessiert, möchte ich mit Ihrem Vorgesetzten reden.«

»Inspektor Beauchef hat zu tun …«

»Es ist Ihre Pflicht, uns mit ihm sprechen zu lassen.«

Der Beamte stand beleidigt auf, strich sich über das aus der Fasson geratene Haar und verschwand aus dem Raum.

Luc und Sara sahen einander an. Luc zuckte mit den Schultern auf eine Art, wie es nur ein Franzose kann.

Nach einer Weile kam der Polizist zurück. Von seinem Gesicht war unmöglich abzulesen, wie sein Vorgesetzter reagiert hatte. »Hier entlang, bitte.«

In einem großen Raum erhob sich ein Mann mit Brille und gab ihnen förmlich die Hand. Luc stellte sich und Sara vor und schilderte dasselbe, was er kurz zuvor dem diensthabenden Beamten erklärt hatte.

Inspektor Beauchef machte sich Notizen in einem abgegriffenen, verknickten Büchlein.

»Ich weiß, wie schwierig es ist, das alles konkret nachzuweisen«, sagte Luc. »Aber Sie werden zumindest konstatieren können, dass in der Rue Henri Paschke gestern Morgen etwas Seltsames vorging. Sogar der Verkehr wurde beeinträchtigt.«

»Mir ist davon nichts zu Ohren gekommen. Aber es ist natürlich nicht ausgeschlossen, dass Streifenbeamte oder Lokalpolizisten etwas bemerkt haben. Ich werde das klären. Trotzdem möchte ich unterstreichen, dass uns an der ganzen Sache einzig und allein die Frage interessiert, ob hinter dem Flugzeugabsturz ein Verbrechen steckt.« Der Inspektor warf einen Blick auf seine Notizen. »Wenn die von Ihnen genannte Tina Carabella falsche Personalien angegeben hat, geht das die Polizei an sich nichts an. Schon gar nicht, wenn es um Dinge geht, die mit einer Sekte zu tun haben. Monsieur Cresson, als Fachmann wissen Sie, dass die zwischenmenschlichen Beziehungen in diesen Sphären nicht unbedingt den üblichen Gesetzmäßigkeiten folgen.«

Luc gab dem Inspektor seine Visitenkarte. »Ich werde heute dem Stützpunkt des Neuen Morgens außerhalb der Stadt einen Besuch abstatten. Ich bin gestern zwei Sektenmitgliedern dorthin gefolgt und würde mich nicht wundern, wenn dort etwas vor sich ginge, was den Tatbestand einer kriminellen Handlung erfüllt.«

»Machen Sie uns in dem Fall eine entsprechende Mitteilung und spielen Sie nicht Polizei, Monsieur Cresson. Haben Sie verstanden?«

Luc und Sara verließen den Raum. »Das war für die Katz«, schnaubte Sara.

»Damit können wir uns nicht zufriedengeben.«

# 31

Christian und Sylvia gingen ungeduldig die Njegoseva-Straße entlang, wo sich laut dem Kioskverkäufer ein Geschäft befinden sollte, das Videokameras verkaufte. Außer einem Lebensmittelgeschäft, einem Café und einer Eisenwarenhandlung gab es aber keine Läden.

»Vielleicht hat er uns falsch verstanden und geglaubt, wir suchen einen Eisenwarenladen«, sagte Sylvia mit einer Zigarette im Mundwinkel.

Christian trank einen Schluck von dem Mineralwasser, das er am Kiosk gekauft hatte, und versuchte eine Kekstüte aus hartnäckigem Plastik aufzubekommen.

»Gib mal her.« Sylvia drückte auf den Boden ihres Feuerzeugs und zog eine wenige Zentimeter lange Messerklinge hervor, eine Art Ministilett.

»Wo hast du denn dieses James-Bond-Teil her?«

Sylvia schnitt die Plastikverpackung auf und ließ die Klinge wieder im Feuerzeug verschwinden. »Das habe ich mal als Abschiedsgeschenk bekommen. Da drüben scheint übrigens mehr los zu sein.«

Sie gingen zügig auf einen Platz zu, der mit der roten Adler-Fahne Montenegros geschmückt war.

»Im ›Telegraph‹ stand letzte Woche ein Artikel über ein Raucherentwöhnungsmedikament, das über die Gehirnfunktion wirkt«, sagte Sylvia und zog fast theatralisch an ihrer Zigarette. »Ob das tatsächlich funktioniert?«

Christian seufzte. Es war ein komisches Gefühl, plötzlich über das eigene Fachgebiet zu reden. »Zumindest im

Fall von Zyban ist der Wirkstoff Bupropion. Dabei handelt es sich ursprünglich um ein Antidepressivum, aber in kleinen Dosen kann man versuchen, sich damit das Rauchen abzugewöhnen.«

»Was untersuchst du eigentlich bei deiner Arbeit genau?«

»Medikamente der neuen Generation. Molekulare Neurobiologie. Aber das Projekt liegt auf Eis«, sagte Christian vorsichtig, auch wenn die Verletzung der Schweigepflicht im Zusammenhang mit seiner Arbeit derzeit zu seinen geringsten Sorgen zählte.

»Und was ist das für ein Projekt?«

»Wir versuchen, ein Peptidmedikament für die Behandlung von Drogenabhängigkeit zu entwickeln, das auf die nerventransmitterstoffspezifischen Rezeptoren wirkt.«

»So wie man mit neuartigen Antidepressiva die Übertragungstätigkeit der Nervenimpulse korrigiert und dadurch die Stimmung des Patienten steigert?«

»Ungefähr in die Richtung geht es. Kennst du dich damit aus?«

»Ich hab mal etwas über Prozac gemacht. Geht ihr davon aus, dass es sich bei Drogensucht um eine psychische Funktionsstörung handelt?«

»Zugespitzt formuliert, ja. So wie Depressionen eine psychische Funktionsstörung sind.«

»So ein Schwachsinn«, schnaubte Sylvia. »Depressionen haben nichts mit psychischen Funktionsstörungen zu tun. Es gehört zu den Grundrechten der menschlichen Existenz, schwermütig zu sein. Das ist keine Krankheit, sondern unsere Angst. Wir haben Angst zu leben und Angst zu sterben. Wir haben Angst, mit anderen Menschen zusammenzuleben. Kein Medikament kann darauf Einfluss nehmen, wie wir das Leben wahrnehmen und verstehen.«

»Jetzt übertreibst du aber schwer.«

Sie erreichten einen Platz mit Grünanlage, Holzbänken, einigen Kiosken und niedrigen Palmen. Von einem Geschäft, das Videokameras verkaufte, war noch immer nichts zu sehen.

»Das Verfüttern von Antidepressiva im großen Stil ist ein von der Pharmaindustrie programmierter Wahn«, fuhr Sylvia mit bitterem Unterton fort. »Wir kommen aus dem Nichts und kehren ins Nichts zurück. Der depressive Mensch sieht die Vergänglichkeit von allem. Er zieht den Vorhang zur Seite, den die abendländische Kultur vor dieser unangenehmen Wahrheit aufgehängt hat, um sich selbst zu täuschen. Der Zweck von Medikamenten gegen Depressionen besteht lediglich darin, den Vorhang da zu lassen, wo er ist.«

In der Anlage spielten kleine Kinder Fußball. Christian war überrascht, als er auf Sylvias Gesicht ein sonniges Lächeln sah.

»Wenn ich Kindern beim Spielen zusehe«, sagte sie, »beneide ich sie um eines mehr als um alles andere. Nämlich darum, dass sie nicht wissen, wie begrenzt die Zeit ist. In ihrer Welt ist sie noch grenzenlos vorhanden.«

»Jeden Tag schlucken fünfzehn Millionen Menschen Tabletten gegen Depressionen«, erwiderte Christian. »Aber du weißt besser als all diese Menschen, was gut für sie ist?«

»Was ist denn damit gewonnen, wenn wir uns mit Tabletten zudröhnen und die Wirklichkeit hinter rosa Schleiern verbergen? Dann ist das Erwachen im Alltag nur umso bitterer. Außerdem: Sind Antidepressiva etwa keine psychoaktiven Medikamente? Also Drogen?«

»Im Prinzip schon. Sie stimulieren physiologisch die Gehirnfunktion.«

»Du hast also auch dein Laster, obwohl du nicht rauchst.«

Christian merkte, wie er rot wurde. Hinter einem weit

offen stehenden Tor waren alte Häuser und ein massiver, viereckiger Glockenturm zu erkennen. Sie kamen in den Schatten der mittelalterlichen Gemäuer.

»Hast du gewusst, dass die Gebäude hinter diesen Mauern von Venezianern errichtet wurden?«, fragte Sylvia und versuchte vergebens, die emsigsten Bettler zu verscheuchen, die sich um sie geschart hatten.

»Das wusste ich nicht«, gab Christian zurück. »Mich interessieren im Moment auch mehr die Elektrogeschäfte.« Sie bogen in eine belebte Straße ein, und Christian hielt nach einem passenden Laden Ausschau.

»Hoffen wir, dass niemals Kanonen die Mauern von Kotor zum Einsturz bringen werden«, sprach Sylvia weiter, mehr zu sich selbst als zu Christian. »Die Nato hat eine Riesenmenge an historischem Kulturerbe im Kosovo bombardiert, sogar die im 12. Jahrhundert erbauten Klöster der Heiligen Mutter und des heiligen Nikolaus in Kursumlija.«

»Du redest wie meine Exfreundin, die Archäologin ist. Ich würde mir mehr Sorgen wegen der Uranbomben der Nato machen. Mit einem Kollegen von mir aus Heidelberg habe ich viele Leserbriefe für das Verbot von abgereicherten Urangeschossen geschrieben.«

»Du bist ein Idealist.« Auf Sylvias Lippen war wieder das vertraute zynische Lächeln erschienen. »Ein Opfer der serbischen Gegenpropaganda.«

»Die Nato hat selbst zugegeben, dass sie in Jugoslawien zweiunddreißigtausend DU-Geschosse eingesetzt hat. Das ist der Gipfel der Dreistigkeit. Es widert mich an, mit welcher Frechheit die Amerikaner radioaktive Stoffe benutzen, die vom Genfer Abkommen verboten werden und unter denen die Zivilbevölkerung und die Natur leiden.«

»Du bist ganz schön scheinheilig. Hätte man auf die Gräueltaten der Serben ...«

»Das hat nichts mit den Serben zu tun. Fakt ist, dass sich

bei der Explosion von Urangeschossen Uranoxyd bildet, das in kleine Partikel zerfällt und sich mit dem Wind weiträumig ausbreitet. Die Partikel verseuchen Gewässer und dringen in die Nahrungskette ein. Die Nato-Staaten haben sich Sorgen wegen Tschernobyl gemacht, aber selbst verbreiten sie vorsätzlich die gleichen Stoffe. Auf den Schlachtfeldern im Irak sind nach dem Golfkrieg mindestens vierzigtausend Tonnen abgereichertes Uran zurückgeblieben.«

»Ich hätte nicht gedacht, dass ein Wissenschaftler so empfänglich ist für Sentimentalität. Krieg ist Krieg.«

Am Busbahnhof stießen zwei Busse Dieselabgase in die Luft. Vor einem der Busse stand eine Schar junger Männer, die sich lautstark unterhielten und sich dabei scherzhaft anstießen.

»Im Golfkrieg sind achtzigtausend Nato-Soldaten durch den Umgang mit dieser Munition krank geworden«, fuhr Christian fort. »Was für eine Moral besitzt eine Militärführung, die ihre eigenen Truppen vernichtet?«

»Hat jemand behauptet, Kriegsführung hätte etwas mit Moral zu tun?«

Sie merkten, dass sie das Zentrum der Stadt umrundet hatten und sich wieder in der Nähe ihres Autos befanden.

»Hier kriegt man keine Videokamera«, sagte Christian verzweifelt. »Wir fragen jemanden ... und wenn das nichts bringt, fahren wir nach Podgorica.«

Am Tor zur Altstadt stand ein kleiner Kiosk, aber er war geschlossen. »Nur nichts überstürzen. Die meisten Geschäfte sind auf der anderen Seite des Flusses.« Auf einer Brücke überquerten sie das grüne Wasser des Flussabschnittes, an dessen anderem Ufer neuere Bauten standen.

Christian sah eine Telefonzelle. »Glaubst du, von dort aus kann man ins Ausland telefonieren?«

»Kommt darauf an, wie viel Kleingeld du hast. Das rauscht ziemlich schnell durch.« Sylvia grub in ihren Taschen und fand eine Deutsche Mark. Christian fand in seinen Taschen zwei weitere. Damit betrat er die Telefonzelle und wählte gespannt Saras Handynummer. Tatsächlich meldete sich kurz darauf die vertraute Stimme.

»Warst du in Tinas Wohnung?«, fragte Christian.

»*Ja.*« Sara klang seltsam. »*Ich weiß nicht, wie ich dir das erklären soll ...*«

»Mach schnell. Mir geht das Kleingeld aus.« Sogleich musste Christian die zweite Mark in den Apparat stecken.

»*Wusstest du, dass Tina ... schwanger war?*«

Christian wurde flau. Er holte tief Luft, als befürchtete er, es könnte ihm den Atem rauben.

»*Bist du noch dran?*«, fragte Sara besorgt.

»Woher weißt du das?«

»*Du hast gesagt, ich soll mich umsehen. Dabei sind mir Arztunterlagen ins Auge gefallen.*«

Christian steckte die letzte Münze in den Apparat. Ihm wurde fast schwarz vor Augen.

»*Tina ist Mitglied einer Sekte namens Der Neue Morgen. Sie hatte im Kühlschrank eine Audiokassette versteckt ... sie war mit dem Wort ›Julia‹ beschriftet. Als ich in der Wohnung war, kamen plötzlich zwei Männer ...*«

Die Verbindung brach ab. Christian öffnete ungeschickt die Tür und trat ins Freie. Salziger Wind von der Bucht schlug ihm entgegen. Am Himmel trieben aschgraue Wolken.

»Und jetzt?«, fragte Sylvia vorsichtig, als sie Christians blasses Gesicht bemerkte, erhielt jedoch keine Antwort.

Wie abgestumpft ging Christian weiter auf eine Straße zu, in der sich mehrere Geschäfte befanden. Die Bucht von Kotor lag in unwirklich anmutender Dämmerung. Auf dem Wasser waren zwei Schwäne zu sehen. Einer davon erhob sich stolz zum Flug, mit kräftig schlagenden weißen Flügeln, die das Wasser hoch aufspritzen ließen.

»Dort«, sagte Sylvia plötzlich.

Im Schaufenster eines Elektrogeschäfts in einem blutrot gestrichenen Haus waren Waschmaschinen, Fernseher und Videorecorder ausgestellt. Das wirkte vielversprechend.

Warum hatte Tina nichts von ihrer Schwangerschaft gesagt? Christian hatte sein Kind und dessen Mutter verloren. Wie weit war die Schwangerschaft gediehen? Immer mehr drängte es Christian, die Kassette anzuschauen. Würde sie wenigstens etwas Aufschluss über die unfassbaren Dinge geben, die er gerade von Sara gehört hatte? Er räusperte sich und strengte sich an, sich auf die Welt um ihn herum zu konzentrieren.

Sie betraten das Geschäft. Christians Blick fiel auf eine abgeschlossene Vitrine, in der einige kleine Videokameras lagen.

»Dobar dan«, sagte ein übertrieben höflicher Verkäufer vor einem verblassten Zanussi-Plakat und lächelte, wobei eine gelbliche Zahnreihe zum Vorschein kam.

Christian antwortete auf Deutsch. »Hätten Sie eine Hi8-Videokamera?«

»Wir haben wesentlich bessere Geräte.« Eifrig zog der Verkäufer einen schweren Schlüsselbund aus der Tasche und ging auf eine Vitrine zu. »Gerade haben wir die neue Digitalkamera von Sony hereinbekommen ...«

»Wir brauchen ein Hi8-Gerät.«

Der Verkäufer öffnete die Vitrine. Aus dem Augenwinkel blickte er auf Christian und lächelte süßlich. »Ist auch kein Problem.« Er nahm eine Sony mit schwarzem Gehäuse heraus und legte sie auf die Theke. »Izvolite«, sagte er und machte dabei fast einen Diener.

Christian und Sylvia sahen einander erleichtert an.

»Wir sind daran interessiert«, sagte Christian und nahm die Kassette aus der Tasche. »Ich will mich nur vergewissern, dass es auch der richtige Typ ist. Hätten Sie einen passenden Akku?«

Der Verkäufer nahm den Akku aus einem anderen Gerät und steckte ihn in die Kamera. Nervös und ungeduldig legte Christian die Kassette ein.

Sylvia trat neben ihn, als er das Band zum Anfang zurücklaufen ließ. Sofort drehte Christian den kleinen, schwenkbaren Flüssigkristallmonitor des Geräts zu sich. Sylvia versuchte sich noch näher an ihn zu drängen, aber er wandte sich ab und unterbrach mit einem Druck der Play-Taste das Spulen. Auch der Verkäufer reckte den Hals, augenscheinlich höchst interessiert, aber zugleich auch darauf bedacht, die betuchte Kundschaft aus dem Westen nicht durch übertriebene Aufdringlichkeit zu vergraulen.

Auf dem Monitor flammte das Bild auf. Christians Puls beschleunigte sich. Die Aufnahme zeigte den Passagiersitz in einem Flugzeug.

Sylvia drängte sich energisch an Christian heran, aber dieser wandte sich immer weiter ab. Sein Blick saugte gierig die Bilder des Monitors auf. Während der Aufnahme war die Kamera sehr schief gehalten worden. Im Bild tauchte das von abgrundtiefem Entsetzen verzerrte Gesicht eines Passagiers auf, der sich in eine verkrampfte Notlandehaltung duckte. Christian schluckte. Er war kreidebleich vor Erschütterung und schaltete das Gerät aus.

»Was kostet die Kamera?«, fragte er den Verkäufer mit belegter Stimme.

»Zweitausendfünfhundert.«

Christian warf einen Blick auf Sylvia, die ohne ein Wort ihre Kreditkarte aus dem Portemonnaie zog. Sie wusste von seinem Malheur mit den Zigeunermädchen.

»Wie viel Strom ist auf dem Akku noch drauf?« Nur mit Mühe gelang es Christian, seine Aufregung unter Kontrolle zu halten.

»Der ist voll. Aber der neue Akku in der Originalverpackung ist leer.«

»Wir nehmen lieber den vollen.«

»Aber der ist gebraucht. Zu dem Gerät gehört ...«

»Das macht nichts. Sie behalten den neuen Akku und wir nehmen den gebrauchten.«

»Ich hole die Originalverpackung von hinten ...«

»Nicht nötig. Das geht so. Haben Sie einen Adapter, damit man die Kamera am Zigarettenanzünder im Auto anschließen kann?«

Der Händler wühlte im Regal und fand schließlich, was er suchte. »Hundertfünfzig D-Mark.«

Christian nickte und warf einen ungeduldigen Blick auf Sylvia. Seine Hände schwitzten, als er den Knopf drückte und die Kassette ganz zum Anfang zurückspulte, während Sylvia bezahlte.

»Hvala!«, sagte der Verkäufer übereifrig, nahm Sylvias Kreditkarte entgegen, zog sie fachmännisch durch sein Lesegerät und gab sie anschließend zurück.

Sylvia bedankte sich und unterschrieb den Beleg. Christian hielt die Kamera wie einen unermesslich kostbaren Schatz in den Händen.

Sobald die Kundschaft die Videokamera bezahlt und das Geschäft verlassen hatte, zog der Verkäufer einen zerknitterten Zettel mit einer Telefonnummer unter dem Ladentisch hervor.

Ein Mann, der Serbokroatisch mit Akzent sprach, hatte ihn angerufen und gebeten, unverzüglich Bescheid zu geben, wenn jemand versuchte, eine Videokamera zu kaufen oder zu mieten. Er solle aber abwarten, bis der betreffende Kunde den Laden verlassen hatte.

Der Verkäufer nannte seinen Namen und erstattete dem Mann, der sich unter der Nummer mit der Vorwahl von Pjevac gemeldet hatte, Bericht.

»*Hat sie bar bezahlt?*«

»Mit Visa«, sagte der Händler.

*»Schauen Sie auf dem Beleg nach, wie die Besitzerin der Karte heißt. Schnell.«*

Der Verkäufer nahm den obersten Beleg von einem niedrigen Stapel. »Epstein … Sylvia Epstein.«

*»Wo befindet sich Ihr Geschäft?«*

»Crvenog krsta 3, Kotor.«

*»Haben Sie gesehen, wie und in welche Richtung die Kundin sich entfernt hat?«*

»Nein. Und sie waren zu zweit. Es war ein Mann dabei.«

*»Etwa eins fünfundachtzig groß, blond und deutsch aussehend?«*

»Genau. Wie bekomme ich meine Belohnung?«

*»Die wird Ihnen bar ausgehändigt.«*

»Und wann?«

*»Bald.«*

# 32

Kurt Coblentz saß auf dem Rücksitz des BMW-Geländewagens, der mit hohem Tempo in Richtung Kotor fuhr. Rockler zeigte ihm den Stadtplan und strich sich mit der Hand über die kurz geschorenen Haare.

»Das Elektrogeschäft ist hier. Nummer zwei und Nummer vier werden in wenigen Minuten dort sein.«

Coblentz hatte das File über die Journalistin Sylvia Epstein gelesen. Die Frau interessierte ihn. Sie widmete sich vollkommen ihrer Arbeit und galt als knallharte Kriegsberichterstatterin. Ihr Vorgesetzter hatte sie einmal vom Balkan nach Haus abberufen, nach London, weil sie »zu große, für die Ausübung ihres Berufs nicht unvermeidbare Risiken« eingegangen war. Sie hatte einen Selbstmordversuch hinter sich, und ihr Verhalten bei der Arbeit verriet absolute Gleichgültigkeit gegenüber ihrem Leben.

Während der Wagen sich schon auf der Straße befand, die zur Bucht von Kotor hinunterführte, klingelte Coblentz' Satellitentelefon. Der Anrufer meldete sich unter seinem Codenamen, obwohl die Verbindung ohnehin maximal gesichert war.

*»Inspektor Beauchef von der Gendarmerie in Cannes hat sich mit uns in Verbindung gesetzt und um Aufklärung gebeten, ob in der Unglücksmaschine ein Passagier namens Jacob Weinstaub gewesen sei.«*

»Hat er die gewünschte Information erhalten?«, fragte Coblentz ruhig.

*»Ja. Außerdem war er an einer Reisenden namens Tina*

*Carabella interessiert, nahm aber Abstand, als er hörte, dass die Dame tatsächlich dem Neuen Morgen angehört. Für ihn war der Fall damit erledigt.«*

»Und wie kam er auf die Idee, sich nach den betreffenden Personen zu erkundigen?«

*»Ein Exit Counselor aus Paris und eine Finnin hatten ihn aufgesucht. Wir sind im Besitz ihrer Personalien und klären gerade, was dahintersteckt.«*

Coblentz brach die Verbindung ab und nahm sich wieder den Stadtplan vor, um sich die Hauptzüge des Straßennetzes von Kotor einzuprägen. Ins Wageninnere strömte der Duft von reifen Pflaumen und Birnen. Die mit Fensterläden versehenen Häuser waren von kleinen Obst- und Gemüsegärten umgeben. Weiter hinten zeichnete sich massiv das Gebirge ab.

Coblentz' Telefon klingelte erneut.

»*Hi, Daddy*«, sagte eine dünne Mädchenstimme am anderen Ende.

Coblentz kniff vor Freude die Augen zusammen Er legte den Stadtplan in den Schoß, und aller Stress verflog im Nu. »Hi, Martha … Wie geht es dir?«

*»Ich habe einen Zahn verloren. Und kein bisschen geschrien.«*

»Toll.« Coblentz war ehrlich stolz. Rockler sah aus dem Fenster und tat so, als bekäme er von der Unterhaltung seines Chefs nichts mit.

»Hast du den Zahn aufgehoben?«

*»Na klar. Du hast mir einen Dollar dafür versprochen. Soll ich meine Zähne für dich sammeln, damit du keine künstlichen Zähne mehr brauchst?«*

»Gute Idee. Aber weißt du was, ich muss jetzt etwas erledigen. Sag Mama, dass ich euch später anrufe.«

*»Okay. Bye.«*

Coblentz legte mit einem leisen Lächeln das Telefon zur Seite und nahm den Stadtplan zur Hand. Er hatte sich überlegt, was er Martha später, wenn sie älter war, über den Verlust seiner Zähne erzählen könnte. Würde er ihr sagen können, dass ein sandinistischer Kämpfer in Nicaragua sie ihm einzeln herausgerissen hatte, in dem Versuch, ihn dazu zu bringen, seine Gefährten zu verraten? So viel würde er vielleicht erzählen können – aber nicht mehr; nicht wie es dem Sandinisten ergangen war, als es Coblentz gelungen war, das Buschmesser in die Hände zu bekommen.

Die Videokamera surrte noch immer beim Zurückspulen der Kassette. Sylvia und Christian gingen an den mittelalterlichen Mauern der Stadt vorbei zum Wagen.

Christians Herz pochte, seine feuchten Hände hielten die Kamera mit übertrieben festem Griff umklammert. Sylvia ging direkt neben ihm und sah sich aufmerksam nach allen Seiten um. Die Wahrheit war zu nahe, Überraschungen konnten sie jetzt keine mehr gebrauchen. Sie beschleunigten ihre Schritte, als sie am südlichen Rand der Stadt die Baustelle und den daneben geparkten Peugeot sahen. Der Wind, der von der Bucht her blies, schien zugenommen zu haben. Sie versuchten so schnell wie möglich zu gehen, ohne wie zwei Fliehende in Todesangst zu wirken.

Christian zwängte sich hinters Steuer und zog sofort ungeduldig die Tür zu. Sylvia setzte sich mit grimmiger Miene auf den Beifahrersitz und wandte sich Christian zu. Dabei rutschte sie immer näher an ihn heran, bis sie ihm fast auf dem Schoß saß. Christian unterbrach den hoffnungslos langsamen Spulvorgang, klappte den Monitor der Kamera heraus und ließ das Band laufen.

Ein ungefähr ein Jahr altes Kind schaute direkt in die Kamera. Es hatte Essensreste im Mundwinkel und lächelte. Man hatte ihm ein Lätzchen umgebunden, und auf dem Klapptisch vor ihm lagen neben dem Glas mit Kindernahrung ein Puzzle und Buntstifte von der Fluggesellschaft. Dann hatte die Person, die gefilmt hatte, die Kamera geschwenkt. Die Rückenlehne des Sitzes vor ihr glitt vorüber, man sah den Gang und die Sitze auf der anderen Seite davon. Die Kamera war von ungeschickten Händen gehalten worden, trotzdem konnte man etwas erkennen, obwohl die automatische Schärfeeinstellung unablässig hin und her zoomte.

Ein vorüberhuschender Anblick von einer Sekunde versetzte Christian plötzlich einen solchen Schlag, dass er fast das Bewusstsein verlor. Er tastete nach den winzigen Knöpfen und spulte das Band ein Stück zurück.

Sylvia sah ihn fragend an, richtete den Blick aber gleich wieder ungeduldig auf den Monitor.

Christian beugte sich nach vorne, um besser sehen zu können. Er erkannte Tina. Sie saß auf der anderen Seite des Ganges – und küsste den Mann auf dem Sitz neben ihr. Gleich darauf wurde das Bild unscharf, weil der Ausschnitt wieder größer gezoomt worden war.

Wie in Trance spulte Christian das Band erneut zurück und drückte die Play-Taste. Das Paar, das sich so innig küsste, war immer noch da.

»Deine zukünftige Ehefrau?«, fragte Sylvia leise.

Christian starrte auf den Monitor, nahm nun aber nichts mehr wahr. Ein würgender Schmerz kroch ihm in die Kehle. Tina war schwanger gewesen – aber wer war der Vater?

»Starte den Wagen«, sagte Sylvia plötzlich.

Christian fuhr zusammen und schaute Sylvia an, die unverwandt nach vorne blickte.

»Starte den Wagen, verdammt noch mal!«

Christian griff zum Zündschlüssel und ließ den Motor an.

»Wir werden umzingelt. Fahr ganz ruhig rückwärts aus der Parklücke.«

Christian befolgte ihre Anweisung und bemerkte etwas

weiter weg ein Auto, das quer auf der Parkplatzausfahrt stand. Auf der anderen Seite schimmerte hinter einer lichten Reihe von Pinien die Bucht von Kotor. Dort war ein großer dunkler Wagen geparkt. In keinem der beiden Fahrzeuge waren Insassen zu erkennen.

»Fahr mit Vollgas über die Baustelle zur nächsten Querstraße«, sagte Sylvia.

Auf den Baugerüsten waren keine Arbeiter mehr zu sehen. Christian registrierte die Umgebung und das aktuelle Geschehen, aber in seinem Inneren brannte noch immer das Bild aus der Videokamera.

»Gib Gas!«, zischte Sylvia.

Die zwischen Meer und Straße eingezwängte Baustelle sah mit ihren Gerüsten wie ein chaotischer Dschungel aus, aber nur auf diesem Weg konnten sie auf die Hauptstraße gelangen.

»Da liegen zu viele Hindernisse herum …«

»FAHR ZU!«

Christian trat heftig aufs Gaspedal, und der Wagen schoss auf die Baustelle zu. Der wackelige Bretterzaun sprang entzwei, zerschmetterte beim Aufprall aber die Scheinwerfer des Wagens. Christian hielt das Lenkrad fest umklammert und riss es nach links, um einem tiefen Loch auszuweichen. Der entsetzte Gesichtsausdruck eines Bauarbeiters mit Helm blitzte kurz auf, als der Mann sich in letzter Sekunde zur Seite warf. Die Eisenstange, die er auf der Schulter getragen hatte, riss den Seitenspiegel des Autos ab.

»Zwischen den Pinien hindurch«, rief Sylvia. »Du kannst nicht außen rum, da ist eine Grube!«

Vor ihnen waren Backsteine aufgestapelt. Christian sah, dass die Stapel recht dicht beieinanderlagen; er visierte einen Zwischenraum an und gab Gas. Die Reifen ließen den Sand hochspritzen, und der Motor heulte immer lauter auf.

»Du musst die Kamera schützen!«

Sylvia barg die Kamera in ihrem Schoß. Beide Kotflügel schlugen gegen die hohen Backsteinstapel und warfen sie um, dröhnend hagelten die Steine aufs Dach, es wurde kurzzeitig dunkel im Wagen, die Windschutzscheibe zersplitterte, ein Backstein kam hereingeflogen. Sylvia schrie auf. Das Auto wurde langsamer, weil es mit beiden Seiten an Steinhaufen entlangschrammte, der Lärm aber nahm weiter zu, denn Christian trat heftig aufs Gaspedal. Nun zersplitterten auch die Seitenfenster, es war, als würden brutale Kräfte das Auto in die Mangel nehmen. Die kurze Gasse zwischen den Backsteinen zog sich quälend in die Länge, unablässig wurden rote Brocken in den Wagen, aufs Dach und gegen die Seiten geschleudert. Auf einmal hörte das Gepolter auf, und man hörte nur noch das Heulen des Motors und das Rumpeln der Reifen auf dem unbefestigten Untergrund. Christian warf einen Blick auf Sylvia. Ihr Arm blutete.

»Ist nur eine Schramme«, rief sie, den Schoß voller Splitter von der Windschutzscheibe. »Konzentrier dich aufs Fahren.«

Vor ihnen tauchten zwei Baustellenfahrzeuge auf. Eines davon fuhr gerade rückwärts auf das Tor im Zaun zu. Christian schaltete in einen höheren Gang und trat das Gaspedal durch, aber der Lastwagen schaffte es trotzdem, die Ausfahrt zu versperren.

»Halt dich fest!«, rief Christian und steuerte auf den Bretterzaun zu.

»Der ist zu dick!«

Christian schaltete herunter, hielt das Gaspedal aber durchgetreten. Die grauen Bretter kamen näher. Er biss die Zähne zusammen und machte sich auf einen schlagartigen Stopp gefasst – aber der kam nicht, denn die Bretter flogen zur Seite, sobald sie vom verbeulten Bug des Wagens getroffen wurden, und es gelang Christian mit Müh und

Not, den schlingernden, Staub aufwirbelnden Wagen auf die Straße dahinter zu bringen.

Auf der breiten Straße konnten sie beschleunigen, ihre Haare wehten dabei im Fahrtwind, aber es war nur eine Frage der Zeit, wann das schwer mitgenommene Auto seinen Geist aufgeben würde.

»Wie weit versuchen wir zu kommen?«, fragte Christian an Sylvia gewandt, die sich mit einem Taschentuch das Blut vom Arm wischte.

Christian bog in die Straße ein, die vom Zentrum wegführte. Ein altes Ehepaar starrte sie an. An der nächsten Ecke bremste er heftig und fuhr in die Lücke zwischen zwei geparkten Autos. Nur etwas weiter weg endeten die Häuser vor einer fast senkrechten Felswand.

Ohne ein Wort zu sagen, nahm Christian die leere Plastiktüte aus dem Fußraum, legte die Kamera vorsichtig hinein und stieg aus. Sylvia folgte ihm. Sie schlugen die verbeulten Türen zu und eilten im Laufschritt weiter in die nächste abzweigende Gasse. Dort zügelten sie ihre Schritte ein wenig, aber die erzwungene Gelassenheit konnte die Panik der Verfolgten nicht verbergen. Christian sah eine alte Frau im schwarzen Rock, deren Hände einen Besenstiel umklammert hielten und deren dunkle Augen geradewegs auf Sylvia und ihn gerichtet waren. Eine Tür mit abblätternder Farbe ging auf und ein Mann mit buschigem Schnurrbart und einem Handtuch in der Hand kam heraus. Er sagte etwas zu der Frau, die ihm sogleich ins Haus folgte. Mit einem Krachen fiel die Tür hinter ihnen zu.

In wildem Tempo raste der BMW X5 auf der unebenen Straße auf Kotor zu. Coblentz hielt sich während der unruhigen Fahrt das Telefon ans Ohr. Auf seinen Knien lag der Stadtplan von Kotor.

»*Wir brauchen mehr Leute und Material*«, wurde am

anderen Ende der Leitung gesagt. »*Von den Einheimischen haben wir keine Unterstützung zu erwarten.*«

»Wir konzentrieren uns darauf, die Straßen zu sperren, die aus der Stadt herausführen«, sagte Coblentz. »Kümmert ihr euch um die Straßen nach Cetinje, Herceg Novi und Budva.«

# 33

Christian kletterte über den Zaun, der zwei Grundstücke voneinander trennte, und achtete dabei sorgsam auf die Plastiktüte. Ihm fiel Sylvias Zähigkeit auf. Mit verschmiertem Make-up und blutendem Arm sprang sie vom Zaun in ein Beet mit verwelktem Lavendel. Der abgeschlossene, üppig wuchernde Garten war an der einen Seite von einer Mauer aus Natursteinen begrenzt. Auf einer kleinen Grasfläche standen Birnbäume.

Das Bild von dem Mann mit den dunklen Augenbrauen, der Tina küsste, ließ Christian keine Ruhe. Irgendwie war ihm der Mann bekannt vorgekommen. War es paranoid, sich vorzustellen, dass Tina von einem anderen schwanger war? Christian war hin und her gerissen: Vernunft und Gefühl, Liebe und Betrug, Verzeihung und Eifersucht lagen im Widerstreit miteinander. Wäre Tina noch am Leben, wäre die Situation eine andere. Es war leichter, einer Toten zu verzeihen als einer Lebenden.

Oder doch nicht? Umso sonderbarer die Züge waren, die Tina offenbarte, umso dringlicher hätte Christian sich gewünscht, darüber zu sprechen. Mit der lebenden Tina wäre das möglich gewesen, aber nun war alles in dem Moment eingerastet, der Tinas Tod unmittelbar vorausgegangen war. Christian war sich immer sicherer, dass Sara mehr über Tina wusste, als sie zugab.

»Ich muss telefonieren«, flüsterte er außer Atem und ging auf das zweistöckige, von Efeu überwucherte Wohnhaus zu.

»Du bist verrückt!«

Christian blieb vor dem Fenster neben der Hintertür stehen, schirmte die Augen mit der Hand ab und spähte hinein. Der gemütlich eingerichtete Raum war leer. Auf einem Schreibtisch stapelten sich in Leder gebundene Bücher. An der Wand hing ein schwarzweißes Foto von Tito, am Regal war die alte jugoslawische Fahne mit dem roten Stern befestigt. Christian eilte an das Fenster nebenan. Auch in diesem Zimmer war niemand.

Er blickte sich um und machte Sylvia ein beruhigendes Handzeichen. Ohne einen Moment zu zögern, hob er einen massiven Stein vom Boden auf und schlug damit ein Loch in die einfache Scheibe. Das Scheppern klang überraschend gedämpft. Christian griff durch das Loch nach dem Fensterhaken. Nachdem er ihn gelöst hatte, öffnete er das Fenster und stieg ächzend ein.

»Wenn du etwas hörst oder siehst, pfeifst du«, flüsterte er Sylvia zu.

»Ich kann nicht pfeifen.«

»Dann sing eben.«

Er hielt den Atem an und lauschte auf Schritte oder andere Geräusche im ersten Stock.

Nichts. Nur das Rauschen des Blutes in den eigenen Ohren. Das Haus war leer. Wo stand das Telefon?

Der alte Herr mit den feinen Runzeln um die Augen erhob sich im ersten Stock erschrocken von seinem Ruhesessel und setzte seine Brille auf. In Pantoffeln ging er ans Fenster und schaute vorsichtig nach unten. Im Garten stand eine Frau. Sie trat unruhig von einem Fuß auf den anderen und hielt immer wieder nach den Fenstern im Erdgeschoss Ausschau. Sie war eindeutig nicht von hier.

Im Erdgeschoss hörte man ein Poltern.

Der alte Herr strich sich die herabhängenden grauen Haare hinters Ohr, zog die unterste Schublade der Kommode auf und nahm die Mauser-Pistole heraus, die ihm als Erinnerung an den Zweiten Weltkrieg geblieben war. Mit geübten Bewegungen entsicherten seine dünnen Finger die Waffe.

Christian schlich im Erdgeschoss über den Teppich und suchte nach dem Telefon. Er fand es im Flur, neben der Treppe, die in den ersten Stock führte. Er ging einige Stufen nach oben, bis er die Zimmer sehen konnte, in denen sich nichts regte, dann ging er zurück zum Telefon. Hastig drehte er die altmodische Scheibe und wählte Saras französische Handynummer an.

»Ich bin's«, flüsterte er erleichtert, als Sara sich meldete. Er stand mit dem Rücken zur Treppe und bemerkte daher nicht die Lederpantoffeln, die leise von oben auf die Treppe traten.

»*Endlich …*«

»Hör mir genau zu. Tina … Tina hat in der Maschine einen Mann geküsst …«

»*Er heißt Jacob Weinstaub.*«

Christians Überraschung verwandelte sich im Nu in Hass und Beklemmung. »Wer ist der Mann?«

»*Ich weiß über ihn nur, dass …*«

Leise ging der alte Herr in Christians Rücken die Treppe hinunter. Die schwere Pistole hielt er in der ausgestreckten Hand.

»*Wo bist du?*«, fragte Sara besorgt. »*Was ist passiert?*«

In dem Moment hörte Christian hinter sich zwei eisige Worte: »Hände hoch!«

Er fuhr herum. Auf der Mitte der Treppe stand ein alter Mann mit einer Pistole in der Hand. Man sah, dass er nicht zum ersten Mal mit einer Waffe umging. »Sofort!«

»Entschuldigung …«, sagte Christian so arglos und höflich wie er konnte und ließ den Hörer sinken.

»Wer sind Sie? Was machen Sie in meinem Haus?«

»Das ist ein Notfall.«

»Stopp!«, zischte der Mann. »Behalten Sie die Hände oben und stellen Sie sich an die Wand.«

Christian gehorchte. Sein Blick war auf den Lauf der drohenden Waffe gerichtet. Der Alte trat ans Telefon, offenbar um die Polizei anzurufen.

»Warten Sie«, sagte Christian und machte einen Schritt nach vorne.

Ohne jedes Zögern drückte der Mann ab. Die Kugel schlug einen Meter neben Christian in der Wand ein. Unfassbar laut hallte der Schuss im Flur wider, und Christian war mit einem Satz auf der Stelle, die ihm der Alte zugewiesen hatte. Sein Herz hämmerte. Er zweifelte kein bisschen daran, dass sein Gegenüber treffen würde, wenn er wollte.

Abwechselnd blickte Christian auf die Finger der linken Hand, die die Wählscheibe betätigten, und auf den Zeigefinger der Rechten, der sich um den Abzug der Waffe krümmte. Beides gefiel ihm nicht.

Im selben Moment flog ein Stuhl durch das Fenster des Nebenraums, und eines der Stuhlbeine traf den Mann am Kopf. Nach dem Stuhl kam Sylvia hereingeschossen. Christian beugte sich über den zusammengebrochenen Mann und fühlte dessen Puls. Er war deutlich zu spüren. An der Schläfe rann Blut aus einer Platzwunde.

»Los, komm!«, keuchte Sylvia, blass vor Entsetzen.

»Ruf deinen Chef in London an und sag ihm, er soll eine Privatmaschine organisieren und nach Podgorica oder Tivat schicken. Du musst das Land verlassen.«

»Das müssen wir beide«, sagte Sylvia und wandte sich dem Telefon zu.

»Schnell. Der Schuss war weit zu hören.«

Christian eilte zum Fenster auf der Straßenseite und lugte vorsichtig durch den Vorhangspalt. Ein aufgeregt wirkender Nachbar kam auf die Haustür zu und schaute auf die Fenster. Christian wich zurück.

»Schnell, es kommt jemand …«

Christian schaute erneut auf die Straße, und jetzt sah er den rotgesichtigen Nachbarn mit zitternden Fingern in der Tasche nach dem Schlüssel suchen.

Christian stürzte zu Sylvia. »Er hat einen Schlüssel. Wir müssen verschwinden.« Man hörte, wie der Schlüssel ins Schloss gesteckt und langsam herumgedreht wurde.

Sylvia knallte den Hörer auf die Gabel und folgte Christian durchs Fenster in den Garten.

Der BMW bog auf den Parkplatz neben der Baustelle ein. Coblentz sah durch die verdunkelten Scheiben. Ein Polizeiauto stand an der Stelle, wo den Spuren nach ein Fahrzeug auf das Baustellengelände gerast war. Ein Polizist kratzte sich am Kinn und blickte misstrauisch auf den Geländewagen.

Coblentz warf einen kurzen Blick auf den Stadtplan und sagte zum Fahrer: »Wir fahren um die Baustelle herum. Wir folgen der Route, die das Auto genommen hat, halten uns aber von der Polizei fern.«

Sara schaute auf Luc, der mit einem wütenden Tastendruck das Telefongespräch beendete.

»*Der Fall ist erledigt*«, äffte er den Inspektor nach. »*In der Unglücksmaschine war kein Passagier namens Weinstaub.*«

Luc schob das Handy in die Tasche seines Tweedsakkos. Sie saßen auf einer schmiedeeisernen Bank unter Palmen in dem Park zwischen Croisette und Ufer, nachdem sie zuvor rasch zu Mittag gegessen hatten. Neben ihnen saßen Händler aus dem Senegal in bunten Gewändern, die Sonnenbrillen und Uhren verkauften.

»Die Polizei nimmt uns nicht ernst«, sagte Luc.

»Trotzdem müssen wir ihnen von Christians Anruf berichten«, beharrte Sara.

»Wie kann Christian wissen, dass Tina im Flugzeug einen Mann geküsst hat?«

Sara überlegte eine Weile. Vom Wasserbassin in der Nähe hörte man das helle Sirren eines Elektromotors. Ein Ex-Gigolo mit langen Nackenhaaren vermietete dort grellgelbe ferngesteuerte Boote für zwanzig Francs pro zehn Minuten. Ein kleiner Junge ließ angespannt eines der Boote auf dem Wasser fahren. »Ich weiß es nicht«, sagte Sara schließlich. »Ich habe mir darüber auch schon den Kopf zerbrochen.«

»Vielleicht hat er von dem Kuss geträumt.« Luc sah Sara aufmerksam an.

»Reden Sie keinen Unsinn«, erwiderte Sara, hätte ihrem Satz aber gerne mehr Nachdruck verliehen. Es war nicht völlig ausgeschlossen, dass Christian unter der Last der Tragödie allzu nervös geworden war. »Ich habe jedenfalls nicht geträumt, als während des Telefongesprächs jemand ›Hände hoch‹ sagte.«

»Das bezweifle ich nicht. Aber hat da jemand ausgerechnet Christian gemeint? Und muss der Mann, den Tina in der Maschine geküsst hat, unbedingt Jacob Weinstaub gewesen sein? Eine schöne Frau kann viele Verehrer haben, wie Sie sicherlich aus eigener Erfahrung wissen. Was ist, wenn Weinstaub tatsächlich nicht in dem Flugzeug war?«

»Und wenn schon. Ich interessiere mich mehr für Tina, die ohne jeden Zweifel in der Maschine war. Und die mir und Christian einen Bären aufgebunden hat, was ihre Vergangenheit betrifft.«

Luc öffnete die Cola-Dose, die er aus dem Lokal mitgenommen hatte. Seine Hände waren kantig und stark. »Wir brauchen etwas Konkreteres, damit die Polizei uns ernst nimmt. Und endlich anfängt zu ermitteln.« Er hielt Sara die Getränkedose hin.

Sie schüttelte den Kopf. Aber Lucs umstandslose Art gefiel ihr.

Er trank einen Schluck. »Was hat Tina Carabella und Sie auseinandergebracht?«

Sara schaute auf das altmodische Karussell hinter dem Bassin, wo eine aufgedonnerte Italienerin eine noch mehr herausgeputzte kleine Prinzessin auf ein Holzpferd setzte. War die Frau die Mutter oder die Großmutter des Kindes?

»Darüber möchte ich nicht reden.«

»Ein Mann?«

»Das tut nichts zu Sache. Außer dass Tina *außergewöhnlich* gut im Lügen sein musste, wenn ein *außergewöhnlich* vernünftiger Mann bereit war, sie zu heiraten.«

»Ist Christian Brück Ihr Exfreund?«

Sara nickte gerade so viel, dass sich die Kinnspitze um zwei Millimeter bewegte. Aus dem Karussell erschallte grelle Musik. Eine offenbar contergangeschädigte Kartenverkäuferin scherzte mit dem Karussellmaschinisten und legte ihm den kurzen Arm auf die Schulter.

»Und Christian hat Sie von Montenegro aus angerufen und gebeten, in Tinas Wohnung zu gehen?«, hakte Luc weiter nach.

Sara nickte ebenso sparsam wie zuvor.

»Was ist er von Beruf?«

»Mediziner. Gehirnforscher.«

»Neurologe?«

Sara schüttelte den Kopf. »Er hat sich in der Medizin nicht spezialisiert. Er wollte als Arzt aufhören und ist in die Forschung gegangen. Fragen Sie mich nicht, warum. Das passierte, bevor wir uns kennen lernten. Etwas hat ihn aus der Bahn geworfen, aber er hat nie darüber reden wollen.«

»Und was macht er?«

»Er arbeitet in einem Pharmakonzern. Ist an einem großen Projekt beteiligt, in dem es darum geht, ein neuartiges Medikament gegen Drogenabhängigkeit zu entwickeln.«

»Wie lange waren Sie mit ihm zusammen?«

»Was hat das mit …«

»Seien Sie nicht kindisch.«

»Sieben Jahre.«

»Und Sie haben es in der Zeit nicht fertiggebracht, zu heiraten?«

»Haben Sie es denn fertiggebracht?«

Luc grinste wie ein kleiner Junge. »Ich war jahrelang mit einer Psychotherapeutin zusammen, die ich schon an der Sorbonne kennen gelernt hatte, aber es ist nichts daraus geworden.«

»Warum nicht?«, entfuhr es Sara.

»Wenn Sie es unbedingt wissen wollen – Francesca war nicht in der Lage, die Arbeit vom Privatleben zu trennen. Aber das gehört wirklich nicht hierher.«

»Außer dass Christian eine Art von Psychotherapie bräuchte.« Saras Blick folgte der Italienerin, die ihrer vorübersausenden Bambina auf dem Rücken des auf und ab schaukelnden Pferdes zuwinkte. Es war die Mutter, da war sich Sara nun sicher. Eine Mutter im fortgeschrittenen mittleren Alter. Ungefähr so alt, wie Sara selbst bald sein würde.

»Was für Möglichkeiten haben Sie, an Informationen über Bürger der Vereinigten Staaten heranzukommen?«, fragte sie Luc.

»Ich hatte mehrere amerikanische Klienten und habe zweimal eine Detektei in New York mit Nachforschungen beauftragt.«

»War das teuer?«

»Meine Klienten haben die Kosten übernommen.«

»Wir könnten einem Detektiv die Namen von Tina und Weinstaub geben und ihn beauftragen, etwas über sie in Erfahrung zu bringen.«

Luc trank seine Dose leer und warf sie in den Abfalleimer neben der Bank. »Und wer zahlt das Honorar?«

»Derjenige, der uns diese Suppe eingebrockt hat. Christian Brück. Hoffen wir, dass er noch lebt. Ich bin sicher, er war derjenige, dem man befohlen hat, die Hände zu heben.«

Luc stand auf. Im selben Moment klingelte sein Handy. Sara entnahm Lucs Worten, dass Béa die Anruferin war, konnte dem schnell auf Französisch geführten Gespräch aber nicht folgen und dachte wieder über den sonderbaren Anruf von Christian nach. Wie konnte er wissen, dass jemand in der Maschine Tina geküsst hatte?

»Béa will mit mir sprechen«, sagte Luc, nachdem er das Telefonat beendet hatte. »Vielleicht hat irgendetwas zur Auffrischung ihres Gedächtnisses beigetragen.«

# 34

»Es ist nur eine Frage der Zeit, wann sie uns einholen«, flüsterte Christian außer Atem. Er befürchtete, die Verfolger würden jeden Moment auftauchen.

»Spul die Kassette nicht zum Anfang zurück.« Der Regen hatte Sylvias elegant geschnittene Haare endgültig aus der Fasson gebracht, und ihr Make-up war noch verschmierter als zuvor. »Der Akku wird sonst zu schnell leer.«

Sie standen am Rand der Stadt vor einem steil ansteigenden Berghang. Bis zur nächsten Straße waren es nicht mehr als vierhundert Meter, aber der Wald hier befand sich noch im Naturzustand. Christian drückte die Play-Taste. Mit seiner Jacke schützte er den Monitor vor dem Regen. Sylvia drängte sich wieder dicht an ihn.

Auf dem Monitor erschien eine wackelige, zuckende Bildsequenz. Man sah einen Mann vom Cockpit her durch den Gang rennen. Es war der Mann, der Tina geküsst hatte.

Christian versuchte, den Kloß in seinem Hals zu schlucken. Warum rannte der Mann? Hatte das irgendwie mit dem Unglück zu tun?

Da wurde der Monitor schwarz. Der Akku war leer.

»Verdammter Mist«, seufzte Christian schwer.

»Ich habe dich gewarnt. Das Spulen kostet Energie.«

Christian versuchte, das Kassettenfach zu öffnen, aber auch das funktionierte nicht ohne Strom. Er steckte die Kamera wieder in die Plastiktüte.

»Strom bekommen wir vom Zigarettenanzünder«, sagte Sylvia. »Wir holen den Wagen…«

»Mach dich nicht lächerlich! Wir haben keine Zeit, es geht um Minuten.« Christian schaute sich um. »Du wirst nicht wegen Mordes gesucht. Versuch irgendwie zum Flughafen Tivat zu kommen. Der ist nicht weit weg. Es ist nicht vernünftig, wenn wir zu zweit unterwegs sind.«

»Gib mir die Kamera.«

Christian hätte über Sylvias Vorschlag gern gelächelt, aber er konnte es nicht. Sein Plan sah anders aus: »Ich verstecke sie und versuche, irgendwie über die Grenze zu kommen. Die Kassette holen wir uns dann später.«

»Und wenn dir etwas zustößt? Dann bleibt die Kassette im Versteck, und das Geheimnis ist für immer begraben. Und einige Leute sind schwer erleichtert. Ist es das, was du willst?«

Christian sah ein, dass Sylvia das Problem auf den Punkt gebracht hatte, aber konnte er ihr so weit vertrauen, dass er das Wissen um das Versteck mit ihr teilen durfte?

»Du fragst dich, ob du mir vertrauen kannst«, stellte Sylvia prompt fest.

Sie hatte während der zurückliegenden Stunden ihr Leben riskiert, wem also sollte er mehr vertrauen können?

»Wir verstecken sie gemeinsam«, sagte Christian, wobei er Sylvia fest in die Augen sah. »Schnell.«

Sie schaute mindestens ebenso fest zurück. Christian sah, wie sich ein Tropfen an ihren Wimpern bildete, aber ein scharfes Blinzeln ließ ihn sogleich auf die Wange fallen.

»Und wenn ich doch zurückkomme und die Kassette hole?«, fragte Sylvia. »Sicherheitshalber?«

»Das tust du nicht, weil du in deinem tiefsten Innern ein moralischer Mensch bist.«

Sie lächelte. »In meinem tiefsten Innern?«

Christian sah sich in dem felsigen Waldstück nach einem Versteck um. Obwohl er nicht wusste, wann er zuletzt geschlafen oder gegessen hatte, funktionierte sein Verstand außerordentlich präzise. Alles Unwesentliche hatte er abgeschüttelt. Den Gedanken an Tina und den anderen Mann wies er von sich. Er ging aufrecht und duckte sich nicht vor dem stärker werdenden Regen, der ihm ins Gesicht schlug.

Da er nicht auf seine Schritte achtete, stolperte er und fiel hin, konnte die Kamera aber schützen. Er wollte gerade eine Serie von Flüchen ausstoßen, da sah er, worüber er eigentlich gestolpert war. Verborgen durch die Bodenvegetation tat sich unter dem Stein ein Hohlraum auf. Dort würde niemand die Tüte mit der Kamera finden, außer durch einen höchst unglücklichen Zufall.

Sylvia sah zu, wie Christian die Tüte in die Höhle schob, Zweige darüberdeckte und sich die Stelle einprägte: ein zerfetzter Traktorreifen an einem Baumstumpf, verbogene Blechstücke, die unter der Grasdecke hervorragten, und ein abgeknickter Baumstamm. Christian richtete den Blick auf Sylvia, die sich die Stelle ebenso genau einzuprägen schien.

»Wir trennen uns jetzt«, sagte Christian. »Du gehst zum Flughafen Tivat, und ich gehe meine eigenen Wege. Entschuldige, dass ich …«

»Sag nichts.«

Sylvia schenkte Christian ein rätselhaftes Lächeln und wandte sich ab. Nach wenigen Schritten drehte sie sich um und fragte: »Was ist es, das dich so belastet?«

Christian schaute ihr kurz in die Augen. »Es gibt Dinge, über die man höchstens mit sich selbst reden kann.«

»Das habe ich auch mal gedacht.«

Christian nahm eine betont aufrechte Haltung an. »Ich habe mein Examen in Medizin zusammen mit meinem besten Freund gemacht … Wir kannten uns seit dem Sandkasten. Sven hieß er. Er wollte Kinderarzt werden und ich

Chirurg. Wir feierten zusammen, und auf dem Weg nach Hause stach ein Drogensüchtiger an der Straßenbahnhaltestelle mit dem Messer auf ihn ein.«

Sylvia rührte sich nicht von der Stelle. Christian starrte auf einen Regentropfen an der Spitze eines Zweiges. Der Tropfen schien sich jeden Augenblick lösen zu wollen. »Ein Stich traf sein Herz. Der Rettungswagen kam, es ging um Sekunden. Ich habe eine Thorakotomie bei ihm vorgenommen. Sie ist missglückt.«

Sylvia schluckte. »Was ist das?«

»Eine Notoperation, bei der man den Brustkorb öffnet und das Herz herausnimmt. Der Herzbeutel darf sich nicht mit Blut aus der Stichwunde füllen, er muss geöffnet werden.«

»Das hört sich an, als hättest du dir zu viel vorgenommen.«

»Ich wusste genau, was zu tun war. Im Jahr zuvor hatte ich als Notarzt gearbeitet und dabei das ein oder andere getan, was sich nicht jeder traut. Ich besaß alle Voraussetzungen, um Erfolg zu haben. Wenn wir kein Bier getrunken hätten ...«

»Bei so etwas hilft kein ›Wenn‹.«

»Ich weiß. Aber anschließend war ich mir selbst als Arzt nicht mehr gut genug. Niemand hat mir einen Vorwurf gemacht. Natürlich nicht. Es wäre übrigens ein Wunder gewesen, wenn der Eingriff geglückt wäre. Der Mensch ist ein so kleines Wesen.«

»Wenn man jung ist, kommt einem nichts unmöglich vor.«

»In keinem Alter darf einem etwas unmöglich vorkommen.«

»Du bist ein kindischer Kerl.« Sylvia wandte sich ab und ging davon. Doch dann blieb sie noch einmal abrupt stehen und drehte sich um. »Eines verbindet uns, auch wenn du das nicht merkst. Wir suchen beide verzweifelt nach einem

Sinn für unser Leben. Sehr verzweifelt.« Sie lächelte und wandte sich endgültig ab.

Christian sah zu, wie sie nach und nach im Regen verschwand. Was für eine eigenartige Frau. Dann kam er wieder zu sich. Er musste so schnell wie möglich von Kotor wegkommen und seine Kollegen anrufen. Auf die Behörden wollte er sich nicht mehr verlassen, und ohne Pass käme er nicht aus dem Land heraus.

In vorsichtigem Laufschritt machte er sich auf den Weg. Es hatte unglaublich gut getan, über Sven zu sprechen, aber Tinas Schwangerschaft und das Bild von dem anderen Mann hatten ihn verwundbar und zerbrechlich gemacht. Natürlich war das Kind von ihm. Oder doch nicht? Der küssende Mann war ihm irgendwie bekannt vorgekommen. Wo hatte er diese lockigen Haare früher schon einmal gesehen?

Er trat vorsichtig aus dem Wald auf die Straße und versuchte einzuschätzen, wie intensiv man ihn wohl verfolgte. Uralte Bäume säumten die Straße, die bei dem schlechten Wetter menschenleer war und düster wirkte. Christian beschleunigte seine Schritte und sah sich unentwegt um. Er registrierte das Straßenschild mit der Aufschrift *Bulevar crnogorskih junaka* und die schwarz umrandeten Todesanzeigen mit Foto und kyrillischer Aufschrift, die an den Bäumen befestigt waren.

Er kam an einer kleinen Kirche vorbei und ging entlang einer Mauer auf ein orthodoxes Kloster mit hohem Turm zu. Er glaubte, im Regen hinter sich Schritte zu hören, blickte rasch über die Schulter, sah aber nur einen Bettler, der am Klostertor kauerte. Auf die Mauer war das Symbol Großserbiens gemalt: ein Kreuz mit einem C an einer Ecke.

Der Wind schlug Zweige gegen die Hauswände. Christian fühlte sich mit einem Mal elend und einsam. Wo war sein Wille jetzt? Sein chromglänzender, bärenstarker, jugendlich trotziger Wille, mit dem er nach der Tragödie mit Sven geglaubt hatte, sich als Forscher einen Weg in die Geschichtsbücher bahnen zu können? Er hatte sich ernsthaft vorgestellt, einst vor das Nobel-Komitee zu treten und seinen Preis in Empfang zu nehmen. Der Gedanke war so idiotisch und pathetisch, dass sich Christians Mundwinkel zu einem bitteren Lächeln verzogen.

Plötzlich hielt er inne. An der nächsten Kreuzung stand ein eckiger alter Polski Fiat mit der Aufschrift POLICIJA. Christian machte unauffällig kehrt, merkte aber noch, wie ein Mann über die Straße zu dem Fahrzeug rannte. Im selben Moment ertönte ein kurzer Pfiff aus einer Trillerpfeife.

Beiderseits der Straße reihte sich ein niedriges Haus ans andere, dazwischen gab es keine Tore, die zu den Gärten oder Hinterhöfen führten. Das Polizeiauto fuhr an. Christian blieb vor der erstbesten Haustür stehen. Er klopfte an das feuchte Holz. Keine Reaktion.

Hastig klopfte er erneut. Dabei knirschten die Scharniere und er merkte, dass die Tür nicht fest geschlossen war, und stieß sie auf. Im Flur war es dunkel, aber man konnte erkennen, dass auf dem Boden einige Männerhalbschuhe sowie ein einzelner Frauenschuh mit hohem Absatz lagen. Christian machte ein paar zögernde Schritte und spürte etwas Rundes unter seinem Fuß. Er bückte sich und betastete es. Eine leere Weinflasche.

Er wollte gerade weiter durch das Haus in den Garten gehen, als der Fußboden knarrte und ihn eiserne Fäuste an den Schultern packten. Ohne auch nur einen Moment zu überlegen, schlug Christian mit der Flasche nach hinten aus. Offenbar traf er den Kopf des Angreifers, denn die Flasche zerbrach klirrend, und man hörte einen scharfen Aufschrei. Der Griff an den Schultern ließ nach, und Christian konnte durch die nächste Tür stolpern. Er warf sie hinter sich zu und stemmte sich mit dem Rücken dagegen. Panisch tastete er nach der Klinke, musste aber feststellen, dass kein Schlüssel im Schloss steckte. An der Wand nebenan stand eine Kommode, die er in aller Eile vor die Tür schob.

»Predajte se!«, wurde im Flur gebrüllt.

Christian öffnete das Fenster in der gegenüberliegenden Wand und kletterte hinaus. Gleichzeitig kippte hinter ihm die Kommode mit einem lauten Poltern um. Über ein Rasenstück und über Blumenbeete rannte er in den Waldstreifen hinein, hinter dem eine unbefestigte Straße verlief. Seine Beine waren müde, und es brannte in seiner Lunge. Rechts tauchte ein Sägewerk mit hohen Bretterstapeln auf. Der Himmel war mittlerweile noch dunkler geworden.

Irgendwo ertönte wieder der scharfe Pfiff. Christian blickte über die Schulter. Das Polizeiauto bog weit hinter den Bäumen in die Richtung ein, in die er sich bewegte, und im Wald rannten bereits zwei Männer hinter ihm her. Christian spurtete über die lehmige offene Fläche vor dem Sägewerk, rannte durch die Zufahrt auf das Gelände und im Slalom zwischen den Holzstapeln weiter. Schwer keuchend lehnte er sich an einen Bretterstoß und spähte um die Ecke. Jeden Moment konnten die Polizisten auftauchen. Er verließ die Deckung und eilte auf mehrere mannshohe Haufen aus Holzstämmen zu.

Wieder ertönte schrill die Trillerpfeife, diesmal direkt von vorne. Christian bog nach links ab, zu einem länglichen Gebäude. Er folgte den Schienen, die für den Transport der Stämme in die Erde eingelassen waren, huschte in den flachen Trockenraum und hielt vor einem mit dicken Baumstämmen beladenen Transportwagen an.

»On je usao«, war in der Ferne gedämpft zu hören.

Christian ging weiter ins Dunkel hinein. Die Schienen führten leicht nach unten, in einer Rinne zwischen Betonwänden, die immer enger wurde, je näher sie der Rückwand kam. Dort befand sich ein blau gestrichenes, verschlossenes Eisentor. In dessen rostigen unteren Rand waren Öffnungen eingelassen, durch die hindurch die Schienen weiterliefen. Ein Griff war an dem Tor nicht zu sehen.

Draußen waren nun weitere Rufe zu hören. Christian ergriff den Rand des Tors und zog daran, aber es war wie zugeschweißt.

»Izadite!«, brüllte eine Männerstimme hinter dem Wagen mit den Baumstämmen.

Christian lehnte mit dem Rücken an dem Tor und keuchte.

»Pazite da qa ne ubite«, rief ein zweiter Mann.

Warteten sie darauf, dass er sich ergab?

Er hörte ein tiefes, stärker werdendes Grollen. Die Männer hatten den mit schweren Baumstämmen beladenen Transportwagen angestoßen, und nun rollte er auf den Schienen nach unten, direkt auf Christian zu. Platz zum Ausweichen gab es in der engen Rinne nicht. Gelähmt vor Entsetzen musste Christian untätig zuschauen, wie die tödliche Last schwer rumpelnd immer näher kam. In wenigen Sekunden stand ihm der sichere Tod bevor, aber das elektrisierte nicht etwa seine Gedanken und sorgte auch nicht dafür, dass sein Leben wie in einem Film vor seinen Augen ablief. Stattdessen erfüllte es ihn mit erstickender Trauer um Tina und das ungeborene Kind, ja sogar um den fremden Mann, der seine Braut geküsst hatte. Gott sei Dank kannte Sylvia das Versteck der Kassette. Zwar hatte Christian alles verloren, aber er wusste, er hatte sein Bestes getan, und der Gedanke daran ließ ihn seltsam ruhig und gelassen werden.

Eine Sekunde bevor der erste, über den Rand des Wagens hinausragende Baumstamm seinen Brustkorb zertrümmerte, schloss er instinktiv die Augen. Innerhalb eines gnädigen Wimpernschlags verdunkelte sich die Welt. Christians letzter Gedanke galt Sven, der an der Straßenbahnhaltestelle in seinem Blut lag.

# 35

»Sie haben mich nach Tina Carabella gefragt«, sagte Béa im Krankenhaus in Nizza. Sie lag im Bett ihres Privatzimmers und lächelte Luc Cresson zurückhaltend an. In einer Bodenvase standen drei Sonnenblumen, die ihre gelben Blätter verloren hatten und die Köpfe hängen ließen. Luc ließ sich nicht anmerken, wie eilig er es hatte, und ermunterte Béa mit einem Lächeln, weiterzusprechen.

»Ich habe Ihnen gesagt, ich wisse nichts über Tina«, sagte Béa. »Die Wahrheit ist, dass ich nicht über sie reden wollte.«

»Das verstehe ich. Du warst eifersüchtig«, kam ihr Luc mit sanfter Stimme entgegen.

»Ich mochte Tina nicht. Und der Grund war nicht nur die Eifersucht. Sie hatte so etwas … Verlogenes an sich.« Sie schloss kurz die Augen, als hätte ihre Aussage große geistige Anstrengungen erfordert.

»Was meinst du damit?«

»Ich weiß es nicht. Sie hat gezielt versucht, Jacob zu erobern.«

»Gerade hast du zugegeben, dass du eifersüchtig warst …«

»Eine Frau muss nicht eifersüchtig sein, um zu erkennen, wann eine andere Frau heimlich und mit ernsten Absichten flirtet. Mir wurde schlecht, als ich sah, wie Tina auf dem Tod ihrer Schwester herumritt.« Béas Miene spiegelte echten Abscheu wider.

»Verzeihung, auf wessen Tod?«

Christian keuchte heftig. Er konnte sich keinen Millimeter bewegen. Er wusste nicht, ob seine Bewusstlosigkeit Sekunden, Minuten oder länger gedauert hatte.

Auf seiner Brust ruhte das Ende eines abgesägten Baumstammes, ein zweiter, etwas kürzerer Stamm befand sich wenige Zentimeter vor seinem Gesicht. Der längste Stamm, der über den Rand des Wagens hinausragte, war oberhalb von Christians Schulter gegen das Eisentor gekracht und hatte den Wagen gestoppt.

Jeder Muskel an seinem Körper zitterte. Er war dem Tod begegnet, aber dieser hatte ihn mit einer Berührung davonkommen lassen.

Christian hörte aufgeregte serbokroatische Stimmen. Das brachte ihn in die Wirklichkeit zurück. Tina, die Schwangerschaft, die Kassette, Rebecca ... Die Erwartung des sicheren Todes hatte etwas mit ihm gemacht, körperlich und seelisch. Seine Gedanken liefen nun in einer äußerst klaren Abfolge ab, und die Muskeln, die Nerven und die Haut pulsierten von einer eigentümlichen Wärme.

Der Wagen mit den Stämmen bewegte sich mit einem Mal rückwärts, und der Druck auf den Brustkorb ließ nach. Wäre der Baumstamm nur einen Zentimeter länger gewesen, wäre Christian jetzt tot. Langsam fuhr der Wagen zurück. Wenig später war Christian von schweigenden, grob zupackenden Männern umringt. Drei Polizisten zerrten ihn zwischen den Schienen ans Tageslicht, aber das kümmerte ihn nicht. Es kam ihm vor, als habe das nahe Ende ihn gereinigt und ihm neue Kraft gegeben für das, was kommen mochte.

Zwischen den Bretterstapeln kam ein glatt rasierter Mann in Lederjacke auf ihn zu und drehte ihm brutal die Hände auf den Rücken. Die Handschellen schnappten zu, und Christian wurde von zwei anderen Männern unter Vermeidung unnötiger Sanftheit abgeführt. Vor dem Sägewerkgelände standen zwei Fahrzeuge: ein alter gelber

Zastava und der Polski Fiat mit den Kennzeichen der Polizei. Kein Mercedes, kein BMW, kein amerikanischer Van. Gott sei Dank. Aller Wahrscheinlichkeit nach hatte man ihn nur festgenommen, weil er unter Mordverdacht stand, obwohl es geradezu absurd war, deswegen erleichtert zu sein. Oder stand die hiesige Polizei mit den Kassettenjägern in Kontakt? Auszuschließen war das nicht.

Dennoch fühlte sich Christian beinahe heiter. Am wichtigsten war es, am Leben zu sein. Am wichtigsten war es, die Wahrheit über Tina, das Kind, das Unglück zu erfahren. Er musste so lange überleben, bis er jemanden von offizieller Stelle gefunden hatte, der unabhängig war und dem er vertrauen konnte.

Die Polizisten stießen ihn auf die Rückbank des Fiats, wo er zwischen ihnen in der Mitte sitzen musste. Sie fuhren auf die Hauptstraße, die von der Stadt wegführte. Ob Sylvia mehr Erfolg gehabt hatte? Christian befürchtete, ihm könne eine schlimme Fehleinschätzung unterlaufen sein. Würde man nach ihr nicht ebenso intensiv suchen wie nach ihm?

Auf dem Beifahrersitz nahm der Leiter des Einsatzes das Mikrofon eines antiken Funkgeräts vom Armaturenbrett und sprach auf Serbokroatisch etwas hinein. Gleichzeitig zündete er sich mit einem Streichholz die Zigarette an, die zwischen seinen Lippen aufgetaucht war. Es regnete nicht mehr, aber die Gipfel der umliegenden Berge waren von bleigrauen Wolken verhüllt. Auf der Straße herrschte so gut wie kein Verkehr.

Der Einsatzleiter sprach immer aufgeregter in das Funkgerät, während die anderen Männer ausdruckslos aus dem Fenster starrten. Die Handschellen an Christians Handgelenken drückten unangenehm. Er gab sich gar nicht erst die Mühe, mit den Männern zu kommunizieren, sondern blickte stur nach vorne auf die Straße, die sich an den Berghängen entlangschlängelte. Sie erreichten eine lange, abfallende Gerade, auf der ihnen ein Fahrzeug mit hoher Geschwindigkeit entgegenkam. Christians Blick heftete sich darauf, denn das Auto betätigte aufgeregt die Lichthupe. Der Einsatzleiter sagte etwas zum Fahrer, worauf dieser das Tempo drosselte. Als der Wagen näher kam, erkannte Christian, dass es ein dunkelgrüner Mercedes-SUV der Luxusklasse war. Sein Gehirn arbeitete unter Hochdruck. Gefesselt wie er war, konnte er nicht fliehen, denn es bestand keine Aussicht, die Handschellen loszuwerden.

»Spricht jemand von Ihnen Deutsch?«, fragte Christian. »Oder Englisch?«

Keiner der Männer antwortete. Die beiden Autos hielten mit einigen Metern Abstand voneinander an. Dem Mercedes entstieg ein ordentlich gekleideter, selbstsicher wirkender Mann.

Christian räusperte sich. »Haben Sie mich verstanden? Ich verfüge über Informationen, hinter denen diese Leute her sind ...«

Der Einsatzleiter tat so, als hörte er nichts, sondern stieg aus und warf die Tür zu, sodass Christians flehende Worte im Wagen eingeschlossen blieben. Christian verstummte und beobachtete das Verhalten des Montenegriners. Der Mann aus dem Mercedes kam ihm mit ausgestreckter Hand entgegen. Lächelte er? Die Männer tauschten einen Händedruck und begannen sich zu unterhalten.

Christian versuchte aus den Gesten auf den Charakter des Gesprächs zu schließen, aber durch die beschlagenen Scheiben konnte er nicht allzu viel erkennen. Aus dem Mercedes stiegen nun zwei weitere Männer aus – sauber angezogene Westler mit ausdruckslosen Gesichtern.

Allmählich wurden die Gebärden des ersten Ausländers nervöser und aggressiver, während dem einheimischen Polizisten keinerlei Aufregung anzumerken war. Er strahlte bürokratische Unbeugsamkeit und die Rigorosität seines Amtes aus, lebendige Überreste des Sozialismus, die umso mehr zum Vorschein kamen, je mehr das Gegenüber sich provozieren ließ und die Geduld verlor. Christians Muskeln spannten sich an, und seine Sinne waren geschärft, während er die intensive Diskussion der beiden Männer beobachtete.

Plötzlich wandte sich der Polizist ab und marschierte zum Wagen zurück. Der Mann aus dem Mercedes sprach aufgeregt in sein Funkgerät. Als der Einsatzleiter wieder vor Christian im Fiat Platz genommen hatte, sagte er etwas zum Fahrer, der daraufhin den Motor anließ und sogleich losfuhr.

Christian war den Ausländern nicht übergeben worden.

Eine riesige Erleichterung überkam ihn. Die Feinde hatten sich in Retter verwandelt. Aber die Erleichterung wich sogleich der Irritation, denn er wusste überhaupt nicht mehr, wem er glauben und vertrauen konnte.

Er drehte sich um und sah, dass ihnen der Zastava folgte. Der Mercedes wendete gerade. Das brachte Christian wieder auf den Boden der Tatsachen zurück. Natürlich würden die Killer nicht einfach aufgeben. Er hatte lediglich etwas Zeit gewonnen. Würden sie unter Umständen sogar Angehörige der Polizei Montenegros angreifen, um an die Kassette zu kommen? Natürlich würden sie das tun.

»Wissen Sie, was das für Leute sind?«, wandte sich Christian an den Einsatzleiter.

Dieser verstand ihn nicht oder tat jedenfalls so.

»Verstehen Sie, was ich sage?«, fragte Christian auf Englisch. »Antworten Sie mir!«

Der Mann drehte sich zu ihm um und zischte etwas auf Serbokroatisch.

Christian begriff, dass er unter den hiesigen Polizisten jemanden finden musste, der Fremdsprachen konnte. Wahrscheinlich würden sie ihn zumindest auf Deutsch oder Englisch verhören. An einer scharfen Abzweigung konnte er erkennen, dass der Mercedes ihnen nicht folgte. Das hatte noch nichts zu bedeuten, aber es ließ doch ein wenig Hoffnung in der finsteren Lage aufkeimen.

Sie erreichten eine Siedlung, ein Dorf, das in Stufen am Berghang errichtet worden war. Die schmalen Häuser lehnten dicht aneinander, wie um sich gegenseitig Halt zu geben. Der dunkle Nadelwald oberhalb der Häuser steigerte die beklemmende Atmosphäre noch. Die meisten Häuser waren irgendwann einmal gekalkt worden, aber ihre Fassaden schienen seit Jahrzehnten schon nicht mehr weiß zu sein. Einige hatten Stroh- oder Torfdächer. Die Landschaft wäre als Vorlage für die Illustration von Grimms blutrünstigen Märchen geeignet gewesen.

Das Auto mühte sich eine steile Straße hinauf und hielt schließlich vor einem hohen Backsteingebäude an, das sich von den übrigen Häusern unterschied. Vier weitere Autos parkten davor, zwei davon waren mit der Aufschrift POLICIJA versehen. Christian wurde unsanft aus dem Wagen gezerrt und zum Eingang geführt. Im Erdgeschoss des burgartigen Gebäudes waren alle Fenster vergittert.

Die scharfen Kanten der Handschellen scheuerten an Christians Handgelenken. Man stieß ihn in eine Eingangshalle mit Steinfußboden, in der es stark nach Zigarettenqualm roch. Von dort ging es weiter in einen hallenden Gang. Christian musste feststellen, dass seine aufkeimende Zuversicht verfrüht gewesen war.

In dem Gang befanden sich sechs Türen mit schweren Schlössern. Hinter einer hörte man das untröstliche Weinen eines Mannes, ein mit Schmerzen durchsetztes Wimmern, von dem Christian eine Gänsehaut bekam. Man öffnete ihm eine Kerkertür, stieß ihn hinein und schlug die Tür sogleich wieder zu. Er sank zu Boden und spürte den Gestank von Erbrochenem in seine Nase dringen. Hinter ihm rasselte das schwere Schloss beim Verriegeln der Tür.

Christian sah sich in der etwa zehn Quadratmeter großen Zelle um. Als Matratze diente Stroh, der Fußboden war mit schmutzigen Sägespänen bestreut, und für die Notdurft stand ein Emaileimer bereit. Als einzige Lichtquelle fungierte ein schmales Fenster oben an der Wand. Die dicken Gitterstäbe davor waren überflüssig, denn durch die Öffnung hätte nicht einmal ein vierjähriges Kind gepasst.

Christian raffte das übel riechende Stroh zu einem Haufen zusammen und ließ sich darauf nieder. Er hätte eigentlich dringend Schlaf gebraucht, aber daran war nicht zu denken. Früher hatte er im Schlaf sogar Zuflucht gesucht, besonders in den Träumen, denn die besaßen eine merkwürdige Eigenschaft: Die Gefühle, die man im Traum hatte, waren Urgefühle, die man von den Vorvätern geerbt hatte. Viele negative Emotionen wie Scham und Schuldgefühle kamen im Traum nicht vor. Dies war ein Beweis dafür, dass sie erlernt und von Gemeinschaften ankonditioniert waren und nicht von Natur aus auftraten. Das hatte Christian nach der Tragödie mit Sven getröstet. Denn wenn Schuldgefühle ankonditioniert waren, konnte man sie auch wieder loswerden. Bis jetzt war ihm das jedoch nicht gelungen.

Lange lag Christian regungslos auf dem Stroh. In der letzten gemeinsamen Nacht mit Tina hatten sie sich darüber unterhalten, warum es einem mit zunehmendem Alter so vorkam, als verginge die Zeit schneller. Ein Sommer, der in der Kindheit ewig gedauert hatte, verging heutzutage im Nu. Als sie überlegt hatten, wie viele Jahre seit dem Beginn des Studiums vergangen waren und die Zahl mit ihrem Alter addiert hatten, waren beide auf die Summe fünfzig gekommen.

Paradox war, dass jemand, der einer kreativen Arbeit nachging, das Gefühl für die vergehende Zeit komplett verlieren konnte, wenn er sich in eine interessante Aufgabe vertiefte. Es erinnerte an eine Totalitätserfahrung, es war ein Erlebnis von Ganzheit und Unversehrtheit, die sich dann einstellte. Ein intensiver Arbeitstag konnte zu Ende sein, noch bevor er richtig angefangen hatte. Christian hatte vorgeschlagen, sich zum Ausgleich einen langweiligen Film anzusehen, denn dabei käme einem eine Stunde mindestens so lang vor wie zwei, und Tina hatte gelacht. Sollte ein echter Chronophobiker nicht lieber einen abgrundtief faden Beruf ergreifen, bei dem ihm die Zeit doppelt so lang vorkam?

Christian sprang auf, als er eine große Ratte in einem Loch in der Ecke der Zelle verschwinden sah. Bald würden die Killer hier auftauchen und ein Dokument oder einen Mann mitbringen, dem sich der örtliche Polizeichef nicht widersetzen konnte, worauf er Christian ausliefern würde. Wenn er hingegen rechtzeitig von einem sprachkundigen Polizisten verhört würde, bliebe ihm wenigstens eine theoretische Chance. Sollte er die Aufmerksamkeit der Wächter wecken, um so bald wie möglich verhört zu werden?

Probehalber holte er tief Luft und brüllte: »Hört mich jemand? Ich will mit jemandem reden!«

Doch seine Worte schienen keine Wirkung zu haben, abgesehen davon, dass der Schicksalsgenosse in der Nachbarzelle angespornt wurde und in ein unfassbares Heulen ausbrach. Christian verstummte, aber der Unglückliche nebenan setzte sein wahnsinniges Jaulen fort.

*»Du hast Martha einen Schrecken eingejagt«*, sagte die Stimme einer jungen Frau im Hörer von Coblentz' Satellitentelefon.

»Ich weiß. Ich musste … los.« Coblentz blickte durch die Windschutzscheibe des BMW-Geländewagens auf den Nadelwald, der sich endlos über die unteren Berghänge erstreckte.

*»Los wohin? Wo bist du?«*

»In Europa.«

Am anderen Ende der Leitung erklang ein tiefer Seufzer. *»Ost oder West?«*

»Du weißt, dass ich dir das nicht sagen kann.« Der Fahrer bremste abrupt. Coblentz sah vor sich ein schwankendes, mit Heu beladenes Pferdefuhrwerk.

*»Wann kommst du nach Hause?«*

»Bald.«

Der Fahrer hielt nach einer Gelegenheit zum Überholen Ausschau, aber die schmale Straße machte eine scharfe Biegung, sodass man nicht weit genug sehen konnte. Der BMW fuhr so dicht auf, dass einzelne Halme von dem Fuhrwerk auf die Motorhaube rieselten.

*»Deine Mutter hat angerufen. Sie macht sich Sorgen, weil sie so lange nichts von dir gehört hat. Ruf sie an.«*

»Ich werde es versuchen«, sagte Coblentz. Es piepste scharf im Hörer. »Da ist ein anderes Gespräch für mich. Wir müssen aufhören.«

Coblentz unterbrach die Verbindung per Tastendruck und nahm das neue Gespräch an.

*»Die Journalistin Sylvia Epstein sitzt auf dem Flughafen Tivat in einer JAT-Maschine, die in fünf Minuten nach Belgrad startet.«*

»Haltet die Maschine auf!«

*»Diese Jugos lassen sich nicht so einfach herumkommandieren.«*

Christian saß auf dem Stroh und versuchte, sein altes Ich wieder zu fassen zu bekommen, den Forscher mit dem eisernen Willen, der vor Tatendrang strotzte. Der Wechsel vom Luxusbüro bei IC-Pharma in das Kellerverlies, durch das die Ratten huschten, war zu unglaublich, um wahr zu sein.

Ein überraschender Gedanke unterbrach seinen Konzentrationsversuch. *Wollte* er den Forscher Brück denn überhaupt wieder zu fassen bekommen? Er hatte dem ANTI-Projekt Jahre seines Lebens geopfert. Er war ein Workaholic, das musste er zugeben, auch wenn er das Wort hasste und fand, es müssten eigentlich zwei Begriffe an dessen Stelle treten – für zwei unterschiedliche Varianten des Phänomens. Es gab Menschen, die unter dem Druck ihrer Vorgesetzten zu viel arbeiteten und darunter litten. Und dann gab es Leute wie ihn, für die Arbeiten eine Lebensform war. Sie taten, was ihnen gefiel, auch wenn ihr Leben in den Augen anderer wie eine einzige Schufterei wirken mochte.

Christian hatte eine Faustregel entwickelt, wie man eine negative Zentrierung auf die Arbeit erkennen konnte. Man musste nur gedanklich ein paar Lebensjahre in die Zukunft rücken und aus dieser Perspektive die vergangene Zeit betrachten. Stellte sich dann das Gefühl ein, Zeit zum Fenster hinausgeworfen zu haben, sollten die Alarmglocken schrillen. Stellte sich jedoch Zufriedenheit über die geleistete Arbeit ein, war alles in Ordnung.

Und wenn er die IC-Pharma-Jahre als Familienvater mit Kindern verbracht hätte? Allein der Gedanke war unmöglich. Er hatte die wissenschaftliche Laufbahn ergriffen wie ein Ertrinkender den rettenden Strohhalm. Wenige Sekunden an der Straßenbahnhaltestelle in Heidelberg hatten sein Leben in zwei Teile gespalten – in die Zeit davor und die Zeit danach. Der junge Chirurg, der überheblich auf seine braven Kollegen hinabgeschaut hatte, war mit einem Schlag all seine Selbstsicherheit und Selbstachtung losgeworden und hatte sich ein neues Leben rund um die Neurowissenschaften aufbauen müssen. Die übermäßige Arbeit, die das bedeutet hatte, war zugleich Therapie gewesen.

Als er am Leopold-Müller-Institut in London an seiner Dissertation schrieb, hatten sich Sara und seine Freunde in Deutschland Sorgen um ihn gemacht. Mehrere Male hatte

Christian sie mit der Behauptung beruhigt, er sei im Kino oder im Pub gewesen, obwohl er in Wahrheit am Bildschirm gesessen und in einer Excel-Datei numerische Reihen für den Anhang seiner Doktorarbeit zusammengestellt hatte. Im Nachhinein hatte er es bereut, nicht manchmal lockerer gewesen zu sein, aber das hatte er nicht einmal Sara gegenüber zugegeben. Tina hingegen hatte sich an seinen langen Arbeitstagen nicht gestört. Als Künstlerin verstand sie vielleicht, wie entscheidend es war, das zu tun, was man selbst für wichtig hielt. Sie hörte gern zu, wenn Christian über seine beruflichen Probleme sprach, sie fragte sogar nach, wenn er mal nicht von sich aus auf das Thema kam.

Christian lief ein kalter Schauer über den Rücken. Wie hatte er nur eine Wissenschaft dermaßen idealisieren können, die den Menschen letztlich als autonomes, über sein eigenes Leben bestimmendes Subjekt ablehnte und das Gehirn als eine Art biologischen Computer betrachtete? In seinem tiefsten Inneren hatte er daran geglaubt, die neurochemische Endosmose und die Bewegungen der Ionen würden sämtliche Erlebnisse, Gefühle und Erkenntnisse produzieren – also das Ich des Menschen. Wie hatte er einem solch deterministischen Wissenschaftsglauben anhängen können, wie hatte er so blind an die Überlegenheit der Gehirnchemie gegenüber der Fähigkeit, dem Verantwortungsbewusstsein und der Pflicht des Menschen, eigene Entscheidungen zu treffen, glauben können? Der Mensch, der Rebecca hingerichtet hatte, würde hämisch lachen, wenn er die Ansichten der Neurobiologen über die neurochemischen Einwirkungen auf das menschliche Aggressionsniveau zu Ohren bekäme. Es war nicht das limbische System des Gehirns, das in dem Mörder das Böse geweckt hatte, es war der Täter selbst, sein Ich.

Plötzlich fuhr Christian auf dem schmutzigen Stroh zusammen. Durch die Gitterstäbe war etwas auf den Fußboden gefallen. Ein zerknülltes Blatt Papier. Christian hob es auf und glättete es. In Druckbuchstaben stand dort auf Englisch:

WIRF DICH NEBEN DER TÜR AUF DEN BAUCH. SCHÜTZE DEINEN KOPF, HALTE DEN MUND OFFEN.

Mehr instinktiv und reflexartig als von der Vernunft gelenkt befolgte Christian die Anweisungen. Er warf sich auf den kalten, stinkenden Boden und legte die Hände schützend über den Kopf.

Es vergingen einige Sekunden. Nichts geschah, dann aber explodierte die Welt um ihn herum, und seine schwarzen Gedanken gingen in einem blendend hellen Licht auf.

# 36

Für einen Moment trübten der Lärm der Explosion und die Druckwelle Christians Bewusstsein. Ein betäubender Schmerz dröhnte in seinen Ohren, der aber im Nu von grellen Schmerzen in den Beinen und im Rücken überlagert wurde, als etwas Schweres auf ihn fiel. Kleine Steine und große Brocken prasselten auf den Boden, und trockener Staub raubte Christian den Atem. Er hustete Schleim, und die Erde unter ihm schwankte.

Dann spürte er, wie ihn jemand packte und wegschleifte. Er hörte nichts, der Schmerz in den Ohren strahlte bis in die Augen aus. Dunkel begriff er, dass die Wand ein Loch hatte, durch das man ihn nach draußen zerrte.

Zwei bewaffnete Männer in schwarzen Sturmoveralls rannten mit ihm einen flachen Hang hinunter. Christians Beine zitterten kraftlos, es gelang ihm nicht, Halt zu finden. Seine Schuhspitzen schleiften über die Erde. Die Männer stießen ihn in einen Geländewagen, der am Straßenrand wartete und sofort mit Vollgas losfuhr, sodass Christian in den Sitz gedrückt wurde.

Einer der Männer drehte Christians Handgelenke zur Seite, setzte eine pneumatische Zange an und trennte das Metall der Handschellen durch. Anstelle der abgenutzten montenegrinischen legte man ihm neue, glänzende westliche Modelle an und ließ sie zuschnappen. Christian hatte das Gefühl, sich mitten in einem Horrorfilm zu befinden, die Welt schien noch immer zu schwanken und sich zu verzerren. Er hatte die Realität nicht unter Kontrolle, er saß einfach da und versuchte zu begreifen, was mit ihm geschah.

Nach und nach gelang es ihm, sich ein Bild von der Umgebung zu machen. Er erfasste, dass das Fahrzeug voller bewaffneter Männer war, die soldatisch gerade und schweigend auf ihren Plätzen saßen. Alles wirkte im westlichen Stil durchorganisiert und strahlte eine furchterregende Effizienz aus. Die Männer waren Christian fremd, Coblentz war nirgendwo zu sehen. Der Fahrer lenkte gekonnt den Wagen bei hohem Tempo, ein dunkler Van raste vor ihnen her, ein zweiter folgte ihnen.

Am Himmel riss die Wolkendecke auf, und niedrig einfallende Sonnenstrahlen brachten die Äste der nassen Fichten zum Funkeln. Das Licht erinnerte Christian an die Gemälde von Tina. Eifersüchtig hatte sie das Geheimnis ihrer schöpferischen Arbeit gehütet und ihm nie ein unfertiges Bild gezeigt, angeblich hätte das den Zauber des Werks zerstört.

Christian glaubte, man würde ihn nun zwingen, den Weg zur Kassette zu beschreiben, aber der Konvoi fuhr in Richtung Küste. Das war also jetzt die Eskorte zu seiner Hinrichtung. Nur dass sie ihn nicht hinrichten würden, bevor sie die Kassette hatten. Die Kassette war sein einziger Trumpf. Sein Schicksal würde in dem Moment besiegelt sein, in dem die Kassette in die Hände dieser Männer geriet.

Christians Eigensinn erstarkte bei diesen Gedanken. Er durfte die Wahrheit über den Unglücksflug nicht mit ins Grab nehmen. In seinem Inneren gewannen die Begriffe Verantwortung und Ehre eine ganz neue Bedeutung. Für einen Augenblick achtete er sich selbst mehr als je zuvor. Sein Leben lang hatte er sich wegen verrinnender Jahre, Tage, Stunden gegrämt. Und jetzt, da seine Zeit tatsächlich begrenzt war, empfand er keinerlei Bedrängung oder Furcht. Nicht die Masse der Gehirnzellen in seinem

Kopf bestimmte sein Verhalten, sondern sein Herz und seine Moral. Er verfügte über Freiheit und Verantwortung.

Das Flugzeug vibrierte, während es im Regen langsam auf die Startbahn zurollte. Durch das Fenster sah Sylvia die hellen Lichtreflexe und die Schatten auf dem nassen Asphalt. Die Tropfen auf der Scheibe verzerrten die Lichter am Rand des Flugfeldes.

Sylvia schloss kurz die Augen. Die Nikotinsucht nagte an ihr. Sie war nass vor Schweiß und vom Regen, aber sie hatte die Maschine noch rechtzeitig erwischt. Schmerzlich war sie sich des jungen Paars neben ihr bewusst, das sich von den missbilligenden Blicken der Umwelt nicht beim Küssen stören ließ.

Die Maschine kam am Beginn der Startbahn zum Stehen. Das Dröhnen der Motoren nahm zu, und die Sitze vibrierten immer stärker. Sylvia sah aus dem Fenster. Der Regen war noch dichter geworden. Auf einmal nahm der Motorenlärm ab. Aus den Lautsprechern wurde auf Serbokroatisch etwas mitgeteilt, was das Pärchen neben Sylvia dazu veranlasste, sich auf die Durchsage zu konzentrieren.

Sylvia wurde wachsam. Die Mitreisenden schüttelten die Köpfe. In der Ferne waren Autoscheinwerfer zu erkennen. Eine junge Stewardess mit aufgestecktem Haar ging über den Gang, blieb zwei Meter vor Sylvias Sitzreihe stehen und kehrte dann in den vorderen Teil des Flugzeugs zurück, um mit ihrer Kollegin einige Worte zu wechseln. Sylvias Finger drückten tiefe Dellen in die gepolsterten Armlehnen.

»Entschuldigung, was ist da los?«, fragte sie auf Englisch das Pärchen.

»Ein technischer Defekt«, antwortete das Mädchen mit rissigen Lippen.

Sylvia lehnte sich zurück. Die Maschine setzte sich mit einem Ruck in Bewegung und fuhr in einem Bogen wieder in die Richtung, aus der sie gekommen war. Die Lichter der Startbahn blieben zurück. Mit zusammengekniffenen Augen verfolgte Sylvia, wie sie sich dem bescheidenen Terminal näherten. Die grellen Scheinwerfer auf den Lichtmasten blendeten.

Die Maschine hielt auf dem Platz an, den sie vor wenigen Minuten verlassen hatte. Sylvia sah durchs Fenster, wie eine Gangway an die Vordertür gerollt wurde. Vor dem Terminal stand ein normaler Pkw mit Blaulicht auf dem Dach. Die Türen des Wagens gingen auf, und drei dunkle Gestalten stiegen aus. Einer der Männer schlug den Kragen hoch und ging mit raschen Schritten durch den Regen auf die Treppe zu. Die beiden anderen folgten ihm auf dem Fuß. Sylvia ballte die Fäuste. Diese Männer, die vor Entschlossenheit strotzten, waren definitiv keine Mechaniker.

Aus dem vorderen Teil der Maschine hörte man einen serbokroatischen Wortwechsel. Die Stewardessen blickten unsicher in die Passagierkabine, und wenig später drängte sich ein Mann mit schroffen Gesichtszügen an ihnen vorbei. Die beiden anderen folgten ihm wie Schatten. Der Anführer blieb im Gang stehen und richtete den Blick auf Sylvia.

Sara sah sich in der Lobby von Lucs Hotel um. Auf dem hellen Steinfußboden stand eine Sitzgruppe, in der eine übergewichtige amerikanische Familie den Stadtplan von Cannes studierte. Das Hotel Univers war nichtssagend, aber sauber.

Luc hatte Sara alarmiert und sie gebeten, sofort zu kommen, aber am Telefon nicht sagen wollen, worum es ging. Christian und das Unglück bereiteten Sara zusehends mehr Sorgen. Verbarg sich hinter Tina oder dem Neuen Morgen etwas, das mit dem Flugzeugabsturz zu tun hatte?

Sara war aufgefallen, dass sich an diesem Tag keine Sektenmitglieder in der Nähe des Festivalpalastes aufhielten. Bisweilen hatte sie in Tina eine romantische Träumerin gesehen, die in einem Luftschloss lebte, aber dann wieder – vor allem wenn sie mit jemandem Streit hatte – konnte Tina auch ausgesprochen nervenstark und sogar hart sein. Wie auch immer, die Romantikerin mit der Teflonschicht hatte sich den zu analytischem Denken und kritischen Betrachtungen neigenden Christian geschnappt. Auch die Unvernunft konnte eben manchmal anziehend wirken. Aus dem gleichen Grund hatte Sara Christian verlassen. Nur hatte die Unvernunft damals den Namen Xavier getragen.

Luc kam in die Lobby gerauscht. Wieder trug er seine Cordhose, das Tweedsakko und eine Sonnenbrille.

»Setzen wir uns«, sagte er und steckte die Brille in die Brusttasche.

Sie nahmen hinter den Amerikanern in zwei Sesseln Platz.

»Laut Béa hatte Tina eine Zwillingsschwester namens Julia. Eine Heroinabhängige, die an einer Überdosis starb.«

»Julia?« Sara starrte Luc an. »Sie erinnern sich doch noch an die Audiokassette?«

»Zu den Aktivitäten des Neuen Morgens gehört intensive Anti-Drogen-Arbeit.«

Sara reagierte nicht auf diesen Satz. Sie wollte es nicht.

»Haben Sie mich verstanden?«, fuhr Luc fort. »Der Neue Morgen sieht eine seiner Missionen darin, intensiv gegen Drogen vorzugehen.«

»Und weiter?«

»Entwickelt Ihr Exfreund nicht Medikamente gegen Drogenabhängigkeit?«

Sara strich sich aus reiner Nervosität die Haare hinters Ohr. »Wollen Sie damit sagen, dass diese beiden Aspekte etwas miteinander zu tun haben könnten?«

»Warum nicht?«

»Es klingt ziemlich weit hergeholt.«

»Vielleicht ist es nur ein Zufall. Auch Scientology hat Handlungsziele, die sich gegen Drogen richten, für einige weitere Sekten gilt das Gleiche.«

»Ich habe im Internet gelesen, dass mindestens zwei Mitglieder des Neuen Morgens im Zusammenhang mit den Drogenmorden in Zürich vernommen worden sind«, sagte Sara plötzlich aufgeregt.

»Für die in Moskau ebenso«, ergänzte Luc. »Wie gesagt, die Karriere Ihres Exfreundes im Bereich der Drogenforschung ist eine interessante Koinzidenz. Der Neue Morgen benutzt für Drogen den Begriff ›schwarze Sonne‹ – aus der Sicht der Konsumenten eine ziemlich treffende Bezeichnung. Trügerische Helligkeit.«

Sara fiel Tinas Gemälde mit der schwarzen Sonnenblume ein. Alles wurde immer beängstigender. Von Christian gab es noch immer keine Nachricht. Und während des letzten Telefongesprächs mit ihm hatte jemand »Hände hoch« gesagt. Es hatte in der Leitung gerauscht, aber Sara war sich ganz sicher.

»Sobald ich ein paar Dinge erledigt habe, werde ich zum Stützpunkt des Neuen Morgens fahren«, sagte Luc und stand auf.

»Und ich fahre nach Montenegro.«

»Was?«

»Sie haben mich schon verstanden. Ich fahre nach Montenegro.«

Der dunkle Autokonvoi fuhr in hohem Tempo über die kurvenreiche Gebirgsstraße. Während der gesamten Fahrt hatte niemand auf Christians Fragen geantwortet. Es bestand kein Zweifel daran, was mit ihm geschehen würde.

Ab und zu sah Christian durch das Seitenfenster traurig auf die Wellen der Adria. Serbische Fichten ragten wie dunkle Finger zum Himmel auf, und nicht einmal der Wind konnte sie zum Leben erwecken. Die schmalen Rinnsale der Regentropfen zeichneten waagrechte Linien auf die Scheiben, hin und wieder sorgte ein aufflammender Blitz dafür, dass die Schatten der Tropfen Muster auf die Gesichter der Männer warfen. Die grob gehauenen Steinplatten am Straßenrand sahen in Christians Augen wie riesige Grabsteine aus.

Fortwährend kamen ihm Tina und das Kind in den Sinn. Er erinnerte sich, mit welcher Wärme Tina immer von Kindern gesprochen hatte. Mutterschaft war etwas Heiliges für sie. Eine einzige Sekunde auf dem Videoband aus dem Flugzeug zerstörte das tragische, schöne Erinnerungsbild.

Einige Male fiel Christians Blick auf einen Bildstock am Straßenrand, der von einem tödlichen Verkehrsunfall zeugte. In den Stein gehauene Kreuze, versehen mit dem Bild des Verstorbenen und einem düsteren Datum. Die Blumen davor längst verwelkt.

Eine schwere Wolke schluckte das Sonnenlicht und ließ nur wenige flimmernde Strahlen durch, die aber ebenfalls bald im Grau verschwanden. Gedämpft trommelten Regentropfen aufs Wagendach.

Sie fuhren zur Küste hinunter und erreichten eine Stadt, die Christian nicht auf Anhieb erkannte. War das Budva? Nur wenige Menschen liefen mit hochgezogenen Schultern durch den Regen. Dann passierte das Auto ein zweistöckiges rosa Haus, und in dem Moment erkannte Christian die Stadt wieder. Es war Pjevac. Sie waren aus südlicher Richtung gekommen, und diesen Teil hatte Christian zuvor nicht gesehen.

Am Horizont schimmerte das dunkle Meer. Wie eine Karawane bogen die Autos im strömenden Regen in den Hof eines großen Gebäudes ein. Man half Christian beim Aussteigen. Er sah dabei sein Spiegelbild in der Seitenscheibe und erschrak: aschgraues Gesicht, brennende Augen in tiefen Höhlen, Bartstoppeln.

Er ließ sich den Meerwind ins Gesicht blasen. Man führte ihn unsanft zu dem Gebäude, aber er richtete den Blick zum Himmel und genoss die perlenden Regentropfen. Energisch und zielstrebig brachte man ihn in die Eingangshalle des Gebäudes, das mit seinem Linoleumfußboden aussah wie direkt aus den 50er Jahren. Dort erwartete sie ein Mann mit roten Haaren.

»Sie schon wieder«, schnaubte Klein.

Der Anblick des offiziellen Vertreters der internationalen Flugunfalluntersuchung schockierte Christian mehr als die ständige Geheimnistuerei. Ohne ihm die Handschellen abzunehmen, führte man ihn hinter Klein in einen kleinen Raum am Ende eines Ganges. Es war keine Zelle, sondern eher eine Art Büro. Christians Irritation nahm immer mehr zu. Auf einem Stativ in der Ecke stand eine Videokamera. Sie war auf den Tisch gerichtet.

»Könnten Sie mir die Handschellen abnehmen?«, flüsterte Christian durch den Spalt seiner Lippen.

Klein gab einem der Männer ein Zeichen, und dieser befreite Christian von den Fesseln. Klein musterte ihn forschend und ausdruckslos.

»Doktor Brück, es ist Zeit zu reden.«

Christian schwieg. Er hatte beschlossen, das Versteck der Kassette unter keinen Umständen zu verraten.

»Mit Ihrem Schweigen erreichen Sie nichts. Wie Sie gemerkt haben, hat es uns einige Mühe gekostet, Sie aus dem Gewahrsam der lokalen Polizei herauszuholen.«

Jetzt war Christian endgültig klar, dass seine Befreiung nicht zwischen Klein und Coblentz abgestimmt war. Informierten sie sich nicht gegenseitig, was sie jeweils unternahmen?

»Die hiesige Polizei will Sie wegen zweier Morde vor Gericht bringen«, fuhr Klein fort. »Aus unserer Sicht handelt es sich dabei jedoch um ein relativ geringes Vergehen im Vergleich zum Mord an siebenundachtzig Menschen.«

Christian sah Klein ins Gesicht. »Was wollen Sie damit sagen?«, hauchte er kaum hörbar.

»Doktor Brück. Vergeuden wir keine Zeit für Theater. Die Ermittlungen sind vorangekommen. Wir wissen, wer Ihre zukünftige Frau war. Wir wissen über Jacob Weinstaub Bescheid. Und wir kennen Sie. Sie kommen am leichtesten davon, wenn Sie gestehen, was Sie geplant haben, und wenn Sie uns helfen.«

Christian spürte die letzten Kräfte aus seinem Körper weichen. Sie warfen ihm vor, an dem Absturz beteiligt zu sein. War das eine kranke Intrige? Oder eine Falle?

## 37

Christian sprang ungestüm auf und packte Klein über den Tisch hinweg am Kragen. »Wollen Sie behaupten, ich hätte meine zukünftige Frau und Mutter meines Kindes umgebracht ...«

»Lassen Sie mich los!«, fauchte Klein.

Die Tür flog auf und Coblentz erschien mit wehenden Mantelschößen im Türrahmen, gefolgt von Rockler. Christian ließ Klein los. Im selben Moment stieg ein elektrisierender Gedanke in Christian auf, der ihn schlagartig mit Energie erfüllte. Er spürte sein Herz fast im Brustkorb zerspringen.

*Klein hat nicht nach der Kassette gefragt. Er weiß nichts von ihrer Existenz.*

Christian schaute Klein in die scharfen Augen hinter den hellen Wimpern und sagte: »Wissen Sie nicht ...«

»Wir werden ihn weiter verhören.« Coblentz betrat entschlossen den Raum.

»Warum das?« Der Deutsche sah Coblentz überrascht an. »Wir sind zuständig ...«

»Nicht hierfür.«

Für einen flüchtigen Augenblick herrschte Stille. Christian merkte, dass er das Objekt eines unerwarteten Autoritätskonflikts geworden war. Das stärkte seine Vermutung: Klein wusste nichts von der Kassette.

»Hören Sie mir zu, Herr Klein«, sagte Christian schnell. »Einer der Passagiere hat vor dem Unglück ...«

»Aufstehen«, sagte Coblentz und packte Christian am Arm.

»... in der Maschine mit einer Videokamera gefilmt ...«

»Sind Sie sicher, dass Sie das wirklich erzählen wollen?« Zusammen mit Rockler nahm Coblentz Christian in einen eisernen Griff. Christian wollte sich am Tischrand festhalten, bekam aber nur den Stapel mit Papieren und Schnellheftern zu fassen, die daraufhin raschelnd zu Boden fielen. Mehrere Blätter wurden unter Coblentz' Schuhen zerknickt.

Verdutzt stand Klein hinter dem Schreibtisch auf.

Christian fixierte ihn intensiv und redete weiter. »Die Videokassette befindet sich in meinem Besitz ... Diese Leute hier wollen sie an sich reißen ...«

Ein schwarzer Lederhandschuh tauchte vor Christians Mund auf und nahm ihm kurz den Atem. Erst da schien Klein den Ernst der Lage zu begreifen. Er wich einen Schritt zurück.

Zu Christians Bestürzung zog Coblentz eine Pistole mit Schalldämpfer aus der Innentasche seines Mantels, trat unmittelbar vor Klein und schoss ihm eine Kugel in die Stirn. Blut spritzte an die Wand, und der Hingerichtete sank in sonderbar halb sitzender Haltung auf den Boden.

Der gedämpfte Schuss hallte in Christians Ohren nach. Seine Beine trugen ihn nicht mehr, nur das Zupacken kräftiger Arme verhinderte, dass er zusammenbrach. Er war nahe daran, sich zu übergeben.

»Idiot«, fuhr Coblentz ihn an.

Christian begriff, wie das gemeint war. Ein Satz zu viel hatte einem Menschen das Leben gekostet.

Coblentz nahm die Pistole am Lauf und hielt sie Christian mit dem Griff voran hin. Christian schreckte zurück, aber Rockler packte mit einem Zangengriff seine Hand, und Coblentz schob die Pistole hinein. Dann drückte Rockler Christians Finger zusammen. Anschließend steckte er die Pistole in eine Plastiktüte, die Coblentz ihm hinhielt.

All das geschah innerhalb weniger Sekunden. Man

würde Christians Fingerabdrücke und DNA-Spuren an der Mordwaffe finden.

Ein dritter Mann erschien in der Tür. Er hatte offenbar Wache geschoben. Coblentz war mit einem Satz bei dem Stativ mit der Videokamera. Er drückte mit dem behandschuhten Finger eine Taste und spulte das Band ein Stück zurück. Christian sah auf dem Monitor, wie er sich auf Klein stürzte. Coblentz drückte auf Stopp und nahm zufrieden die Kassette aus der Kamera.

»Die Luft ist rein«, sagte der Mann an der Tür.

Coblentz und Rockler führten Christian aus dem Raum.

Sara ließ die Einträge im Speicher ihres Handys abrollen, holte die Nummer von Jürgen, einem Kollegen von Christian, aufs Display und drückte auf die Anruftaste.

Sie hörte das Freizeichen, während sie eine Frau mit überdimensionaler Sonnenbrille beobachtete, die erhobenen Hauptes ihren Lexus aus einer Parklücke zu lenken versuchte, ohne offenbar die geringste Vorstellung von den Ausmaßen ihres Fahrzeugs zu haben.

Jürgen meldete sich.

»Hast du etwas von Christian gehört?«, fragte Sara und trat in die Nische vor einem Bagel-Shop, in der zwei kleine Tische standen.

*»Seit seiner Abreise nach Montenegro nicht mehr.«*

»Wärst du so nett und würdest mir Bescheid sagen, falls er anruft.«

*»Hat er dich kontaktiert?«*

»Kurz ...«, entgegnete Sara ausweichend. »Gibt es etwas Neues über den Flugzeugabsturz?«

*»Soweit ich weiß, nicht. Warum fragst du mich nach Christian?«*

»Weil ihr euch gut kennt.«

*»Du machst dir Sorgen um ihn ...«*

»Nicht übertrieben viele.«

»*Gibt es etwas, das ich wissen sollte?*«, fragte Jürgen.

»Ich glaube nicht. Aber ich muss jetzt aufhören. Wir telefonieren.«

Sara schob das Handy in ihre Handtasche, marschierte in das Reisebüro auf der anderen Straßenseite und fragte die türkische Angestellte nach dem nächsten Flug nach Montenegro.

»In zwei Stunden mit Air France von Nizza nach Belgrad. Dort Anschluss mit JAT nach Podgorica.«

Sara schaute auf die Uhr. »Ich reserviere einen Platz.«

Sie merkte, dass sie gern auch einen Platz für Luc reserviert hätte. Aus mehreren Gründen.

Christian stolperte in Coblentz' und Rocklers gnadenlosem Griff die Treppe hinunter. Seine Beine trugen ihn nicht. Die Treppenstufen wurden von dem Linoleumboden abgelöst, dessen Schachbrettmuster ihm in den Augen flimmerte. Christians Füße traten ins Leere wie im Wasser. Das Einzige, was er hörte, war der gedämpfte Schuss, dessen Zischgeräusch immer und immer wieder in seinen Ohren widerhallte, alptraumhaft und tödlich.

Kräftige Hände hielten ihn gepackt und zerrten ihn weiter, über die Türschwelle und die Außentreppe aus Beton hinunter. Die grauen Wände stürzten auf ihn ein, und der Horizont schwankte haltlos, bis die ganze Welt auf dem Kopf stand. Christian starrte auf seine Schuhspitzen, die über den Kies schleiften und geschlängelte Furchen hinterließen. Plötzlich wurde der Widerhall des Schusses von einer groben Stimme in seinem Kopf überlagert: *Sie kommen am leichtesten davon, wenn Sie gestehen, was Sie geplant haben …*

Kleins Vorwurf, Christian sei an dem Unglück beteiligt gewesen, war so irrsinnig, dass er sogar den Schock, den die Hinrichtung ausgelöst hatte, aus dem Feld schlug.

Man führte ihn zu einem schwarzen Chrysler-Van, der

in dem montenegrinischen Ambiente unwirklich funkelte. Die Tür fiel hinter Christian zu, und als die übrigen drei Türen zuschlugen, klang es in Christians Ohren wie Schüsse, die sein Schicksal besiegelten. Er sank auf dem Ledersitz zusammen. Wollte man versuchen, ihm eine Beteiligung am Flugzeugabsturz in die Schuhe zu schieben, so wie sie ihm den Mord an Klein in die Schuhe schieben wollten? Hatte der Neue Morgen mit dem Unglück zu tun? Jacob Weinstaub ... und Tina?

Die vielen Fragen und die Unsicherheit bildeten ein Netz, das Christian immer mehr einschnürte. Er musste sich auf die einzige greifbare Tatsache konzentrieren: Diese Männer waren bereit, *jeden* zu töten, der von der Kassette wusste. Christian begriff, dass er das nächste Opfer sein würde.

Vorläufig war die Kassette jedoch seine Lebensversicherung. Solange er allein ihr Versteck kannte, war er in Sicherheit. Vielleicht.

Der rotwangige Rockler ließ den Motor an, das Auto schoss los und bog rechts um die nächste Ecke. Coblentz telefonierte, aber so leise, dass Christian Mühe hatte, ihn zu verstehen.

»... haben wir durch die Tür einen Schuss gehört. Es war nichts mehr zu machen. Wir kümmern uns um Brücks Vernehmung ...«

Christian schloss die Augen. Aus dem Autoradio kam einheimische Volksmusik. Rockler schaltete den Apparat mit einer energischen Bewegung aus. Es blieben nur noch das Rattern der Räder auf dem Kopfsteinpflaster und Coblentz' gedämpfte Stimme übrig. »Wir haben Kleins Verhörvideo und die Mordwaffe. Vorerst halten wir die Tat geheim, aber die Informationen über die Attentatsverdächtigen werden veröffentlicht. Es kann Hinweise aus der Bevölkerung geben«, sagte Coblentz und beendete das Gespräch.

Ein abgrundtiefer Hass ließ Christian erzittern. Wegen der stark getönten Scheiben, aber auch wegen der dichten Wolkendecke draußen war es ziemlich dunkel im Wagen. Christian wurde auf der rasanten Fahrt durch die Straßen der Stadt hin und her geworfen.

»Wir holen die Kassette«, sagte Coblentz. »Und zwar jetzt.«

Christian starrte auf einen Platz mit Palmen, an dessen Rand ein kleiner Kiosk stand. Er merkte, wie seine Mundwinkel sich zu einem spöttischen Grinsen hoben. »Ach ja?«

»Sieh dich mal um«, sagte Coblentz und machte eine Kopfbewegung nach hinten.

Zögernd drehte Christian den Kopf und bemerkte da erst, dass auf der hintersten Bank des Vans zwei Personen saßen. Eine davon war Sylvia.

Sie schaute Christian in die Augen. Der ausdruckslose Mann neben ihr hielt ihr mit festem Griff eine Pistole an die Schläfe.

»Wenn du uns nicht zu der Kassette führst, erschießen wir deine Freundin«, sagte Coblentz.

Sylvia lächelte Christian gequält an, obwohl in ihren Augen das blanke Entsetzen stand.

Christian holte tief Luft und schmeckte etwas Metallisches in seinem Mund. Sie verließen das Kopfsteinpflaster, und das dumpfe Rattern hörte auf. »Ihr werdet sie so oder so erschießen.«

Coblentz gab seinem Untergebenen, der Sylvia die Pistole an die Schläfe hielt, ein Zeichen. Dieser entsicherte ohne mit der Wimper zu zucken die Waffe. Ein kaltes Knacken ertönte.

Sylvia schloss die stark geschminkten Augen.

Christian schluckte und sagte ruhig: »Die Kassette ist in Kotor.«

Rockler bremste so heftig, dass der Wagen durch das

ABS erzitterte. Er wendete um hundertachtzig Grad, fuhr scharf am Rand des Platzes entlang und fädelte sich wieder in den Verkehr ein. Der Motor knurrte. Christian spürte, wie ihm der Schweiß über die Schläfen lief. Es bestand nicht der geringste Zweifel, dass Sylvia sterben musste, wenn er die Männer nicht zu der Kassette führte.

Die Straße wurde breiter, die alten Häuser wurden von neuen abgelöst, die freilich in noch schlechterem Zustand waren. Allmählich gingen die Häuser in kleine Baracken über, dann wurde der Hang steiler, und die Bebauung war zu Ende. Mit zunehmender Steigung fing der Motor an zu jaulen.

Christian schloss die Augen. Er spürte Sylvias bohrenden Blick im Nacken. Beide wussten, dass er zwischen etwas Entsetzlichem und etwas noch Entsetzlicherem zu wählen hatte.

# 38

Sara warf gerade ein paar Kleider in die Reisetasche, als es klingelte. Sie erschrak und ging zur Tür, sah durch den Spion und machte Luc erstaunt die Tür auf.

»Ich dachte, Sie sind auf dem Weg zu der Sekte.«

»Das war ich auch, aber ich bin umgekehrt.«

»Ich muss zum Flughafen, ich hab's höllisch eilig ...« Sara huschte ins Bad und stopfte die Zahnbürste in ihren Schminkbeutel. Im Fernseher, der im Wohnzimmer lief, brachte TF2 gerade Nachrichten. »Warum sind Sie umgekehrt? Haben Sie beschlossen, mit mir nach Montenegro zu fliegen?«, fragte sie leichthin.

»Der Privatdetektiv aus New York hat telefonisch die ersten Ergebnisse seiner Recherche durchgegeben. Tina Carabella kam vor vier Jahren bei einem Autounfall ums Leben«, sagte Luc an der Badezimmertür.

Sara starrte ihn an. »Da muss ihm ein Fehler unterlaufen sein.«

»Die Suche wurde mit Hilfe der Passnummer vorgenommen. Es gibt keinen Interpretationsspielraum. Jemand benutzt Tina Carabellas Identität.«

»Aber warum nur?«, flüsterte Sara schockiert.

Luc zuckte mit den Schultern.

Sara lief ein Schauer über den Rücken. Sie packte mechanisch weiter und nahm eine Tube Gesichtscreme von der Ablage. »Kann das mit dem Kult zu tun haben?«

»Normalerweise erhalten die Mitglieder des Kults eine neue Identität, aber nicht in dieser konkreten Form. Mir ist so etwas noch nie begegnet. Zu allem Überfluss gibt es über Jacob Weinstaub keinerlei Informationen. Absolut nichts.«

Sara griff nach einem Lippenstift. »Wir müssen noch einmal mit der Polizei reden.«

»Selbstverständlich. Aber der Privatdetektiv hat inoffizielle Kontaktleute bei der Polizei eingeschaltet, darum liegt uns vorläufig nichts schwarz auf weiß vor. Er hat um weitere Fotos von Tina Carabella gebeten. Haben Sie welche, oder müssen wir welche aus Carabellas Wohnung holen?«

Sara rannte zur Kommode und warf einen Seitenblick auf den Fernseher, wo schon wieder eine entsetzliche Luftaufnahme von der Unglücksstelle gezeigt wurde. Sie suchte aus einer Schublade ein Kuvert heraus und entnahm ihm zwei Fotos. Auf dem einen stand Tina in Shorts auf der Croisette und auf dem anderen schaute sie in der Küche ihrer gemeinsamen Wohnung direkt in die Kamera und lachte einnehmend.

Luc schnappte sich die Bilder und betrachtete sie. »Eine attraktive Frau.«

Danke, dachte Sara. Kein Wunder also, dass Christian sie ihr vorzog.

»Verstehen Sie mich nicht falsch«, sagte Luc, als hätte er ihre Gedanken gelesen. »Ich werde die Fotos nach New York übermitteln und dann zum Haus des Neuen Morgens fahren.«

»Seien Sie vorsichtig.«

»Das sind ja keine Menschenfresser.« Luc ging zur Tür.

»Warten Sie. Ich möchte Sie etwas fragen ... Sie müssen aber nicht antworten.«

»In welchem Kult ich selbst war und was dann passiert ist?«, sagte Luc.

Sara konnte sich das Lächeln nicht verkneifen. »Sie sind nicht von ungefähr Psychologe.«

»Das ist eine lange Geschichte«, sagte Luc verlegen. »Wir kommen darauf zurück, wenn Sie wieder hier sind.« Er fasste Sara an den Schultern, küsste sie auf den Mund und flüsterte: »Au revoir.«

Die Tür fiel vor Sara ins Schloss. Dieser Kuss war kein französischer Höflichkeitskuss gewesen, und sie hatte nichts dagegen.

Als sie wieder zu sich kam, machte sie mit dem Packen weiter. Es war ihr unheimlich, mehrere Wochen mit einer Frau zusammengewohnt zu haben, die im Schutz der Identität eines toten Menschen gelebt hatte.

Diejenige, die sich Tina Carabella nannte, war nicht Tina Carabella.

Noch schockierender war der Gedanke, dass Christian um ein Haar eine Frau geheiratet hätte, die sich der Identität eines toten Menschen bediente. Das Ganze nahm immer seltsamere und düsterere Züge an. Sie zog den Reißverschluss ihrer Reisetasche zu. Warum hatte sich Christian noch immer nicht gemeldet?

Plötzlich hätte es Sara fast den Boden unter den Füßen weggezogen. Auf dem Fernsehschirm erschien ein Bild von Christian.

»*... Der in Frankreich tätige Gehirnforscher wollte ein Mitglied des Neuen Morgens, das sich in der Unglücksmaschine befand, heiraten. Die Polizei sucht Dr. Christian Brück wegen einer möglichen Beteiligung an dem Flugzeugunglück. Der Neue Morgen wird zu den gewalttätigen Kulten gerechnet und unter anderem der Fixermorde von Zürich und Moskau verdächtigt ...*«

Sara rannte auf den schmalen Balkon. »Luc!«, schrie sie, aber der war nicht mehr auf der Straße zu sehen.

Der Fahrer fuhr schnell und sicher. Im Auto herrschte Totenstille. Christians Puls hämmerte wie wild, aber Angst hatte er nicht. Eine eindrucksvolle Landschaft tat sich vor ihnen auf: blaugrüne Berge, die Meeresbucht, marmorne Wolkenmassen.

Kotor rückte näher. Die Kassette rückte näher. Und damit der Tod.

Christian begriff, wie teuflisch und clever zugleich der Plan der Amerikaner war. Sie hatten ihm den Mord an Klein angehängt, und nun würden sie ihn umbringen. Ob sie ihm auch den Flugzeugabsturz anhängten? Wurde dafür ebenfalls ein Sündenbock gebraucht, um die wahren Schuldigen zu decken?

Christian fragte sich, wo die Männer Sylvia wohl geschnappt hatten. Sie überholten einen kleinen, tuckernden Fiat, der beängstigend weit auf die andere Straßenseite ausscherte. Christian versuchte, klar zu denken. Er musste entweder den Killern die Kassette aushändigen oder Sylvia dem sicheren Tod ausliefern. Beides schien unmöglich, ganz gleich, wie intensiv er darüber nachdachte. Außerdem würde die Übergabe der Kassette das Todesurteil für sie beide bedeuten ...

Er erinnerte sich an die Sätze von Klein. Sie waren unfassbar, klangen aber doch vernünftig. Ein Name brannte mit lodernden Buchstaben in seinem Kopf: Jacob Weinstaub. War er es, den Tina auf dem Videoband küsste?

»Die Wegbeschreibung!«, sagte Coblentz.

»Geradeaus.«

Hinter der nächsten Anhöhe tauchten die ersten Häuser auf, dann füllten die Bucht von Kotor und die Bergkette, die sie einfasste, das Panorama aus. Nach und nach wurde die Bebauung dichter. An einer Hauswand standen einige Kinder, die Verstecken zu spielen schienen. In Christians Augen sah der Alltag in dieser Gegend nun unnatürlich, vor allem aber unerreichbar aus. Unaufhaltsam ging die Fahrt weiter zu dem Versteck der Kassette. Trotzdem war er seltsam gefasst und wartete nur auf eine Chance, zu handeln.

»Wie geht es weiter?«, fragte Coblentz.

Christian räusperte sich. »Nach der Baustelle rechts.«

Das Auto passierte die bekannten Stellen und kam der Kassette immer näher. Christian hörte Sylvias schweren Atem hinter sich.

»An der nächsten links.«

»Die Straße endet hier«, sagte Coblentz.

»Wir gehen zu Fuß weiter.«

Der Fahrer parkte den Wagen am Straßenrand. Die Türen gingen auf, und feuchtkalte Luft strömte herein.

»Du weißt, was passiert, wenn du versuchst, Dummheiten zu machen«, sagte Coblentz in neutralem, konstatierendem Tonfall zu Christian. Er strahlte weder Bedrohlichkeit noch Aggression aus, er sagte einfach, was Sache war.

Christian stieg aus und schaute mit pochendem Herzen auf Sylvia. Neben dem Mann mit der Pistole wirkte sie unnatürlich ruhig. Sie lächelte Christian mit ihren geschminkten Lippen aufmunternd zu. Das war ihm unheimlich, darum gelang es ihm nicht, seinem versteinerten Gesicht ein Lächeln als Antwort abzuringen.

»Tempo!«, sagte Coblentz. »Wir holen unauffällig die Kassette, dann fahren wir weiter.«

»Wohin?«, wollte Christian wissen. »Was passiert danach?«

»Wenn ihr seht, was auf der Kassette ist, werdet ihr verstehen, worum es geht.«

»Und ihr werdet uns töten.«

»Das wird nicht nötig sein. Wenn auf dem Band die Wahrheit zu sehen ist, werdet ihr den Mund halten, ohne dass wir es euch empfehlen müssen.«

Coblentz' Worte machten Christian unsicher. Sagte er womöglich die Wahrheit? Er ging an der Seite des Amerikaners auf den Wald zu. Der ausdruckslose Mann mit der Pistole begleitete Sylvia, und Rockler ließ sich zurückfallen. Der vierte Amerikaner ging in einigem Abstand seitlich von ihnen. Sie waren auf Überraschungen gefasst.

Immer wilder schossen Christian die Gedanken durch den Kopf. Jede Ungewissheit vergrößerte die Unsicherheit. Er hielt nach dem großen Felsbrocken und der abgestorbenen Fichte Ausschau. Der Moment für die endgültige Entscheidung stand unmittelbar bevor. Es pulsierte in seinen Schläfen, und die Handflächen waren feucht.

Er blieb stehen. Sylvia sah ihn gefasst an, dann wandte sie den Blick ab. Christian konnte in ihrem Verhalten nichts anderes lesen als innere Sicherheit und Ruhe, was ihn sehr irritierte.

»Tempo!«, sagte Coblentz erneut, nun schon ungeduldiger.

Christian ging weiter, verlangsamte aber ständig den Schritt. Das feuchte Gras bog sich unter den Schuhen, Tropfen fielen von den Halmen auf die Erde. Christian konnte nichts anderes tun, als den Amerikanern die Kassette zu übergeben. Er sah bereits die Höhle hinter dem Wurzelgeflecht und unter dem Stein, ließ sich aber nichts anmerken, sondern ging ein Stück daran vorbei. Doch er wusste, dass es nichts mehr brachte, jetzt noch auf Zeit zu spielen, darum drehte er sich um, ging neben Coblentz in die Hocke und schob die Hand in die Höhle.

Sie war leer.

Christian erschrak und schob die Hand tiefer hinein. Das durfte nicht wahr sein! Nicht schon wieder.

»Wir haben keine Zeit für Theater«, sagte Coblentz.

Christian tastete mit beiden Händen in der Höhle und stand schließlich fassungslos auf. »Jemand hat sie weggenommen.«

Coblentz nahm seinem Untergebenen die Pistole aus der Hand, drückte Sylvia den Lauf an die Schläfe und schaute Christian in die Augen. »Du hast zehn Sekunden Zeit, uns die Kassette zu geben.«

Christian sah sich verzweifelt um. Die Stelle stimmte. Sein Blick hielt auf Sylvias ruhigem Gesicht inne. Fast unmerklich zwinkerte sie ihm zu.

*Sie hatte die Kamera mitsamt Kassette aus dem Versteck geholt.*

Sylvia hatte ihn hintergehen wollen – und jetzt war sie bereit zu sterben, um das Geheimnis zu wahren. Hatte sie gesehen, was auf der Kassette war? Warum stellte sie sich dem Tod?

Rasch richtete Christian den Blick wieder auf die Bäume. Ein schwarzer Vogel flog von einem Ast auf. Eine Weile hörte man das Geräusch der Flügel, dann verschwand es in der Ferne. Falls Coblentz etwas ahnte, würde er Christian die Waffe an die Schläfe halten und Sylvia zum Reden zwingen.

»Du hast fünf Sekunden Zeit, uns die Kassette zu geben, oder deine Freundin stirbt«, sagte Coblentz.

»Ich schwöre, dass sie hier gewesen ist«, sagte Christian wahrheitsgemäß.

Wo hatte Sylvia die Kassette hingebracht? Wenn Coblentz sie erschoss, würde sie das Geheimnis mit ins Grab nehmen. Oder hatte sie die Kassette jemandem ausgehändigt und Anweisungen dazu gegeben? Das waren jetzt sinnlose Fragen. Sollte Coblentz glauben, dass die Kassette aus dem Versteck gestohlen worden war, hätte er keine Hemmungen, Sylvia und Christian zu ermorden. Andererseits würde er das Risiko, Christian zu töten, vielleicht nicht eingehen, solange die Möglichkeit bestand, dass er die Kassette anderswo versteckt hatte. Außerdem durfte die Kassette nicht einem zufälligen Finder in die Hände geraten.

»Deine Zeit läuft ab«, sagte Coblentz.

Ohnmächtige Wut überkam Christian. »Nur zu«, zischte er zwischen den Zähnen hindurch. »Bring uns nur um, wenn dir das hilft, an die Kassette zu kommen. Bitte sehr.«

Er deutete mit dem Finger auf seine Stirn und machte einen Schritt auf Coblentz zu.

Dieser nahm die Pistole von Sylvias Schläfe und richtete sie auf Christian. Christian ging immer näher heran, bis seine Stirn den Lauf berührte. Die Berührung des Metalls war eiskalt.

# 39

Christian hielt den Atem an. Er glaubte, das Herz würde ihm jeden Moment aus der Brust springen. Waren das die letzten Kontraktionen, bevor die Schläge für immer verstummten? Oder hatte er Coblentz richtig eingeschätzt? Er starrte auf den Finger des Amerikaners auf dem Abzug und sah übertrieben scharf den sorgfältig geschnittenen Fingernagel und die Härchen auf dem Fingerrücken. Sein Blick glitt nach oben in die Augen von Coblentz, an denen nichts abzulesen war. Konnte sich das Böse so perfekt verbergen?

Nach Sekunden, die eine Ewigkeit zu dauern schienen, sagte Coblentz: »Gehen wir.« Er nahm die Waffe von Christians Stirn und wischte dessen Schweiß vom Lauf.

Christian spürte tiefe Erleichterung und triumphierte sogar innerlich, obwohl er wusste, dass dieser Erfolg nur vorübergehend war. Was hatte Coblentz vor? Christian versuchte auf dem Weg zum Auto einen Blick auf Sylvia zu erhaschen. Er musste herausfinden, wo sich die Kassette befand. Aber die betont ruhig gehende Frau sah stur vor sich hin und ermöglichte Christian keinerlei Blickkontakt. Warum wich sie ihm in so einer Situation aus?

Beim Auto verband man ihnen die Augen. Sylvia musste sich auf die hinterste Bank legen, Christian auf die mittlere. Neben beiden nahm ein bewaffneter Mann Platz. Erst im Wagen löste sich Christians Anspannung, worauf seine Muskeln zu schlottern begannen. Er versuchte zu verfolgen, in welche Richtung sie fuhren, aber das war unmöglich. Er kannte die Gegend nicht gut genug.

Durch die Kurven, die Anstiege und Abfahrten wurde ihm zunehmend schlechter. Kalter Schweiß trat ihm auf die Stirn, er befürchtete, sich übergeben zu müssen. Dann aber wurde die Straße gerade und die Übelkeit ließ wieder nach. Die Fahrt nahm und nahm kein Ende. Christian musste an den Blick von Coblentz denken, als dieser Klein getötet hatte. Professor Hagen hätte diesen Blick sehen müssen. Der geachtete Neurologe hatte sich der Erforschung der biologischen Gründe für aggressives Verhalten gewidmet. Der biologischen Gründe des Bösen ... Einst hatten seine Erkenntnisse auch Christian fasziniert, jetzt kamen sie ihm geradezu absurd und lächerlich vor. Verabreichte man aggressiven Ratten eine Aminosäure namens Tryptophan, nahm die Menge an Serotonin in ihrem Gehirn zu, und sie verhielten sich weniger angriffslustig. Hagen hatte vorgeschlagen, den Serotoningehalt von Gewaltverbrechern zu untersuchen und einen geringen Wert als mildernden Umstand anzusehen.

Dieser Gedanke löste bei Christian erneut Übelkeit aus. Nur ein verrückter Forscher, der die Welt allein vom Labor aus betrachtete, konnte auf die Idee kommen, dass man das Böse durch medikamentöse Behandlung verhindern konnte und dass Kriminelle kranke Menschen waren. Wohin würde es führen, wenn man die Menschen nicht für ihre Taten zur Verantwortung zog? Das würde den moralischen Entscheidungen den Boden entziehen, die den Menschen erst zum Menschen machten.

Christian war in der Drogenforschung auf den gleichen Erklärungswahn gestoßen. Immer wieder breiteten sich weltweit Informationen über Derivate aus psychotropen Pflanzen aus, unter deren Einfluss Menschen angeblich alles taten, was man ihnen befahl, ohne dass sie sich im Nachhinein daran erinnern konnten. Datura Stramonium und viele andere Pflanzen enthielten Scopolamin, Atropin und weitere starke Alkaloide mit ähnlich halluzinatorischer Wirkung, wie sie LSD-Derivaten eigen war, aber ein wissenschaftlicher Beleg für eine »chemische Hypnose« lag nicht vor. Obwohl die USA und die Sowjetunion während des Kalten Krieges Unsummen geopfert hatten, um ihn zu erzielen.

Solche Mythen lebten besonders lange, weil große Nachfrage nach ihnen bestand. Für schwere Vergehen, die sonst zwangsläufig dazu veranlassen müssten, ein düsteres Bild von der Natur des Menschen zu akzeptieren, fand sich so eine einfache Erklärung: »Die Drogen haben mich zu der Tat getrieben.«

Christian schämte sich, und er schämte sich für diejenigen seiner Kollegen, die das Verhalten von Mördern mit Hilfe der Neurobiologie erklärten. Wenn jemand einen anderen Menschen tötete, lag kein biologisches Problem vor, sondern eine moralische Beziehung zwischen zwei Menschen.

Wäre er selbst denn fähig, einen Menschen zu töten, wenn es nötig wäre? Verbarg sich auch in seinem Inneren das Böse, bereit, unter bestimmten Umständen die Macht über ihn zu ergreifen? Er schüttelte den Gedanken unwillig ab. Er wusste es nicht. Und er hoffte, es nie erfahren zu müssen.

Aber es gab Leute, die man dazu gebracht hatte, zu glauben, dass er fähig war, ein Flugzeug voller Menschen sowie Joachim Klein umzubringen. Eine belebende Wut kehrte in ihn zurück. Es genügte nicht, die Beteiligung der Amerikaner an dem Unglück zu enthüllen, er musste auch seine eigene Unschuld beweisen. Und dafür brauchte er die Kassette.

Das Auto raste immer weiter. Christian spürte Sylvias Nähe hinter sich. Und wenn sie weiterhin Sylvia bedrohten? Die Frau, die, wie sie selbst gesagt hatte, nicht den Mund halten konnte?

Endlich nahm die Geschwindigkeit ab. Christian spürte,

dass die Straße stark anstieg. Sie wurde wieder kurvenreicher, der Brechreiz meldete sich zurück und erinnerte Christian an einen der peinlichsten Momente seines Lebens. Damals war er Doktorand am Leopold-Müller-Institut gewesen. Einmal war der Flieger nach London in Turbulenzen geraten, und Christian musste zur Kotztüte greifen, obwohl neben ihm die perfekte Frau saß. Trotzdem hatte sich ein interessantes Gespräch zwischen ihnen entsponnen. Die Frau hatte Meeresarchäologie in St. Andrews studiert. Vor ihrem Weiterflug nach Edinburgh hatten sie Telefonnummern ausgetauscht. Zwei Wochen später trafen sie sich in London, wo besagte Sara Lindroos sich wegen eines angeblichen Termins zufällig aufhielt. Sie hatten ihre lange Beziehung manchmal als Kotztütenromanze bezeichnet.

Der Wagen hielt an, und Christian schärfte mit verbundenen Augen seine Aufmerksamkeit. Die Türen gingen auf und fielen wieder zu. Ließ man sie zu zweit im Wagen? Er musste Sylvia fragen, wo die Kassette war. Vorsichtig hob er den Kopf, traf aber auf den Wächter, der neben ihm saß. Wortlos stieß dieser ihn wieder zurück. Natürlich ließ man sie nicht zu zweit im Wagen.

Die Türen gingen wieder auf, und Christian wurde ins Freie gezerrt. Rigoros und schnell wurde er weitergeführt. Ein Windstoß traf seinen Rücken und hauchte eisige Kälte auf den Schweiß unter seinem Hemd. Es war salziger Seewind, man roch das Meer, witterte die Nähe der Wellen, auch wenn man wegen der Augenbinde nichts sah.

»Christian ...«, hörte er Sylvia hinter sich sagen.

»Still«, fuhr sie jemand an.

»Hat irgendjemand behauptet, Moral und Krieg hätten etwas miteinander zu tun?«, sagte Sylvia und stöhnte auf, weil ihr Bewacher sie offensichtlich dafür bestrafte, dass sie seiner Aufforderung nicht Folge leistete.

Sylvias Worte klangen in Christians Kopf nach. Was

meinte sie damit? Redete sie wirres Zeug? Nein, sie hatte überlegt und mit Nachdruck gesprochen. Hatte sie ihm einen Hinweis auf das Versteck der Kassette gegeben? Christian speicherte ihre Worte. Im selben Moment wäre er fast über die Schwelle gestolpert, über die man ihn führte. Jetzt hatte er Beton oder Steinboden unter den Füßen. Die Schritte hallten, und man spürte den Wind nicht mehr. Christian hätte sich am liebsten die Augenbinde heruntergerissen, aber er wollte die Killer nicht provozieren. Das Lamm wurde zur Schlachtbank geführt.

Muffige Kühle drang in die Nase, wie in einem Keller. Christian keuchte schwer und ließ sich von den hart zupackenden Händen durch gewundene Gänge führen. Es hatte den Anschein, als ginge es nach und nach immer weiter nach unten. Der Boden war uneben, hin und wieder trafen Christians Schuhspitzen klirrend eine Flasche oder ein paar Ziegelsteine, die dann auf dem Steinboden polterten.

Die Männer, die ihn führten, sagten kein Wort, aber Christian hörte ihren Atem. Mit verbundenen Augen stellte er sich den Gang als finsteren Tunnel vor, ein Eindruck, der durch den ihm entgegenschlagenden Schimmelgeruch noch intensiviert wurde. Unauffällig versuchte er mit den Fingern die Wände zu berühren, und ihm schien, als würde der Gang immer schmäler werden. Was war das für ein Labyrinth, in das man ihn hier trieb?

Sein Orientierungssinn war vollkommen durcheinander, er begriff nur, dass man ihn immer tiefer ins Innere eines riesigen Gebäudekomplexes hineinführte. Wie in eine kühle Gruft. Schließlich stieß man ihn durch eine Tür und nahm ihm die Augenbinde ab. Christian blinzelte im grellen Licht. Er befand sich in einer weiß gekalkten Kellerhöhle mit unebenem Betonboden, einem Bett mit Stahlrohrgestell und zwei wackligen Stühlen. An der gegenüberliegenden Wand war eine weitere Tür. Auf dem Tisch lag ein Sortiment verschiedener Artikel für den Krankenhausbedarf. Mitten im Raum stand ein kleiner Mann mit Halbglatze, der ihm bedeutete, sich auf einen der Stühle zu setzen. Ein Fenster gab es nicht, das Licht kam aus einer Neonröhre an der Decke, die unangenehm blinkte und außerdem brummte.

»Setzen Sie sich«, sagte der mit der Halbglatze in trockenem, nüchternem amerikanischen Englisch.

Christian nahm nervös auf dem kalten Stahlrohrstuhl Platz. Am liebsten wäre er auf der Stelle wieder aufgesprungen und zur Tür gestürzt, aber er beherrschte sich mit Mühe. Sein Blick fiel auf ein Tablett aus rostfreiem Stahl, das über den Rand des schmalen Tischs hinausragte. Darauf lagen glänzend polierte medizinische Instrumente: Skalpelle, Wundspreizer, Nähzeug. Unwillkürlich überkam Christian das Grauen, und er rang nach Fassung.

Der mit der Halbglatze schien das zu ahnen. »Solange Sie die Wahrheit sagen, haben Sie nichts zu befürchten.«

Die ungleichmäßigen Rillen des kalten Sitzmöbels drückten durch das schweißnasse Hemd hindurch in Christians Rücken. Mit dem Geschmack der Angst im Mund sah er zu, wie der Mann die Manschette eines Blutdruckmessgerätes nahm, sie ihm flink um den Oberarm legte und aufpumpte. Christian registrierte, dass es sich um ein digitales Oberarmgerät von Omron handelte, das er kannte. Der Mann, der es bediente, war ein richtiger Arzt, das sah man sofort. Es kam Christian unnatürlich, ja absolut bestürzend vor, in diesem Zusammenhang einem Kollegen zu begegnen. Das Piepsen für den systolischen Wert ertönte ein paarmal, dann folgte das des diastolischen Werts.

»Sie sind doch nicht etwa aufgeregt?«, fragte der Mann wie ein Hausarzt und lächelte dabei fast freundlich.

Christian machte sich nicht die Mühe, auf diese kranke Art von Humor zu antworten.

»Weniger Salz und mehr Bewegung«, sagte der Mann, und sein Lächeln verschwand wieder.

»Ich bin Arzt«, erwiderte Christian.

Der andere sah ihn kurz an, sagte aber nichts. Er nahm eine Spritze und eine kleine Ampulle vom Tisch. Christian versuchte vergebens, das Etikett zu erkennen.

»Wie viel wiegen Sie?«

Christian schluckte. Die Zunge klebte an seinem trockenen Gaumen. »Was ...«

»Sagen Sie mir Ihr Gewicht, oder soll ich es schätzen?«, fragte der Mann und zog die Spritze auf. »Dreiundsiebzig?«

»Einundsiebzig«, sagte Christian.

Der Mann ließ das Oberarmgerät, wo es war, schob den Ärmel an Christians anderem Arm hoch und suchte mit geschultem Auge die Vene in der Armbeuge. Was wollte er ihm injizieren? Intuitiv versuchte Christian, den Arm zurückzuziehen.

»Stillhalten«, knurrte der Mann und umfasste Christians Arm fester.

Die Nadel drang in die Ader ein. Christian schloss kurz die Augen. Sein Herz hämmerte immer wilder. Als er die Augen wieder öffnete, hatte der mit der Halbglatze ein gelbes DIN-A4-Blatt zur Hand genommen.

Christian wartete, dass der andere etwas sagte, aber es kehrte Stille ein. Der Mann las das Blatt und blickte ab und zu auf die Uhr. Er wartete auf etwas.

Natürlich.

Er hatte Christian ein Barbiturat mit kurzer Wirkung verabreicht, vielleicht Tiopental. Sie wollten die Wahrheit aus seinem Mund hören.

Ein Gefühl der Mattigkeit breitete sich in ihm aus. Er kämpfte mit aller Kraft dagegen an, aber das zentrale Nervensystem ließ sich nicht herumkommandieren. Es hörte nicht auf die Vernunft und nicht auf Gefühle. Sein Puls beruhigte sich, und in die verkrampften Gliedmaßen kehrte Entspannung ein. Vielleicht war die Lage gar nicht so ernst.

Fast schämte er sich dafür, überreagiert zu haben. Er spürte eine angenehme, ungetrübte Wärme in Geist und Körper.

Vielleicht war ja alles gut … Er richtete den Blick zur Betondecke und lauschte dem Brummen der Neonröhre.

Wieder sah der Arzt auf die Uhr und dann auf das Blutdruckmessgerät. Schließlich nahm er ein kleines Diktiergerät vom Tisch, schaltete es ein und nahm erneut das gelbe Blatt Papier zur Hand. »Haben Sie die Kassette dort gesucht, wo Sie sie auch versteckt haben?«

Christian musste sich räuspern, um einen Ton herauszubekommen. »Ja.«

Der Arzt schrieb die Antwort auf, während er schon die nächste Frage stellte. »Haben Sie vorgegaukelt, dass das Fehlen der Kassette im Versteck eine Überraschung für Sie war?«

»Natürlich nicht … Es *war* eine Überraschung für mich.«

»Wo haben Sie die Kassette versteckt?«

Christian lachte ungeduldig. Er fühlte sich wohl und ruhig. Er stammelte ein wenig, wie ein Betrunkener. »Exakt dort, wo ich sie versteckt hatte … in der Höhle unter dem Stein.«

»Haben Sie gesehen, was auf der Kassette ist?«

»Nein. Nur zwei Ausschnitte von wenigen Sekunden.«

»Was haben Sie gesehen?«, fragte der Arzt, immer noch schreibend.

Christian spürte hinter seinem Wohlbefinden Unruhe aufkeimen. »Ein paar Passagiere und allgemeines Durcheinander.«

»Genauer«, kommandierte die Halbglatze und sah auf die Uhr. Christian wusste, dass der Mann nicht etwa die Uhrzeit überprüfte, sondern die Sekunden im Auge behielt. Das geeignete Barbituratniveau würde nicht lange anhalten. Die Zeit war jetzt seine beste Freundin – und sein schlimmster Feind.

»*Genauer!*«

»Ein Mann rannte über den Gang«, sagte Christian unbestimmt. Er war verwirrt, wie wenn man aus tiefem Schlaf erwacht. Er zögerte. Der Arzt schien die Rückkehr seiner Selbstkontrolle zu bemerken. Zum Glück hatte er nicht lügen müssen.

Im selben Moment begriff er, dass Sylvia sich dem gleichen Test würde unterziehen müssen.

Der Arzt schaltete das Diktiergerät aus, riss die Manschette des Blutdruckmessgeräts von Christians Oberarm und steckte mit verärgerter Miene das zusammengefaltete Blatt in seine Brusttasche. Für einen Augenblick durfte Christian einen kleinen Triumph auskosten, ein seltenes Gefühl, das in die matten Glieder eindrang und den gesamten Körper erfasste.

Da hörte man in der Ferne den Schrei einer Frau.

*Sylvia.*

Christian schnürte es die Brust zusammen. Die Stimme stockte. Sie brach ab.

Man hörte Laufschritte, dann flog die Tür auf. Der Arzt schnellte hoch. Der Mann, der in der Tür erschien, war über und über voller Blut, und seine Schuhe hinterließen rote Spuren auf dem Beton. Seine Stimme war von Panik erfüllt, als er auf Englisch sagte: »Doug, komm mit. Schnell.«

Der Arzt schnappte sich einen Aluminiumkoffer und rannte aus dem Raum. Gleichzeitig trat ein bewaffneter Wächter ein, um auf Christian aufzupassen. Die Tür fiel zu, und der trockene Schlag hallte im Raum nach. Bevor die Tür zugeschlagen war, hatte Christian noch hören können, wie der mit Blut besudelte Mann zu dem Arzt sagte: »Selbstmord.«

Zermürbende Beklemmung durchfuhr Christian, die aber fast sogleich einer tragischen Erkenntnis wich. Sylvia wusste, dass sie gegen ihren Willen das Versteck der Kassette verraten würde – und darum brachte sie sich um. Vor Christians Augen erschien ein Bild von Sylvia; es war der Moment, kurz bevor sie sich trennten, als sie auf so rätselhafte Art gesagt hatte, sie suche verzweifelt nach einem Sinn für ihr Leben. Hatte sie *das* gemeint? Hatte sie den Sinn gefunden und war bereit gewesen, sogar für ihn zu sterben? Aufschäumender Trotz und wilde Entschlossenheit mischten sich mit rasendem Furor und ließen Christians Willen stärker werden als je zuvor. Das halb über die Tischkante hinausragende Stahltablett blinkte vor seinen Augen. Er sprang auf.

»Sitzen bleiben!«, sagte der Wächter.

Mit aller Kraft trat Christian gegen das Tablett, und es flog dem Bewaffneten direkt ins Gesicht. Arzneigläser und Instrumente schossen in alle Richtungen, und das Tablett landete scheppernd auf dem Boden. Christian schnappte sich ein Infusionsgestell und schlug es dem Mann auf den Kopf. Der Aufpasser brach bewusstlos zusammen, und Christian rannte zur Tür in der Wand gegenüber. Die Klinke gab nach, und die Tür ging zu einem dunklen Gang hin auf, dessen Wände und nasser Boden aus grobem Beton waren.

Christian schloss die Tür hinter sich und rannte den glitschigen Gang entlang. Das Wasser spritzte, seine Schuhe, Strümpfe und Hosenbeine wurden nass. Er rutschte aus, fiel hin und rappelte sich wieder auf. Erst da fiel ihm ein, dass er dem Mann die Pistole hätte abnehmen müssen.

Zum Umkehren war es jetzt aber zu spät. Die Bewusstlosigkeit des Bewaffneten konnte zwanzig Sekunden andauern oder zwanzig Minuten. Oder eine Ewigkeit.

Er probierte eine der Türen, an denen er vorbeikam, sie führte in einen dunklen Lagerraum. Auch die nächste Tür führte in eine Sackgasse, in ein Lager voller grober Seile.

Er lief weiter und blickte sich immer wieder um. Jeden Moment würden die Verfolger hinter ihm her stürmen. Der Gang endete an einer Treppe, die nach oben führte.

Kurt Coblentz sah die Frau, die sich umgebracht hatte, ausdruckslos an. Ihre Entscheidung weckte seine Hochachtung. Er ging davon aus, dass er in einer entsprechenden Situation genauso gehandelt hätte. Darum sah er in Sylvia Epstein auf gewisse Art sich selbst. Sie waren sich von Grund auf gleich: absolut und fanatisch, keine Durchschnittsmenschen, die mit dem Strom schwammen, keine kleinen Helden des Alltags. Coblentz lebte jenseits des Alltags. Er lebte das große Leben, und eines Tages würde er auch den großen Tod sterben – so wie Sylvia.

Schweigend reichte der Arzt das gelbe Blatt Papier aus seiner Brusttasche an Coblentz weiter. Coblentz überflog die Antworten des Deutschen. »Hältst du das Ergebnis für verlässlich?«

»Ja.«

Coblentz dachte nach, ohne sich die Erleichterung anmerken zu lassen.

»Brück ist entkommen«, rief plötzlich jemand auf dem Gang.

Coblentz warf einen fragenden Blick auf die Tür, überließ das Handeln aber seinen Untergebenen. An einem Ort wie Bukovica würde die Flucht nicht lange dauern. Sie durfte es auch nicht. Coblentz hasste jede Art von Unsicherheit.

Von Anfang an hatte es bei der ganzen Operation einen Faktor gegeben, den zu kontrollieren extrem schwierig war: die Medien.

Anfangs hatten sie es für möglich gehalten, die konkrete Ursache für den Flugzeugabsturz nicht zu benennen, aber das hatte sich wegen der Medien als unmöglich erwiesen. Es musste ihnen zumindest ein Grund angeboten werden, sonst würden die Journalisten und die Angehörigen der Opfer nie Ruhe geben.

Ein Bestandteil der vorgetäuschten Unglücksursache befand sich nun auf der Flucht und musste so schnell wie möglich wieder eingefangen werden.

# 40

Christian rannte gerade die Treppe hinauf, als er hinter sich eine Tür schlagen und Männer etwas rufen hörte. Die Verfolger waren bereits hinter ihm her.

Er bog in einen Quergang ein, der breiter, aber noch schlechter beleuchtet war. Schwer keuchend rannte er weiter, mit pulsierender Angst in den Adern. Aber diese Angst war nun kein lähmendes Entsetzen mehr, sondern beschleunigende Energie, die mehr Tempo, Kraft und Willen in die Muskeln pumpte. Christian hatte sein Schicksal in die eigenen Hände genommen. Er kämpfte.

Aber unter der Erregung schwelte ein düsterer Gedanke: Er hatte gerade einen Menschen niedergeschlagen und dabei dessen eventuellen Tod in Kauf genommen. Wuchs das Böse also auch in ihm? War die Grenze zwischen Gut und Böse so fließend, so undeutlich?

In dem tunnelartigen Gang folgten in regelmäßigen Abständen schmale Türen aufeinander. Christian registrierte es, aber seine Gedanken waren bei Sylvia. Der Selbstmord war ihr letztes Mittel gewesen, das Geheimnis zu bewahren – und vielleicht auch die Grenze zwischen Gut und Böse zu ziehen.

Jetzt lag alles allein in seiner Verantwortung. Er riss eine der Türen auf. Dahinter befand sich ein enger Raum, in dessen Wand eine rechteckige Schießscharte eingelassen war. Man konnte den Himmel sehen. Frischer Seewind schlug Christian entgegen. Er blickte durch die Öffnung und fast wäre ihm schwindlig geworden bei dem Anblick.

Unter ihm fiel senkrecht eine Wand ab, die nach hundert Metern in der schäumenden Gischt des Meeres endete. Auf Augenhöhe drehten ein paar kreischende Möwen ihre Kreise. Einer der Vögel war stumm, er hielt einen erbeuteten Fisch im Schnabel, der noch lebte und zuckte. Christian begriff, dass er sich in einer alten Küstenfestung befand.

Er lief in den Tunnel zurück und rannte weiter, bis er vor einer grauen Stahltür anhalten musste. Sie war abgeschlossen. Natürlich. Schon begann die Verzweiflung die Oberhand über seinen grimmigen Willen zu gewinnen. Panisch sah er sich um und bemerkte in der Wand ein rundes, rostiges Metallgitter mit einem Scharnier. Er klappte es auf, kroch in die Öffnung, die gerade groß genug war, und zog das Gitter hinter sich zu. Etwas Rost blieb an seinen Fingern haften. Er befand sich in einer gemauerten, eckigen Röhre, offenbar einer Art Belüftungsschacht, in dem ein leichter Luftzug ging.

Auf allen vieren kroch Christian weiter. Die kühlen Backsteine waren grob und hart an Knien und Handflächen, aber die Wut trieb ihn voran. Das Licht von draußen reichte nicht mehr aus, um den Schacht zu erleuchten, der steil abwärts führte. Bald verschwand der letzte Lichtschein hinter einer Biegung.

Sylvias Schicksal trieb Christian Tränen in die Augen. Ihre Moral und ihre Kraft hatten über seine billigen Vorurteile gesiegt. Sylvia hatte zu schweigen gewusst, als es darauf ankam.

Die Muskeln des hechelnden Dobermanns spannten sich unter dem glänzenden Fell, als er in den Helikopter sprang.

»Sve u redu«, rief ein Mann mit Bürstenhaarschnitt über den Motorenlärm hinweg dem zweiten Dobermann zu, der dem ersten folgte. Der Mann dirigierte ein ganzes Rudel großer, sehniger Hunde, die allesamt in die Kabine sprangen: Dobermänner und Deutsche Schäferhunde. Einige der Tiere knurrten aggressiv wegen des Lärms. Sie hechelten, und der Geifer troff ihnen aus dem Maul.

»Schneller!«, rief ein Mann mit grünem Overall und Helm auf der anderen Seite der Tür in amerikanischem Englisch.

In Washington D.C., in dem am effektivsten vor Abhörmaßnahmen gesicherten Konferenzraum des Pentagon, saßen zwei Männer. Der geschliffene Steintisch vor ihnen war leer. Was hier stattfand, war eine so genannte NDO – eine *non-document operation*. Wenn über eine Operation kein einziges Wort auf einem Blatt Papier stand, gab es auch keine Unterlagen, die jemand zu sehen verlangen konnte.

»Von allen großen Unglücksfällen ist ein Flugzeugabsturz der einzige, bei dem man sich zumindest vorstellen kann, dass die Ursache der Tragödie für immer ungeklärt bleibt«, sagte einer der beiden Männer. Er war etwa sechzig Jahre alt und trug ein sorgfältig gefärbtes Haarteil.

»Nie zuvor war der Druck der Medien so groß. Den müssen wir irgendwie kanalisieren.« Der jüngere der beiden Männer schaute sein Gegenüber durch die eckige schwarze Hornbrille eindringlich an. »Egal wie.«

»Wenn wir ihnen ein Körnchen Information geben, graben sie mit Sicherheit ein zweites aus. Und ein drittes.«

»Wir müssen es eingrenzen. Bis jetzt haben wir nur die Information weitergeben, dass in der Maschine das Mitglied einer gewalttätigen Sekte war, eine Frau namens Tina Carabella. Der zweite Name, der an die Öffentlichkeit gegangen ist, lautet Christian Brück. Über ihn dürfen die Journalisten herausfinden, was sie wollen. Es ist eine Tatsache, dass er diese Carabella heiraten wollte. Wir erzählen nur, dass wir ihn vernehmen wollten, dass er es aber für klüger hielt, zu fliehen. Dann kann sich jeder selbst überlegen, warum er geflohen ist.«

»Und wenn er mit der Kassette tatsächlich entkommt?« Der Ältere betastete sein Toupet, obwohl es einwandfrei saß.

»Coblentz wird dafür sorgen, dass es nicht dazu kommt.«

Christian robbte immer weiter dem Unbekannten entgegen. Vor ihm teilte sich der Schacht in vier Richtungen. Allmählich hatte er das Gefühl, in Sicherheit zu sein, obwohl er nicht einmal sagen konnte, wo er sich befand. Aber jede Gabelung und jede Biegung brachte ihn ein Stück weiter von den Verfolgern weg. Er wählte die rechte Abzweigung. Früher hatte er die sonderbare Obsession gehabt, jedes zufällige Rechtsabbiegen zu vermeiden. Jetzt kam ihm schon der Gedanke an so eine Zwanghaftigkeit lächerlich vor.

Nach einigen Metern fiel der Schacht so steil ab, dass Christian alle Mühe hatte, nicht haltlos hinunterzurutschen. Die groben Ziegelsteine halfen ihm, einigermaßen kontrolliert weiterzukommen. In seinem Kopf hallte Sylvias Satz nach. *Hat irgendjemand behauptet, Moral und Krieg hätten etwas miteinander zu tun?* Christian rekapitulierte, worüber sie sich unterhalten hatten, um hinter die Bedeutung dieser Worte zu kommen. Sylvia hatte den Satz zuvor schon einmal gesagt. Wann und in welchem Zusammenhang? In der Innenstadt von Kotor, als sie über die Uranmunition sprachen. Christian hatte gesagt, achtzigtausend westliche Soldaten hätten unter den Auswirkungen der eigenen Munition gelitten. In welcher Straße waren sie gewesen, als sie darüber sprachen? Befand sich die Kassette in jener Straße? Im Haus mit der Nummer 80? Oder in einem Bankschließfach in Kotor mit der Nummer 80? Nein, sicherlich nicht in einer Bank und wahrscheinlich auch nicht in einem normalen Wohnhaus.

Christian dachte fieberhaft nach. Sie waren am Busbahnhof vorbeigegangen, neben einem Bus hatten junge

Männer gestanden. Befand sich die Kassette am Busbahnhof? Wo dort? Im Schließfach Nummer 80? Das schien denkbar. Sylvia war intelligent. *War es gewesen ...*

Immer wieder bemächtigte sich Sylvias Selbstmord seiner Gedanken. War die Kassette tatsächlich so wertvoll, dass man sich ihretwegen das Leben nehmen konnte? Oder hatte Sylvia vor ihrem Entschluss etwas Neues herausgefunden? Christian hatte Hochachtung vor ihr, aber war eine solche Heldenhaftigkeit wirklich nötig gewesen? Heldentum passte nicht recht in die moderne Welt. Neben Sylvia kam sich Christian klein und hilflos vor.

Gegen seine Gefühle war er machtlos, und er ließ den Kopf zwischen die aufgeschürften, mit Rost befleckten Hände sinken und die Tränen auf die kalten Ziegelsteine fallen. Gewaltsame Schauer erschütterten seinen Körper, aber er schleppte sich trotzdem mühsam weiter.

Plötzlich schärfte er sein Gehör. In der Ferne hörte man ein wimmerndes Geräusch, das stärker wurde, abbrach und dann von neuem einsetzte, wie das Wimmern eines Rieseninsekts. Er wischte sich mit dem Handrücken über die Augen und robbte weiter, musste aber nach wenigen Metern erschrocken innehalten. Der Schacht führte nun beinahe senkrecht nach unten. Christian starrte in die Tiefe und spürte das Schwindelgefühl spiralartig seinen ganzen Körper erfassen. In seiner verkrampften Haltung geriet er fast aus dem Gleichgewicht und krallte sich unwillkürlich fester an die Ziegelsteine, in der Angst, abzustürzen. Zehn Meter weiter unten sah er einen kleinen Lichtfleck.

Er spannte die Muskeln an und bewegte sich ein Stück zurück. Eine einzige falsche Bewegung, und er würde hinabfallen. Das wimmernde Geräusch war immer deutlicher zu hören, doch wo es herkam, war ein Rätsel. Dann aber ging ihm auf, was dieses Geräusch verursachte: ein Gabelstapler. Kleine Lagergabelstapler mit Elektromotoren wimmerten so.

Er hatte zwei Möglichkeiten. Er konnte umkehren und einen anderen Weg probieren oder hinabsteigen und nachsehen, was dort unten vor sich ging. Die zweite Option schien tollkühn und gefährlich. Die Killer würden damit jedenfalls nicht rechnen. Aber würde er notfalls wieder nach oben kommen?

Vorsichtig rutschte er wieder bis an die Stelle vor, wo der Schacht steil abfiel, suchte mit Händen und Füßen Halt an den Backsteinen und ließ sich behutsam einen halben Meter hinunter. Dann probierte er, wie gut das Zurückklettern funktionierte. Mit zitternden Muskeln bewegte er sich nach oben.

Er stieß mit dem Rücken gegen Unebenheiten in der Ziegelwand und riss sich die Hände auf, aber davon ließ er sich nicht beirren. Ohne Scheu drückte er mit aller Kraft die Handflächen gegen die Ziegelwände, den brennenden Schmerz ignorierte er. Er brauchte festen Halt. Jede Unachtsamkeit hätte fatale Folgen.

Es kam ihm übermäßig schwer vor, auf diese Weise nach unten zu klettern, bis er merkte, dass er die Schuhsohlen gegen die Wand pressen konnte. Das entlastete die Muskeln etwas. Aber würden seine Kräfte ausreichen, um eine so lange Strecke wieder nach oben zu steigen?

Allein der Gedanke an Sylvia erfüllte ihn mit Schuldgefühlen und Scham. Natürlich würde er es schaffen. Sylvia hatte ihm den Weg vorgegeben, indem sie ihr Leben geopfert hatte. Ein Opfer war eine heilige Handlung, eine Sühne. Vielleicht wollte Sylvia etwas sühnen durch ihren Selbstmord, vielleicht war sie gar nicht so selbstlos gewesen. Aber das verringerte nicht den Wert ihrer Tat.

Vorsichtig stieg Christian weiter nach unten. Immer wieder musste er innehalten und Kräfte sammeln, bis er feststellte, dass er für das Innehalten ebenso viel Kraft aufwenden musste wie für das Hinabsteigen. Er spürte den Wunsch, aufzugeben. Er hatte schlicht und einfach keine

Kraftreserven mehr, allein der Wille setzte seine Muskulatur noch in Bewegung. Er hatte seine Kräfte falsch eingeschätzt.

Er versuchte sich zu suggerieren, dass er es schaffte. Er musste das Spiel zu Ende spielen, den Einsatz noch erhöhen. Einen größeren Einsatz als sein Leben hatte er nicht. Er wollte einfach nur die Wahrheit wissen, wollte Sicherheit erlangen über Tina und das Flugzeugunglück und jeden Verdacht, der auf ihm lastete, vom Tisch wischen. Danach gäbe es nichts mehr, was noch irgendeine Bedeutung für ihn hätte.

Seine aufs Äußerste angespannten Beine zitterten, und die Schuhsohlen kratzten über die Ziegelsteine. Der Lichtfleck rückte quälend langsam näher. Er wuchs und schien zu pulsieren. Bitterer Schweiß lief Christian in die Augen und trübte seinen Blick. Das Wimmern des Gabelstaplermotors war immer deutlicher zu hören und reinigte Christians Gedanken von allem Unwesentlichen. Alles, was zählte, war das Hier und Jetzt. Es gab nichts anderes als diesen Augenblick.

Ein Stück Mörtel löste sich von der Ziegelwand, fiel nach unten und traf auf eine Art Gitter, wurde federnd zurückgeschleudert und prallte erneut auf. Christian wartete ab, ob irgendjemand etwas bemerkt hatte, aber es tat sich nichts. Wimmernd setzte der Gabelstapler seine Fahrt fort.

Christian bewegte sich immer vorsichtiger abwärts. Seine Muskeln brannten lichterloh vor Anstrengung, und er zweifelte ernsthaft am Sinn seiner Kletterei. Durch die Öffnung sah er jetzt allerdings bereits Bewegung, die zu dem Gabelstaplergeräusch passte. Das gab ihm die Kraft für das letzte Stück. Sechs Meter noch, fünf, vier, drei ...

Vor der Öffnung war ein rostiges Gitter angebracht, hinter dem ein saalartiger, erleuchteter Raum zu erkennen war. Christian legte die letzten Meter so vorsichtig wir nur möglich zurück. Er versuchte sich zu drehen, um möglichst gut durch das Gitter hindurchsehen zu können. Schließlich gelang es ihm, sich mit Händen und Füßen so zu verkeilen, dass er stabilen Halt hatte.

Unter sich sah er einen Betonfußboden, über den gerade ein oranger Gabelstapler mit leerer Gabel fuhr. Einen Moment später kam der Stapler in flinkem Bogen aus der anderen Richtung zurück. Christian erkannte, dass etwas quer auf der Gabel lag, es erinnerte an einen in Plastikfolie eingerollten Teppich, huschte aber so schnell vorbei, dass keine Zeit für genaueres Hinschauen blieb.

Schwere Enttäuschung überkam Christian, der mittlerweile völlig erschöpft war. Der Stapler wimmerte davon und ließ nur unbeantwortete Fragen hinter sich. War das hier ein Warenlager der Armee? Christian hatte gehofft, den Transport von Flugzeugteilen oder etwas anderem, das mit dem Unglück zu tun hatte, zu sehen.

Nun flitzte ein zweiter Gabelstapler vorüber. Er hatte ein gleichartiges Bündel geladen. Auf einmal erstarrte Christian. Das Bündel war aus seinem Blickfeld verschwunden, aber es hatte ein entsetzliches Bild hinterlassen. Konnte das möglich sein?

Er schluckte schwer und wartete mit aufgerissenen Augen auf die nächste Fuhre. Er wischte sich den Schweiß von der Stirn und stützte sich mit der Hand an dem wackligen Gitter ab. Das stumpfe Wimmern des Gabelstaplers kam wieder näher. Christians Blick heftete sich auf die Ladung. Durch die Plastikfolie hindurch erkannte er blonde Haare, wie die Locken eines Engels.

Sogleich war die Fuhre wieder verschwunden, aber eine neue erschien unmittelbar darauf. Christian starrte auf die mit Plastik umwickelte Gestalt eines Kindes.

Die Gabelstapler transportierten Leichen. Direkt unter ihm wurden die Passagiere des abgestürzten Flugzeugs verschoben.

# 41

Coblentz' Schritte hallten rhythmisch auf dem Gang wider. Neben und hinter ihm fielen seine Untergebenen in Laufschritt, um mithalten zu können.

»Hat er sich in Luft aufgelöst?«, fragte Coblentz ruhig.

»Wir sind sämtliche potenziellen Verstecke und Fluchtwege durchgegangen«, antwortete Rockler und fuhr sich über sein dichtes Bürstenhaar. »Allein Gänge, Gewölbe und Schächte gibt es hier kilometerweise. Bald werden die Hunde da sein.«

»Und die Außenbereiche?«

»Wir haben absolut zu wenig Leute und Ausrüstung für eine wasserdichte Umzingelung.«

»Was ist mit Cannes?«

»Monsieur Luc Cresson ist zu neugierig geworden.«

Das Adrenalin schäumte in Christians Blut. Er sammelte alle seine Kräfte und ließ sich immer weiter zu dem Gitter hinab, um einen größeren Bereich überblicken zu können.

Mit Armen und Beinen verhinderte er den Absturz, während er den Oberkörper absenkte. Zentimeter für Zentimeter näherte sich sein Kopf dem Gitter, und das Blickfeld vergrößerte sich. Er spürte einen Schweißtropfen von der Stirn auf die Nase rinnen und sah ihn in dem Moment aufs Gitter tropfen, als unter ihm ein Gabelstapler mit einer Leiche vorüberfuhr.

Christians Blick richtete sich auf das Bündel. Unter dem Plastik zeichneten sich ein lebloses Gesicht mit glasigen

Augen und ein über und über mit Blut beschmierter, zerschmetterter Körper ab.

Das Gitter knirschte bedrohlich, und Christian hatte Angst, es könne sich lösen. Seine Arm- und Beinmuskeln zitterten immer haltloser. Er sah den Gabelstapler vor einem großen Behälter anhalten und die Gabel mit seiner Last anheben. Die Gabel kippte nach vorn, und das Bündel rollte hinab. Man hörte ein Aufklatschen. Der Gabelstapler fuhr davon, und der nächste kam mit seiner Fracht an dieselbe Stelle.

Christian konnte es keine Sekunde länger in seiner schwierigen Position aushalten und fing an, sich nach oben zu ziehen. Aber sogleich erstarrte er auf der Stelle, da er unten auf einmal Stimmen vernahm.

»... vierzig sind noch übrig«, sagte jemand in amerikanischem Englisch. »Die zu verarbeiten dauert sechs Stunden.«

»Kann der Prozess nicht beschleunigt werden?«, fragte eine zweite Stimme.

Zwei Männer blieben unter Christian stehen. Er sah die Schulter des einen, die in einem seltsamen orangen Overall steckte.

»Nein. Die Säure muss in regelmäßigen Abständen gewechselt werden.«

Christian spürte erneut einen Schweißtropfen in Richtung Nasenspitze rinnen.

»Der Doktor sagt, innerhalb von zwei Stunden bekommen wir noch drei dazu. Nimm die in deine Rechnung auf.«

Der Schweißtropfen löste sich von Christians Nase. Der Tropfen fiel wie in Zeitlupe aus der Dunkelheit ins Licht und blitzte dabei auf. Voller Entsetzen sah Christian ihn auf der Schulter des Amerikaners zerplatzen. Er rechnete damit, dass der Mann zuckte und nach oben schaute, aber die Schulter blieb, wo sie war.

»Wie viele sind am Leben?«, fragte der Amerikaner seinen Kollegen.

Die Frage wirkte wie ein Elektroschock auf Christian.

*Am Leben.*

»Sechs.«

»Sollte man deren ... Behandlung nicht beschleunigen?«

»Doug will das nicht. Er hält das für unethisch.«

Der andere Mann lachte trocken. Die Schulter verschwand aus Christians Blickfeld.

Er nahm seine Kräfte zusammen und machte sich daran, nach oben zu steigen. Seine Muskeln brannten, aber sein Gehirn funktionierte einwandfrei. Es wurde von der Information genährt, dass noch Opfer des Unglücks am Leben waren – aber nicht mehr lange. *Sollte man deren ... Behandlung nicht beschleunigen? Doug will das nicht. Er hält das für unethisch.*

Der Aufstieg war mühsam, Christians Kräfte begannen allmählich zu versiegen, aber er zwang sich Zentimeter für Zentimeter nach oben. Sie vernichteten die Leichen durch Säure. Warum? Er befürchtete, man könne sein Keuchen bis nach unten hören, aber das Geräusch der Gabelstapler bot akustische Deckung.

Luc stand hinter einem dicken Baum und beobachtete das heruntergekommene Haus, dessen Ziegeldach stellenweise mit rostigen Blechstücken ausgebessert worden war. Bis jetzt hatte sich rings um das Haus nichts gerührt. Mit größter Wahrscheinlichkeit barg es in seinem Inneren Material, das Licht in das Geheimnis des Neuen Morgens bringen könnte. Bei Tageslicht wirkte die Atmosphäre ebenso bedrohlich wie im Dunkeln.

Mit pochendem Herzen betastete Luc das Klappmesser in seiner Tasche. Er mochte das Gefühl der Anspannung nicht und war froh, dass seine Beratungstätigkeit für den inneren französischen Geheimdienst DST auf Eis lag. Da er auf eigene Rechnung arbeitete, konnte er selbst entscheiden, was er tat und wie er dabei vorging. Die Abteilung des DST, die für die Beobachtung von Sekten und Kulten zuständig war, kaufte viele Leistungen bei externen Fachleuten wie Luc, anders als etwa das *Cult Response Team* des FBI in den Vereinigten Staaten. Die Kooperation mit dem DST war wegen zweier Dinge ins Stocken geraten: wegen Lucs Vorstrafenregister und wegen der psychiatrischen Behandlung, der er sich einst hatte unterziehen müssen, als er sich von den Kindern der Erde löste.

Vorsichtig ging Luc näher an das Gebäude heran und blieb dann erneut stehen, um die Umgebung zu beobachten. Nirgends Anzeichen von Menschen. Er fragte sich, was Sara sagen würde, wenn sie von seinem einjährigen Psychiatrieaufenthalt erführe. Sollte er ihn besser verschweigen?

Er schlich an die Hauswand heran und schluckte, um seine trockene Kehle zu befeuchten. Das Fenster mit dem beschädigten Fensterladen war ihm schon bei seinem ersten Besuch aufgefallen; an der einen Seite fehlten zwei Bretter. Er spähte vorsichtig durch den Spalt. In dem sauberen Raum standen drei Betten, ein Schrank und ein kleiner Tisch. Luc schlich an der Wand entlang weiter. Rankender Efeu nahm sie fast komplett ein. Am nächsten Fenster waren die Läden unversehrt.

Luc blieb stehen. Ihm war, als hätte er ein gedämpftes Klagen aus dem Haus gehört. Er legte ein Ohr an die abblätternde Farbe des Fensterladens, hörte aber nichts mehr. Er ging weiter an der Wand entlang und um die Ecke zur Vorderseite des Hauses. Die Haustür war abgeschlossen. Luc kehrte wieder zu dem beschädigten Fensterladen zurück. Das Zimmer dahinter war wenigstens leer gewesen.

Er ergriff den Laden und prüfte, ob er sich bewegen ließ. Nein, er war von innen mit einem Haken befestigt. Luc packte das untere Brett und zog mit einer heftigen Bewegung daran. Die gesamte untere Hälfte des Ladens löste sich mit einem Krachen. Nur der Haken hielt ihn noch, aber auch der gab nach, als Luc noch einmal an dem schweren Holzladen riss.

Anschließend horchte er einige Sekunden. Nichts als Stille. Er sah nach, ob das Fenster ebenfalls mit einem Haken verschlossen war. Nein, es ging knarrend auf, und er konnte einsteigen. Mit einem unangenehmen Gefühl ging er durch das Zimmer auf die Tür zu und öffnete sie, ohne zu zögern. Wenn jemand im Haus war, würde er das laute Krachen des Fensterladens gehört haben.

Die halbdunkle Eingangshalle hatte einen Steinboden und war kühl. In der Luft lagen eine muffige Feuchtigkeit und der Geruch von gebratenen Zwiebeln. Luc machte die nächste Zimmertür auf und erschrak heftig. In einer Ecke des kleinen Raums lag ein junger Mann im Bett.

»Wer bist du?«, fragte der Junge in breitem amerikanischem Englisch. Er lag auf der Seite und schaute Luc mit leerem Blick an. Vermutlich war er nicht einmal zwanzig Jahre alt.

»Ich bin ein Freund.« Lucs Blick glitt über die gefesselten Beine des Jungen, als er zum Bett eilte. Die zitternden Hände des jungen Mannes waren ihm auf dem Rücken verbunden. Seine schwarzen, welligen Haare breiteten sich über das schmutzige Kissen aus.

»Sind noch mehr Leute im Haus?«, fragte Luc.

»Nein. Aber die verrückte Frau wird bald zurückkommen.«

Luc nahm das Klappmesser aus der Tasche und machte sich daran, die Nylonfesseln aufzuschneiden. Die Schnüre hatten die Haut wund gescheuert, weshalb er vorsichtig zu Werke gehen musste. Als er zu den Handgelenken überging, bemerkte Luc Stichwunden unter dem Ärmel des Jungen. Er schob den Ärmel etwas höher und sah den Unterarm: Er war über und über mit Stichwunden, Schorf und blauen Flecken übersät.

»Sind die Leute bewaffnet?«, fragte Luc aufgeregt und fing an, die Fasern der Nylonschnur um die Handgelenke aufzutrennen. Der Junge war blass und voll kaltem Schweiß.

»Zumindest haben sie Messer. Und Äxte.«

Luc bemerkte den intensiven Blick des Jungen auf die Kommode an der gegenüberliegenden Wand und schaute ebenfalls hin. An dem Möbelstück war nichts Auffälliges zu erkennen.

»Wie heißt du?«, fragte Luc.

»Martin Weinstaub.«

Luc erschrak. »Ist Jacob Weinstaub … ein Verwandter von dir?«

»Er ist mein Vater.«

# 42

Schließlich hatte Luc die starke Nylonschnur durchtrennt, und Martin löste mit einem Ruck die Hände voneinander. Draußen hörte man ein Auto vorfahren. Taumelnd stand Martin auf, ging mit instabilen Schritten zur Kommode, riss die oberste Schublade auf und entnahm ihr mit zittrigen Fingern einen Plastikbeutel, in dem eine Spritze zu erkennen war.

In diesem Augenblick durchschaute Luc die Konstellation. Die Leute vom Neuen Morgen hatte den Jungen gefesselt, um zu verhindern, dass er an seine Drogen kam. Brutale, rituelle Zwangsbehandlung. Wie in Russland, wo Drogensüchtige mit Gewalt auf Entzug gesetzt wurden.

Luc packte Martin grob an der Schulter, aber der Junge riss sich los und schob den Ärmel nach oben. Das Zittern war schlimmer geworden, in seinen Augen lag ein völlig ausdrucksloser Blick. Der junge Mann war aus der wirklichen Welt geflohen und hatte sich im Labyrinth zahlloser Sinnestäuschungen und schmerzhafter Entzugserscheinungen verirrt.

»Komm.« Luc nahm den Jungen fester in den Griff. Draußen fielen die Türen des Autos zu.

»Lass mich los«, fauchte Martin und schlug mit der freien Hand nach Luc, wobei er ihn mit leblosen Augen ansah.

Luc packte Martin mit aller Kraft an der Taille und zerrte ihn zur Tür. Martin bückte sich, um etwas neben der Wand vom Boden aufzuheben. Bevor Luc reagieren konnte, holte Martin mit einer Axt zum Schlag aus.

Luc ließ den Jungen in dem Moment los, in dem die Haustür aufgestoßen wurde.

»Lass mich in Ruhe«, zischte Martin, mit der Axt in der einen Hand. Er schwang sie mit irrem Blick in Lucs Richtung. »Ich tue, was ich will, und keiner wird mich daran hindern ...« Mit der anderen Hand hielt er hysterisch den Beutel mit der Spritze umklammert, der bereits an mehreren Stellen von der Nadel durchstochen war.

Luc zuckte zusammen. In der Tür erschien ein Mann mit einer Pistole in der Hand. Luc hatte ihn schon einmal gesehen – nicht im Zusammenhang mit dem Neuen Morgen, sondern unter den Amerikanern vor dem Haus, in dem sich Jacob Weinstaubs Wohnung befand.

»Schlag zu«, sagte der Mann in amerikanischem Englisch zu dem Drogensüchtigen, der vor Luc die Axt schwang. »Anschließend kriegst du so viel Stoff, wie du willst.«

Luc wich zurück, bis er gegen die Wand stieß. *Der Amerikaner wollte ihn durch einen Junkie umbringen lassen ...*

Nachdem er sich von Luc befreit hatte, richtete sich Martins gesamte Aufmerksamkeit darauf, mit zittrigen Fingern den Beutel mit der Spritze zu öffnen. Dabei fiel die Axt zu Boden.

Der Amerikaner nahm einen Einweghandschuh aus der Tasche, zog ihn über die linke Hand und bückte sich nach der Axt. Währenddessen behielt er Luc im Auge, die Pistole hatte er auf ihn gerichtet.

Luc schluckte. Das Herz schlug ihm bis zum Hals. Der Amerikaner hatte die Absicht, selbst zu erledigen, wozu der Süchtige nicht fähig war. Die Inszenierung wäre perfekt, vor allem dann, wenn der Junkie an einer Überdosis starb und nicht mehr reden konnte ...

Wieder hörte Luc das Geräusch eines Autos, und um es zu übertönen, trat er gegen den Tisch. Die Blumenvase darauf fiel herunter und zerbrach.

»Keine Bewegung«, rief der Amerikaner mit der Waffe in der Hand.

»Was willst du von mir?«, brüllte Luc ebenso laut zurück.

Die grauhaarige Frau nahm die Einkaufstüte vom Rücksitz des Renault. Mit der anderen Hand strich sie ihr schwarzes Kleid glatt, dabei summte sie ein frommes Lied. Aus der Tüte ragte ein Baguette heraus. Martin mochte frisches Baguette mit Butter und Marmelade, auch wenn er es vor lauter Trotz nicht zugab.

René hatte es auch gemocht.

Die Miene der Frau wurde ernst. Ihr kleiner René. Der nicht die Kraft gehabt hatte, gegen die schwarze Sonne anzukämpfen. Hätte er überlebt, wenn der Neue Morgen sein Leben erleuchtet hätte? Oder wenn seine Mutter stärker gewesen wäre? Natürlich nicht. Selbstbezichtigungen waren sinnlos. Niemand hatte die Kraft, um alleine gegen das Heroin anzukommen. Es nahm seine Opfer so stark in seine Gewalt, dass es aussichtslos war, sich zu wehren, wenn nicht stärkere Kräfte zu Hilfe kamen.

Auf dem Weg zur Haustür hörte die Frau Gebrüll aus dem Haus. Außerdem sah sie, dass die Tür einige Zentimeter weit offen stand.

»Ihr werdet nicht davonkommen«, schrie Luc und schlug mit der Faust gegen den Kleiderschrank. »Wir wissen von Jacob Weinstaub und Tina Carabella ...«

»Halt die Schnauze!« Der Amerikaner richtete mit einem Gesichtsausdruck die Waffe auf Luc, der diesen zum Verstummen brachte. Martin riss den Heroinbeutel auf; er hatte keine Augen für das, was um ihn herum geschah.

Luc lauschte auf Geräusche vor dem Haus, aber er hörte nichts. Hatte er sich das Auto nur eingebildet?

Der Amerikaner kam auf ihn zu, in der einen Hand die

Axt, in der anderen die Pistole. Luc tastete sich an der Wand entlang. Der Amerikaner folgte ihm, bis er Luc wieder in die Enge getrieben hatte, und holte mit der Axt zum Schlag aus. Der Anblick wurde in Lucs Gehirn als Standbild gespeichert. Für den Bruchteil einer Sekunde fragte er sich, ob ein Schlag mit der stumpfen Seite der Axt gnädiger wäre als einer mit der Klinge. Er blieb an der Wand stehen und machte sich darauf gefasst, den Schlag entgegenzunehmen.

Er sah seinem Mörder tief in die Augen, registrierte aber gleichzeitig hinter dessen Rücken eine schnelle Bewegung. Dem Mund des Amerikaners entwich ein röchelndes Stöhnen, und sein Körper fiel in einem Ruck nach vorne. Er brach auf dem Fußboden zusammen, in seinem Rücken steckte ein Küchenmesser. Hinter ihm stand eine grauhaarige Frau im schwarzen Kleid, die sich sogleich nach der Pistole bückte und zu Martin eilte.

Luc sah, dass sich der Amerikaner bewegte.

»Geben Sie mir die Pistole«, rief er der Frau zu, die Martin mit Gewalt den Heroinbeutel aus der Hand riss.

Anstatt Luc die Pistole zu geben, richtete sie die Waffe auf ihn und sagte ruhig: »Binden Sie den Jungen wieder an!«

Christian lag im dunklen Belüftungsschacht und versuchte nach dem mühsamen Aufstieg wieder zu Kräften zu kommen. Allmählich lähmte ihn auch der Mangel an Nahrung und Flüssigkeit. Der Schweiß lief ihm in Strömen herab, und seine Lunge brannte, als er bis zu der Stelle zurückkroch, an der sich die Schächte verzweigten.

Er wäre am liebsten so schnell wie möglich von hier verschwunden, aber das Wissen um die Überlebenden des Flugzeugunglücks hielt ihn zurück. Wieder verlieh die unbändige Wut ihm Energie, die seinen erschöpften Körper belebte. Er wählte nicht den Weg nach draußen, sondern entschied sich für den mittleren Belüftungsschacht und kroch ihn entlang. Nach einer Biegung endete der Schacht an einem rostigen Maschendraht, durch den ein kühler Luftstrom kam.

Christian drehte sich um, kehrte zur Gabelung zurück und kroch in den nächsten Schacht. Plötzlich hielt er inne, um zu horchen. Ihm war, als hätte er das Bellen eines Hundes gehört. Er lauschte einige Sekunden, aber um ihn herum rauschte nur die Stille. Dennoch jagte ihm allein der Gedanke an einen Bluthund, der ihm in dem engen Schacht entgegenkäme, einen Schauer des Entsetzens ein. Es wäre unmöglich, dem Tier zu entkommen.

Auch dieser Schacht machte eine Biegung, endete aber nicht an einem Maschendrahtgitter, sondern setzte sich immer weiter waagrecht fort. Nur ein kleiner Lichtpunkt in der Ferne deutete an, dass er irgendwo enden würde. Christians Hosen waren bereits an mehreren Stellen durchgescheuert, und die Haut auf den Knien und Handflächen brannte.

Schließlich näherte er sich der Öffnung, durch die der Lichtschein drang. Erst wenige Meter davor merkte er, dass an dem Gitter ein Stück Plastikfolie befestigt war. Darum hatte er in dem Schacht keinen Luftzug gespürt. Er kroch näher heran. Warum war das Belüftungsgitter abgedichtet? Hinter dem Gitter waren außerdem zwei Stangen über Kreuz angebracht, als zusätzliche, massive Gitterstäbe.

Durch das Gitter und die Plastikfolie blickte man in einen hell erleuchteten Raum, der fast komplett einsehbar war. Die Öffnung befand sich in etwa vier Meter Höhe in der Wand, unmittelbar unter der Decke. Christians Herz pochte immer heftiger, je mehr Einzelheiten er durch das Plastik hindurch wahrnahm: sechs Betten mit Stahlrohrgestell, um sie herum Ständer mit Infusionsflaschen, EKG-Monitore, ein Defibrillator, ein Pulsoxymeter. Christian sah Patienten in den Betten liegen, und sein Blick verweilte auf einem von ihnen. Beide Arme und Beine der Person steckten in weißen Verbänden. Man konnte nur einen Teil ihres Gesichts sehen, aber Christian hätte ein noch kleinerer Ausschnitt genügt, um die Person zu identifizieren.

In dem Bett lag Tina.

# DRITTER TEIL

## 43

Vor Überraschung blieb Christian fast das Herz stehen. Er konnte den Ausdruck auf Tinas Gesicht nicht sehen, aber er erkannte sie mit hundertprozentiger Sicherheit, obwohl sie im Grunde kaum wiederzuerkennen war.

Mit seinem aufgeschürften, schmutzigen Handrücken wischte er sich die Augen und blickte auf die anderen Opfer. Alle waren schwer verletzt. Unbändige Wut erfüllte ihn.

Tina regte sich, nur wenige Meter von ihm entfernt. Ihre Augen waren geöffnet und von schwarzen Ringen eingefasst, so schwarz wie die Locken, die unter dem Kopfverband hervorquollen und sich auf dem Kissen ausbreiteten. Christian hätte sich am liebsten zwischen Gitter und Plastik hindurchgezwängt, um mit ihr sprechen zu können. Ihr Fragen zu stellen.

Da hörte er, wie eine Tür geöffnet wurde.

Schritte.

Er versuchte, etwas zu erkennen, konnte den Hals aber nicht weit genug drehen. Die Schritte kamen außerhalb seines Blickfelds zum Stehen. Es klapperte, als jemand an einem Bett die Bremse löste und sich daranmachte, es fortzuschieben.

»*Wo bringt ihr mich hin?*«, rief ein Mann mit angsterfüllter Stimme, aber die Räder des Bettes quietschten nur und niemand gab ihm Antwort, obwohl er seine Frage ein ums andere Mal wiederholte.

Erschüttert zog sich Christian in den Schacht zurück

und drehte sich mühsam um. Es rauschte in seinen Ohren, als er auf allen vieren weiterkroch. Er musste es nach draußen schaffen, er musste unbedingt eine vertrauenswürdige Institution im Ausland informieren. Einige Unglücksopfer wurden am Leben gelassen, aber warum brachte man sie nicht in ein richtiges Krankenhaus? Warum versteckte man sie vor den Medien?

Er hielt an und lauschte. Von irgendwoher drang das gedämpfte Bellen und Knurren eines Hundes in den Schacht. Hetzten sie Hunde in das Belüftungssystem? Wegen des Halls war schwer zu entscheiden, aus welcher Richtung die Laute kamen. Christian hielt den Atem an. Er ortete das Bellen in der Richtung, aus der er ursprünglich gekommen war. Dann setzte er sich wieder auf allen vieren in Bewegung. Ungeachtet seiner wunden Hände und Knie kroch er so schnell er konnte auf die Verzweigung zu.

Dort machte er halt und versuchte erneut, das Keuchen zu unterdrücken und den Atem anzuhalten. Jetzt waren keine Laute mehr zu hören. Er wählte den linken Schacht, die Fortsetzung des Teils, durch den er hereingekommen war, und kroch so schnell wie möglich weiter. Nach zehn Metern kam er an eine scharfe Biegung. Er befürchtete, in eine Sackgasse geraten zu sein. In dem Moment hörte er hinter sich ein heftiges Keuchen und hätte vor Schreck fast aufgeschrien.

Statt Hunden war da aber nur Finsternis. Er zwang sich, ruhig zu bleiben, und kroch hastig weiter, nicht mehr so vorsichtig wie zuvor. Prompt stieß er mit der Stirn gegen Metall. Der Belüftungsschacht war zu Ende. Jetzt war das Bellen des Hundes wieder zu hören, deutlicher und näher.

Diesmal war es keine Einbildung.

Luc zog die Schnur um Martin Weinstaubs Handgelenke fest und stand auf, ohne das wilde Chaos in seinem Kopf eindämmen zu können. Er vermied es strikt, den Amerikaner, der mit dem Messer im Rücken auf dem Boden lag, anzusehen. Er hatte mehr als genug Fälle von Zerstörung durch Drogen zu Gesicht bekommen, aber nie zuvor einen Mord.

»Du bist ein Spitzel«, zischte die grauhaarige Frau und richtete mit beiden Händen die Pistole auf Luc. »Hast du uns Béa weggenommen?«

»Sie wollte selbst weggehen.«

»Du lügst. Wer bist du?«

Die Frau wirkte psychisch instabil, sah aber nicht wie eine Killerin aus.

»Wir müssen die Polizei verständigen«, entgegnete Luc so ruhig, wie er nur konnte.

»Keine Polizei.« Die Augen der Frau waren wie versteinert.

»Sie haben in einer Notsituation gehandelt und mir das Leben gerettet. Niemand kann Ihnen etwas vorwerfen.«

»Sie halten mich für dumm. Wenn Sie die Polizei rufen, wird es einen zweiten Toten geben.«

»Also gut. Keine Polizei«, sagte Luc leise. Er versuchte, sich auf seinen Instinkt und seine berufliche Kompetenz zu verlassen, doch das Verhalten dieser Frau wurde nicht von den Gesetzen der Vernunft gesteuert. »Aber ich werde jetzt durch diese Tür dort den Raum verlassen.« Mit langsamen Schritten ging er auf die Tür zu.

»Halt!«

Luc ging langsam, mit immer schneller werdendem Puls. Die Tür rückte näher. Er musste sich zusammenreißen, um nicht loszustürmen.

Die Frau sagte nichts. Luc befürchtete, jede Sekunde würde ein Schuss erschallen. Die Tür war greifbar nahe. Er konnte nicht anders, als seine Schritte ein klein wenig zu beschleunigen.

Schließlich trat er durch die Tür und rannte los.

Im Dunkeln betastete Christian die Metallplatte, die ihm den Weg abschnitt. Das Hecheln des Hundes kam Sekunde für Sekunde näher. Die Platte federte etwas, gab aber nicht nach.

Panisch fuhr er mit den Fingern über die raue, rostige Fläche. Weder Riegel noch Scharnier waren zu fühlen, weshalb er sich umdrehte, die Knie anwinkelte und die Füße gegen die Platte stemmte. Das schwere Keuchen des Hundes kam unaufhaltsam näher. Mit aller Kraft stieß Christian die Füße gegen die Platte.

Sie rührte sich kein bisschen.

Er spannte seine vor Entsetzen und Anstrengung zitternden Oberschenkel und Waden an und rammte die Fußsohlen erneut gegen das Metall. Da gaben die verrosteten Halterungen nach, und der Rand der Platte löste sich. Es bildete sich ein Schlitz, durch den schwaches Licht in den Schacht fiel.

Der schwarze Dobermann blieb wenige Zentimeter vor Christians Gesicht stehen, entblößte die Zähne und knurrte mit heftig ansteigender und abfallender Stimme. Christian spürte den warmen Atem des Tieres auf dem Gesicht. Mit einer abrupten Bewegung trat er noch einmal gegen die Platte. Ein metallisches Knirschen ertönte, und die Platte löste sich. Im selben Moment drangen die Zähne des Hundes bis auf den Knochen in Christians Oberarm ein und nahmen ihn in einen eisernen, lähmenden Griff. Gierige Töne entwichen dem Schlund der Bestie, und Blut färbte ihre Kinnlade rot. Der aufflammende Schmerz im Arm wurde jedoch von dem Schock durch den Blick nach draußen überlagert. Die Öffnung, die von der Metallplatte freigegeben worden war, befand sich in einer fast senkrechten Felswand, die hundert Meter weiter unten im wogenden Meer endete.

Die losgetretene Platte flog als kleiner Punkt dem Wasser entgegen, bis sie schließlich im Ufergestein aufschlug.

Mit dem Satellitentelefon in der Hand blickte Coblentz auf die Grundrisspläne von Bukovica, die mit Klebestreifen an der Betonwand befestigt waren. Jedes Blatt zeigte einen wirren Dschungel von Gängen, Hallen, Bunkern, Geschützen, Lagerräumen, Höhlen, Schächten, Treppen. Ein endlos verzweigtes Netz von potenziellen Verstecken.

»*Luc Cresson ist in Cannes entkommen*«, wurde durch das Telefon mitgeteilt. »*Eine verrückte Sektenangehörige hat einen von DeWolfs Männern mit dem Brotmesser umgebracht.*«

Coblentz ließ den Blick über die Pläne schweifen. »Wie viel hat Luc Cresson über Weinstaub herausgefunden?«

»*Das wissen wir nicht.*«

»Und die Finnin? Kann sie uns schaden?«

»*Kaum. Aber wir nehmen sie in Verwahrung.*«

»Genauso professionell wie Cresson?«

Coblentz unterbrach die Verbindung, ohne den Blick von den Bukovica-Plänen zu lösen. Die auf dem *Orlov krs*, dem Adlerfelsen, errichtete Uferfestung war im Mittelalter eine venezianische Befestigungsanlage gewesen und hatte im Zweiten Weltkrieg ihre jetzige Form erhalten. In den 70er Jahren war sie von der jugoslawischen Armee weiter mit Beton verstärkt worden.

Rockler trat zu Coblentz und sagte schroff: »Wir brauchen mehr Männer.«

»Die Männer, die wir haben, reichen aus, wenn sie ihre Energie für das Befolgen der Befehle verwenden und nicht für Gejammer über fehlende Besatzung.«

Rocklers Wangen glühten noch mehr als sonst, als er ohne ein Wort aus dem Raum stürmte.

Coblentz ging sämtliche Wege auf den Plänen durch, auf denen man ins Freie gelangen konnte. Er überlegte sich, wie er anstelle des Deutschen vorgehen würde. Oder sollte er besser nicht an sich denken, sondern sich gedanklich auf das Niveau eines Amateurs begeben und sich fragen, wie so einer, wenn er erschöpft war und Angst hatte, sich im Labyrinth von Bukovica verhalten würde?

Coblentz war sich über Christian Brück nicht ganz im Klaren, darum wollte er nichts dem Zufall überlassen. Theoretisch war der Gegner ebenbürtig, jedenfalls so lange, bis das Gegenteil bewiesen war. Gleich zu Beginn hatten sie die bekannten kritischen Punkte rot markiert: Haupt- und Nebentüren, drei Dachluken, die Öffnungen der Belüftungsschächte sowie die Schießscharten. Diese Stellen wurden als Erste kontrolliert.

Das Problem bestand darin, dass weder Coblentz noch seine Helfer Bukovica richtig kannten. Sie hatten sich lediglich für die Dauer der Operation dort einquartiert, weil der Ort geeignet schien, und später wollten sie sich ebenso unauffällig, wie sie gekommen waren, wieder entfernen.

Für Coblentz war Bukovica reizvoll und unheimlich zugleich. Die abgelegene, fast vollständig zu kontrollierende Festung eignete sich bestens für eine geheime Operation – solange alles nach Plan lief. Wenn aber innerhalb des großen Gebäudekomplexes Probleme auftraten, waren mehr als eine Handvoll Männer nötig, um sie zu lösen.

Von Anfang an hatte Coblentz die schwierige Aktion als Herausforderung betrachtet. Ein Aspekt an der ganzen Situation faszinierte ihn besonders: der Konflikt zwischen Motiven, Taten und dem nach außen entstehenden Eindruck. Es war, als würde man die von Nixon und Kissinger entwickelte *madman theory* auf Mikroebene anwenden. Laut dieser »Verrücktheitstheorie« war es für die Vereinigten Staaten strategisch günstig, wenn sie von ihren Feinden für eine irrationale, gefährliche Supermacht gehalten wurden, die zu unerwarteten Gewaltmaßnahmen greifen konnte.

In dieser Hinsicht identifizierte sich Coblentz mit den

Vereinigten Staaten. Er mochte ungenierte Direktheit. Darum bewunderte er auch die japanischen Kampfflieger und ihre Anführer, die im Dezember 1941 Pearl Harbor angegriffen und ohne Kriegserklärung einen großen Teil der US-Flotte zerstört hatten. Coblentz stand nämlich keineswegs auf der Seite eines Vaterlandes oder eines Volkes. Sein Vaterland wechselte; was zählte, war, das jeweils vorgegebene Ziel zu erreichen.

Ohne es zu wissen, befolgte seine kleine Tochter dasselbe Prinzip. Martha mochte schreien und toben wie eine Wahnsinnige, um ihren Willen durchzusetzen, verstummte aber innerhalb einer Sekunde, wenn sie merkte, dass sie die falsche Strategie gewählt hatte. Das Mädchen kam nach seinem Vater.

Coblentz zog sein Portemonnaie aus der Tasche und betrachtete das Foto seiner Tochter. Rattenschwänzchen, große, aufmerksame Augen, entschlossenes Lächeln. Coblentz war auf sie stolzer als auf jede andere Errungenschaft in seinem Leben.

Außer Atem kam Rockler zurück. »Die Hunde haben in Sektor drei Witterung aufgenommen.«

Coblentz heftete den Blick auf die Grundrisspläne.

»Dort ist kein Ausgang«, fuhr Rockler fort. »Brück sitzt in der Falle.«

»Bringt ihn her!«

Rockler nahm mit einer energischen Bewegung das Funkgerät vom Gürtel und wandte sich ab.

Christian bewegte sich Zentimeter für Zentimeter auf den Rand der Öffnung zu, den Hund, der sich in seinem Oberarm verbissen hatte, schleifte er dabei mit. Der Kopf des Tieres war direkt neben seinem Ohr. Ein tiefes, mit einem Rasseln durchsetztes Knurren entwich der Kehle des Hundes, und blutiger, schäumender Geifer quoll im Rhythmus seines Atems aus dem Maul. Die Bestie war darauf dressiert, einen Menschen festzuhalten, auch wenn sie ihn leicht hätte töten können.

Christian legte die Hände auf den Körper des Hundes, drehte sich dabei seitlich zur Öffnung und drückte den Dobermann mit aller Kraft nach draußen. Die Kiefer ließen seinen Oberarm nicht los. Der Schmerz nahm zu. Mit einer Hand griff Christian in das schwarz glänzende Fell, das von seinem Blut befleckt war. Gleichzeitig setzte er einen Fuß auf den Hundekörper und rutschte auf Ellenbogen und Gesäß weiter an den Rand der Öffnung heran.

Er konzentrierte all seine Kraft auf die Fußsohle und trat der Bestie scharf in die Seite. Ein dumpfer Schlag, und die Beine des Hundes gaben nach. In dem Moment stieß Christian ihn über den Rand. Der Dobermann hing an seinem Arm fest, während Christian sich quer in der Öffnung verkeilte. Er keuchte vor Schmerz und griff mit einer Hand nach der schwarzen Hundeschnauze. Er wollte sich mit Gewalt befreien, aber die Kiefer saßen fest wie eine Zange. Ächzend drückte er dem Tier zwei Finger in die Augen, und dann spürte er endlich, wie die Kieferzange schwächer wurde und, von einem gedämpften Wimmern begleitet, aufging. Heulend stürzte der Hund in den Abgrund, immer kleiner wurde er, bis er schließlich als schwarzer Punkt im Wasser aufschlug.

Keuchend zog Christian sich wieder von der Öffnung zurück. Sein Arm brannte wie Feuer. Er versicherte sich, dass der Blutfluss nicht allzu stark war, und bewegte Handgelenk und Finger. Die Motorik funktionierte, und es gab auch keine gefühllosen Stellen. Wie es aussah, waren zumindest die Nerven, die Sehnen und der Oberarmknochen heil geblieben.

Christian erstarrte und lauschte. Das Brausen des Meeres von unten dominierte, aber er war sicher, aus dem Belüftungsschacht tiefes Bellen gehört zu haben. *Weitere Hunde!*

Rasch hielt er sich mit einer Hand an der rostigen Halterung fest und zwang sich, nach unten zu schauen. Der Abhang bestand stellenweise aus glattem Fels, stellenweise aus Geröll. Hier und da wuchsen kümmerliche Bäume und Sträucher. Direkt unterhalb der Öffnung war ein senkrechter Abschnitt, aber rechts war etwas weniger steiles Gelände zu erkennen. Eine der rostigen Halterungen an der Ecke der Öffnung stand zwanzig Zentimeter weiter heraus als die andere.

Christian kroch näher heran und setzte einen Fuß auf die Halterung. Er versuchte, nicht in die Tiefe zu blicken, aber das war unmöglich. Ein starkes Schwindelgefühl erfasste ihn und schien ihm den Gleichgewichtssinn zu rauben. Er fuhr mit der Hand über die raue Außenwand und tastete nach etwas, woran er sich festhalten konnte. Die pulsierende Wunde unter dem zerrissenen Stoff schwächte ihn. Schließlich fanden seine Finger die Zweige eines Strauchs; daran hielt er sich fest. Er setzte den Fuß auf einen runden Stein und suchte verzweifelt nach dem nächsten Fixpunkt, wobei er sich tastend bewegte, da er befürchtete, sich nicht halten zu können.

Aber sein Griff hielt, und er konnte kurz durchatmen, bis er spürte, dass der Strauch sich mitsamt den Wurzeln aus dem Abhang löste. Er war nicht stark genug, um das Gewicht eines erwachsenen Menschen zu halten. Der Strauch wurde herausgerissen, kratzte über den Fels und schwebte im Wind den Schaumkronen des Meeres entgegen. Schwer schluckend schob Christian den Fuß in eine Felsspalte und griff mit der gesunden Hand nach einem hervorstehenden Stein.

Der Schmerz des Hundebisses verstärkte das Schwindelgefühl weiter und brachte Christians gesamtes Sehfeld ins Schwanken. Er schloss die Augen und hielt sich noch verzweifelter an dem Stein fest. Das war schwer, denn der Stein war rund und glatt. Es kam Christian vor, als wollte eine unwiderstehliche Kraft ihn von der Wand stoßen, in die Tiefe und in den Tod.

Da fiel ihm ein, dass ihn womöglich jemand von oben beobachtete. Er zwang sich, die Augen zu öffnen, und schaute hinauf. Zehn Meter weiter oben ging der Fels in ungleichmäßigen Beton über. Dazwischen gab es nur wenige Felsvorsprünge, und falls jemand von dort oben im richtigen Winkel nach unten spähte, würde man Christian entdecken.

Zögernd tastete er sich weiter. Zentimeter für Zentimeter, Strauch für Strauch, Stein für Stein näherte er sich dem weniger steilen Abschnitt des Hangs.

# 44

*Orlov krs.* Nachdenklich stand Coblentz auf dem höchsten Punkt des Adlerfelsens, am Aussichtspunkt der Küstenfestung Bukovica. Weit unten schlug die Brandung gegen die Uferfelsen. Vor ihm tat sich ein bläulich dunstiges Panorama auf. Schattige Bergketten, das weite Meer und schwarze Wolken; man hatte das Gefühl, sich am äußersten Rand der Welt zu befinden. Coblentz gefiel dieser Ort, aber die Situation, in der sie sich befanden, gefiel ihm nicht.

Die Möwen kreischten unruhig. Mit ausgespannten Flügeln zogen sie weite Kreise und drehten den Kopf, als suchten sie etwas. Sie waren zu weit oben, um mit einem abrupten Sturzflug nach einem Fisch zu schnappen. Hatten sie etwas Außergewöhnliches entdeckt?

Coblentz trat näher an den Abgrund heran, stützte sich auf das rostige Geländer und schaute nach unten. Ein Felsvorsprung verdeckte die Sicht auf einen schmalen Sektor. Er hob einen faustgroßen Stein vom Betonboden auf und warf ihn hinunter.

»Nichts«, sagte Rockler, der neben ihn getreten war.

Coblentz starrte nach unten. »Setzt die Suche fort. Und fangt an, mit dem Helikopter die Umgebung abzusuchen.«

Rockler ging. Coblentz zog das Diktiergerät aus der Manteltasche und drückte die Wiedergabetaste.

»*Haben Sie vorgegaukelt, dass das Fehlen der Kassette im Versteck eine Überraschung für Sie war?*«, wurde auf dem Band gesagt.

»*Natürlich nicht … Es* war *eine Überraschung für mich …*«

Coblentz hörte das Band weiter ab. Je öfter er Brücks Antworten hörte, desto mehr war er davon überzeugt, dass der Mann wirklich nicht wusste, wo sich die Kassette befand – und dass er von dem Band auch nicht mehr als ein paar ungefährliche Bilder gesehen hatte. Man musste sich auf die Ehrlichkeit verlassen, die durch das Tiopental erzwungen worden war.

In dieser Situation schätzte Coblentz Ehrlichkeit ausnahmsweise, normalerweise verachtete er sie. Ehrlichkeit machte den Menschen schwach, denn Wahrheit schränkte ein. Ehrlich durfte man nur sich selbst und seinen eigenen Zielen gegenüber sein.

Coblentz schaltete das Aufnahmegerät aus und schob es wieder in die Manteltasche. Dass der Deutsche nicht wusste, was auf der Kassette war und wo sie sich befand, machte die Lage weniger prekär, aber das hieß nicht, dass man Brück nicht bei der nächsten Gelegenheit schnappen sollte. Coblentz konnte sich nicht vorstellen, halbe Sachen zu machen.

In der Abenddämmerung schäumte das Meer mit weißer Gischt, und die Möwen setzten ihr unruhiges Kreischen fort.

Auf dem freudlos grauen Flughafen Belgrad klackten rund um Sara die Absätze der Passagiere auf dem Fußboden. Sie befand sich auf dem Weg vom Ankunftsgate zur Passkontrolle und schaltete dabei ihr Handy ein, in der Hoffnung, eine SMS erhalten zu haben.

Als sie Christians Bild im Fernsehen gesehen hatte, wäre sie am liebsten in Cannes zur Polizei gerannt, um zu sagen, wie sehr die Behörden ihre Zeit verschwendeten, indem sie nach Christian suchten. Aber warum, um Himmels willen, floh er vor der Polizei?

Auf dem Handydisplay erschien der Name des örtlichen Anbieters: Mobtel. Die gesenkten Blicke und ausdruckslosen Gesichter ihrer Mitreisenden ließen Sara die Narben der jahrzehntelangen Diktatur und des anschließenden Bürgerkriegs erahnen. Die Atmosphäre steigerte ihre Nervosität. Es waren Serben, von den westlichen Medien dämonisiert, Völkermörder, befleckt mit dem bei ethnischen Säuberungen vergossenen Blut, Leute, die sich unter der Führung von Slobodan Milošević gegen die gesamte übrige Welt gestellt hatten. Aber wenn sie näher hinsah, erkannte Sara um sich herum nur gewöhnliche Geschäftsleute, Studenten, Väter und Mütter. Ebenso gut und böse, herzlich und heimtückisch wie die Menschen überall auf der Welt.

Sara ging zu der Anzeigetafel mit den Abflügen, um nach dem Gate der Maschine nach Podgorica zu suchen. Die schwarze Oberfläche der altmodischen Tafel zeigte mit weißen Buchstaben zwei Inlandsflüge an: Tivat und Podgorica, mehr nicht. Die meisten Flüge, die im ehemaligen Jugoslawien Inlandsflüge gewesen waren, hatten sich nach der Aufspaltung des Staates in Auslandsflüge verwandelt. Sara las die Angaben: Flugnummer JU612, Gate A5.

In der Nähe war ein Fernseher angebracht, auf dem CNN lief. Sara erschrak.

»*Der deutsche Wissenschaftler Christian Brück war zuletzt für einen Pharmakonzern in Südfrankreich tätig. Als erstrangiger Gehirnforscher hatte er sich auf die Untersuchung von Drogenabhängigkeit spezialisiert …*«

Sara ging näher an den Bildschirm heran.

»*Laut europäischen und amerikanischen Behörden, die nach den Gründen für das Flugzeugunglück suchen, besitzt Brück enge Verbindungen zu einer Sekte namens Neuer Morgen. Seine Lebensgefährtin, die in der Unglücksmaschine saß, war Mitglied dieser Sekte …*«

Sara ballte die Fäuste.

*»Professor Evelyn March, Sie beschäftigen sich an der Universität Oxford mit neuen Religionen und Kulten. Um was für eine Gruppierung handelt es sich bei dem Neuen Morgen?«*

Im Bild erschien eine braun gebrannte Frau mit Brille. *»Es gibt nur sehr spärliche Informationen darüber. Man geht davon aus, dass der Kult hauptsächlich in Kanada, in den Vereinigten Staaten und im französischsprachigen Europa aktiv ist. Es gibt Einflüsse von Scientology und von der Sonnentempel-Sekte, deren Mitglieder schon zweimal Massenselbstmord begangen haben …«*

Sara befeuchtete ihre trockenen Lippen. Christian war unschuldig, klar. Er hatte nichts mit dem Unglück zu tun … Er war nur verrückt nach Tina, die wiederum dem Kult angehörte. Diese Beziehung hatte Christian verändert, das hatte Sara gemerkt. Aber ein Massenmörder war Christian nicht, eine solche Behauptung war völlig absurd. Wie konnte nur jemand auf diesen Gedanken kommen?

Nun meldete Saras Handy den Eingang einer Mitteilung. Sie rief die Mailbox an und betete innerlich, die Nachricht stamme von Christian oder Luc.

*»Sara …«* Lucs Stimme inmitten des Chaos zu hören, tröstete Sara, aber der angespannte Tonfall löste sogleich ernsthafte Besorgnis in ihr aus.

*»Jacob Weinstaubs Sohn Martin ist drogenabhängig. Er war als Gefangener im Haus vom Neuen Morgen. Dort hat ein Amerikaner versucht, mich umzubringen. Ich weiß nicht, was da vor sich geht, aber du solltest dich fernhalten … vor allem von sämtlichen Amerikanern.«*

Damit war die Nachricht zu Ende. Irritiert versuchte Sara, Luc anzurufen, aber er meldete sich nicht. Sie eilte im Terminal weiter.

*Dort hat ein Amerikaner versucht, mich umzubringen …* In Lucs Stimme hatte pure Angst mitgeschwungen.

Christian lag auf dem steilen Hang auf dem Bauch und versuchte Kraft zu schöpfen. Der Schmerz im Oberarm pulsierte. Über ihm wölbte sich dunkelrot der Abendhimmel, als kündigte er einen Herbststurm an.

Christian dachte an Tinas blasses Gesicht, und das verlieh ihm neue Kraft. In was sie auch verstrickt sein mochte, sie hatte eine bessere Behandlung verdient. Und sie sollte die Gelegenheit erhalten, zu erklären, was passiert war. Es war unfassbar grausam, die überlebenden Opfer in einem Betonkeller gefangen zu halten.

Christian hatte ununterbrochen Angst, den Halt zu verlieren und zu dem Felsvorsprung unter ihm hinabzurutschen, der an eine Sprungschanze erinnerte. Er fasste einen zwanzig Meter weiter seitwärts liegenden, fast plattformartigen Streifen ins Auge, über den er hinunter ans Ufer zu gelangen hoffte.

Mit kleinen, vorsichtigen Bewegungen ließ er sich auf der steinigen und sandigen Fläche seitlich nach unten gleiten. Dabei scheuerte der Sand an der Bisswunde, und die aufgeschürften Hände schmerzten bei jedem Griff. Er biss die Zähne zusammen. Er musste es einfach schaffen!

Unter ihm löste sich ein faustgroßer Steinbrocken und fiel springend nach unten. Vom Felsvorsprung unterhalb des steilsten Stücks aus flog er in weitem Bogen aufs Meer zu. Christian verschnaufte einen Moment. Seine Arme und Beine zitterten unwillkürlich. Aus den Tiefen seines Unterbewusstseins stieg Tinas breites Lächeln hervor, so wie es vor einigen Monaten gewesen war, mit weißen Zähnen und runden Wangen. Das Lächeln schloss auch die Augen ein, in deren Funkeln Christian besonders verliebt war. Immer heftiger flammten die Erinnerungsbilder auf den Bahnen seines zentralen Nervensystems auf und erloschen wieder. Aber er war bereit, zuzugeben, dass seine Werte und seine Moral nicht in den Synapsen nisteten, und dass sein Ich niemals durch Messung der elektrischen Signale der Gehirnzellen erfasst werden konnte.

Plötzlich spürte Christian, wie sich Erde unter ihm löste. Er geriet ins Rutschen, obwohl er die Hände in den Boden krallte und zu bremsen versuchte. Er blickte kurz nach unten und versuchte zu erkennen, ob gleich etwas käme, an dem er sich festhalten könnte. Seine Panik wuchs, je mehr er ins Rutschen kam. Schnell drehte er sich auf den Rücken, breitete die Arme aus und presste die Fersen auf den Boden, aber sie pflügten nur so durchs Geröll. Der Felsvorsprung näherte sich unausweichlich. Christian streckte sich nach Sträuchern, die immer schneller vorüberglitten, bis er begriff, dass nichts mehr den Absturz verhindern konnte. Es waren nur noch wenige Meter bis zum Abgrund. Und ihm schoss der Gedanke in den Kopf, dass er den Hang auch dann nicht mehr hinaufkommen würde, wenn es ihm gelänge, sich irgendwo festzuhalten.

In seinem Blickfeld nahm das Meer immer mehr Raum ein, zig Meter unter ihm brandete es gegen die Felsen. Statt weiter zu versuchen, das Rutschen aufzuhalten, richtete er nun seine ganze Aufmerksamkeit auf den Felsvorsprung, stieß sich in dem Moment, in dem er ihn erreichte, kräftig ab, um seine Chance zu erhöhen, im Meer zu landen statt am felsigen Ufer. Dann stürzte er in die Tiefe. Er presste die Beine zusammen, drückte die Arme fest an den Körper und sog Luft in die Lunge, bevor er auf der Wasserfläche aufschlug. Die gewaltige Wassermasse fuhr ihm mit rabiater Gewalt über den Körper, es war, als würde man ihm die Haut abziehen.

Kurz verlor Christian das Bewusstsein, kam jedoch unter Wasser wieder zu sich. Er bewegte Arme und Beine und strebte zur Oberfläche. Die aber schien ständig gleich weit weg zu bleiben. Das Salzwasser brannte in der Bisswunde, aber es war ein Brennen des Lebens.

Schließlich schaffte er es an die Oberfläche und holte tief Luft. Er blickte sich um und sah, dass er etwa zehn Meter von den Uferfelsen entfernt war, hinter denen die senkrechte Wand aufragte. Intuitiv schaute er nach oben und sah in der Ferne die graue, bedrohliche Gestalt der Festung.

Und dann drang das Geräusch eines Hubschraubers an sein Ohr. Innerhalb weniger Sekunden wuchs das Geräusch zu großem Lärm an, und das momentane Gefühl der Erleichterung verschwand schlagartig, als Christian unsanft in die Realität zurückgeholt wurde. Er holte tief Luft und tauchte wieder in die Unterwasserstille ein.

Im Cockpit des Sikorsky beobachtete ein aufmerksames Augenpaar den Monitor der Wärmekamera. Auf dem schwarzweißen Bildschirm wurde das Festland vom Meer abgelöst. Die niedrigere Temperatur der Wellenkämme war in Form von unruhigen Linien zu erkennen.

Dann blinkte plötzlich ein heller Punkt auf dem Monitor auf. Bei dem Mann mit dem Helm schrillten die Alarmglocken.

»In Richtung halb sechs ist etwas«, sagte er in sein Halsmikrofon. »Das sehen wir uns genauer an.«

Der Helikopter neigte sich abrupt, und der Mann löste den Blick vom Monitor, um aus dem Fenster zu schauen. Vor der steilen Felswand wogte das Meer. Der Luftstrom der Rotoren pflügte strahlenförmige Muster in die Wasseroberfläche. Der Mann blickte wieder auf den Monitor und wartete ab. Wenn ein Mensch im Wasser war, würde er bald auftauchen, sofern er noch lebte.

Christian schaute unter Wasser nach oben und machte mit den Händen leichte Bewegungen, um auf der Stelle zu bleiben. Er hoffte, die Wassermassen um ihn herum hätten Erbarmen mit ihm und würden ihn nicht verraten. Durch die wogende Oberfläche konnte er nicht scharf sehen, aber er spürte das Dröhnen des Hubschraubers in seinen Knochen und sah über sich den Schatten stehen.

Seine Lunge brannte entsetzlich, zugleich kühlte das kalte Wasser seinen Körper aus. Er erinnerte sich daran, wie er einmal mit dem Kanu gekentert und in die schäumende Brandung gedrückt worden war. Er hatte sich an den glitschigen Steinen auf dem Grund abgestoßen und war wieder an die Oberfläche gekommen, wo er sich die Lungen mit Luft voll sog, bis ihn ein heftiger Krampf wieder zu den kupferbraunen Steinen hinunterzog. Hilflos hatte er in der Tiefe gelegen und die Luftblasen in einem Strudel aufsteigen sehen. Dann hatten ihn sehnige Hände an den Schultern gepackt und auf einen Felsen gezogen. Wie ein Kind hatte Sara ihn gerettet, dabei nur gelacht und ihm scherzhaft eine Mund-zu-Mund-Beatmung verabreicht. Jetzt würde ihm keiner helfen.

Der Mann mit dem Helm fixierte ungeduldig den Monitor der Wärmekamera. Der größte Teil der Fehlbeobachtungen wurde durch Tiere verursacht. Auf dem Bildschirm war kein heller Punkt mehr zu erkennen.

»Fliegen wir weiter«, sagte er ins Mikrofon. Wieder neigte sich der Helikopter jäh und setzte seinen Flug fort.

Als sich der Hubschrauber entfernte, tauchte Christian auf und schnappte keuchend nach Luft. Nachdem sich sein Atem etwas beruhigt hatte, schwamm er ans Ufer. Er kletterte vorsichtig hinauf, zog sich über die glitschigen Steine bis an die Felswand heran und eilte auf dem schmalen Streifen zwischen Steilwand und Meer in die Richtung, in der er die nächste Ansiedlung vermutete. Er war zu dem Schluss gekommen, dass die Kassette im Schließfach Nummer 80 am Busbahnhof von Kotor sein musste, und er wollte herausfinden, ob seine Annahme stimmte.

Immer wieder blieb er stehen, um sich umzublicken und zu lauschen. Der Helikopter kreiste hartnäckig um den Festungsberg. Der Schmerz im Oberarm war zu einem stumpfen Brennen geworden.

Die Steilwand nahm kein Ende. Stellenweise verschmälerte sich der Streifen zu einem Pfad von einem Meter Breite, der von Wellen überspült und dadurch glitschig wurde. Immer schwerer belastete Christian der Mangel an Nahrung und Flüssigkeit, aber der Gedanke an die Tragödie, die sich in der Festung verbarg, verlieh ihm die Kraft, weiterzugehen. Dabei hielt er nach einem Bach Ausschau, der womöglich dem Steilhang entsprang.

Der zeitweise auffrischende Wind brachte seine nassen Kleider zum Flattern und ließ ihn frösteln. Er beschleunigte die Schritte. Seine Gedanken flohen in die Vergangenheit, in den Odenwald, in einen Unterstand, wo er beim Trommeln des Regens in den Armen seines Vaters lag.

Christians Beine drohten ihm den Dienst zu versagen, er befürchtete, auszurutschen und in die Wellen oder auf die scharfen Ufersteine zu stürzen. Er versuchte jeden Fehltritt zu vermeiden und taumelte weiter, bis der Hang zusehends weniger steil und der Uferstreifen breiter wurde. Der Farn wurde dichter, die Laubbäume nahmen zu. Christian war schweißgebadet. Die nassen Kleider wogen schwer und scheuerten. Die Bissspur am Arm tat weh, aber das war seine geringste Sorge.

Er ging weiter an der Uferlinie entlang, denn das war die einzige sichere Methode, sich nicht zu verirren. Immer dichter wurde die Vegetation auf dem Streifen zwischen Bergen und Meer, und Christian kam bald im Schutz hoher Bäume voran. Zwischenzeitlich bewegte er sich durch dichten Wald fort, in dem es nahezu dunkel war.

Er blieb stehen und lauschte auf den Helikopter, aber statt eines Motorgeräuschs drang das Plätschern eines Baches an sein Ohr. Wie hypnotisiert lenkte er seine Schritte in die entsprechende Richtung und fand schließlich einen Gebirgsbach. Zwischen Farnsträuchern ging er auf die Knie und löschte seinen unermesslichen Durst.

Das Wasser gab ihm Kraft, und als er aufstand, spürte er neue Zuversicht.

Er drehte sich um – und merkte, dass er in den Lauf einer Maschinenpistole blickte.

# 45

Der Mann mit dem schwarzen Schnurrbart schwenkte seine Maschinenpistole, und Christian hob die Hände. Wie hatten sie ihn so schnell finden können?

Der etwa dreißigjährige Mann hatte schwarzes Haar, ein blasses Gesicht und eine stolze Adlernase.

»Wer bist du?«, fragte er in gutem, wenn auch nicht akzentfreiem Deutsch.

Christian überlegte eine Sekunde. Der Mann stammte von hier, war auf keinen Fall Amerikaner.

»Ich bin Deutscher. Mein Name ist Christian Brück.«

Der dunkle Blick über den hohen Wangenknochen des Mannes wurde schärfer. Er trat näher. »Wie bist du hierhergekommen? Warum bist du nass?«

»Ich musste schwimmen. Ich bin aus der Festung, die einige Kilometer weiter da drüben liegt, geflohen.« Christian wies in die Richtung, aus der er gekommen war.

»Warum warst du in Bukovica?«, fragte der Mann und kniff die Augen zusammen. Seine Zähne waren nur noch braune Stummel. »Bist du ein Nato-Spitzel?«

»Im Gegenteil. Vor diesen Leuten bin ich geflohen. Hat die Festung irgendwie mit der Nato zu tun?«

Der Mann senkte die Stimme. »In Bukovica geht etwas vor. Amerikaner. Viel Hubschrauberverkehr. Was hast du dort gesehen?«

Christian versuchte die Lage einzuschätzen. »Wissen Sie etwas über das Flugzeugunglück?«

»Nur dass die Amerikaner bei der Untersuchung mitmischen. Diese Mistkerle haben überall ihre Finger im Spiel. Was hast du in Bukovica gesehen?«

»Ist das wichtig?«

»Alles ist wichtig, was mit der Nato zu tun hat. Weißt du, wie viele Bombenangriffe sie hier geflogen haben? Dreiunddreißigtausend.« Die Stimme des Mannes war hart wie Stahl. »Was hast du in Bukovica gesehen?«, fragte er erneut.

»Meiner Ansicht nach ist es eine Art Stützpunkt für eine Rettungsaktion«, sagte Christian ausweichend.

In dem Moment kam ein Kamerad des Mannes aus dem Wald, ein großer, hagerer Mann, auch er mit einer Waffe in der Hand. Beide Männer hatten weder Zivil- noch Militärkleidung an; sie trugen dunkle Hosen, die aus Lodenstoff zu sein schienen, Wanderschuhe, eine Art Jägeranorak und eckige, abgenutzte Schildmützen.

»Was ist mit deinem Arm passiert?«, setzte der mit dem Schnurrbart seine Befragung fort.

»Die Amerikaner haben einen Killerhund auf mich gehetzt, als ich in der Festung durch die Belüftungsschächte floh.«

»Bist du durch den Lüftungsschacht auf den offenen Zugang gekommen?«

»Nein, ich bin auf der anderen Seite herausgekommen, an der Steilwand.«

Der Mann sah Christian ungläubig an.

»Wo hast du Seile für den Abstieg hergehabt?«

»Ich hatte keine. Ein Stück bin ich geklettert, dann aber im Meer gelandet.«

»Du hättest dir den Kopf an einem Fels anschlagen können.«

»Ich hatte keine Wahl. Die Amerikaner hätten mich getötet.«

»Die Amerikaner sind Killer«, sagte der Schnurrbärtige leise und streckte die Hand aus. »Franjo Pavković.«

»Christian Brück.«

»Das hier ist Vojislav Gradac«, sagte Franjo mit Blick auf seinen dünnen Genossen.

»Wieso kennen Sie Bukovica?«, wollte Christian von Franjo wissen. Intuitiv behielt er den Wald ringsum im Auge.

»Ich bin unzählige Male dort gewesen. Zum ersten Mal vor zwanzig Jahren, als Wehrpflichtiger. Aber wie bist du in Bukovica gelandet?«

Christian spürte, dass er hier Menschen begegnete, denen er wenigstens ein bisschen vertrauen konnte – oder die zumindest nicht der Verschwörung angehörten, die die Ursache des Flugzeugunglücks geheim hielt. »Die Amerikaner versuchen etwas zu vertuschen, was mit dem Unglück zu tun hat. Ich versuche herauszufinden, was. Könnte ich eventuell eine Mitfahrgelegenheit nach Kotor bekommen?«

Franjo und Vojislav schauten sich erneut an. Franjo nickte in Richtung Wald und sagte zu Christian: »Unser Auto steht dort drüben.«

Die aufkeimende Zuversicht gab Christian neue Kraft. Er folgte den beiden Männern.

Am Waldrand stand ein alter Jugo, dessen Heck sportlich aufgemotzt war. Vorne waren zusätzliche Scheinwerfer installiert worden. Franjo öffnete Christian die hintere Tür, aber sein Genosse hob die Hand. Bevor Christian mit seinen nassen Kleidern einsteigen durfte, holte Vojislav einige Zeitungen aus dem Kofferraum und breitete sie auf dem Sitzfell mit Zebramuster aus.

»Das ist das Auto seines kleinen Bruders«, erklärte Franjo.

Die Männer legten die Waffen in den Kofferraum, und Vojislav nahm hinter dem Sportlenkrad Platz. Franjo zog ein klobiges Mobiltelefon aus der Innentasche seiner Jacke und legte es ins Handschuhfach.

»Hat man hier Empfang?«, fragte Christian überrascht.

»Nicht hier, aber etwas weiter oben. In Bigorno ist vor einem halben Jahr eine Feststation fertig geworden. Ich stecke das Telefon nur ein, damit es keiner aus dem Auto klaut.«

»Wie lange dauert es, bis wir Netz haben?«

»Wir müssen nur auf den Berg hinaufkommen. Was schätzt du, wie viele Amerikaner in Bukovica sind?«

»Ich weiß es nicht. Mindestens ein halbes Dutzend. Seid ihr Soldaten?«

»In gewisser Weise«, erwiderte Franjo, ohne das Thema vertiefen zu wollen. Vojislav, der bis jetzt stumm geblieben war, blickte über den Rückspiegel misstrauisch auf Christian. Dieser fragte sich, ob er wohl schon wieder zu voreilig Vertrauen zu fremden Menschen fasste.

Die Straße führte auf eine Höhe hinauf, von wo man einen Blick auf das Meer und auf die Berge hatte. Bei den Anstiegen winselte der Motor. Auf den Scheiben landeten erste Regentropfen. Je weiter es nun mit wimmerndem Motor den Berg hinaufging, umso mehr entfernte sich das schäumende Meer. Christian befürchtete, dass sie jeden Moment auf eine Straßensperre stoßen oder von Hubschraubern entdeckt werden würden. Hier und da huschte eine Pinie vorbei, aber weiter oben waren nur noch stachlige Sträucher, Sand und Steinbrocken zu sehen.

Franjo nahm das Telefon aus dem Handschuhfach und reichte es Christian. Auf dem Feldstärkeanzeiger des alten Ericsson war ein schwach blinkender Balken zu erkennen. Christian gab Saras Mobiltelefonnummer ein, erreichte aber nur die Mailbox. Entweder war das Handy ausgeschaltet, oder Sara hatte gerade keinen Empfang. Christian hinterließ keine Nachricht, sondern beschloss, es später erneut zu versuchen.

# 46

Sara schaltete ihr Handy ein, während sie auf dem Flughafen Podgorica an den Gepäckbändern vorbei in die Ankunftshalle des Terminals ging. Sogleich ertönte der heitere Klingelton, für den sie sich bei ihrem elfjährigen Patensohn bedanken konnte. Der Anruf kam von einer Nummer mit der Vorwahl von Cannes.

»*Wer ist da?*«, fragte ein unbekannter Mann auf Französisch.

Sara blieb stehen. »Wer sind Sie denn?«

»*Ich bin Kommissar Gabriel Rémy aus Cannes. Mit wem habe ich die Ehre?*«

Sara presste das Telefon fester ans Ohr. »Mein Name ist Sara Lindroos. Worum geht es?«

»*Um etwas Unangenehmes. Ich möchte gerne mit Ihnen persönlich sprechen. Wo sind Sie?*«

Saras Herz fing an zu pochen. Lucs Warnungen hallten in ihrem Kopf wider; der bestimmende Ton des Anrufers gefiel ihr gar nicht. »Ich bin ... in Eile. Reden wir jetzt am Telefon.«

»*Wir können Sie irgendwo abholen.*«

»Worüber wollen Sie mit mir sprechen?«

»*Über eine Person namens Luc Cresson.*«

Sara trat nervös von einem Bein aufs andere.

»*Wo sind Sie, Madame Lindroos? Wir holen Sie ab.*«

»Was wollen Sie von mir?«

»*Wir suchen Monsieur Cresson im Zusammenhang mit einer Mordermittlung.*«

»Wer ist ermordet worden?«, fragte Sara mit brüchiger Stimme. »Luc Cresson?«

»*Nein. Aber wir müssen uns unverzüglich treffen, Madame Lindroos. Ich habe Sie angerufen, weil Ihre Nummer von Luc Cressons Mobiltelefonanschluss gewählt worden ist. Wir können Sie abholen ...*«

Sara drückte das Gespräch weg. Lucs Vergangenheit im Gefängnis kam ihr kurz in den Sinn, aber hier ging es um etwas anderes. Mit geschärfter Aufmerksamkeit marschierte sie auf den einzigen Autovermietungsschalter des Terminals zu.

Da klingelte ihr Telefon erneut.

»Ja?«, meldete sie sich gespannt.

»*Kannst du reden?*«

Christian! Sara presste das Handy ans Ohr. »Ja.«

»*Wo bist du?*«

Die Stimme war schwach, und die Verbindung wurde immer wieder kurz unterbrochen. Im Hintergrund hörte man das Geräusch eines Autos.

»Ich bin am Flughafen von Podgorica.«

»*Was sagst du da?*«

»Ich bin in Podgorica gelandet und will mir gerade einen Wagen mieten ...«

»*Du fliegst jetzt mit derselben Maschine, mit der du gekommen bist, wieder zurück.*«

»Was ist passiert?«

»*Tu, was ich dir sage. Verschwinde aus diesem Land und kehr so schnell wie möglich nach Cannes zurück!*«

»Ich habe mit einem Psychologen gesprochen, der den Neuen Morgen untersucht. Er hat mich vor den Amerikanern in Cannes gewarnt. Und die Polizei in Cannes will mit mir sprechen ...«

»*Okay, dann halte Abstand von Cannes*«, korrigierte sich Christian rasch. »*Sieh zu, dass du nach Belgrad kommst und nimm von dort einen Flug nach Deutschland.*«

»Ich fliege nirgendwohin, bevor ich nicht mit dir gesprochen habe. Wo bist du? Auf CNN behaupten sie, du …«

*»Das ist alles Lüge. Glaub nicht, was sie sagen!«* Christian zögerte einen Moment. *»Hast du einen Stift und ein Stück Papier? Vielleicht könntest du einen … Gegenstand mit nach Deutschland nehmen.«*

Sara schnappte sich einen Kugelschreiber vom Tresen der Autovermietung. »Schieß los.«

*»Fahr nach Kotor. Das liegt südwestlich von Podgorica, an der Küste zwischen Cetinje und Tivat. Fahr auf dem direkten Weg durch Cetinje. Die Straße führt durch die Berge, sei vorsichtig.«*

Christian machte eine kurze Pause und fuhr dann mit ernster, eindringlicher Stimme fort:

*»Du darfst auf keinen Fall anhalten, ganz gleich, was passiert. Halte dich von allen Westlern fern und meide auch die Einheimischen. Wir treffen uns vor dem Busbahnhof von Kotor. Tu so, als würdest du mich nicht kennen. Warte, bis ich dir ein Zeichen gebe. Ich werde versuchen, dir eine Plastiktüte zu übergeben. Du darfst keine Aufmerksamkeit erregen, am besten tust du etwas Sinnvolles.«*

Wegen ihrer schweißnassen Finger rutschte Sara kurzzeitig der Kuli aus der Hand. Angst war etwas, das sie nicht gewohnt war. »Was ist pass …«

*»Fahr vorsichtig, aber schnell.«*

Christian beendete das Gespräch. Nervös korrigierte Sara den Sitz ihrer Haarspange. Stets war sie auf der Jagd nach großen Erlebnissen gewesen, aber sie wusste, dass all ihre bisherigen »Abenteuer« im Grunde relativ harmlos gewesen waren. Die scheinbar gefährlichen Tauchausflüge waren sorgfältig und mit Bedacht geplant gewesen, und bei den Reisen in den Urwald, in die Reiche der Indianer, hatte sie jedes Mal einen ortskundigen Führer dabeigehabt.

Jetzt aber war sie auf sich gestellt und völlig unvorbereitet. Christians Tonfall ließ außerdem keinen Raum für Spekulationen. In Kotor wartete eine reale Gefahr auf sie. Sara fing an, das Formular, das ihr die Angestellte der Mietwagenfirma gegeben hatte, auszufüllen.

Der Luftzug der Rotorblätter wirbelte Coblentz die Haare durcheinander, während er der Rückkehr des Sikorsky auf den Helikopterlandeplatz von Bukovica zusah. Er hielt den Griff des Aluminiumkoffers fest umklammert, als er ohne sich zu bücken auf die Tür zur Passagierkabine zuging, die vor ihm aufgeschoben wurde.

Coblentz stieg in die karge Kabine und schnallte sich an. Der Mann mit dem Helm, der auf dem Sitz des Copiloten saß, reichte ihm ein Headset, das Coblentz sogleich aufsetzte. Währenddessen nahm die Umdrehungsfrequenz der Rotoren wieder zu, und der Pilot ließ den Hubschrauber aufsteigen. Die Küstenfestung oberhalb des Steilhangs entfernte sich rasch.

»Und?«, fragte Coblentz den Mann mit dem Helm durch sein Halsmikrofon.

»Bis jetzt nichts.«

»Sämtliche Verkehrsknotenpunkte müssen verschärft überwacht werden: Bahnhöfe, Autovermietungen, die Flughäfen von Tivat und Podgorica. Obwohl ich nicht glaube, dass er es nach draußen geschafft hat. Wahrscheinlich hockt er irgendwo in einem Winkel der Festung. Aber sicherheitshalber müssen wir von der Annahme ausgehen, dass ihm die Flucht gelungen ist.«

»Was bedeutet das?«

»Bis morgen früh wird Bukovica geräumt und gesäubert.«

## 47

Christian saß bei Franjo und Vojislav im Wagen. Die Innenstadt von Kotor rückte näher. Er hätte gerne ausführlicher mit Sara gesprochen, aber wegen seiner Zuhörer war es nicht möglich gewesen.

In Marelice hatten sie hastig eine fettige Pirogge verschlungen, und die lag ihm jetzt schwer im Magen. Der Oberarm schmerzte. Aber am meisten machte ihm die Angst zu schaffen, die Kassette am Busbahnhof von Kotor nicht zu finden.

Franjo beobachtete ihn und schien seine Nervosität zu bemerken. Christian war sofort aufgefallen, wie intelligent und aufgeweckt Franjo war. Vojislav war hingegen kein Wort zu entlocken, und er erweckte in Christian so gut wie kein Vertrauen. Aufgrund seines breiten Wissens hätte Franjo Beamter oder Lehrer sein können, auch wenn er eher wie ein Offizier aussah. Er hatte Christian über den Luftkrieg der Nato ins Verhör genommen, aber Christians Bild beschränkte sich auf das, was er in der Zeitung gelesen hatte.

»Du weißt doch, was Streubomben sind?«, fragte Franjo. »Die hinterlassen in einem großen Umkreis nicht explodierte Sprengkörper. Es sind praktisch Landminen, die durch Berührung hochgehen. Auch nach Jahren noch. Am schlimmsten aber ist die Tatsache, dass viele von den coladosengroßen Dingern grün oder orange sind. Zuletzt wollten in Leskovac Kinder damit spielen. Zwei starben, und eines verlor beide Arme.«

Christian hörte an Franjos Tonfall, dass sie auf prekäres Terrain gelangt waren. »Haben Sie Kinder?«, fragte er.

Franjo blickte durchs Fenster auf die Landschaft, die in der Dämmerung lag. Zwischen den Bergen tat sich ein schmales Tal auf, die Straße wurde besser.

»Ja. Drei.«

Christian bereute seine Frage, versuchte aber nicht, die Stille zu füllen. Ein rostiges Schild wies den Weg nach Kotor. Menschen waren entlang der Straße nicht zu sehen, nur grasende Kühe.

»Nach dem Beginn der Bombardierungen habe ich meine Frau und meine Kinder nach Surdulica zur Schwester meiner Frau geschickt. Am 27. April bombardierte die Nato Surdulica und tötete meine Kleinen.«

Christian schloss die Augen.

»Constantine war drei, Aurelia sechs und Mariana acht. Meine Frau ist seitdem in der Psychiatrie. Insgesamt starben acht Erwachsene und zwölf Kinder. Hundertfünfzig wurden verletzt. Weißt du, als was die Nato die Zivilisten bezeichnet, die sie ermordet? Als *Kollateralschäden.*«

Christian nickte. Er hatte den Begriff auch in den Zeitungen gelesen. Mit einem Mal schien ihm Franjo vollkommen vertrauenswürdig. Im Auto wurde es still.

»Du kannst uns vertrauen«, sagte Franjo nach einer Weile. »Vojislav versteht Deutsch und Englisch perfekt. Er hat in Podgorica Dolmetschen studiert. Aber er kann seinen Beruf nicht mehr ausüben. Vojislav, zeig es unserem Freund.«

Vojislav drehte sich während der Fahrt kurz zu Christian um und machte den Mund auf. Anstatt der Zunge war nur ein rosa Fleischstummel zu erkennen. Christian wandte den Blick ab.

»Das war ein Albaner«, sagte Franjo.

Hinter einer flachen Anhöhe kam in der Abenddämmerung die Bucht von Kotor zum Vorschein. Die schmalen

Bäume schwankten im Wind und bildeten vor den Meereswellen ein natürliches, wogendes Gitter.

Zum tausendsten Mal zerbrach sich Christian den Kopf über Sylvias verschlüsselten Hinweis. Würde er die Kassette in dem Schließfach mit der Nummer 80 finden?

Die Tatsache, dass sich Sara im selben Land und bald in derselben Stadt befand, erfüllte Christian zusätzlich mit Sorge. Er wollte ihr Leben unter keinen Umständen gefährden. Und doch gab ihm ihre Ankunft neue Hoffnung, denn sie kam von außen, seine Verfolger kannten sie nicht. Aber es war allemal falsch, sie in eine lebensbedrohliche Situation hineinzuziehen.

Die Hauptstraße folgte der Uferlinie. Irgendwann bog Vojislav nach rechts zum Busbahnhof ab.

»Fahren Sie bitte noch ein, zwei Häuserblocks weiter«, sagte Christian zu Vojislav. Es war ein merkwürdiges Gefühl, zu einem Mann zu sprechen, der nicht antworten konnte. »Ich will mich zuerst etwas umsehen.«

Vojislav bog in eine schmale Seitenstraße ein und hielt vor einem Lokal namens *Restoran Korzo*.

»Zieh das hier an«, sagte Franjo und nahm eine Baumwolljacke vom Rücksitz, die Christians blutenden Arm verbergen sollte. Sie stiegen aus, und Christian wischte sich den Lehm von den Schuhen, aber gegen die an den Knien abgewetzte Hose konnte er nichts machen. Im Straßenbild von Kotor war er jedoch nicht der Einzige mit zerschlissenen Kleidern. Franjo nahm einen schweren Schraubenzieher aus dem Kofferraum und schob ihn in die Innentasche seiner Jacke. So hatten sie es vorher vereinbart.

Sie gingen zu dem Platz vor dem Busbahnhof. Christian sah sich um, auf der Suche nach Sara. Was, wenn die Kassette nicht in dem Schließfach lag?

Am Rand des Platzes, vor der Pizzeria *Spoleto*, blieb er stehen, Franjo und Vojislav folgten ihm auf dem Fuß. Das

Busbahnhofsgebäude war flach und breit, ehemals weiß gekalkt, inzwischen aber dunkelgrau. Ein schwankender Bus fuhr mit Vollgas an ihnen vorbei, aus dem Auspuff quollen blaue Abgase.

Christian ging weiter und sah sich dabei nach allen Richtungen um. Saras Sicherheit lag in seiner Verantwortung.

Gegenüber einem ausrangierten Linienbus standen zwei schmutzige Türen offen, die zu den sanitären Anlagen für Männer und Frauen führten. Daneben befand sich das Schaufenster des Bahnhofskiosks mit Coca-Cola-Dosen, Mars-Riegeln und Schinkenbrötchen. Christian spähte durch das Fenster, aber keine der Personen, die er erkennen konnte, erinnerte an Sara. Eine junge Verkäuferin rauchte hinter der Theke.

Wenn Sara nicht bald auftauchte, würde er sie mit Franjos Telefon anrufen.

Ein westeuropäisch wirkender Mann in Lederjacke, der sich neben dem Haupteingang eine Zigarette anzündete, fesselte Christians Aufmerksamkeit.

»Das Objekt wartet auf etwas«, murmelte Nummer fünf in das Mikrofon an seinem Ärmel, während er sich eine Zigarette anzündete.

»*Behalt ihn im Auge*«, sagte die Stimme von Coblentz in dem Ohrhörer, den Nummer fünf hinter einem Ohr verborgen trug. »*Wir sind unterwegs. Wo ist Nummer vier?*«

»Auf der anderen Seite des Platzes«, murmelte Nummer fünf.

»*Weiter observieren. Nicht eingreifen, wir sind bald da.*«

Christian kniff die Augen zusammen. Es hatte den Anschein, als spreche der Mann in der Lederjacke mit sich selbst. Seine Zigarette brannte mittlerweile, und er ging weiter, nachdem er einem schielenden jungen Mann, von dem er angesprochen worden war, etwas erklärt hatte.

Christian ging auf den Eingang zu. Die steinerne Schwelle war zu einer runden Mulde ausgetreten. In der Bahnhofshalle war fast niemand. Die Schließfächer lagen in einer halbdunklen Ecke, wo der Betonboden von Zigarettenstummeln, Papierabfall und Speichelflecken übersät war. Christians gespannter Blick glitt über die schwarzen Ziffern auf den grauen Blechtüren. Sie fingen nicht bei eins an. Das äußerste Fach trug die Nummer 50, es folgten 51, 52, 53 ... Bei 70 war Schluss. Obwohl er sich auf eine Enttäuschung vorbereitet hatte, wollte Christian vor Verzweiflung laut aufschreien. Was blieb ihm jetzt noch übrig?

Als er sich fassungslos umdrehte, bemerkte er hinter einer Ecke weitere Fächer: 71, 72, 73 ...

Und schließlich als Allerletzte in der obersten Reihe die Nummer 80.

Das Schließfach war in Gebrauch, der Schlüssel steckte nicht. Das war vielversprechend. Franjo blickte auf Christian und die Schließfächer. Christian schaute nach links zum türlosen Eingang. Eine rundliche Frau mit einem kleinen Mädchen, das Zöpfe trug, ging vorüber. Vojislav hielt in einiger Entfernung Wache.

Christian spähte zu dem verglasten Schalter hinüber, aber dort war kein Bediensteter zu sehen. Auf einer Bank kämpfte ein Mann, der keine Haare mehr auf dem Kopf hatte, gegen den Schlaf. Niemand schien sich im Geringsten dafür zu interessieren, was in dem Bahnhofsgebäude vor sich ging.

»Die Nummer 80«, flüsterte Christian und betete innerlich, dass er Sylvias Gedanken richtig deutete.

Franjo untersuchte das Schloss eines anderen, offenen Schließfachs. Dann nahm er den Schraubenzieher aus der Tasche und ging zur Nummer 80.

Christian stellte sich vor ihn und behielt mit pochendem Herzen die anderen Leute im Gebäude im Blick. Er überlegte, wie viel er Franjo erzählen sollte, falls das Schließfach das richtige war. Der Mann war ein echter Nato-Hasser, darum war Christian bereit, ihm einiges anzuvertrauen.

Hinter sich hörte er ein starkes metallisches Knarren. Er drehte sich um und sah Franjo die Tür aufhebeln. Ungeduldig steckte Christian die Hand in das Fach.

Die Plastiktüte lag darin. Schon durch das Plastik fühlte er die Form der Videokamera. Eine riesige Welle der Erleichterung hätte ihm beinahe den Boden unter den Füßen weggespült. Mit einem raschen Blick versicherte er sich, dass die Tüte enthielt, was er gesucht hatte.

»Das hier ist der Beweis dafür, dass die USA in das Flugzeugunglück verwickelt sind«, flüsterte er auf dem Weg zum Ausgang. »Die Amerikaner werden alles tun, um die Kassette in ihren Besitz und mich zum Schweigen zu bringen.«

Triumphierend trat Christian aus dem Gebäude und sah sich aufmerksam um. Eine große, blonde Frau war noch immer nirgendwo zu sehen. Er glaubte jedoch, den Mann von vorhin zu erkennen. Er stand mit dem Rücken zu ihm, sodass Christian sein Gesicht nicht sehen konnte – aber er sah, dass sich der andere schon wieder eine Zigarette anzündete.

»Der Mann in der Lederjacke dort beobachtet uns«, sagte er zu Franjo.

»Das Objekt geht mit einer Tüte in der Hand davon«, murmelte Nummer fünf mit dem Feuerzeug in der Hand in sein Mikrofon.

»*Sind Leute in der Nähe?*«, wollte Coblentz wissen.

»Dutzende.«

»*Folgt ihm und schlagt an einer ruhigeren Stelle zu, falls wir nicht rechtzeitig vor Ort sein sollten.*«

Nummer fünf wandte leicht den Kopf und sah das Objekt auf den Bahnhofsvorplatz gehen. Nummer vier hatte aus dem eigenen Ohrhörer die Anweisungen von Coblentz vernommen und ging in einem Bogen in die entsprechende Richtung.

# 48

Christian und Franjo bemerkten, dass der Mann in der Lederjacke ihnen folgte.

»Wir gehen zusammen zum Wagen«, sagte Franjo leicht aufgeregt. »Dort sind die Waffen.«

»Die Amerikaner haben mehr davon.«

»Entscheidend ist der Wille zum Sieg. Die Nato mit ihren siebenhundert Millionen Einwohnern hat den Luftkrieg gegen elf Millionen Jugoslawen angefangen.«

Sie passierten den ersten Bussteig.

»Bis zum Auto ist es zu weit«, sagte Christian. »Sie werden die Kassette bei der ersten Gelegenheit an sich reißen.«

»Das sollen sie mal versuchen«, knurrte Franjo. »Gib mir die Tüte.«

»Das kann ich nicht. Da drüben ist ein Taxi. Lass uns dahin gehen.«

»Nein. Das wäre dein Ende. Überlass uns das.«

Vojislav berührte Franjos Arm und machte eine scharfe Kopfbewegung zu dem ausrangierten Linienbus.

»Sie sind mindestens zu zweit«, sagte Franjo mit gesenkter Stimme. »Da drüben ist der andere.«

Christian spürte Panik in sich aufsteigen, aber er durfte ihr nicht nachgeben. Auf einer Bank mümmelte eine alte Frau mit Kopftuch Brotstücke aus einer Papiertüte und plapperte dabei vor sich hin, sodass zur Freude der Vögel Krümel auf den Boden fielen. »Ich muss Sara anrufen, sie warnen …«

»Später. Warte hier und halte dich in der Nähe der Leute«, sagte Franjo, als sie den letzte Bussteig erreichten. Danach kam die Straße. »Wir holen den Wagen und die Waffen.«

Mit der Tüte in der Hand schob sich Christian zwischen die wartenden Reisenden und sah, wie Franjo und Vojislav in unterschiedliche Richtungen davongingen. Dann hielt er nach dem Mann in der Lederjacke und nach dessen Komplizen Ausschau. Weit konnten sie nicht sein. Jetzt war Christian dankbar dafür, dass Sara noch nicht gekommen war. Oder hatten die Killer sie schon geschnappt? Zwei Unschuldige waren bereits tot. Sara durfte nicht die dritte sein.

Christian blickte sich um und hielt die Plastiktüte fest umklammert. Er stand inmitten einer Gruppe von zwanzig Reisenden. Einer von ihnen trug einen verschnürten Karton, dessen eine Ecke Christian in die Seite stieß. Sein aufgeregter Blick schweifte über die Gesichter und Rücken der Menschen, auf der Suche nach dem Mann in der Lederjacke und seinem Partner. Er glaubte spüren zu können, wie die beiden unaufhaltsam näher kamen, und rechnete damit, jeden Moment eine Kugel in den Rücken zu bekommen. Er betete, Franjo würde bald zurück sein.

Ein blaugrauer Bus fuhr auf die Haltestelle zu, und in die Reisenden kam Bewegung. Sie nahmen ihre Taschen in die Hand und griffen nach ihren Geldbörsen. Christian hätte sich gern auf die Zehenspitzen gestellt, um zu sehen, wo die Killer waren, aber er beherrschte sich. Der Bus hielt an, und die Türen gingen auf. Ein Schild an der linken unteren Ecke der verschmutzten Windschutzscheibe verkündete in kyrillischen Buchstaben das Fahrziel.

Die Reisenden um Christian herum stiegen nacheinander in den Bus. Christian bewegte sich langsam mit der Menge, wobei seine Nervosität immer mehr zunahm. Wo blieb Franjo? Eine Person nach der anderen verschwand im

Inneren des Busses, die Menschenschar wurde immer kleiner, und Christian überlegte fieberhaft, was er tun sollte. Er konnte nicht alleine an der Haltestelle stehen bleiben. Und er konnte nicht davonlaufen.

Der Menschenstrom schob Christian in den Bus. Er wagte es nicht, bis zuletzt zu warten, sondern bewegte sich zwischen anderen Reisenden auf den Einstieg zu. Was würden die Killer tun? Nun war er an der Reihe einzusteigen, aber er gewann etwas Zeit, indem er einer rundlichen alten Frau den Vortritt ließ.

In dem Moment, in dem er den Fuß auf die Stufe setzte, bemerkte er hinter sich den Mann mit der Lederjacke. Christian sprang auf die oberste Stufe und verstärkte den Griff um die Plastiktüte. Er versuchte sich vorzudrängen, aber die dicke Alte, die ihre Fahrkarte mit kleinen Münzen bezahlte, versperrte ihm den Weg. Christian hatte Angst, gleich würde eine Kugel oder eine Messerklinge in seinen Körper eindringen, und er schob die alte Frau weiter in den Gang hinein.

»Prvo platite ...«, fuhr ihn der Fahrer, der einen Walrossschnauzer trug, an.

Ohne sich darum zu kümmern, bahnte Christian sich einen Weg durch den Gang, wobei er sich kurz nach hinten umblickte. Der Killer drückte dem Fahrer einen zerknüllten Geldschein in die Pranke und folgte Christian, der sich an einem großen Reisenden vorbeischob, indem er den verdutzten Mann energisch zwischen die Sitze drückte. Der Killer war nur noch zwei Meter von ihm entfernt. Christian kämpfte sich zur offenen hinteren Tür durch und sprang hinaus.

Direkt vor ihm stand der Komplize des Killers und richtete die Pistole auf ihn. »Du hast zwei Sekunden Zeit, mir die Kassette zu geben. Dann stirbst du«, sagte der Mann in breitem amerikanischem Englisch. »Eins ...«

Wie gelähmt starrte Christian auf die Waffe. Er wusste,

dass es der Mann ernst meinte. Es wäre ein sinnloser Tod, denn danach bekämen die Killer doch, was sie wollten.

»... zwei.«

Im selben Moment fiel ein Schuss.

Christians Beine zuckten reflexartig. Er sah den Killer wie in Zeitlupe nach hinten fallen. Er war von einer Kugel in die Brust getroffen worden.

»Komm«, drang es durch den Verkehrslärm hindurch in Christians Ohren, aber er begriff nicht, was er hörte.

»*Komm!*«

Franjo kam mit der Maschinenpistole in der Hand auf Christian zugelaufen. Er hatte den Killer erschossen. In der Bustür erschien der Mann mit der Lederjacke, ebenfalls mit einer Waffe in der Hand. Er schoss auf den davonstürmenden Christian.

»Auf den Boden!«, rief Franjo.

Mehr aus einem Reflex heraus denn aufgrund einer bewussten Entscheidung warf sich Christian auf den Asphalt. Mehrere Leute um ihn herum taten es ihm gleich. Franjo feuerte mit seiner Maschinenpistole eine kurze Salve in den hinteren Eingang des Busses, und der zweite Killer stürzte auf den harten Boden.

Christians Blick heftete sich indessen auf einen roten Ford Fiesta, der zwanzig Meter weiter anhielt. Am Steuer saß eine blonde Frau. Sara.

»*Ins Auto!*«, brüllte Franjo, und Christian rappelte sich auf. Die Plastiktüte hielt er hysterisch umklammert. Sara erkannte ihn und rannte auf ihn zu.

»Lauf zurück!«, rief Christian ihr zu, begriff aber, dass es zu spät und zu gefährlich war, sie zu ihrem eigenen Wagen zu schicken.

Am Steuer des Jugo ließ Vojislav den Motor aufheulen.

»Komm mit in unser Auto!«, rief Christian. Er stolperte die letzten Schritte und klammerte sich an den Griff der Hintertür. Als er sie öffnete, sah er Franjo mit der Maschinenpistole in der Hand auf den Jugo zurennen. Sara hatte den Wagen erreicht und stieg ein. Christian ließ sich neben ihr auf den Sitz fallen, das Auto fuhr sogleich an. Franjo schwang sich in den fahrenden Wagen, Christian machte ihm Platz und landete dabei fast auf Saras Schoß.

Vojislav wendete abrupt und trat aufs Gas.

»Da drüben«, sagte Coblentz auf dem Beifahrersitz des BMW-Geländewagens. Ein brauner Jugo raste die Straße entlang, gefolgt von einer blauen Abgaswolke.

»Fahr neben ihn. Wir zwingen ihn, anzuhalten.«

Der Fahrer überholte einen kleinen Fiat und fuhr in einem Bogen auf die Innenstadt von Kotor zu. Hinter den Häusern zeigte sich das Meer. Eine Reihe Palmen huschte vorüber, als der SUV auf der Hauptstraße beschleunigte. In den gut isolierten Fahrgastraum drangen keine Geräusche ein. Nur das leichte Schlingern bei den Ausweichmanövern und die Kräfte, die dabei wirkten, verrieten die hohe Geschwindigkeit, mit der das allradgetriebene Fahrzeug den Jugo einzuholen versuchte.

»Fertig«, sagte Coblentz. Auf dem Rücksitz schalteten zwei kräftige Männer ihre Maschinenpistolen auf Reihenfeuer. Coblentz selbst nahm seine persönliche Heckler & Koch mit dem kurzen Lauf aus dem Fußraum.

Der Jugo raste auf die Brücke, die in die Altstadt führte und überquerte sie in so wildem Tempo, dass er zornige Blicke und Beschimpfungen der Fußgänger auf sich zog.

»In Cannes haben sie versucht, einen Mann namens Luc Cresson umzubringen«, rief Sara über den Motorlärm hinweg Christian zu. »Er ist ein Psychologe, der einer jungen Frau geholfen hat, vom Neuen Morgen wegzukommen.«

Auf der rechten Seite huschten Mauern vorbei und auf der linken Seite die Wellen des Meeres hinter einer kleinen Grünanlage am Ufer. Christian hörte Saras Worte, war aber nicht fähig, die Ereignisse in Cannes und Montenegro miteinander in Verbindung zu bringen. Mit der einen Hand hielt er die Plastiktüte umklammert, mit der anderen Saras Hand.

»Der Sohn von Jacob Weinstaub ist drogenabhängig«, fuhr Sara fort. »Er wird vom Neuen Morgen gefangen gehalten …«

Franjo, der als Dritter auf der Rückbank saß, blickte sich um und sagte zu Vojislav: »Oni nas slijede.«

Christian schaute über die Schulter und sah einen massiven SUV die Autos hinter ihnen überholen. Vor dem Altstadttor machte die Straße eine scharfe Biegung um einen kleinen Park herum. Der Jugo kürzte über den Rasen ab und schlängelte sich zwischen den Bäumen hindurch. Das Heck geriet ins Schleudern und hinterließ eine tiefe Narbe in der Erde. Der Geländewagen holte sie ein, mit seinem Allradantrieb kam er voran wie ein Zug.

Sie fuhren auf einen großen Busch zu, und Vojislav konnte nicht mehr ausweichen. Die Stoßstange prallte dumpf gegen das Gewächs, das gleich darauf über den Unterboden kratzte. Das Auto geriet heftig ins Schlingern, und Vojislav stieß einen zornigen Laut aus. Christian deutete ihn als Vorahnung dessen, was der kleine Bruder sagen würde, wenn er sein Auto wieder zu Gesicht bekäme. Hinter ihnen leuchteten die Lichter des Geländewagens wie die Augen eines Raubtiers. Dann war der Park zu Ende, und der Jugo schoss auf die Straße, die in einem Bogen auf die Bucht zuführte.

Vojislav machte eine scharfe Ausweichbewegung. Christian drehte den Kopf und sah einen kleinen Jungen auf einem Fahrrad, der klingelte und die Hand hob.

Christians Blick folgte dem Jungen, der das Gleichgewicht verloren hatte und gefährlich hin und her schwankte. Die Stoßstange des SUV traf den Kleinen und schleuderte ihn wie eine Puppe zur Seite. Eine Menschentraube, die vor einem Kiosk anstand, geriet in Aufruhr und stürzte zu dem Kind. Christians Kehle entwich ein Röcheln. Sara schloss die Augen.

»Diese Nato-Schweine«, stöhnte Franjo. Er stützte die Maschinenpistole auf das Zebramuster der Rückenlehne und zerschoss das Heckfenster. Die Scherben flogen in dem Moment, in dem die Straße dem Ufer folgend eine Biegung nach rechts machte. Durch die unvermutete Kurve schlugen die Kugeln der ersten Salve in einer niedrigen Palme ein, deren Stamm zersplitterte. Der SUV kam mit quietschenden Reifen durch die Kurve.

»*Nato-Schweine*«, wiederholte Franjo im Falsett und feuerte vor Wut kurze Salven ab.

»Pass auf die Leute auf!«, brüllte Christian, aber das war überflüssig – entlang der Straße war niemand zu sehen. Die Kugeln schlugen auf dem Asphalt auf und ließen Funken sprühen, und das Auto schwankte von einer Seite zur anderen, als würde es träge Ausweichmanöver praktizieren.

Eine Flut von Flüchen und Verwünschungen entwich Franjos violetten Lippen, während er versuchte, genauer auf den SUV zu zielen. Sara hielt sich vor Entsetzen die Ohren zu und duckte sich so weit es ging nach unten.

Die Windschutzscheibe des BMW zerbarst, aber die Kugeln zischten an den erschrockenen Köpfen vorbei und schlugen irgendwo in den Ledersitzen ein. Coblentz duckte sich, und die nächste Salve, die aus dem Jugo abgefeuert wurde, ging über ihn hinweg. Das Auto schlingerte hin und her, als der Fahrer hinter dem Steuer in Deckung ging und die Geschosse auf die Karosserie prasselten. Coblentz erhob sich ein Stück aus der Deckung, schlug mit dem Lauf seiner Waffe ein Loch in die Reste der Windschutzscheibe und eröffnete das Feuer auf die Flüchtigen.

Die Männer hinter ihm richteten sich ebenfalls auf, ließen die Seitenscheiben herunter und richteten ihre Maschinenpistolen auf den Jugo, aus dessen Heckscheibe sogleich eine neue, wütende Salve abgefeuert wurde. Die Hülsen prasselten klirrend auf den Asphalt. Plötzlich kam aus einer Nebenstraße ein Traktor gerollt. Der Fahrer des SUV musste heftig bremsen, und die Schützen konnten durch den Ruck nicht zielen.

Der Vorsprung des Jugo wuchs, es drängte sich sogar ein Lkw zwischen Verfolger und Verfolgte.

»Bleib dran!«, brüllte Coblentz.

Der Jugo fuhr über die Brücke, die von der Altstadt wegführte, aber der Geländewagen passte nicht an dem Lkw vorbei. Schließlich schafften sie es doch, wobei die Funken sprühten, weil der Kotflügel am eisernen Brückengeländer entlangschrammte. Der Jugo war nicht mehr zu sehen. Sein Fahrer kannte sich aus und wusste, wie er fahren musste.

Coblentz schaute auf den Navigator. Gleichzeitig nahm er den Hörer des Satellitentelefons und sagte: »Das Objekt flieht in Richtung Dvorski-trg-Platz, ausgerüstet mit Maschinenpistolen. Schickt ein paar Hubschrauber nach Kotor.«

»Wir haben sie abgehängt«, rief Franjo.

Christian und Sara kauerten dicht aneinandergedrängt im Fußraum vor der Rückbank des Jugo. Christian hielt die Plastiktüte umklammert. Er schob sich auf den Sitz und schaute erleichtert durch die kaputte Heckscheibe.

»Warum wirst du gejagt?« In Saras Augen lag blankes Entsetzen. »Was waren das für Leute?«

»Amerikaner. Wir müssen dich in Sicherheit bringen.« Die Uferstraße machte einen weiten Bogen nach rechts, und der SUV verschwand hinter niedrigen Wohnblocks aus dem Blickfeld.

»Warum gehst du nicht zur Polizei?«

»Alle Behörden sind ausgeschlossen. *Alle.*« Christians Stimme war dünn und schneidend. »Ich erkläre es dir später.«

»Nein, du erklärst es mir jetzt! Wie kann es sein, dass man dich verdächtigt, an dem Flugzeugabsturz beteiligt zu sein?«

Christian sah Sara schockiert an. »Woher weißt du das?«

»Ich habe es in Frankreich im Fernsehen gesehen. Es heißt, du wärst Mitglied vom Neuen Morgen und auf der Flucht vor den Behörden ...«

»Das ist eine Lüge«, sagte Christian und schaute sich um. Zwischen den Häusern waren eine Tankstelle und kleinere Gewerbeflächen zu erkennen. »Alles gelogen.«

»Außer dass Tina zum Neuen Morgen gehört.«

Christian befeuchtete seine Lippen. »Weißt du etwas Genaueres über ihre Schwangerschaft?«

»Nur das, was in den Unterlagen des Gynäkologen gesagt wird. Der Umschlag enthielt auch einen Zettel, auf dem stand: ›Christian, es sieht aus, als würde ein Brück jr. in mir heranwachsen‹.«

In abgrundtiefer Trauer, aber auch unendlich erleichtert schloss Christian die Augen.

»Tina lebt.« Er wischte sich mit dem Handrücken über die Augen. »Zumindest war sie vor einigen Stunden noch am Leben. So wie sechs weitere Passagiere auch.«

Sara sah Christian bestürzt an. »Woher weißt du das?«

»Ich habe sie gesehen. Sie sind in der Küstenfestung Bukovica. Die Amerikaner haben alle Passagiere der Maschine dort hingebracht – frag mich nicht, warum. Sie haben vor, die Überlebenden auch umzubringen. Wir müssen uns beeilen.«

»Bist du verrückt geworden?«

»Schön wär's.« Christian umklammerte die Tüte in seinem Schoß. »Aber das alles ist absolut wahr.« Er blickte aufs Armaturenbrett und fragte Franjo: »Hat der Wagen einen Zigarettenanzünder?«

Sara warf ihm einen verdutzten Blick zu.

»Warte«, sagte Franjo und richtete das Wort an Vojislav, der an der nächsten Kreuzung rechts abbog.

»Ich habe über Tina ... eine etwas seltsame Information«, sagte Sara heiser. Die schmale, unebene Sackgasse schien direkt auf eine Wand zuzuführen. Rechts stand eine Wellblechhalle, vor der Autowracks ohne Räder lagen.

»Schieß los.«

»Die echte Tina Carabella starb vor vier Jahren. Eine andere Person benutzt ihre Identität.« Saras Satz explodierte in Christians Kopf wie eine Splitterbombe.

# 49

Coblentz stand mit dem Funkgerät in der Hand neben dem BMW-Geländewagen. Vor den Mauern der Altstadt tauchte kurz ein Polizeiauto mit weißen Türen auf, aber es kam nicht näher, sondern kehrte bald in die Richtung zurück, aus der es gekommen war.

»Wo bleibt der Hubschrauber?«, fragte Coblentz ruhig. Der Wind brachte die Schöße seines Mantels zum Flattern.

An der Straße stand eine renovierungsbedürftige, neoklassizistische Villa, deren Fassade von Säulen, Erkern und Balkonen belebt wurde. Irgendein Optimist hatte mit grüner Farbe auf die Spanplatte vor einem Fenster geschrieben: *Suverena Crna Gora!*

»Beschafft aus Tivat weitere Helikopter und gebt eine Beschreibung des Autos an die örtliche Polizei«, befahl Coblentz.

Christian schaute bestürzt aus dem Fenster.

*Die echte Tina Carabella starb vor vier Jahren. Eine andere Person benutzt ihre Identität.*

Es drängte ihn immer mehr, selbst mit Tina zu sprechen und herauszufinden, was es damit auf sich hatte.

Vojislav hielt in einem engen, düsteren Hof unmittelbar vor dem steilen Berghang an. Es schien sich um eine kleine Autowerkstatt zu handeln, denn zwischen Reifenstapeln, Getrieben und Motoren, die überall herumlagen, standen auch zwei ganz und gar mit Schmutz überzogene Unfallautos auf dem Gelände, und etwas weiter hinten war Eisenschrott zusammengetragen worden.

»Weißt du auch wirklich, was du tust?«, flüsterte Sara. Sie saß halb auf Christians Schoß. Christian hatte fast vergessen, wie sich ihre Nähe anfühlte.

»Im Moment genügt es mir, dass mich meine beiden Freunde hier vor den Fängen der Amerikaner bewahren.«

Vojislav gab ein kurzes Hupsignal, und Franjo sprang aus dem Wagen. Die kleine Tür im Tor der Werkstatt ging auf und ein langhaariger Mann im Overall trat stolz wie ein Hahn auf den Hof.

»Mi'cemo samo iznajmiti va's auto«, sagte Franjo in vertraulichem Ton, aber offenbar im Sinne eines unmissverständlichen Befehls. Die Männer öffneten das Tor, und Franjo bedeutete Christian und Sara, auszusteigen.

Vojislav sprang ebenfalls aus dem Wagen und setzte sich ans Steuer des alten Fiat Croma, der neben der Ölpumpe stand.

»Einsteigen«, sagte Franjo zu Christian und Sara, die unverzüglich auf der Rückbank des Croma Platz nahmen. Christian lockerte nicht eine Sekunde den Griff um die Tüte mit der Kamera. Er sah den Mann im Overall einen kleinen Fiat rückwärts aus der Werkstatt fahren, um Platz für den Jugo zu schaffen.

Franjo nahm die Waffen aus dem Jugo, setzte sich auf den Beifahrersitz, und schon waren sie wieder auf der Straße. Der Fahrzeugwechsel und das Verstecken des ersten Wagens hatten nicht mal eine Minute gedauert. Jetzt fuhr Vojislav kontrolliert im übrigen Verkehr mit, ohne Aufmerksamkeit zu erwecken. Mittlerweile hatten fast alle Autos die Lichter eingeschaltet.

Ungeduldig kramte Christian in der Plastiktüte und gab Franjo das Kabel der Videokamera, damit er es am Zigarettenanzünder anschloss.

Was Christian am meisten unter den Nägeln brannte,

war dies: Er wollte wissen, ob Tinas Liebe zu ihm echt war. Die Frage, wer Tina in Wirklichkeit war, kam erst an zweiter Stelle. Denn wer immer sie auch sein mochte, so war sie doch die Mutter seines Kindes und die Frau, die er liebte.

In der Ferne war jetzt das dröhnende Geräusch eines Hubschraubers zu hören, und sofort flammte in Christian die Angst wieder auf und trübte das Gefühl der Sicherheit, das sich dank des neuen Autos und der Dämmerung kurzzeitig eingestellt hatte. Der Hubschrauber kam über die Bucht von Kotor und flog in Richtung Stadtzentrum über sie hinweg.

»Weißt du, wer Julia ist?«, fragte Sara.

»Julia?« Christians Finger hielten auf den Knöpfen der Kamera inne. »Welche Julia?«

»Tinas Zwillingsschwester. Die beiden waren unzertrennlich.«

Christian starrte fassungslos vor sich hin. Warum hatte Tina einen so wichtigen Menschen mit keinem einzigen Wort erwähnt?

»Waren?«

»Julia starb an einer Überdosis. Nach einem langen Entzugskampf.«

Christian schloss die Augen. Er machte sich darauf gefasst, weitere Dinge zu hören, die er nie hätte erfahren wollen. Nach und nach ließ das schreckliche Puzzle ein ganz neues Bild von Tina entstehen – von dem Menschen, den er zu kennen geglaubt hatte.

»Der gemeinsame Nenner sind die Drogen. Und Julia ist das Verbindungsglied zu Jacob Weinstaub«, fuhr Sara fort. Sie musste lauter sprechen, damit Christian sie über das Motorgeräusch hinweg verstehen konnte. »Tina und Jacob mussten beide mit ansehen, wie ein naher Angehöriger Sklave der Drogen wurde. Der Neue Morgen kämpft gegen Drogen und versucht Abhängigen beim Entzug zu helfen.«

Vojislav beschleunigte nach einer Rechtskurve auf der Straße, die zwischen Bucht und Gebirge entlangführte, Christian und Sara wurden dabei nach links gedrückt. Danach verband Christian entschlossen das Kabel aus dem Zigarettenanzünder mit der Kamera und spulte den Film zurück. Farbige Gestalten huschten in einem verzerrten Durcheinander über den Monitor.

»Was tust du da?«, fragte Sara.

»Ich schaue mir die Kassette an. Aber du wirst nicht hinschauen«, sagte Christian mit neuer, wütender Energie in der Stimme. »Du darfst nichts hören und nichts sehen. Wenn wir geschnappt werden, werden sie dich zum Sprechen bringen, ob du willst oder nicht.«

»Wer sollte das tun? Was ist hier eigentlich los? Und was für eine Kassette ist das?«

Christian drückte die Wiedergabetaste. Er hielt das Gerät so, dass Sara den Monitor nicht sehen konnte.

»Hast du gehört?« Sara ließ nicht locker. Ihre Stimme klang energischer, und sie versuchte, auf den Monitor zu schauen. »Du kannst nicht …«

»Sei still«, befahl Christian schroffer als beabsichtigt und schirmte mit seiner schmutzigen, aufgeschürften Hand den kleinen Bildschirm ab.

Demonstrativ wandte sich Sara ab und schaute aus dem Fenster auf die Landschaft, die immer gebirgiger wurde.

Christian starrte auf den Monitor. Die wackeligen Aufnahmen ließen kaum etwas deutlich erkennen – Sitze, Gänge, Hände und Füße huschten durchs Bild. Er hielt das Ohr an den kleinen Lautsprecher, dessen Klangqualität an die einer schlechten Telefonverbindung erinnerte.

»*Was ist …*«, sagte eine weibliche Stimme auf dem Band. Der Rest des Satzes ging im Rauschen des Mikrofons unter.

Christian drehte die Lautstärke an dem kleinen Regler auf das Maximum und ging mit den Augen an den Monitor heran. Es sah aus und es klang so, als hätte jemand versucht, der aufnehmenden Person die Kamera zu entreißen. Das Bild wackelte, und vor der Linse tanzte ein Wirrwarr von Fingern.

»*Nimm alles auf …*«, sagte eine zweite Frauenstimme aus dem Rauschen heraus. Das Motorgeräusch des Fiats erschwerte das Hören, aber Christian erkannte die Stimme.

Es war Tinas Stimme.

»Anhalten!«, brüllte er. Seine Schläfenadern pulsierten. »Ich kann sonst nicht richtig sehen und hören!«

Mit allen Zellen nahm er die Bilder auf, die instabil und wacklig weiterliefen.

»*Nimm alles auf, was gleich passieren wird …*«, sagte Tina. Angst und Verzweiflung klangen in ihrer Stimme durch. Die Bildrichtung änderte sich, sodass Christian kurz Tinas Gesicht sehen konnte. Ihre entsetzte Miene schnürte ihm das Herz zusammen.

Es dauerte eine Weile, bis er wieder zu sich kam, und erst da merkte er, dass der Fiat im Schatten eines dichten Nadelwaldes am Straßenrand angehalten hatte. Die Kassette hatte all seine Aufmerksamkeit gefesselt. Wieder richtete er seinen Blick auf den kleinen Bildschirm.

Auf einmal erlosch das Bild, und es war nur noch ein Flimmern zu sehen.

Christian erschrak. War das alles? Aber da kam das Bild auch schon wieder, noch wackeliger als zuvor.

»Was …«, wollte Franjo sagen, aber Christian brachte ihn mit einem scharfen Zischen zum Schweigen. Er vertiefte sich in das Bild und den Ton des Films, sodass die Welt um ihn herum in den Hintergrund rückte.

»*Hilfe!*«, wurde in der Passagierkabine gerufen.

»*Nicht anfassen …*«, rief eine Männerstimme. Daran schloss sich ein animalischer Schrei an: »*LASS LOS!*«

Christian sah Tina und den Mann, der sie zuvor geküsst

hatte, einige Sitzreihen weiter vorn miteinander ringen. Jacob Weinstaub, hatte Sara am Telefon gesagt. Jetzt küssten sie sich nicht, sondern kämpften.

Plötzlich vollführte die Kamera einen Schwenk und wies zur Decke.

»*Helft mir!*«, rief Tina den anderen Passagieren zu, ohne dass ihre Bitte auf Widerhall stieß. Sie musste alleine weiterkämpfen, und Christian wusste nicht, was der Grund der Auseinandersetzung war.

Die Stimmen wurden wütender und wilder, einige Reisenden schrien, manche sprangen in Panik auf und rannten auf den Gang, stießen gegeneinander und fielen hin. Und dann schrie auf einmal Jacob Weinstaub hysterisch: »*ES IST AUFGEGANGEN ...*«

Christian schluckte. Was war aufgegangen?

»*Hören Sie, was ich sage ...*«, schrie Jacob im hysterischen Falsett. »*Ich bin für die Regierung der Vereinigten Staaten tätig gewesen, bei einem geheimen ...*«

Die Stimme erstarb durch einen Schuss. Unter den Passagieren brach ein Tumult aus, und das Bild füllte sich mit einem chaotischen Durcheinander von Leibern und Gliedmaßen. Der Monitor wurde schwarz, und in der Kamera hörte man ein Klacken. Die Kassette war zu Ende und wurde automatisch zum Anfang zurückgespult.

»Oh nein«, flüsterte Christian.

# 50

Coblentz schaute aus dem Helikopterfenster nach unten. Zum Glück war die Stadt, die auf dem engen Streifen zwischen der Bucht von Kotor und den Bergen lag, klein. Die Hauptstraße schlängelte sich an den Mauern und roten Dächern der Altstadt vorbei, ihr Verlauf folgte der Uferlinie. In der Mitte der Stadt stand ein eckiger Glockenturm.

Die Lichter der Autos waren als weiße und rote Punkte zu erkennen, die sich langsam fortbewegten. Zwei Autos fuhren schneller als die anderen, und beide verfügten über stärkere Scheinwerfer. Coblentz stand mit beiden in Funkkontakt: mit dem BMW-SUV und dem Chrysler-Van.

»Sie haben den Wagen gewechselt und Kotor längst weit hinter sich gelassen«, sagte Coblentz in sein Halsmikrofon und starrte nach unten. »Oder aber sie halten sich in der Stadt versteckt. Wann kriegen wir von der örtlichen Polizei die Straßensperren?«

*»Sie werden bereits errichtet. Wir haben gerade den Freizeitfonds der Polizei von Kotor um zehntausend Dollar aufgestockt«*, sagte Rockler trocken unten im BMW.

Die Worte von Jacob Weinstaub hallten in Christians Kopf wider.

*Ich bin für die Regierung der Vereinigten Staaten tätig gewesen, bei einem geheimen ...*

Christian erinnerte sich an jede Nuance und Betonung

der Worte, die dem Mann inmitten des Durcheinanders von den Lippen gekommen waren. Er spürte, wie ihn eine Gänsehaut überlief.

Für die Regierung der Vereinigten Staaten.

Der Fiat Croma kam zügig auf der kurvenreichen Straße voran. »Hör mir jetzt genau zu«, sagte Christian zu Sara, die noch immer beleidigt aus dem Fenster starrte, weil sie die Kassette nicht anschauen durfte.

»Dieses Band enthält den Beweis dafür, dass die Regierung der USA etwas mit dem Flugzeugunglück zu tun hat.« Christian stoppte das Spulen und nahm die Kassette aus der Kamera.

Das Auto fuhr in eine scharfe Kurve, und Christian wurde gegen Sara gedrückt. Er versuchte, seinen wirren Gedanken Kraft und Willen einzuimpfen. Ihm war nun klar, dass er es mit wesentlich größeren Dingen zu tun hatte, als er ursprünglich geglaubt hatte. Aufgeregt sprach er weiter, direkt in Saras Ohr: »Du darfst keine Einzelheiten wissen. Das kann dir das Leben retten. Vertrau mir... So wie früher. Nimm die Kassette und bring sie nach Pjevac zu einem Journalisten von Reuters oder der BBC. Nur du kannst das tun, denn mich kennen sie. Und wenn sie mich finden, bringen sie mich um.«

»Was hast du vor?«

»Ich fahre nach Bukovica. Die überlebenden Opfer des Unglücks müssen in Sicherheit gebracht werden.«

»Und du willst das tun?«

»Ich bin nicht alleine. Ich werde mir... Helfer besorgen.«

»Was für eine Hilfe können dir so ein paar Räuber aus dem Wald schon bieten?«

»Sie kennen sich hier aus.«

»Es müssen offizielle Stellen beteiligt sein, die ...«

»Konzentrier dich darauf, diese Kassette den Augen der Weltöffentlichkeit zugänglich zu machen.«

Die Tatsache, dass die Killer Mitarbeiter einer amerikanischen Behörde waren, ließ heiligen Zorn in Christian aufsteigen.

Das Scheinwerferlicht des Helikopters glitt über die betonierte Landefläche auf dem Dach der Festung Bukovica.

Coblentz stieg aus und ging im Luftstrom der Rotoren mit flatternden Mantelschößen zur Tür am Rand des Landeplatzes. Am Geländer daneben blieb er stehen und blickte aufs Meer, hinter dessen Horizont die Sonne untergegangen war und nun die Wolken tiefrot färbte. Vor der Operation hatte er zuletzt mit Martha im Arm aufs Meer geschaut, an dem Wochenende, das sie gemeinsam in Cape May verbracht hatten.

Hinter ihm stieg der Helikopter wieder auf, und in der Tür erschien Rockler, der von unten heraufgekommen war. Zusammen gingen sie die Treppe hinunter in die Festung hinein.

»Fangen wir mit der Räumung an?«, fragte Rockler und fuhr sich durchs Borstenhaar.

»Ja. Und zwar sofort.«

Christian schaute Sara unverwandt an. Sie drückte die Umhängetasche mit der Kassette fest an ihren Körper. Der salzige Meerwind verhieß eine kühle Nacht an der Bucht von Kotor. Sie standen am Straßenrand kurz vor der Abzweigung, die nach Cetinje hinaufführte. Vojislav und Franjo standen zehn Meter weiter neben dem Auto und rauchten.

»Können wir nicht zusammen fahren?«, fragte Sara.

»Nein. Mich kennen sie. Dich nicht.«

»Nicht? Die französische Polizei hat sich immerhin schon nach mir erkundigt. Mein Name steht auf den Passagierlisten von Belgrad und Podgorica. Am Busbahnhof von Kotor ist ein Auto geparkt, das ich gemietet habe ...«

Christian legte Sara die Hand auf die Schulter. »Niemand hier weiß, wie du aussiehst. Mit solchen Informationen, wie du sie aufzählst, kann man so schnell niemanden ausfindig machen. Ich fahre zur Küstenfestung zurück.«

»Du bist wegen Tina zu vielem bereit«, flüsterte Sara und schaute Christian mit ihren braunen Augen intensiver an als je zuvor. »Macht es dir nichts aus, dass sie gar nicht diejenige ist, die sie vorgab zu sein?«

»Ich will von ihr selbst hören, was es damit auf sich hat. Und ich will wissen, was hinter all dem steckt. Zu viele sind bereits deswegen gestorben.«

Die Bäume bogen sich im Wind, und es roch nach Regen. Hinter den Bergen ertönte ein bedrohliches Grollen, das allmählich zu einem fernen Donnern anwuchs.

»Ein Teil der Wahrheit ist jedenfalls auf der Kassette. Tu alles, damit sie nach Pjevac zur BBC oder zu Reuters kommt. Aber sei vorsichtig.«

»Soll ich nicht zum Flughafen fahren und …«

»Ein Flug ist nicht sicher. Bring die Kassette zu den Journalisten und sag ihnen, sie sollen ihren Inhalt nach London übermitteln, bevor sie konfisziert wird.«

Hinter den Gipfeln leuchtete ein Blitz auf, aber der darauf folgende Donner war unter dem stärker werdenden Grollen nicht zu hören. Nur ein kleiner Lichtschimmer wurde von den unruhig schaukelnden Wellen in der Ferne reflektiert.

»Komm mit!«, flehte Sara. »Du kannst gegen die Amerikaner in der Festung nichts ausrichten.«

»Sie werden mir sehr lange zuhören müssen, weil sie nicht wissen, wo die Kassette ist.«

»Du bist noch immer in Tina verliebt, trotz allem.«

»Was immer sie auch getan haben mag, sie braucht jetzt Hilfe. Und die anderen Verletzten auch.«

Hinter dem Fiat hielt ein alter, eckiger VW Golf an, dessen Scheinwerferlicht die ersten Regentropfen sichtbar werden ließ. Franjo winkte Christian zu, und der machte sich auf den Weg zu dem Wagen.

»Warte …«, rief ihm Sara hinterher. Er blieb stehen und drehte sich um.

Mit der Tasche, die sie an sich drückte, stand Sara genau so da wie damals in der Maschine nach London, als sie sich zum ersten Mal sahen.

»Zwischen deinen Gehirnzellen schimmert genau die Moral durch, die du mit all deinen technischen Apparaturen nicht gefunden hast«, sagte Sara. Sie lächelte dabei, aber auf ihren Wangen glänzten Tränen.

Christian wandte sich wieder dem Auto zu und winkte scheinbar unbekümmert. Nach wenigen Schritten musste er sich mit dem Ärmel über die Augen wischen. Der Regen war einfach lästig.

Vor Luc verbreiterte sich die Autobahn zu einem weitläufigen, erleuchteten Areal, über das sich quer eine Sperrkonstruktion mit Schranken und Kontrollhäuschen zog. Luc grub in der Tasche nach den sechzehn Francs für die Maut, wählte die kürzeste Schlange und drosselte die Geschwindigkeit.

Er war noch immer schockiert von den Vorfällen im Haus des Neuen Morgens. Zwar hatte er versucht, die Ereignisse so gut es ging zu sortieren, aber das war schwer. Aus irgendeinem Grund waren die Amerikaner dem Neuen Morgen auf der Spur, und Luc kam nicht um den Gedanken herum, dass genau das den Unwillen der Polizei erklärte, in Sachen Weinstaub zu ermitteln. Darum hatte Luc es für das Klügste gehalten, Cannes zu verlassen und abzuwarten, bis die Lage übersichtlicher geworden war.

Er warf die Münzen in den Trichter und machte sich nicht die Mühe, das Wechselgeld aus dem Automaten zu nehmen. Die Schranke ging auf, und Luc beschleunigte nach der Mautstelle auf dem weiten Areal, das sich nun wieder zur Autobahn verschmälerte. Er machte sich Sorgen um Sara.

Schwarze Landschaft huschte vorüber. An Christians Oberarm schmerzte der Hundebiss. Vojislav fuhr zügig die Serpentinen hinauf, in jeder Kurve wanderte seine glimmende Zigarette von einem Mundwinkel zum anderen.

Die schwachen Lichtkegel des Autos wischten abwechselnd über die Felswand, den mit Bäumen bestandenen Hang und die Straßenbegrenzung aus Stein, hinter der sich der Abgrund in den sicheren Tod auftat. Auf einem schmalen, stufenartigen Absatz stand ein radloses, verrostetes Autowrack. Das reichliche Aufkommen solcher Wracks war einer der charakteristischen Züge der montenegrinischen Landschaft. Vojislav schien jede Kurve und jede kleine Erhebung des Landstrichs zu kennen, der schon dem Namen nach ein einziger schwarzer Berg war – Montenegro.

Auf dem Beifahrersitz zeichnete Franjo im gelblichen Schein der Innenbeleuchtung einen Grundriss von Bukovica auf die Rückseite der Landkarte. Der abgekaute, mit dem Messer gespitzte Bleistiftstummel fuhr in Franjos schmutzigen Fingern zielstrebig übers Papier.

Schließlich stoppten sie in einer Haltebucht, zu der sich die Straße an einer Serpentine verbreiterte. Dort wartete ein alter Lada-Kombi ohne Licht. Fünf Männer stiegen aus dem Wagen.

»Plav, Nikola, Dusan, Sasa und Mato«, stellte Franjo sie Christian vor.

Mit ihren Zigaretten im Mundwinkel erweckten die unrasierten Männer nicht auf Anhieb Christians ungeteiltes Vertrauen. Einer trug eine abgewetzte Steppweste und Tarnhosen, die anderen trugen normale Zivilkleidung. Andererseits machten diese harten Männer, die den Krieg überlebt hatten, einen unkomplizierten Eindruck, und etwas an ihnen verriet den stolzen Kämpfer – in der Nachfolge ihrer Vorfahren, die über Jahrhunderte hinweg gegen Feinde aus allen Himmelsrichtungen angekämpft hatten.

Franjo setzte ihnen auf Serbokroatisch den Plan auseinander. Nach kurzer Beratung öffnete ein kleiner Mann mit tätowiertem Handrücken die Heckklappe des Ladas und lud diverse Gegenstände aus. Christian wunderte sich über die hohe Qualität der Ausrüstung. Sie war absolut modern.

»Plav ist Leutnant«, sagte Franjo leise. »Im April 1999 schoss er in Bofors über Podgorica einen Mirage-Bomber ab. Die Maschine zerschellte auf dem Gipfel des Rumjie. Die Propagandamaschinerie der Nato hat das verschwiegen.« Franjo nickte in Richtung Vojislav. »Er war wegen seiner Dolmetscherausbildung in Sondereinheiten aktiv.«

Eine halbe Stunde später brachen sie nach Bukovica auf, wobei sie zwischen dem Lada und dem Croma einige Minuten Abstand hielten. Die Straße führte weiter in Serpentinen den Berg hinauf. Der Regen ließ nach, hinter den windgepeitschten Bäumen glitzerte die Adria im Mondlicht.

»Wenn wir versagen, werden uns die Amerikaner alle umbringen«, sagte Christian, nachdem sie den Plan noch einmal durchgesprochen hatten.

»Wir kennen die Risiken. Wir haben unsere Entscheidung getroffen«, antwortete Franjo aus der Dunkelheit heraus. »Die Amerikaner sind das neue Herrenvolk, ihre Zwangsvorstellung ist die Unsterblichkeit. Sie töten Menschen aus der Luft mit Marschflugkörpern und Bombern, damit keiner ihrer eigenen Soldaten ums Leben kommt. Jetzt werden wir uns mit ihnen auf dem Erdboden unterhalten. Und zwar persönlich.«

Das Auto hielt am Straßenrand, und Christian stieg aus.

Er sog die Luft ein wie ein Sportler, der sich auf seinen Einsatz vorbereitete, und machte sich dann auf den Weg, den trockenen, von stachligen Sträuchern bewachsenen Hang hinauf. Er dachte an nichts, ging einfach immer weiter. Nach zwanzig Metern erreichte er eine Straße, die ebenfalls in Serpentinen anstieg, um die Höhenunterschiede auszugleichen.

Dieser Straße folgte Christian bis zu dem schmalen Vorplatz der Küstenfestung Bukovica. Wie ein riesiger, eckiger Klotz ragte das Gebäude vor dem Horizont auf. Nirgendwo stand ein Auto, es brannte kein Licht, auch sonst gab es keinerlei Lebenszeichen.

Ohne überhaupt den Versuch zu machen, sich zu verstecken, ging Christian erhobenen Hauptes auf die Eingangstür zu. Zwischen dem Kies wuchs Gras, beim Gehen gab der Boden lautlos nach. Vom Meer her wurden schwere Wolkenmassen gegen die Berge gedrückt.

Je näher er der Metalltür kam, umso aufrechter ging Christian und umso abgeklärter fühlte er sich. Vor der Tür, die in das große Doppeltor eingelassen war, blieb er stehen und schlug so fest mit der Faust dagegen, dass es wehtat.

Die Tür ging sofort auf. Man hatte ihn längst im Auge gehabt. Hoffentlich nicht schon, als er aus dem Wagen gestiegen war, denn dann wäre der ganze Plan zum Scheitern verurteilt.

Bob Rockler stand ohne Waffe in der Tür. In der schwach beleuchteten, ausbetonierten Eingangshalle traten aber sogleich zwei bewaffnete Kollegen des Mannes ins Blickfeld.

»Ich will mit Coblentz reden«, sagte Christian. Die Männer nahmen eine gründliche Leibesvisitation bei ihm vor. Rockler musterte ihn neugierig und argwöhnisch, führte ihn dann aber einen Gang entlang. Ihre Schatten glitten über die nackten Betonwände.

Als sie eine offene Tür erreichten, ließen die Wachleute

Christian eintreten und blieben selbst draußen. In dem von Neonröhren erleuchteten Raum stand Coblentz in seinem Mantel, mit steinernem Gesicht, aber auch mit äußerster Wachsamkeit.

»Christian! Das ist aber eine Überraschung.«

»Ich will mit Tina Carabella sprechen«, sagte Christian ruhig.

»Ich will mit Tina Carabella sprechen«, wiederholte Coblentz mechanisch – ohne Ironie, ohne Spott, ohne drohenden Unterton. »Und was veranlasst dich zu dem Glauben, dass sie am Leben ist?«

»Ich habe sie gesehen. So wie die fünf anderen Überlebenden auch.«

Auf Coblentz' Gesicht war nicht die geringste Reaktion zu erkennen.

»Wenn ihr mich tötet, geht die Kassette an die internationalen Medien. An genau die Medien, die ihr mit der Lüge über meine Beteiligung an dem Unglück gefüttert habt.«

Coblentz überlegte eine Sekunde. »Ich glaube nicht, dass du die Kassette den Medien übergeben willst, wenn dir an Tina und eurem gemeinsamen Kind etwas liegt.«

Diese Worte ließen Christians Selbstsicherheit im Nu verfliegen. Woher wussten sie von der Schwangerschaft? Hatte Tina es ihnen erzählt?

»Was, zum Teufel, soll das bedeuten?«, fragte er, bemüht, Nachdruck in seine Stimme zu legen.

»Das, was ich sage. Ich glaube nicht, dass du die Kassette öffentlich machen willst. Bald wirst du auch sehen, warum nicht.«

Coblentz machte Christian ein Zeichen, vorauszugehen. Vor der Tür hefteten sich ihnen die bewaffneten Männer an die Fersen. Sie gingen einen Gang entlang, und Christians unruhiger Blick sprang über die unverputzten Betonwände und die nackten Glühbirnen an der Decke. In seinem Kopf pulsierten schmerzhaft und wirr ganz neue Fragen.

Coblentz hämmerte gegen eine Tür, die daraufhin unverzüglich geöffnet wurde.

»Wir haben Besuch«, sagte er knapp beim Eintreten.

Christian trat in den halb dunklen Raum, in dem ein ziemliches Durcheinander herrschte: alte Telefone mit Wählscheiben, Mobiliar, das augenscheinlich zum Festungsinventar gehörte, und neuere elektronische Geräte, die offenbar von den Amerikanern mitgebracht worden waren. Zwei Männer waren damit beschäftigt, hastig die Elektronik in Aluminiumkoffern zu verstauen.

»Weißt du, was das ist?«, fragte Coblentz mit einer Kopfbewegung zu dem Koffer, der offen auf dem Fußboden lag. Er enthielt einen orangen Metallbehälter. »Das ist ein Flugschreiber«, fuhr er fort, ohne Christians Antwort abzuwarten. »Die Blackbox.«

Christian machte eine paar Schritte nach vorne und erkannte die Aufschrift auf dem Gerät: FLIGHT RECORDER, DO NOT OPEN.

Ein von Angst durchsetzter Strom der Erregung durchfuhr ihn.

»Das System besteht aus zwei Geräten«, referierte Coblentz kalt. »Das eine registriert die technischen Parameter des Flugs. Die interessieren uns aber nicht. Uns interessiert nur das hier.« Coblentz deutete auf ein Gerät, das auf dem Tisch lag und von außen an die Festplatte eines Computers erinnerte.

»Das nennt man CVR. *Cockpit Voice Recorder.* Der nimmt die Kommunikation der Männer im Cockpit untereinander und mit dem Kabinenpersonal auf. Der Inhalt des CVR aus der Unglücksmaschine ist auf dieses Band hier übertragen worden.«

Coblentz setzte ein gewöhnliches Aufnahmegerät in Gang. Christians Kehle war schlagartig trocken. Er hustete gequält. Aus dem Lautsprecher hörte man das Heulen von Motoren.

»*... one four decimal eight two*«, sagte eine männliche Stimme.

»Das ist der Kapitän«, erklärte Coblentz. »Und jetzt kommt der Copilot ...«

»*Go ahead*«, kam es vom Band.

Pilot und Copilot wechselten Sätze, wie sie zum normalen Flugbetrieb zu gehören schienen. Die Digitalziffern auf dem Aufnahmegerät wurden größer. Gleichzeitig schlug Christians Puls immer höher. Er sah Coblentz die Augen zusammenkneifen.

Plötzlich änderte sich der Tonfall der Cockpitbesatzung.

»*Raus*«, brüllte der Kapitän. »*Was ...*«

Es fiel ein Schuss.

»*Schaff die Leiche aus dem Cockpit!*«, rief eine Frau. »*Ich übernehme die Maschine.*«

Das war Tinas Stimme.

Christian starrte auf den Lautsprecher. »Ihr habt das Band manipuliert ...«, wisperte er durch den Spalt seiner trockenen Lippen.

»Hör einfach zu«, sagte Coblentz beinahe freundlich. Er spulte das Band weiter und drückte dann erneut auf Wiedergabe.

Das normale Motorengeräusch hatte sich in lautes Getöse verwandelt, in das sich zusätzlich das Heulen des Hauptalarms im Cockpit mischte. Außerdem wiederholte eine roboterartige Stimme in einem fort: »*Stall! Stall! Stall! ...*«

»*Zieh den Steuerknüppel hoch!*«, schrie der Copilot hysterisch. »*Wir stürzen ab ...*«

Keine Antwort.

Christian schloss die Augen. Der Lärm auf dem Band nahm weiter zu.

»*HÖRST DU! DU BRINGST UNS ALLE UM!*«

»*Das ist auch meine Absicht*«, rief Tina mit einer Stimme, in der Entsetzen und Hysterie mitschwangen – und Entschlossenheit. »*Mein Name ist Tina Carabella. Ich übernehme die Verantwortung für die Zerstörung dieses Flugzeugs. Die Besatzung ist unschuldig.*«

# 51

Christian musste sich am Tisch abstützen. Jemand packte ihn unter den Armen und half ihm, sich zu setzen. Er war gezwungen, tief durchzuatmen, um nicht in Ohnmacht zu fallen.

Coblentz schaltete das Band aus. »Deine zukünftige Frau hat die Maschine abstürzen lassen.«

Christian starrte ihn mit leeren Augen an. »Du lügst«, sagte er heiser und außer Atem. »Die Aufnahme ist gefälscht ...«

»Frag sie selbst.«

»Warum, in Gottes Namen, hätte sie das Flugzeug zerstören sollen?« Christians Stimme war noch immer nur ein schwaches Flüstern.

»Vielleicht gerade in Seinem Namen ... oder etwas Vergleichbarem. Weißt du nicht, dass sie einem Kult namens Der Neue Morgen angehört?«

Christian zwang sich, klar zu denken. Er merkte, wie er ganz leicht mit dem Kopf nickte.

»Das hier ist nicht das erste Mal, dass eine Sekte von Durchgedrehten einen Massenmord begeht«, fuhr Coblentz fort. »Wenn du nicht weltweit in sämtlichen Medien als der Bräutigam des Todesengels auftreten willst, solltest du dafür sorgen, dass die Kassette nicht an die Öffentlichkeit gelangt.«

Christian konnte nichts gegen die Wellen des Entsetzens, der Angst und der Scham tun, die in ihm aufbrandeten. Er spürte abgrundtiefen Hass auf Tina.

»Wo ist die Kassette?«, fragte Coblentz in menschlichem, sympathischem Ton.

»Auf dem Weg zu Journalisten in Pjevac.«

»Willst du, dass sie dort ankommt?«

Christian ballte die Fäuste. »Ich will mit Tina sprechen.«

»Beantworte meine Frage. Jetzt muss es schnell gehen. Willst du, dass die Kassette in die Hände der Journalisten gerät?«

Stille.

Christian schluckte. »Ich kann die Person, in deren Besitz sich die Kassette befindet, nicht mehr erreichen.«

»Hat sie ein Mobiltelefon?«

»Ja.«

Coblentz reichte Christian ein Telefon. »Sag ihr, dass du bei der Veröffentlichung der Kassette nichts überstürzen willst.«

Christian starrte auf den Apparat. »Nein. Ich habe gesehen, was ihr anderen Menschen antut. Ich werde nicht anrufen.«

»Überleg dir genau, was du erreichst, wenn du die Einzelheiten der Tragödie enthüllst«, erwiderte Coblentz.

»Warum ... warum habt ihr die Absturzopfer aus der Maschine geholt?«

»Das werde ich dir gleich sagen. Aber zuerst rufst du an. Es eilt.«

»In Pjevac funktioniert das GSM-Netz nicht.«

»Ist die betreffende Person schon dort eingetroffen?«

Christian sah auf die Uhr. Er nahm das Telefon und tippte eine Nummer.

»Auf Englisch!«, sagte Coblentz in dem Moment, in dem sich Sara meldete.

»*Hallo?*«

»Bring die Kassette nicht nach Pjevac«, sagte Christian mit tonloser Stimme. »Noch nicht.«

»*Die Verbindung ist schlecht ...*«

»Bring die Kassette nicht hin«, wiederholte Christian und hustete.

»*Warum nicht? Was ist passiert?*«

»Behalt die Kassette, sieh zu, dass sie in Sicherheit ist. Und bleibe innerhalb des Mobilfunknetzes.« Christian unterbrach die Verbindung und starrte Coblentz an. »Ich will mit Tina reden. *Jetzt.*«

Coblentz wies ihm den Weg durch die Tür und gab seinen bewaffneten Mitarbeitern ein Handzeichen. Das Trio verließ den Raum. Coblentz trat näher an einen seiner Helfer heran. »Ortet das Telefon!«

»Da müssen wir mit dem lokalen Anbieter verhandeln. Das kann dauern ...«

»Kümmere dich darum, egal, was es kostet. Schnappt euch die Frau mitsamt der Kassette und bringt sie hierher!«

Coblentz eilte in den Gang hinaus und folgte Christian und den beiden Bewachern im Laufschritt.

Die Reifen des alten VW Golf ratterten über den nassen Asphalt, die Scheibenwischer quietschten bei jeder Bewegung. Sara steckte das Handy in die Umhängetasche. Ein gespenstisch schwankender Bus kam ihnen entgegen, sein helles Scheinwerferlicht reflektierte blendend auf der nassen Windschutzscheibe. Sara kniff die Augen zusammen, und gleich darauf war es wieder dunkel.

Ihr Fahrer, der etwa dreißigjährige, breitschultrige Miko Prelević, schaute sie mit seinen dunklen Augen neugierig von der Seite an.

»Wir bringen die Kassette vorerst doch nicht nach Pjevac«, sagte Sara bestimmt, obwohl sie sich ganz und gar nicht sicher war. Warum hatte ihr Christian auf einmal *verboten*, die Kassette einem Journalisten zu übergeben? Warum sollte sie abwarten? Warum hatte er Englisch gesprochen? Im Rückspiegel leuchteten rote Bremslichter auf, da der Bus von eben sich der nächsten scharfen Kurve näherte.

Miko schien skeptisch zu sein. »Franjo hat befohlen ...«

»Wie weit reicht der Empfangsbereich des Mobilfunks?«

»Bis ins Dorf Ivanova Korita. Mit Ach und Krach. Warum? Was werden wir tun?«

»Wir warten ab. Und essen einen Bissen. Bekommt man hier irgendwo etwas?«

Miko machte eine heftige Lenkbewegung, und Sara wurde in den Gurt gedrückt. Der Wind hatte einen trockenen Baum entwurzelt und auf die Strom- und Telefonleitungen stürzen lassen. Im letzten Moment konnte Miko auf die Gegenfahrbahn ausweichen.

Der BMW-Geländewagen pflügte durch die Pfütze, das Wasser spritzte zu beiden Seiten in hohem Bogen auf und funkelte im bläulichen Licht der Xenon-Scheinwerfer.

In der nächsten scharfen Kurve neigte sich der SUV zur Seite, die Lichter eines entgegenkommenden Busses blendeten, der BMW-Fahrer musste das Tempo drosseln. Nach der Kurve beschleunigte der Mann am Steuer des BMW so heftig, dass die anderen Insassen in die Lederpolster gedrückt wurden.

Gleich darauf wurden sie in die Sicherheitsgurte geschleudert, denn der Fahrer musste abrupt bremsen und wegen eines Baums, der auf die Stromleitung gestürzt war, auf die Gegenfahrbahn ausweichen.

Die kahlen Wände und nackten Glühbirnen verschwammen in Christians Blickfeld. Er spürte die Nähe der Männer hinter ihm, auch wenn die weichen Sohlen ihrer Schuhe beim Gehen keine Geräusche verursachten.

Coblentz holte sie ein. Dann sah Christian in einem Quergang einen Mann in einem gelb-orangen Overall vorüberhuschen, der an einen Astronautenanzug erinnerte. Was hatte das zu bedeuten?

Vor einer grauen Stahltür blieben sie stehen.

»Wenn du deine Tina sehen willst, musst du durch diese Tür gehen«, sagte Coblentz. »Danach gehst du so lange weiter, bis du bei ihr bist.«

Er wandte sich ab, und einer seiner Helfershelfer öffnete die schwere Tür einen Spaltbreit. Christian sah den Bewaffneten verdutzt an, der ihn an der Schulter packte, hineinstieß und im selben Moment die Tür zuschlug.

Das Verhalten der Männer erstaunte Christian immer mehr. Er befand sich in einer länglichen Betonhalle, die von einer einzigen Deckenlampe erleuchtet wurde. In der Ecke brummte ein kniehoher Elektromotor, von dem ein dicker, aluminiumfarbener Ziehharmonikaschlauch ausging. Solche Schläuche verwendete man bei Belüftungsanlagen. Ein Pendant schlängelte sich unter der Decke entlang.

Christian spürte einen leichten Luftzug auf der verschwitzten Haut. Warum wurde dieser Raum belüftet? Er trat an die Tür, durch die er hereingekommen war, und ergriff die Klinke, aber es war abgeschlossen. Natürlich.

Ein starker Geruch drang ihm in die Nase. Denaturierter Spiritus, ein Desinfektionsmittel, das in Krankenhäusern verwendet wurde. So weit kümmerten sie sich hier jedenfalls um die Patienten. An einer Wand standen zwei Metallschränke sowie ein fassartiger Behälter mit dicht abschließendem Deckel – ein Behälter für Klinikabfälle.

Christian eilte zur gegenüberliegenden Tür und drückte auf die Klinke, sie funktionierte einwandfrei und war leichtgängig, aber wegen des Luftstroms musste Christian seine ganze Kraft einsetzen, um die Tür zu öffnen. Er merkte, dass die Türränder mit dickem Dichtungsgummi versehen waren. Als sie hinter ihm zufiel, dämpfte der Gummi den Aufprall.

Die Belüftungsanlage, die abgedichtete Tür, der Mann in der Schutzausrüstung auf dem Gang, das Desinfektionsmittel.

Das hier war eine Isolierstation.

Christian fand sich in einer kleinen Kabine wieder und sah erneut eine Tür vor sich. Sie hatte ein Fenster, durch das Licht fiel. Mit seltsam hohl pochendem Herzen trat er an die Scheibe. Er sah dasselbe Patientenzimmer, das er zuvor von oben durch den Isolierkunststoff des Belüftungsschachts gesehen hatte: Betten mit Metallrohrgestellen, Tropfe, moderne Apparaturen mit Monitoren. Die Hälfte der Betten war leer. Die schwer verletzten Absturzopfer waren in schlechter Verfassung und lagen mit ihren Verbänden regungslos da.

Im äußersten Bett lag Tina – ein Arm und ein Bein verbunden, Infusionsschlauch in der Vene des unverbundenen Handrückens, EKG-Elektroden auf der Brust, Sauerstoffsättigungsmessgerät am Finger.

Ein Isolierraum. Effektiver als auf der Infektionsstation eines Krankenhauses. *Warum lagen die Opfer des Flugzeugunglücks in einem Isolierraum?*

Wie in Trance starrte Christian auf Tina. Sein Hass war abgeflaut. Die neue Tina hatte die alte Tina in seiner Erinnerung noch nicht vollständig verdrängt. Seine Gefühle lenkten seine Hand zur Türklinke, aber die Vernunft stoppte die Bewegung.

Christian drehte sich um und ging in den Raum mit dem brummenden Kompressor zurück. Noch einmal betätigte er dort probehalber die Klinke der Eingangstür, aber sie war noch immer abgeschlossen. Er trat vor einen der Metallschränke und machte ihn auf. In den Fächern lag normales Krankenhauszubehör, aber Christians Blick richtete sich auf einen speziellen Karton: HEPA-Schutzhauben. Solche hatte er bislang nur auf Bildern gesehen.

Er griff in den Karton, nahm eine Haube heraus und zog

sie sich über. Sie lag hauteng an und erinnerte an eine Strumpfhose, ließ die Luft aber nur durch einen Mikrofaserfilter in die Atemorgane eindringen. So ausgerüstet kehrte Christian durch die Luftschleuse in die Kabine zurück und öffnete die Tür zu dem Raum, in dem Tina lag.

Langsam ging er auf ihr Bett zu. Seine Gefühle oszillierten zwischen Aggression und verzweifelter Liebe, die trotz allem, was er erfahren hatte, hartnäckig weiter schwelte. Durch die weiße HEPA-Faser vor seinen Augen wurden alle Lichtpunkte erweitert wie auf einem mit Weichzeichner aufgenommenen Foto. Es roch stechend nach Spiritus. Auf einem Metalltisch lagen Instrumente und Spritzen in sterilen Verpackungen, außerdem waren dort Ampullen und Flaschen mit Medikamenten aufgereiht. Alles wirkte improvisiert, aber zugleich professionell.

Christian sah die Plastikfolie vor dem Belüftungskanal nun mit ganz neuen Augen. In Bukovica war ein Isolierraum der Kategorie 4 eingebaut. *Warum?*

Tina hielt die Augen geschlossen. Ihr Gesicht war blass, aber abgesehen von dem Wundverband auf der rechten Wange sah es normal aus. Die äußeren Verletzungen betrafen das linke Bein, das dick verbunden war, und den schräg nach oben abgestützten linken Arm. Man hatte sich nicht die Mühe gemacht, ihr einen Gips anzulegen. Die Infusionsbeutel schienen zumindest ein entzündungshemmendes Medikament, ein Antibiotikum und rote Blutkörperchen zu enthalten. Eine leere Morphiumampulle war auf dem Tisch ebenfalls zu erkennen. Alles wies auf schwere innere Verletzungen hin. Die anderen Opfer litten auf den ersten Blick unter ähnlichen Verletzungen. Sie schienen nicht bei Bewusstsein zu sein.

Christian räusperte sich. »Tina.«

Sie riss die Augen auf. Sie versuchte auch den Kopf zu heben, hatte aber nicht die Kraft dazu.

»Beweg dich nicht!« Christian trat an ihr Bett. Am

liebsten hätte er sofort nach dem Flugzeugabsturz, nach dem Pass, nach Julia, nach dem Neuen Morgen gefragt. »Ich bin's.«

»Christian ...«, stammelte Tina heiser und fassungslos. »Geh weg ... geh sofort weg. Wir sind infiziert ...«

Ihre geschwollenen Augen strahlten abgrundtiefen Schmerz und große Angst aus. Der Tränenschleier, der sich in ihnen bildete, brachte auch bei Christian die Tränen zum Laufen. »Womit?«

»Pocken.«

In Christian explodierte Panik. Mit hämmerndem Herzen bewegte er sich rückwärts auf die Tür zu.

»Der Bestand ist manipuliert worden und dadurch resistent gegen Medikamente ...«

Christian schloss die Augen. Einerseits hätte er am liebsten davonrennen mögen, andererseits hatte er die Luft in diesem Raum bereits eingeatmet; die Frage war lediglich, wie effektiv der HEPA-Filter seiner Maske wirkte und wie hoch die Belastung sein musste, damit es zu einer Ansteckung kam. Außerdem: Wohin sollte er denn gehen? Coblentz hatte ihn bewusst im Infektionsherd eingesperrt. Und damit zum Tode verurteilt.

Diese Erkenntnis steigerte Christians Panik nicht, sondern minderte sie und half ihm sogar, allmählich wieder klare Gedanken zu fassen.

Er sah Tinas Gesicht mit neuen Augen, konnte aber keine Hautveränderungen und keine Anzeichen für hohes Fieber erkennen. Er versuchte sich die Inkubationszeit von *Variola* in Erinnerung zu rufen. Wenn allerdings die Gene manipuliert worden waren, konnte es weder für die Inkubationszeit noch für sonstige Eigenschaften eine Garantie geben.

»Wo hast du die Infektion her?« Der enge HEPA-Strumpf juckte an der Stirn.

»Aus dem Flugzeug ... Jacob Weinstaub arbeitete an einem geheimen Impfprogramm der Regierung ...«

»Ich habe deine Kassette gesehen.«

»Eine Abteilung bei der Armee ist für das Impfprogramm zuständig ...« Tinas Stimme wurde schwach.

Christian trat näher an sie heran.

»Weinstaub wurde gefeuert, wegen seiner Verbindungen zum Kult ...«

»Zum Neuen Morgen.«

»Du weißt davon?« Tina versuchte den Kopf zu heben, aber mehr als wenige Millimeter schaffte sie es nicht.

»Weinstaub wurde gefeuert«, wiederholte Christian. »Und dann?«

»Er hat von seinem Arbeitsplatz einen manipulierten Bestand der Pocken mitgenommen ... Mit der Entwicklung dieses genmanipulierten Virus haben die Vereinigten Staaten sämtliche Abkommen gebrochen, die sie selbst unterschrieben hatten ...« Tina versagte die Stimme, und die Augen fielen ihr zu. Auf ihrer Stirn glänzte der Schweiß.

Christian biss sich auf die Unterlippe. »Warum hast du die Maschine abstürzen lassen?«

Tina antwortete nicht. Ihre Augen waren geschlossen, sie war bewusstlos. Christian starrte auf ihren Brustkorb – er hob und senkte sich heftig.

Christian ging langsam zur Tür. Coblentz wollte ihn töten, aber bereitete es ihm überhaupt keine Sorgen, dass die Kassette den Medien in die Hände geraten könnte? Nicht wenn er sicher sein konnte, dass dies nicht geschehen würde. Konnten die Amerikaner Sara ausfindig machen, weil Christian sie angerufen hatte?

Möglicherweise.

Diese Vorstellung war entsetzlich; sie traf Christian mit voller Wucht und löste große Wut und schwere Selbstvorwürfe in ihm aus. Coblentz hatte ihn ins Herz der Finsternis getrieben, damit er dort auf den Tod wartete – auf seinen eigenen und auf den von Sara.

# 52

Der Lichtkegel des rostigen VW Golf erfasste die Silhouette eines Gebäudes mit steilem Dach, in dem eine Art Café oder Lebensmittelladen untergebracht war. Miko fuhr im strömenden Regen auf das Grundstück und parkte neben einem Bretterstapel. Etwas weiter weg lagen Armiereisen und anderes Baumaterial herum.

Sara schaute auf die grün leuchtende Feldstärkeanzeige ihres Handys, um zu prüfen, ob sie noch Empfang hatte. Sie hoffte, Christian würde wieder anrufen und sie beauftragen, die Kassette doch nach Pjevac zu bringen. Das Stoppen des Auftrags auf Englisch war seltsam gewesen, und Sara überlegte ernsthaft, ob sie die Kassette nicht trotzdem den Journalisten übergeben sollte. Konnte es sein, dass Christian zu dem Anruf gezwungen worden war? Im Zusammenhang mit dem Unglück und der ganzen Situation gab es allerdings so viele Fragezeichen, dass es am klügsten war, vorsichtig zu agieren und jeden Schritt genau zu bedenken. Vorläufig wagte sie es nicht, gegen Christians ausdrückliches Verbot zu verstoßen.

Sie schob das Handy neben die Kassette in ihre Handtasche und sah, dass im Regen ein Mann auf einem Moped saß und ein Bündel fest an seinen Körper drückte.

»Was willst du haben?«, fragte sie Miko.

»Nichts«, antwortete dieser in plumpem Englisch. »Hab keinen Hunger.«

Sara nahm die Tasche über die Schulter und stieg aus. Die Regentropfen trommelten aufs Wagendach, das Moped brauste davon. An der Wand des Backsteinhauses leuchtete eine üppige Reihe weißer Gartenskulpturen. Im Schaufenster waren weitere kleine Skulpturen zu erkennen, dazu bunte Blumentöpfe und einige Lebensmittel. Drinnen flackerte Kerzenlicht.

Sara riss die Eingangstür gegen den Wind auf und trat in den halbdunklen Raum. Als Erstes fiel ihr Blick auf ein wackliges Regal an der Wand gegenüber. Es war voller Brote und Konserven, zwischen denen Kerzen brannten. In der Luft lag der Duft von frischem Brot. An der Wand hingen kreuz und quer nackte antike Torsi und geschmacklose Disney-Zwerge mit roten Plastikmützen.

»Dobar dan«, brummte eine Gestalt im weißen Kittel hinter der Theke und grinste dabei so breit, dass zwei lange, spitze Eckzähne sichtbar wurden.

Sara nickte. Sie wusste nicht, wie sie auf den irrsinnigen Anblick reagieren sollte. Sie starrte auf die schwarzen Augen, den grauen Schnurrbart und das blödsinnige Grinsen des Mannes. Der Grimasse folgte ein warmes Lächeln und gleich darauf ein keuchendes Lachen. Der Mann streckte die Finger nach dem Lichtschalter aus, ließ ihn zweimal klicken, um zu zeigen, dass der Strom ausgefallen war.

Ein brauner Vorhang bewegte sich, und aus dem Hinterzimmer kam kopfschüttelnd ein Mütterchen mit Haardutt in den Laden.

»Dobar dan ... Izwinjavam se ali se stari josuvijek ponasa kao malo dijete«, sagte sie mit bedauerndem Tonfall und tadelte den Mann, der die Plastikvampirzähne ausspuckte, auf die Theke legte und noch immer über seinen Streich lachte. Nun brachte auch Sara ein kleines Lächeln zustande.

Sie wollte gerade auf ein prächtiges Brot deuten, da flammte ein bläulicher Lichtkegel vor dem Fenster auf und erlosch sogleich wieder. Einen Moment lang war es still. Sara ließ die Hand mit dem ausgestreckten Finger sinken und ging ans Fenster, gegen das der Regen trommelte. Der

Mann und die Alte sahen einander an und blickten dann auf Sara. Diese verschwand ohne ein Wort mit schnellen Schritten hinter dem braunen Vorhang.

Nur einen Moment später wurde die Ladentür aufgerissen. Sara hörte schwere Schritte hereinkommen.

»Dobar dan. Izvolite?«, hörte sie die alte Frau mit kühler Stimme sagen – mit wesentlich kühlerer Stimme als zuvor.

Leise zog sich Sara weiter zurück und merkte, dass sie sich in einem engen Lagerraum befand, in dessen Regalen unzählige schwere Gartenskulpturen standen. Eine Tür war nirgendwo zu sehen, an allen Wänden standen Regale. Vor dem Fenster spendete eine Kerze in einem hohen Leuchter schwaches Licht. Über die steinernen Gesichter der Figuren tanzten Schatten.

Jenseits des Vorhangs polterten Schritte. Die Ankömmlinge hatten noch kein einziges Wort gesagt. Sara griff nach dem Kerzenständer aus Messing und stellte ihn zur Seite. Der rostige Haken am Fenster gab bei der ersten Berührung ein Geräusch von sich.

Plötzlich fluchte vor dem Vorhang ein Mann, gleich darauf hörte man Geräusche eines Kampfes, dann einen scharfen Knall und den Schrei der alten Frau. Sara rüttelte am Fenster, aber es bewegte sich nicht. Mit dem Kerzenleuchter zerschlug sie die Scheibe, und im selben Augenblick wurde der Vorhang aufgerissen. Ein dunkel gekleideter Mann kam hereingestürmt, seine Beine verfingen sich im Vorhangstoff, und er geriet ins Stolpern.

Sara stieß die restlichen Scherben aus dem Fensterrahmen und sah aus dem Augenwinkel, wie die heruntergefallene Kerze die Sägespäne auf dem Fußboden in Brand setzte. Der Wind fachte das Feuer zusätzlich an. Der Mann rappelte sich mit erhobener Pistole auf.

»Sie ist hier«, rief er seinen Partnern in amerikanischem Englisch zu.

Sara umklammerte den Messingleuchter und trat die

schmalen Stützlatten eines Regals los. Polternd stürzten schwere Skulpturen auf den brennenden Boden und auf den Amerikaner.

Panische Schreie mischten sich mit dem Klang von aufprallendem Marmor und zerplatzendem Gips. Ein Schuss erschallte, und die Kugel prallte von einer steinernen Skulptur ab. Plastikzwerge gingen entzwei, als es schwere Statuen auf sie hagelte, immer mehr Regalbretter lösten sich. Dicker Qualm entstand, da die Flammen den Gipsstaub erfassten; in einer erstickenden Wolke drang er in Saras Lunge ein.

Durch das offene Fenster peitschte der Regen, und Sara musste beim Hinausklettern gegen den Wind ankämpfen. Hinter dem Haus blickte sie auf eine senkrechte Felswand. Der Hinterhof war nur wenige Meter breit. Links endete ein Zaun an der Steilwand. Rechts war der Weg frei. Sara rannte durch den strömenden Regen, rutschte auf dem Gras aus, fiel hin, stand aber sofort wieder auf.

An der Hausecke blieb sie abrupt stehen. Den Kerzenleuchter hielt sie noch immer in der Hand. Eine Schlagwaffe aus Metall war besser als nichts. Sie hatte Schritte von mindestens zwei Männern gehört. Womöglich wartete ein anderer Amerikaner hinter der Hausecke auf sie – mit gezückter Pistole. Oder war er seinem unter den Skulpturen verschütteten Partner zu Hilfe geeilt? Sara blickte sich um, sah aber nur den orangen Schein der Flammen durch das zerschlagene Fenster.

Sie traf ihre Entscheidung und rannte um die Ecke. Wieder rutschte sie aus, diesmal auf lehmigem Boden, stürzte und landete im Wasser. Sie hob den Kopf und merkte, dass sie bis zum Hals in einer Art Becken steckte, allem Anschein nach gehörte es zum noch im Bau befindlichen Kellergeschoss des Hauses oder eines künftigen Anbaus. Auf dem Wasser trieben zwei Styroporplatten.

Sara hörte Stimmen näher kommen, die Englisch sprachen. Auf dem Parkplatz leuchteten Lichter auf. Sie umklammerte fest den Leuchter, dessen Kerzenhalter sich mittlerweile gelöst hatte. Der Rest bestand aus einem Messingrohr, das unter dem Fußteil ein Stück hervorragte. Sara nahm das Rohr in den Mund und ging unter Wasser. Der behelfsmäßige Schnorchel war nun ihre einzige Hoffnung. Eine Styroporplatte trieb an sie heran, und Sara brachte ihren Schnorchel dahinter in Deckung.

Unter Wasser war es still. Aus einem Spalt der zerrissenen Wolken schien der Mond und spiegelte sich auf der Wasseroberfläche. Die Styroporplatten verwandelten sich dadurch in schwarze Schatten. Sara sah schwere Tropfen aufs Wasser prallen. Glaubten die Amerikaner, dass sie entkommen war? Bestimmt nicht.

In dem Moment fiel ihr die Kassette in ihrer Handtasche ein. Sie steckte in einer Plastiktüte, aber war die Tüte dicht? Das Handy wurde auf alle Fälle nass, freilich nicht zum ersten Mal.

Eine dunkle Gestalt ging am Rand des Beckens entlang. Langsam, zu langsam … Sara versuchte, sich nicht zu bewegen, aber die Wassermasse schaukelte ihren Körper hin und her wie eine willenlose Marionette. Das Messingrohr schabte an der Styroporplatte. Die Gestalt blieb stehen und schaute direkt auf Sara herab. Sie wagte nicht einmal mehr zu atmen.

Das Wasser um sie herum spritzte, und sie spürte, wie stählerne Arme sie mit zermalmendem Griff unter den Achseln packten. Ihr Kopf wurde zurückgerissen, als man sie aus dem Becken zog und zum Wagen schleifte. Die Tasche wurde ihr aus der Hand gerissen, und gleich darauf ging mit einem Ratschen der Reißverschluss auf.

Mit der HEPA-Haube über dem Kopf starrte Christian auf die mit dickem Kunststoff und Klebeband verschlossene Öffnung des Belüftungsschachts unter der Decke des Isolationsraums. Vor der Öffnung waren zwei an den Enden abgeflachte Eisenstangen mit glänzenden Sechskantschrauben befestigt. Die Amerikaner hatten sie als Gitter dort angebracht. Neben der Tür war der Schacht der einzige Weg nach draußen, aber die Öffnung befand sich zu weit oben, außerdem war es unmöglich, die Sechskantschrauben ohne Werkzeug zu öffnen.

Tina lag bewusstlos in ihrem Bett. Christian ging hin und her, dann blieb er vor einem Defibrillator stehen. Es war ein gewöhnliches Gerät von Hellige, wie er es früher als Notarzt unzählige Male benutzt hatte. Mit seiner Hilfe könnte er einem Amerikaner, der früher oder später hereinkäme, einen Elektroschock verpassen. Was aber, wenn mehrere kämen? Und wie weit würde er anschließend auf dem Gang kommen?

Plötzlich fiel ihm etwas ein. Rasch beugte er sich über die Armaturen des Apparats. Seitlich befand sich eine kleine Klappe, deren Flügelmutter er hastig aufdrehte. Dahinter verbargen sich die Hauptsicherung, der Spannungsregler sowie einige Regler für Basiseinstellungen, die man selten benötigte. In einer Halterung daneben steckten ein Werkzeug zum Festziehen der Elektrodenverbindungen und ein kleiner, verstellbarer Schraubenschlüssel, mit dem man die Position der aus Sicherheitsgründen fest angezogenen Regler verändern konnte.

Christian nahm den Schlüssel aus der Halterung. Ein dürftiges Werkzeug, aber er steckte es trotzdem ein, ergriff das kalte Stahlrohrgestänge eines leeren Bettes und schob es mit energischen Bewegungen gegen die Wand. Ein zweites Bett schob er daneben. Mit großer Mühe und nach mehreren erfolglosen Versuchen gelang es ihm, ein drittes Bett hochkant auf die ersten beiden zu wuchten. Er lehnte es gegen die Wand, damit die Konstruktion nicht allzu sehr schwankte.

Coblentz sah auf die Uhr. »Schneller«, sagte er mit dünner, kontrollierter Stimme zu den Männern, die dabei waren, die letzten Gerätschaften in Aluminiumkoffern zu verpacken.

Sie würden keine Spuren hinterlassen. Über die Operation existierte kein einziges Schriftstück. In den Benutzerlisten der Helikopter und der übrigen Flugausrüstung würden keine Eintragungen über die Flüge auftauchen, und die Beamten der Einsatzabteilung bekamen ihre Überstunden in bar ausbezahlt. Auch der CIA wusste nichts, wodurch alle Voraussetzungen erfüllt waren, die Operation auch tatsächlich geheim zu halten.

Nicht einmal Coblentz selbst kannte alle Hintergründe. Sein Vorgesetzter hatte ihn mündlich gebrieft und ihm vage von Jacob Weinstaub und der Pockenforschung erzählt. Weinstaub hatte seine Karriere als Molekularbiologe im Virenlabor des USAMRIID, des Forschungszentrums der Armee, begonnen und war später zum wissenschaftlichen Leiter der Impfstoffabteilung aufgestiegen. Er war nicht gerade der Prototyp eines Wissenschaftlers der Armee. Er hatte sich früh scheiden lassen, lebte mit seinem Sohn zusammen, war Vegetarier und betrieb Yoga. Die Drogenabhängigkeit seines Sohnes hatte ihn in die Krise gestürzt. Über eine Selbsthilfegruppe für Eltern drogenabhängiger Kinder war der Kontakt zum Neuen Morgen zustande gekommen, und die Ideen der Sekte waren bei Weinstaub auf fruchtbaren Boden gefallen. Coblentz wunderte das nicht – wenn Martha in zehn Jahren trotz aller Fürsorge drogenabhängig würde, wäre er als Vater vollkommen ratlos.

Er ging auf den Gang hinaus, wo ihm zwei Männer in orangen Bio-Schutzanzügen und mit Sauerstoffgeräten entgegenkamen.

»Seid vorsichtig«, sagte Coblentz zu den beiden, deren Gesichter durch das spiegelnde Plexiglas ihrer Schutzhauben kaum zu erkennen waren. »Er ist unberechenbar.«

»Haben wir es richtig verstanden …«, sagte einer der beiden Männer hinter dem Plexiglas, »… dass der Deutsche eliminiert werden soll?«

»Er ist infiziert«, entgegnete Coblentz ruhig. »Es gibt keine andere Möglichkeit.«

Während er das sagte, zog er eine Pistole aus der Tasche und gab sie einem der Männer.

Christian setzte einen Fuß auf das untere Bett und stieg hinauf. Das hochkant stehende Bett war instabil, trotzdem kletterte er möglichst schnell an der Stahlrohrkonstruktion hinauf, bis er die Rohre vor der Belüftungsöffnung erreichte. Er tastete nach dem Schraubenschlüssel in seiner Tasche und drehte dessen Backen ungefähr auf die richtige Breite. Das Bett schwankte bedrohlich.

Das kleine Werkzeug wirkte mehr als dürftig an der Sechskantschraube in der Betonwand. Es rutschte jedes Mal ab, obwohl Christian versuchte, die Backen festzustellen. So würden auf Dauer die Kanten der Schraube rund geschliffen. Mit zusammengebissenen Zähnen drückte Christian mit der anderen Hand auf die Backen des Werkzeugs, um eine durchgehende, starke Drehung zustande zu bringen.

Die Schraube bewegte sich!

»Christian …«, drang es an sein Ohr.

Er blickte zu Tina hinunter. Sie war zu Bewusstsein gekommen und hatte die Augen geöffnet.

Christian hielt die Balance und drehte die Schraube mit den Fingern auf. »Warum hast du die Maschine abstürzen lassen?«, fragte er mit bebender Stimme. »Du hast unschuldige Menschen umgebracht … Warum all die Lügen?«

»Ich habe getan, was ich tun musste.« Wieder fielen Tina die Augen zu, aber sie sprach weiter: »Ich liebe dich. Das ist keine Lüge …«

Ihre Stimme wurde schwächer, sie war nicht mehr zu verstehen. Tina versank erneut in Bewusstlosigkeit. Klein und zerbrechlich sah sie aus. Tränen des Schmerzes und des Zorns trübten Christians Blick. Sie hatte den Satz gesagt, den er eigentlich hören wollte – aber er wollte ihn nicht mehr von dem Menschen hören, der ihn gesagt hatte. Zwei Tinas lagen dort im Bett, seine Tina und eine andere, die Christian Angst machte. Er zog die Sechskantschraube aus dem Dübel in der Betonwand und ging zu einer der beiden Schrauben an der zweiten Stange über. Sie saß ebenso fest, bewegte sich allmählich aber doch. Als er auch diese Schraube entfernt hatte, bog er die eine Stange zum oberen Rand der Öffnung und die andere zum unteren und wäre dabei beinahe abgestürzt.

Nachdem er das Gleichgewicht wiedergefunden hatte, entfernte er das Isolierband so weit, dass sich die Plastikfolie vor dem Belüftungsgitter weitgehend löste und nur noch an einer Ecke hängen blieb. Er griff mit beiden Händen nach dem Gitter, riss es los, wollte es auf das Bett legen, aber es fiel scheppernd zu Boden. Das Bett fing an zu schwanken, und Christian klammerte sich an das untere Rohr.

In dem Moment, in dem er sich in den Belüftungsschacht hinaufzog, fiel das Bett mit lautem Getöse um. Nachdem er in den Schacht geklettert war, griff er durch die Öffnung nach dem Plastik, das am Isolierband baumelte, und brachte es so gut es ging wieder an. Als Arzt wusste er, dass er ein unverzeihliches Risiko einging, indem er die Isolation auch nur für einen Augenblick brach, aber dieses Risiko musste er eingehen.

Auf allen vieren kroch Christian durch den Schacht. *Ich liebe dich. Das ist keine Lüge …* Tränen ließen die HEPA-Fasern vor seinen Augen feucht werden.

In rasendem Tempo kam er in dem Schacht voran, ohne das Gefühl zu haben, dabei von Angst oder besonderem

Mut getrieben zu werden. Sobald jemand zu den Patienten kam, würde seine Flucht bemerkt werden, und man würde ihm die Hunde auf den Hals hetzen.

An einer Verzweigung hielt Christian inne – es war dieselbe Stelle, an der er vor mehreren Stunden bereits gewesen war. Nach rechts ging es zu dem steilen Abgrund, nach links zu dem Gang, über den er das erste Mal in das Belüftungssystem gelangt war. Er kroch nach links. Nach einigen Metern stoppte er und lauschte.

Nichts als das Rauschen des Windes.

Ohne eine weitere Sekunde zu verschwenden, setzte er seinen Weg zur frischen Luft am Ende des Schachts fort. Dort fehlte das Gitter. Womöglich waren am Nachmittag genau von hier aus die Hunde auf ihn gehetzt worden.

Die letzten Meter kroch er so lautlos wie möglich. Dann spähte er hinaus. Auf dem dunklen Gang war niemand. Er schob die Schultern durch die Öffnung und machte sich bereit, sich hinabzulassen.

Das Zuschlagen einer Tür in der Ferne veranlasste ihn, sich wieder nach oben zu ziehen. Hatte ihn jemand gesehen? Wurden die Öffnungen der Belüftungskanäle überwacht? Den Schritten nach näherten sich drei Menschen.

»Ich will mit ihm reden«, sagte eine ruhige, eiskalte Frauenstimme.

*Sara.*

Christians Herz setzte einen Schlag aus.

»Wo ist er?«, fragte sie.

»Ihr werdet euch bald sehen«, erwiderte Coblentz.

Die Schritte verschwanden, und wieder fiel eine Tür zu. Christian spähte aus dem Schacht. Die Luft war rein. Er ließ sich auf den Gang hinunter.

Sie hatten vor, Sara mit ihm und Tina in ein und dieselbe Todeszelle zu sperren.

# 53

Sara fröstelte in ihren nassen Kleidern. Sie schaute auf den Mann, der sie auf dem Weg durch den Betongang begleitete. Er wirkte ruhig und hielt sich in seinem langen Mantel betont aufrecht. Der Fußboden war abgetreten, in der Mitte etwas mehr als an den Rändern. Hinter sich hörte Sara die Schritte eines zweiten Mannes.

»Mit welchem Recht bringt ihr Menschen hierher?«, fragte sie. Hinter ihrer scheinbaren Gefasstheit vibrierte Panik.

Der Mann antwortete nicht. Sie kamen an eine graue Metalltür. Dahinter tat sich ein weiterer Gang auf. Nur ein kleiner Teil der Glühbirnen an der Decke brannte. Mit forschen Schritten ging es weiter.

Christian riss sich den hellen HEPA-Strumpf vom Kopf und steckte ihn ein. Er befand sich noch immer in dem Gang, es waren keine anderen Menschen in der Nähe. Das Weiß der Mikrofaser wäre im Dunkeln aber so deutlich zu erkennen gewesen wie ein Leuchtfeuer.

Er rannte los, vorsichtig aber, jedes Neuron in seinem Gehirn war auf das Äußerste sensibilisiert. Wie viel Zeit ihm wohl bleiben würde? Würden sie Sara direkt in den Isolierraum bringen? Alleine konnte er das nicht verhindern – und im schlimmsten Fall hatte er nur wenige Minuten Zeit, um Hilfe zu holen.

Er stürmte in die Richtung, aus der die Männer mit Sara gekommen waren. Nachdem er um eine Ecke gebogen war, hielt er abrupt an und schob den Kopf durch eine Art Schießscharte nach draußen. Unterhalb der Festungsmauer breitete sich der von Gebüsch und einzelnen Bäumen bewachsene Berghang aus. Links stieg das Gelände weiter an bis zu einem Höhenkamm, auf dessen anderer Seite die Steilwand zum Meer abfiel.

Christians Blick suchte nach der vereinbarten Stelle. Das Mondlicht war schwach, in der Schwärze waren Einzelheiten schwer zu unterscheiden. Die Sekunden tickten in seinen Adern.

»Was wollen Sie von mir?«, fragte Sara mit bereits nachlassender Kraft in der Stimme. Sie standen in einem Betongang. Hinter der nahen, halb offenen Tür hörte man einen leisen Wortwechsel auf Englisch.

Der Amerikaner in dem langen Mantel hielt die Kassette fest in der Hand. »Hast du mit irgendjemandem hierüber gesprochen?«

Sara versuchte vernünftig zu denken. Sollte sie lügen und behaupten, es gäbe noch jemand, der über die Kassette Bescheid wisse? Sollte sie zu verstehen geben, dass es aussichtslos wäre, die Existenz des Dokuments zu verheimlichen?

»Ich habe einen Journalisten in Pjevac angerufen und ihm davon erzählt. Daraufhin haben wir uns verabredet.«

»Mit deinem Telefon ist von Montenegro aus lediglich zweimal nach Frankreich telefoniert worden.«

Das Gesicht des Amerikaners war ausdruckslos. Ein Mann mit Bürstenschnitt und dicken Backen, der eine augenscheinlich schwere Aluminiumkiste trug, kam aus der Tür und verschwand um die Ecke.

»Ich habe von einer Telefonzelle aus angerufen.«

»Wo?«

»Ich kann mir die hiesigen Ortsnamen nicht merken.«

Ein Hauch von Wärme trat in die Augen des Amerikaners. »War ein guter Versuch. Ich habe Respekt vor zähen Menschen.«

Christians Blick fand im dunklen Gelände die vom Wind gekrümmte Bergkiefer und den Felsbrocken daneben, aber von Franjo war nichts zu sehen.

Christian war verzweifelt. Sollte Sara sterben, wäre er schuld an ihrem Tod.

Ein scharfer Pfiff ertönte unten in der Dämmerung. Christian schaute in die Richtung, aus der der Laut gekommen war. Franjo tauchte hinter dem Felsbrocken auf und schwenkte den Arm. Er stand auf, um ein Seil nach oben zu Christian zu werfen. Es war reine Glücksache, wenn sie von den Amerikanern nicht entdeckt würden, aber dies war ihre einzige Chance.

Der erste Wurf missglückte. Das Seil kam nur bis auf einen Meter an Christians ausgestreckte Arme heran. Die Sekunden vergingen. Vor seinem inneren Auge sah Christian, wie Sara durch die Festungsgänge zur Todeszelle geführt wurde.

Franjo warf erneut. Diesmal erwischte Christian das Seil, fand aber nichts, woran er es befestigen konnte. Also schlang er es um seine Handgelenke, stemmte sich mit beiden Füßen gegen die Wand und fungierte selbst als Gegengewicht zu Franjo, der routiniert die Wand hinaufkletterte. Das Anspannen der Muskeln brachte die Bisswunde an Christians Oberarm zum Brennen. Nach wenigen Sekunden schob sich Franjo durch die Öffnung in der Mauer und nahm Christian das Seil ab. Erst da fiel Christian ein, die HEPA-Haube aus der Tasche zu nehmen und wieder aufzusetzen.

»Sie führen Sara in den sicheren Tod«, flüsterte Christian außer Atem in Franjos Ohr. Franjo warf einen kurzen verwunderten Blick auf die Schutzhaube, richtete dann aber die Aufmerksamkeit nach unten. Dort waren wie aus dem Nichts Plav und Nikola aufgetaucht. Plav nahm das Seil, und Nikola baute sich mit dem Rücken zu ihm auf, die Maschinenpistole schussbereit. Franjo hielt das Seil, während sein Kamerad nach oben kletterte.

»Das hier ist eine Mikrofaserhaube«, flüsterte Christian und berührte den Stoff, der sein Gesicht bedeckte. »Die Opfer haben eine ansteckende, tödliche Infektion, die nicht verbreitet werden darf ... Ich war bei ihnen.«

Plav schob sich durch die Öffnung. Franjo übergab ihm das Seil, flüsterte ein paar knappe Worte auf Serbokroatisch und lief dann mit der Maschinenpistole in der Hand hinter Christian her in die Richtung, in die Sara geführt worden war.

Christian rannte, so schnell er konnte, ohne sich darum zu scheren, ob jemand sie bemerkte. Sie erreichten die Tür, durch die Coblentz und Sara verschwunden waren. Christian griff nach der massiven Klinke, aber die Tür war abgesperrt.

Franjo zog ein Lederetui aus der Tasche und reichte es Christian. »Setz es erst auf, wenn wir drin sind.«

Christian umklammerte das Etui. Es enthielt ein Gerät, dessen Benutzung er im Auto geübt hatte.

»Sve spremno«, sagte Franjo über Funk zu Vojislav und entnahm der Schenkeltasche seiner Hose eine Art Knetmasse.

»Abstand halten!«, flüsterte er Christian zu.

Christian trat mehrere Schritte zurück und sah dabei zu, wie Franjo die Masse gegen das Türschloss drückte. Anschließend steckte er einen elektrischen Zünder in die Masse und ging rückwärts zu Christian, wobei er ein dünnes Kabel abspulte. Man sah, dass er all das nicht zum ersten Mal tat. Plav kam um die Ecke und blieb auf Franjos Handzeichen hin stehen.

Im selben Moment spürte Christian eine scharfe Druckwelle am ganzen Körper. Durch den Druck und das laute Explosionsgeräusch gingen ihm schlagartig die Ohren zu. Die zweite Explosion in einer anderen Ecke des Gebäudes und gleich darauf eine dritte aus der entgegengesetzten Richtung spürte er mehr, als dass er sie hörte. Mit der Maschinenpistole in der einen Hand riss Franjo die Tür auf. Durch den Rauchschleier fiel Licht, das auf der Stelle erlosch.

Sara erschrak durch die gedämpften Explosionen. Im Gang gingen die Lichter aus, auch der Generator, dessen Brummen hinter der geöffneten Tür zu hören gewesen war, lief plötzlich nicht mehr. Sie spürte, wie der Mann, der sie führte, ihre Schulter losließ.

»Was geht da vor, verdammt?«, sagte jemand etwas weiter weg im vollkommen finsteren Gang.

Sara ging mit elastischen, lautlosen Schritten im Dunkeln weiter, die Arme ausgestreckt wie eine Schlafwandlerin.

»Lass sie nicht los«, sagte der andere Mann mit tiefer, ruhiger Stimme. Man hörte das Rauschen eines Funkgeräts.

»Sie ist mir entwischt!«, rief die andere Stimme aus.

Sara schlich weiter von den Männern weg, in der Angst, jeden Moment gegen eine Wand zu stoßen.

»Die Lampen ... wo sind die Taschenlampen?«, fragte einer der Amerikaner.

Saras Hände trafen auf kalten Beton. Sie tastete nach links. Eine zweite Wand.

»Schnappt euch die Frau!«

Das Entsetzen schnürte Sara die Kehle zu. War sie in eine Sackgasse geraten? Nein, rechts gab es kein Hindernis, jedenfalls noch nicht. Sie schlich so schnell sie konnte weiter, wobei sie damit rechnete, dass jeden Moment das Licht wieder anging. Wie sollte sie je aus diesem Labyrinth hinausfinden? Der Luftzug wehte beißenden Rauchgeruch heran.

»*Die Schaltzentrale ist in die Luft gesprengt worden …*« Die aufgeregte Stimme kam aus dem Funkgerät des Amerikaners und rauschte so stark, dass Sara die Worte kaum verstehen konnte. Sie hielt den Atem an. »*Mindestens zwei weitere Explosionen und Schüsse aus einer Maschinenpistole … ich bekomme keine Verbindung zu Nummer zwei und auch nicht zu Nummer vier …*«

»Ich werde der Zentrale Meldung machen«, antwortete die ruhige Stimme aus dem Dunkeln.

Sara ging weiter. Sie fragte sich, ob Christian und seine einheimischen Komplizen dahintersteckten – oder Vertreter irgendeiner Polizeibehörde.

Sie versuchte sich zu erinnern, aus welcher Richtung man sie hereingeführt hatte, aber das war hoffnungslos. Ihre ausgestreckten Hände stießen wieder auf rauen Beton, und erneut ließ die Angst vor der Sackgasse ihr Herz kurz aussetzen. Zu ihrer Erleichterung merkte sie, dass der Gang eine Biegung machte. Was die Amerikaner sagten, war nun nicht mehr zu verstehen.

Dafür hörte Sara ein Geräusch in ihrer Nähe. Sie erstarrte auf der Stelle.

Es war das schwere Atmen eines Mannes.

Sie drückte sich so flach wie möglich an die Wand.

Das Atmen kam näher.

Coblentz stand im Dunkeln und hielt das Funkgerät drei Millimeter vor seinen Lippen. »Wir sind Ziel eines bewaffneten Angriffs.« In seinem Flüstern lag nicht die Spur von Aufregung.

»*Wer greift an?*«

»Keine Erkenntnisse.«

»*In welcher Stärke?*«

»Weiß ich nicht. Mehrere Männer ... Sprengstoff, Granaten, Maschinenpistolen. Jetzt muss es schnell gehen.«

*»Du weißt genau, dass wir auf die Schnelle keine Verstärkung besorgen können.«*

»Habe ich um Verstärkung gebeten?«, fragte Coblentz. »Ich will Raketen haben. Bukovica muss zerstört werden.«

Sara drückte sich an die Wand und hielt den Atem an. Der Mann stand etwa einen halben Meter neben ihr, ohne ihre Anwesenheit zu bemerken. Warum sollte einer der Amerikaner im Dunkeln lauern? Um sich auf einen der Angreifer zu stürzen, natürlich.

Sara wäre am liebsten weitergeschlichen, aber sie wagte nicht einmal zu blinzeln. Sie drückte sich immer fester an den Beton und befürchtete, der Mann könne sie aus Versehen berühren.

Da legte sich eine Hand auf ihre Schulter.

Reflexartig wollte sich ein Schrei aus ihrer Kehle lösen, aber sie konnte ihn zu einem gedämpften Laut ersticken.

Die Hand drückte leicht ihre Schulter. Saras Herz hämmerte. Dann legte sich eine zweite Hand auf ihren Kopf. Sie fing an sich zu wehren, aber der Griff wurde fester.

Gleich darauf spürte sie die Berührung von kaltem Metall auf der Stirn.

# 54

Im Restaurant *Chez Panisse* in Washington D.C. wimmelte es von Gästen, die zu Mittag aßen.

Die Männer trugen dunkle Anzüge, die Frauen Kostüme, ihre gedämpfte Unterhaltung wurde vom Klappern des Essbestecks begleitet. Paravents und Grünpflanzen teilten das Restaurant in verschiedene Bereiche, wodurch die Intimität der einzelnen Tischgesellschaften einigermaßen geschützt war. Die meisten Gäste gehörten zur Crème de la crème von Washington, unter ihnen auch Mitarbeiter von Capitol Hill, Weißem Haus und Pentagon.

Draußen hörte man die Sirene eines näher kommenden Einsatzfahrzeugs, aber niemand achtete darauf. Das Polizeiauto raste von den Museen her die Pennsylvania Avenue hinunter, setzte vor dem Restaurant kurz den Blinker und schaltete die Sirene aus. Dem Polizeiauto folgte ein dunkelgrüner GMC-Geländewagen, auf dessen Dach mit Magnet ein Blaulicht befestigt war.

Der Geländewagen hielt mit eingeschalteter Warnblinkanlage ebenfalls vor dem Restaurant an, worauf das Polizeiauto weiterfuhr. Eine der hinteren Türen des Geländewagens flog auf, und ein außergewöhnlich großer und kräftig gebauter Mann im dunklen Anzug stieg aus. Er trug eine Brille mit dickem Horngestell und zeichnete sich durch einen auffallend scharfen Blick aus. Gleichzeitig wurde das Fenster auf der Fahrerseite heruntergelassen, und ein Arm kam zum Vorschein, der das Blinklicht vom Dach entfernte.

Der Riese mit den Adleraugen betrat das Restaurant und steuerte zwischen den Grünpflanzen hindurch auf einen Ecktisch zu. Dort nahmen eine etwa fünfzigjährige Frau, die wie eine Professorin aussah, und ein etwas älterer Mann mit perfekt sitzendem Toupet ihre Mahlzeit ein.

»Entschuldigen Sie bitte«, sagte der Ankömmling ohne eine Spur des Bedauerns zu dem Mann mit dem Toupet. »Wir müssen uns kurz unter vier Augen unterhalten.«

»Warten Sie einen Moment, wir sind gleich fertig ...«

»Jetzt sofort.«

Der Mann mit dem Toupet wunderte sich, legte aber die Serviette auf den Tisch. »Entschuldige, Margaret.«

»Geh nur, George, ich werde nicht ohne zu bezahlen verschwinden«, sagte die Frau trocken, lächelte aber.

Die Männer gingen auf die Straße hinaus.

»Was zum Teufel hat das zu bedeuten?«, fragte der Restaurantbesucher, der gestört worden war.

»Es hat zu bedeuten, dass der Teufel los ist.« Der Riese öffnete die Tür zum Fond des GMC. Erst als beide hinter den verdunkelten Scheiben saßen und die Türen geschlossen waren, sagte der große Mann mit der Brille: »Notruf von Coblentz. Schwer bewaffnete Leute haben Bukovica gestürmt. Granaten, Maschinenpistolen.«

Der Ärger des Toupetträgers verwandelte sich in Bestürzung. »Was für Leute?«

»Der Deutsche ist am Abend vom Busbahnhof in Kotor mit einem Auto geflohen, das laut Zulassungsstelle einem einheimischen antiamerikanischen Aufwiegler gehört. Wir haben eine Akte über ihn. Der Mann führte Truppen an, die während der Bombardierungen Sabotageakte vornahmen und unter anderem den CIA-Beamten in Podgorica töteten. Knallharte Kämpfer, fanatisch in ihrem Hass auf die Nato, gut ausgerüstet.«

»Wie lange dauert es, bis wir Männer dort hinbekommen?«

»Wo sollen wir die auftreiben? Wir müssen das schneller erledigen, geheimer und effektiver. Coblentz verlangt die Zerstörung von Bukovica mit Raketen. Es gibt dort Beweise, die anders nicht vernichtet werden können.«

»Was haben wir im östlichen Mittelmeer?«

»USS Enterprise.«

»Kümmern Sie sich darum. An die Öffentlichkeit die Information, dass in Bukovica das Munitionslager explodiert ist. Falls überhaupt jemand etwas merkt beziehungsweise falls es jemanden interessiert.«

Franjos Rücken schwankte in Christians Blickfeld, grobkörnig und grünlich leuchtend vor den Betonwänden. Das Nachtsichtgerät, das Christian von Franjo bekommen hatte, drückte, denn das Band um den Kopf war zu eng. Zusätzlich beeinträchtigten die HEPA-Fasern Christians Sicht. Er hielt eine Taschenlampe in der Hand, schaltete sie aber nicht ein. Im Dunkeln roch es nach Rauch.

In einer Nische war eine Gestalt zu erkennen. Franjo machte ein Handzeichen, und Christian trat näher heran. Es war Sara.

Auch sie trug ein Nachtsichtgerät. So wie sie an der Wand lehnte, wirkte sie bis ins Mark erschüttert. Christian trat vor sie hin, und erst da erkannte sie ihn.

»Was ...« Sie wollte ihn umarmen, doch Christian wich einen Schritt zurück.

»Halte Abstand von mir«, flüsterte er extrem leise. »Die Opfer des Flugzeugabsturzes sind mit einem tödlichen Pockenvirus infiziert. Es kann sein, dass ich mich angesteckt habe.«

In dem Moment fiel ein Schuss. Christian drückte Sara zu Boden. Die Salve einer Maschinenpistole zerriss die Dunkelheit. Weiter weg hörte man englischsprachige Rufe, aber die Worte waren nicht zu verstehen. Die Angst fuhr Christian in die Glieder. Wie würde Franjo im Ernstfall gegen die Amerikaner ankommen, wenn es Mann gegen Mann ging?

»Komm«, sagte Christian zu Sara und setzte sich kriechend in Bewegung. Erneut hallte das Reihenfeuer einer Maschinenpistole in ohrenbetäubender Lautstärke von den Betonwänden wider. »Hast du mich verstanden? Ich bringe dich hier raus.«

Christian rückte sein Nachtsichtgerät zurecht und kroch den Gang entlang, fort von den Salven der Maschinenpistolen. Dann hörte er hinter sich Schritte und drehte sich um.

Coblentz kam, gefolgt von einem anderen Amerikaner, direkt auf ihn zu. Christian erschrak und drückte sich an die Wand. Der Abstand zu den Amerikanern betrug weniger als zehn Meter. Er spürte, wie Sara seinen Arm umklammerte.

*Was war mit Franjo geschehen?*

Coblentz tastete sich beim Gehen an der gegenüberliegenden Wand entlang. Bis zu Christian und Sara waren es noch fünf Meter. Der Gang war breit, sodass Coblentz und der andere Mann in mindestens einem Meter Abstand an ihnen vorübergehen würden – falls Coblentz nicht auf die Idee käme, die Hand von der Wand zu nehmen.

Sein Partner feuerte wie wild in die Richtung, aus der sie kamen. Das Mündungsfeuer leuchtete im Dunkeln auf. Christian musste abwägen. Die Amerikaner konnten ihn nicht sehen, aber dank der grobkörnigen Optik des Nachtsichtgeräts sah er die Amerikaner. Trotzdem befand sich die Waage im Ungleichgewicht, denn die Amerikaner hatten eine Maschinenpistole.

Coblentz war im Begriff, in einem Abstand von knapp zwei Metern an Christian und Sara vorbeizugehen. Die Schießerei brach ab. Christian wusste nicht, ob das gut oder schlecht war.

Coblentz blieb stehen.

Christian spürte Saras Griff am Arm fester werden. Waren sie bemerkt worden? Nein, Coblentz hatte nur auf die Feuerpause reagiert.

Schließlich setzte er zu Christians Erleichterung seinen Weg fort und verschwand nach wenigen Metern hinter einer Biegung. Der Mann mit der MP folgte ihm, blieb dann aber abrupt stehen. Christian fluchte innerlich.

Eine Deckenlampe im Gang flammte kurz auf, weniger als eine Sekunde nur, aber durch die Optik des Nachtsichtgeräts wurde das Aufleuchten vervielfacht. Christian erschrak. Sara ließ seinen Arm los.

Der Amerikaner stand mit der Waffe in der Hand reglos da. Während des Aufleuchtens hatte er in eine andere Richtung geblickt und die beiden Gestalten, die dicht aneinandergedrängt auf dem Boden kauerten, nicht gesehen.

In Christians Ohren rauschte das Blut. *Wie konnte die Lampe aufleuchten, wenn Vojislav die Verteileranlage gesprengt hatte?*

In dem Moment gingen alle Lichter im Gang an.

Christian griff nach dem Nachtsichtgerät und riss es sich von den Augen.

»Keine Bewegung!«, zischte der Amerikaner. Die Maschinenpistole in seinen Händen zitterte noch durch den Schrecken, den ihm die Überraschung eingejagt hatte.

Christian hob die Hände und schaute dem Mann durch die Mikrofasern hindurch in die Augen. Er hütete sich, auch nur einen Blick auf Sara zu werfen, die sich beim ersten Aufleuchten der Lampen sofort hinter den Mann geschlichen hatte.

»Aufstehen«, befahl der Amerikaner.

In dem Moment stieß Sara ihm das Knie in den Rücken und griff gleichzeitig nach der Waffe. Während Christian sich aufrappelte, schlug der Mann mit dem Ellbogen nach Sara, die dadurch die Waffe nicht festhalten konnte.

»Keine Bewegung!«, flüsterte der Amerikaner und richtete die Maschinenpistole abwechselnd auf Christian und Sara.

*Wo ist Franjo?,* tönte es unablässig in Christians Kopf.

Die majestätische Gestalt des Flugzeugträgers USS Enterprise des sechsten Flottenverbandes der US-Marine pflügte mit zweiunddreißig Knoten im Mondlicht durch das Mittelmeer. Angetrieben von acht Kernreaktoren verdrängte das riesige Schiff einundneunzigtausend Tonnen Wasser.

Von außen sah die schwimmende Stadt aus Stahl wie tot aus, aber im Innern boten Fitnessstudios, Geschäfte, Krankenhaus, Kirche und Friseur einer Besatzung von viertausendfünfhundert Mann ihre Dienste an. Der Flottenverband, den USS Enterprise anführte, befand sich für sechs Monate zum operativen Einsatz im östlichen Mittelmeer.

Der Kommandant des Schiffes, Admiral David C. Rubin, starrte verdutzt auf die Nachricht, die in maximaler Codierung aus Washington auf seinem persönlichen Bildschirm erschienen war.

Er verstand den Grund für die Anweisung nicht, die ihm da erteilt wurde, wusste aber, dass dies auch nicht nötig war. Man verlangte von ihm nur, den Befehl auszuführen.

Der Blick des Kommandanten suchte die Karte an der Wand. Die Koordinaten, die in der Nachricht angegeben waren, wiesen auf einen Punkt an der montenegrinischen Küste, unweit der Grenze zu Kroatien hin. Auf der Karte stand dort das Wort *Bukovica.*

Der Admiral begann eine Bestätigung der Nachricht nach Washington zu tippen.

Christian war nahe daran, vor Schmerz aufzustöhnen, als er und Sara von dem Amerikaner mit der Maschinenpistole vor sich her gestoßen wurden. Kurz bevor der Gang eine Biegung machte, hörte man eine gedämpfte Explosion, und die Lichter gingen erneut aus.

»Auf den Boden«, brüllte Christian und warf sich auf den Beton.

Im selben Moment fing der Amerikaner an, ins Dunkle zu feuern. Christian packte Sara am Ärmel, und sie robbten zusammen von dem Amerikaner weg. Von der nächsten Ecke des Ganges aus wurde das Feuer erwidert. Franjo oder einer seiner Leute hatte offenbar einen Bogen geschlagen. Die Lage des Amerikaners war hoffnungslos, denn der Schütze konnte ihn sehen, aber er sah den Schützen nicht.

Es dauerte nicht lange, und man hörte inmitten der Schüsse einen Aufschrei. Unmittelbar danach brach das Feuer des Amerikaners ab. Christian und Sara erstarrten. In der Dunkelheit herrschte absolute Stille. Nach einer Weile näherten sich von der Ecke her Schritte.

»Seid ihr in Ordnung?«, fragte Franjo.

Christian atmete auf. »Ja.«

Franjo schaltete die Taschenlampe an und suchte mit dem Lichtkegel Christian und Sara, die beide aufstanden.

»Verschwinden wir«, sagte Franjo und drehte sich um. »Irgendwo im Gebäude sind weitere Männer. Der Boss der Amerikaner will nicht reden.«

Christian folgte Franjo mit großen Schritten. »Habt ihr Coblentz?«

»Plav passt auf ihn auf.«

Nach einer Biegung des Ganges sah Christian jenseits einer offenen Tür den Schein einer Taschenlampe. Er rannte einige Schritte und blieb an der Türschwelle stehen. Coblentz lag unter Plavs Schuh mit dem Rücken auf dem Betonboden. Der Montenegriner hielt eine Maschinenpistole in der Hand.

»Ihr wisst nicht, was ihr tut«, sagte Coblentz zu Christian. »Ihr habt die Armee, die Regierung der Vereinigten Staaten angegriffen ...«

»Das wollten wir auch«, brüllte Franjo.

Christian streckte die Hand aus, und Plav gab ihm die Kassette. Christian steckte sie ein und wandte sich ab, um zu gehen.

»Warte«, schrie Coblentz im Befehlston. Christian nahm Plav die Maschinenpistole aus der Hand und trat unmittelbar neben den Amerikaner.

»Was willst du noch?« Er drückte Coblentz den Lauf der Waffe gegen die Stirn. Von dessen Hinterkopf rann bereits Blut auf den Beton. Durch die Taschenlampe, die auf dem Boden lag, warf Christian einen unnatürlich hohen Schatten an die Wand.

»Willst du nicht die Wahrheit hören?«, fragte Coblentz herausfordernd.

»Ausgerechnet von dir soll ich die Wahrheit erfahren?« Christian kamen Rebeccas Leiche und der Mord an Klein in den Sinn. Vor Wut krümmte sich sein Finger am Abzug. Er starrte Coblentz in die Augen, und dieser hielt dem Blick stand. Christian versetzte Coblentz einen energischen Stoß mit dem Lauf gegen die Stirn und wandte sich der Tür zu.

»Warte ... Hör mir zu, ich habe keinen Grund zu lugen.«

»Bringt Sara durch die Nebentür hinaus«, sagte Christian zu Franjo und drehte sich um.

Er kehrte zu Coblentz zurück und schob ihm den Lauf der Maschinenpistole in den Mund. »Was hast du mir schon zu sagen? Ich weiß über Jacob Weinstaub und euer Impfstoffprogramm Bescheid«, sagte Christian rasend. »Vor der Weltöffentlichkeit ächtet ihr Biowaffen, aber selbst entwickelt ihr heimlich einen tödlichen Pockenstamm, gegen den kein Medikament und kein Serum helfen.«

»Das ist nur für die Herstellung von Impfstoffen. Wir müssen schließlich damit rechnen, dass sich andere nicht an die Abmachungen halten.« Der Lauf der Maschinenpistole im Mund behinderte Coblentz beim Sprechen.

»Welche Abmachungen? Die Vereinigten Staaten haben den jüngsten Biowaffenvertrag gar nicht unterzeichnet.« Christian schob den Lauf tiefer in Coblentz' Mund und brachte den Amerikaner zu einem erstickten Stöhnen. »Nichts legitimiert das Töten von Menschen. Schon gar nicht die Wahrung des Ansehens einer Großmacht ...«

»Du weißt überhaupt nichts.« Coblentz artikulierte übertrieben und langsam, als spräche er zu einem Geistesgestörten. »Es wurde alles getan, um das Problem ohne Opfer zu lösen ... Sobald bemerkt worden war, dass Weinstaub nach seiner Entlassung manipuliertes Serum mitgenommen hatte, wurde eine groß angelegte Operation in die Wege geleitet, um die Kapsel sicher zurückzubekommen. Das FBI hat Weinstaub verfolgt und beim Neuen Morgen gefunden ...«

Christian stieß Coblentz den Lauf in den Rachen und der Würgereflex ließ den Amerikaner am ganzen Körper zucken. Coblentz nutzte die Bewegung, um einen Blick auf seine Uhr zu erhaschen.

»*Rede!*«

»Die Agenten versuchten herauszufinden, wo die Pockenkapsel war, aber das erwies sich als unmöglich. Es kam der Verdacht auf, der Kult könnte mit Hilfe der Kapsel etwas Radikales anstellen, also hat das FBI jemanden in den Neuen Morgen eingeschleust ... Wir hatten einen Agenten in Weinstaubs engster Umgebung ... und Weinstaub hat ihn aus seinen eigenen Gründen als Köder für dich eingesetzt.«

»Wovon, zum Teufel, redest du?« Christian hielt die Maschinenpistole krampfhaft umklammert und schlug mit dem Lauf gegen Coblentz' künstliche Zähne. »*Was redest du da?*«

»Der FBI-Agent ist eine Frau. Sie heißt Tina Carabella.«

# 55

Auf dem Deck der USS Enterprise hielt ein Mann mit grünem Pullover und grünem Helm bei ohrenbetäubendem Lärm und hellem, künstlichem Licht eine Tafel mit dem Startgewicht des F-14 Tomcat in die Höhe, der auf dem Schlitten des Katapults bereitstand: achtunddreißigtausendneunhundertzwanzig Kilo.

Der Tomcat-Pilot unter der Kanzelkuppel bestätigte die Information, und der Mann im grünen Pullover zeigte den Wert dem Katapultoperator, der daraufhin den nötigen Dampfdruck berechnete. Ein Teil des Decks war hinter dem Jet nach oben geklappt worden, um die Deckbesatzung vor den brandheißen Abgasstrahlen zu schützen. Die eigentliche Arbeit der für die Bewaffnung zuständigen Besatzungsmitglieder in den roten Pullis war getan, nachdem sie die mit Navigationssystem ausgerüsteten Raytheon-110-Tomahawk-Marschflugkörper geladen hatten. Jetzt überwachten sie als Feuerwehrleute die Startvorbereitungen.

Der Mann im gelben Pulli, der für die Aufsicht am Katapult zuständig war, gab mit der Hand das Bereitschaftssignal. Daraufhin signalisierte der Tomcat-Pilot, dass er ebenfalls bereit war. Nun beugte der Mann in Gelb das Knie und wies mit ausgestrecktem Arm und zwei Fingern auf den Bug des Schiffes.

Der Operator drückte auf einen Knopf, und der Tomcat schoss mit Nachverbrennung los. Begleitet von tosendem Lärm beschleunigte die Maschine innerhalb von zwei

Sekunden auf zweihundertsiebzig Stundenkilometer. Am Ende des Flugzeugdecks löste sie sich vom Katapult und flog mit leuchtenden Motorflammen auf die Küste von Montenegro zu.

Christian starrte Coblentz mit rasender Wut in die Augen.

»Tina Carabella wurde eingeschleust, weil ihre Zwillingsschwester drogenabhängig war«, sagte Coblentz undeutlich mit dem Lauf der Maschinenpistole tief im Mund. »Der Neue Morgen sucht Mitglieder aus solchen Familien. Weinstaubs eigener Sohn nimmt Heroin ...«

Christian schnaubte. Für alles fand sich plötzlich eine Erklärung: für Tinas falschen Pass, für ihr Verhalten, für die Widersprüchlichkeiten in ihrem Charakter, die Distanz zu ihren Eltern ...

»*Warum ich?*« Mit einem heftigen Ruck riss Christian den Lauf aus Coblentz' Rachen.

»Der Neue Morgen hat den Kampf gegen die Drogen aufmerksam beobachtet ... Weinstaub kannte euer Projekt bei IC-Pharma und sah darin die Rettung aller Rauschgiftsüchtigen. Er wusste außerdem, dass eure Forschungen durch eine Finanzierungslücke ins Stocken geraten würden ... Das FBI glaubt, dass er mit der Pockenampulle das Geld für eine Fortsetzung eurer Forschungen erpressen wollte.«

Christian schlug das Herz bis zum Hals. Er konnte nur mit Mühe schlucken. »Und eine FBI-Agentin sollte deswegen eine ganze Passagiermaschine ins Verderben stürzen?«

Coblentz warf erneut einen kurzen Blick auf seine Uhr. »Wir hatten wenig Alternativen. Unsere Leute in Cannes fanden in Weinstaubs Wohnung äußerst besorgniserregende Beweise ...«

»Was für Beweise? Rede Klartext!«

»Beweise dafür, dass Weinstaub die Pockenviren in ein

Asthma- oder Nasenspray übertragen hatte. Zu dem Zeitpunkt saß er bereits in der Regus-Air-Maschine. Den letzten Ausschlag gab die Untersuchung von Weinstaubs Computer. Er hatte seinen Rechner so eingestellt, dass der eine E-Mail an seinen früheren Vorgesetzten bei USAMRIID schickte ... Sie ist in meinem Koffer, du kannst sie lesen, wenn sie dich interessiert.« Coblentz machte eine Kopfbewegung in Richtung Alukoffer. »Eins, vier, null, acht. Der Geburtstag meiner Tochter.«

Zögernd gab Christian den Code ein, dann sprang das Schloss auf.

»Die rote Mappe«, sagte Coblentz.

Christian schlug sie auf und starrte auf die ausgedruckte E-Mail: »*Wenn ihr das hier lest, sitze ich in einer Passagiermaschine auf dem Weg nach Europa. Bei mir habe ich ein Asthmaspray, in dem der Virenstamm, der im Rahmen des Jackson-Quinlan-Programms von USAMRIID modifiziert wurde, enthalten ist (Variola+ 355). Sollte die Regierung der Vereinigten Staaten nicht bereit sein, unverzüglich 600 Millionen Dollar an die im Anhang aufgeführten Projekte zur Entwicklung von Präventivmaßnahmen gegen Drogenabhängigkeit zu überweisen, werde ich das Virus in der Flugzeugkabine freisetzen. Dies wiederum wird zu einem Szenarium der wandelnden Biowaffen führen. Die unwiderrufliche Verpflichtungserklärung zur Gewährung der Mittel muss innerhalb einer Stunde (11.30 GMT) auf CNN verkündet werden.*«

Christian sah sich den Anhang an, der mehrere politische und wissenschaftliche Anti-Drogen-Projekte auflistete. Unter der Überschrift »SUCHTTHERAPIE« stand ganz oben IC-Pharma/ANTI.

Christian wurde von enormen Emotionen erfasst. Es musste also eine Sekte kommen, damit der Wert seiner Forschungen erkannt wurde. Investoren dachten nur an den Profit.

»Verstehst du uns endlich?«, fragte Coblentz. »Wenn man in einem Flugzeug Pockenviren in die Luft sprüht, verwandelt sich jeder einzelne Passagier in eine Biowaffe auf zwei Beinen. Anschlussflüge bringen die Leute in alle Teile der Welt. Jeder von ihnen verbreitet am Ziel die tödliche, ansteckende Krankheit, gegen die es kein Heilmittel gibt. Das bedeutet den Beginn einer Pandemie.«

»Was wusste Tina von all dem?«

»Sie hatte lange den Verdacht gehabt, dass Weinstaub etwas im Schilde führte, worüber er nicht einmal mit ihr sprach ... Als wir die Information über das Spray mit den Pocken erhielten, nahm unsere Operationsabteilung über das Cockpit der Maschine Kontakt zu Tina Carabella auf und befahl ihr, die Lage im Auge zu behalten ... Sie meldete, Weinstaub sei nervös. Daraufhin befahl man ihr, Weinstaub das Asthmaspray unbemerkt wegzunehmen. Der Versuch scheiterte, und in dem Handgemenge gelangte etwas von dem Spray in die Luft ... Von der Sekunde an hatten die Passagiere noch eine Lebenszeit von ungefähr zweiundsiebzig Stunden. Und einen schmerzhaften Tod durch die Pocken vor sich ... Das war die Situation, als man mich zu Hause abholte. Ich erteilte Tina Carabella den Befehl, die Maschine zu zerstören.«

Christian drückte Coblentz den Lauf der Maschinenpistole an die Stirn. »Ich habe an Tina nichts bemerkt, was auf Pocken hindeutet, keine einzige pathognomische Veränderung.«

»Der Stamm ist genmanipuliert, die Symptome treten erst später auf, dafür aber umso heftiger. Die Kultivierung der Proben hat die Infektion bestätigt.«

»Warum hat man die Maschine nicht normal landen lassen? Warum wurden die Passagiere nicht unter Quarantäne gestellt?«

»Neunundachtzig unschuldige Menschen, die auf irgendeinem Militärflughafen auf den sicheren Tod warten?

Das Risiko einer weltweiten Pandemie? Da wir die Möglichkeit hatten, das Problem mit einem Schlag ...«

»Das ist krankes Geschwätz! Ihr wart in Panik. Es war Massenmord, ihr wolltet bloß das Gesicht eurer Regierung wahren und die lebenden Beweise für euer Biowaffenprogramm, das gegen sämtliche internationalen Abkommen verstößt, vernichten ...«

»Es *war* Massenmord. Aber die Passagiere wären sowieso gestorben. Wir hätten nichts tun können, um sie zu retten. Alle Versuche hätten zum Risiko einer Epidemie geführt. Und das konnten wir unter keinen Umständen eingehen. Und was das Biowaffenprogramm betrifft – dieses Programm dient dem Schutz *vor* Biowaffen.«

»Warum habt ihr einen Teil der Passagiere am Leben gelassen?«

»Die Epidemologen von USAMRIID wollten etwas über den Verlauf und die Symptome der Krankheit erfahren, für den Fall, dass es trotz aller Vorsichtsmaßnahmen zu Ansteckungen kommen sollte.«

»Blödsinn. Sie haben die Gelegenheit genutzt, ihr Virus an lebenden Versuchspersonen zu testen.«

Christian schaute auf die Tabelle, in der alle Anschlussflüge der Passagiere des Regus-Air-Flugs 213 mit Ziel und Ankunftszeit aufgeführt waren.

»Deine Braut hat die kleinkalibrige Plastikpistole des FBI benutzt, die bei der Sicherheitskontrolle nicht erkannt wird ... Wir haben einen Piloten aufgetrieben, der den Flugzeugtyp kennt. Der hat ihr über Funk klare Anweisungen gegeben. Im Cockpit kam es zu einem kleinen Handgemenge, dabei machte die Maschine heftige Bewegungen und wäre beinahe abgestürzt. Aber es war die falsche Stelle. Wir hätten die infizierten Opfer in Mitteleuropa nicht heimlich und sicher aus dem Wrack entfernen können. Unsere Hacker tilgten Weinstaubs Namen aus der Passagierliste der Fluggesellschaft. Carabella schaltete den

Transponder aus und lenkte die Maschine in südliche Richtung, zu einem Ort, der für unsere Zwecke geeignet war. Abgelegen genug, um die infizierten Leichen in Sicherheit bringen zu können.«

»Hatte Mark Curtis etwas mit euren Verschleierungsmaßnahmen zu tun?«

»Nein, er war nur zufällig in der Maschine ... Aber sein Vorgesetzter kümmerte sich um die Manipulation der Radar-Daten, damit wir die Maschine in Ruhe leeren konnten ... Tina war teilweise bei Bewusstsein, als wir sie in Bioschutzisolation per Hubschrauber hierherbrachten. Eine knallharte Frau. Ich ziehe den Hut vor ihr.«

»Aber ihr habt zugelassen, dass sie von den Medien verunglimpft wurde.«

»Sie hat ihren Ruf nicht verloren. Nur die Scheinperson namens Tina Carabella hat ihn verloren ... Und wenn irgendein investigativer Journalist herausfinden sollte, dass Tina Carabella schon vor vier Jahren gestorben ist, geht alles aufs Konto der Absonderlichkeiten des Neuen Morgens.«

»Und was ist mit meinem Ruf?« Christian versetzte Coblentz erneut einen Stoß mit dem Lauf der Maschinenpistole.

Franjo und Sara erschienen an der Tür.

»Wir kommen durch den Seitenausgang nicht hinaus, er ist von außen verschlossen«, sagte Franjo. »Wir müssen es durch den Haupteingang versuchen.«

Christian gab Franjo die Waffe. »Sie bewachen das Haupttor. Sie werden alles tun, um die Wahrheit in dieser Festung zu begraben. Und uns mit ihr ... Fessle ihn und hilf Sara durch den Belüftungsschacht hinaus.«

Franjo stieß Coblentz den Lauf der Maschinenpistole so hart ins Auge, dass der Amerikaner aufstöhnte. »Hoffentlich wird unsere Aktion unter den Amerikanern keine *Kollateralschäden* verursachen.«

»Warte!«, sagte Coblentz zu Christian, aber Christian reagierte nicht darauf. Coblentz blutete am Augenwinkel, mühsam blickte er auf die Uhr.

Über dem Tintenblau der Adria flog der F-14 Tomcat einen Bogen nach Osten, wo ein zweiter Tomcat, der gerade vom Flugzeugträger USS Enterprise gestartet war, hinzukam. Die taktischen Lenkwaffen unter den Tragflächen schimmerten im Mondlicht. Wenig später schloss sich ein dritter Tomcat der Formation an, und die Jets erhöhten die Geschwindigkeit. Dicht über der Meeresoberfläche donnerten sie auf die Küste Montenegros zu.

Mit der Taschenlampe in der Hand eilte Christian durch den Gang. Die Kassette steckte in seiner Tasche.

»Was hast du vor?«, wollte Sara wissen.

»Franjo wird dir helfen, nach draußen zu kommen.«

Der Kegel von Christians Taschenlampe wischte über die Wände, bis er auf der grauen Metalltür vor der Isolierstation innehielt. Sara sprang vor die Tür und versperrte Christian den Weg.

»Geh zur Seite!«, zischte Christian.

Sara rührte sich nicht vom Fleck. »Willst du zu Tina?«

Christian versuchte Sara an der Schulter zur Seite zu ziehen. »Geh von der Tür weg!«

»Du hast gesagt, die Opfer sind infiziert ...«

»Verschwinde.«

»Mach keine Dummheiten.«

»Ich war schon einmal bei ihr«, flüsterte Christian rasch. »Wenn ich die Krankheit kriegen soll, hab ich sie schon. *Geh jetzt!*«

»Tina hat dich blind gemacht ...«

»Du hast ja überhaupt keine Ahnung«, zischte Christian mit zusammengebissenen Zähnen und versuchte erneut, Sara von der Tür wegzubringen.

Sara befreite sich aus seinem Griff und ging aus eigenem Antrieb den Gang entlang, ohne sich noch einmal umzublicken. Mit wenigen gezielten Schüssen öffnete Franjo für Christian den Zugang zur Isolierstation und eilte dann Sara hinterher.

»Ruft Journalisten an und sagt ihnen, sie sollen herkommen«, sagte Christian und richtete die Taschenlampe auf Sara. »Ich werde in Quarantäne müssen ... wir müssen es wahrscheinlich alle.«

Sara bog um die Ecke. Christian biss sich auf die Lippe, ergriff die Türklinke und trat in den Spiritusgeruch des angrenzenden Raumes.

Coblentz lag im Dunkeln, Hände und Füße gefesselt. Worauf warteten Nummer drei, vier und fünf? Sie hatten die Ausrüstung, die wieder mitgenommen werden musste, zum Hubschrauberlandeplatz gebracht. Und wo steckte Rockler?

Die Wahrheit war allerdings, dass sie durch ein Gefecht nur eine Verzögerung erreichen konnten. Die Einheimischen würden die Oberhand behalten. Wo blieben die Raketen? Wenn die Eindringlinge es schafften, nach draußen zu gelangen, hatte Washington sich das selbst zuzuschreiben, nicht ihm, Coblentz. Er hatte Brück so lange aufgehalten, wie er konnte, und somit seine Pflicht erfüllt – wie immer.

Aber das hatte seinen Preis. Er dachte an Martha und hoffte, sie würde nie die ganze Wahrheit über ihren Vater erfahren.

Plötzlich hörte er ein Geräusch in seiner Nähe. Jemand packte ihn am Handgelenk und fing an, die Fesseln um seine Handgelenke durchzuschneiden.

»Die Vier und die Fünf kommen runter«, flüsterte Rockler. »Sie haben den Kerl, der die Verteileranlage gesprengt hat, als Gefangenen. Die anderen warten auf einen Befehl.«

Mit dem längst schmutzig gewordenen HEPA-Strumpf über dem Kopf öffnete Christian den Deckel des Metallbehälters, der für die Aufbewahrung von Krankenhausabfall bestimmt war, und legte die Videokassette hinein. Im Licht der Taschenlampe schob er einige Verbände, die sich durch Wundsekrete braun gefärbt hatten, über die Kassette und schloss den Deckel. Er war sicher, dass in dem endlosen Labyrinth der Festung irgendwo weitere Amerikaner steckten.

Er öffnete die Tür mit der Gummiabdichtung und blieb in der Kabine vor dem Isolierraum stehen. Durch das verschrammte Plastikfenster richtete er den Schein der Taschenlampe in den Raum. Die umgestürzte Stahlrohrkonstruktion, die ihm bei der Flucht geholfen hatte, stand noch so da, wie er sie hinterlassen hatte. Er richtete den Schein der Lampe auf das Bett ganz außen. Dort lag Tina – ruhig und blass, wie tot.

Erschrocken ging Christian zu ihr und schaute auf ihren Brustkorb. Er hob und senkte sich. Tina lebte, Gott sei Dank.

»Tina ...«

Keine Reaktion.

»Tina!«

Erschrocken öffnete Tina die Augen. Sie blinzelte im Licht der Taschenlampe. »Du schon wieder? Du sollst doch nicht zu mir kommen! Verstehst du nicht ...«

Christian trat neben das Bett.

»Wer bist du?«

»Du darfst nicht zu mir ...«

»*Wer bist du?*«, wiederholte Christian eindringlich.

Tina bewegte die gesunde Hand und richtete sich mit einer Kraft auf, die Christian überraschte. »Was meinst du damit?«

»Coblentz hat mir alles erzählt. Warum hast du mir nicht gesagt, dass du FBI-Agentin bist?«

Tina entfernte die Kanüle des Infusionsschlauchs aus der Vene ihres Handgelenks und setzte sich mühsam auf.

»Was hast du vor?«, fragte Christian. »Du darfst nicht aufstehen.«

»Halte dich fern von mir… und mach die Türen zu, wenn du gehst.« Stöhnend vor Schmerzen setzte sie ihr verbundenes Bein auf dem Boden auf.

»Bleib, wo du bist!«

»Ich will das Meer und den Himmel sehen …«

Christian schluckte. »Leg dich hin.«

»Ich will hier raus …«

»*Tu, was ich dir sage!*«

Tina ließ sich wieder aufs Bett fallen. Christian legte die Taschenlampe neben sie, löste die Sperren an den Rädern und zog das Bett am Kopfende zur Tür. Er öffnete sie so heftig, dass sie gegen die Wand knallte. Die Lampe beleuchtete den Weg, als Christian das Bett hinter sich her durch die Tür zog. Er blickte sich zu Tina um. Sie hatte die Augen geschlossen.

»Hast du alles nur getan … weil es Teil deines Auftrags war?«, fragte er mit belegter Stimme.

»Am Anfang, ja. Aber dann … Ich hab es dir doch schon gesagt. Ich liebe dich. Ich wollte dir auch sagen, dass …«

»Dass du schwanger bist.« Christian kämpfte mit den Tränen und öffnete die nächste Tür noch heftiger als die vorige.

»Ich hätte dir alles erzählt … wenn das hier vorbei gewesen wäre … Ich hatte vor, beim FBI auszusteigen und mich mit dir in Europa niederzulassen …«

Christian blieb vor dem Metallschrank stehen. Er musste jetzt alles tun, um das Ansteckungsrisiko zu minimieren. Er nahm eine zweite HEPA-Haube aus dem Karton und zog sie Tina behutsam über den Kopf. In dem weißen Einmalbettzeug und mit der Haube sah seine zukünftige Frau, die Mutter seines Kindes, aus wie eine Mumie.

Die donnernde Speerspitze der F-14-Tomcat-Formation teilte sich in einer Höhe von tausendachthundert Fuß über dem Meeresspiegel. Die Maschinen bildeten eine Front und lösten gleichzeitig ihre Raketen, in deren Ortungssystem die Koordinaten von Bukovica eingegeben waren. Die Flugzeit der Marschflugkörper bis zu ihrem Ziel betrug sechs Minuten und vierzig Sekunden.

Coblentz drückte Vojislav den Lauf der Pistole unters Kinn und flüsterte: »Wo ist der Deutsche?«

Vojislav sah Coblentz im Licht der Taschenlampe in die Augen, ohne einen Mucks von sich zu geben.

»Wie viele seid ihr?« Coblentz' Ton wurde schroffer, und er drückte dem Montenegriner die Pistole noch fester unters Kinn.

»Vielleicht versteht er nur seine eigene Sprache«, sagte Rockler, der hinter Coblentz stand und vor Aufregung rote Backen hatte.

»*Rede!*«, zischte Coblentz.

Auf Vojislavs Lippen erschien der Anflug eines Lächelns.

Christian zog Tinas Bett den Gang entlang in Richtung Ausgang. Weit weg hörte man serbokroatische Rufe. Das Rattern der Räder auf dem Beton hallte von allen Seiten wider.

Dann zerrissen Schüsse die Luft. War es den Amerikanern gelungen, Franjo zu überraschen? Christian ging schneller. Wieder wurde geschossen. Er blieb stehen. Ihm war, als wären die Schüsse von vorne gekommen. Er umklammerte das Bettgestänge und bog in einen Gang ein, den er noch nicht kannte.

Im Labyrinth hallte der Schusswechsel aus immer kürzerer Entfernung wider. Christian blieb neben einer Tür stehen und griff zur Klinke. Die Tür war nicht abgeschlossen, er machte sie auf, zog Tinas Bett schnell hinein und nahm im selben Moment den stechenden Geruch von Desinfektionsmittel wahr. Warum hatte er ihn nicht schon auf dem Gang gerochen? Beim Schließen der Tür fand er die Erklärung: Auch hier waren Dichtungsgummis am Türfalz angebracht.

Am liebsten wäre Christian sofort wieder in den Gang zurückgekehrt, aber wegen des immer näher rückenden Lärms überlegte er es sich anders. Er nahm die Taschenlampe vom Bett. Tina schlief oder war bewusstlos. Christian ließ den Lichtkegel durch den saalartigen Raum wandern. Auf dem Betonboden standen große Pfützen, zwischen ihnen schlängelten sich Schläuche. Ein oranger Gabelstapler in der Ecke ließ Christian zusammenzucken. Er begriff, dass er sich in dem Raum befand, in den er von oben hineingesehen hatte. Hier wurden die Leichen hin und her geschoben. In eine Wand war eine Flügeltür eingelassen, und Christian ahnte, was sich dahinter befand: In Plastik verpackte Tote. Er erinnerte sich an die Stimme des Amerikaners: *Vierzig sind noch übrig …*

Unmittelbar in seiner Nähe erkannte er eine provisorisch wirkende Konstruktion aus Brettern und Metallplatten. Der Lärm auf dem Gang veranlasste ihn, zu beten, die Amerikaner würden vorbeigehen. In immer geringerer Entfernung wurden jetzt Türen geöffnet. Sie gingen systematisch alle Räume durch. Christian schaltete die Lampe aus, ließ das Bett an der Wand stehen und entfernte sich im Dunkeln von der Tür.

»Schnell«, rief jemand auf dem Gang. »Die Kassette darf nicht in der Ruine bleiben. Niemand darf sie finden …«

Christian stieß mit dem Knie gegen ein Brett und ging in die Hocke. *In der Ruine*? Die Tür zum Gang flog auf, der helle Lichtkegel eines Handscheinwerfers fiel herein. Vorsichtig schlich Christian hinter die Bretterkonstruktion, während der Lichtkegel mit schnellen Sprüngen näher kam. Unmittelbar bevor das Licht die Konstruktion traf, erstarrte Christian mit hämmerndem Herzen auf der Stelle. Er wusste, dass er nur teilweise verborgen war.

Aber dann erlosch die Lampe, und kurz darauf ging die Tür zu. Christian keuchte. Der Geruch des denaturierten Spiritus war so stechend, dass er die Schleimhäute zu verätzen schien. Christian fragte sich, ob man ihn bemerkt hatte. Bestimmt, aller Vernunft nach.

Einen Moment lang wartete er ab. Die Geräusche auf dem Gang waren verschwunden. Er streckte die Hand aus und berührte etwas Metallisches. Es war der Rand einer Art von Behälter, der etwa einen Meter hoch war. *Die Säure muss in regelmäßigen Abständen gewechselt werden,* hatte der Amerikaner gesagt. Die Leichen der infizierten Opfer wurden in einem Säurebecken vernichtet! Nicht einmal die Knochen blieben von ihnen übrig.

Instinktiv wich Christian von dem Rand des Stahlbehälters zurück und stolperte dabei über einzelne Bretter, die auf dem Boden lagen. Das Säurebecken wurde offenbar abgebaut, weil die Amerikaner alle Spuren beseitigen wollten. Nichts sollte ihren Besuch in der Festung Bukovica verraten.

In der Dunkelheit ertönte ein schwacher Laut.

»Psst …«, machte Christian in Tinas Richtung. »Es ist alles gut.«

Da öffnete sich die Tür zum Gang erneut, und Christian ging hinter dem Becken in Deckung. Zwei Lampen blendeten ihn.

»Komm raus«, sagte Coblentz aus der Dunkelheit hinter den grellen Lichtern.

Christian überlegte eine Sekunde, dann stand er langsam auf. Die Oberfläche der trüben Flüssigkeit in dem runden Becken zog seinen Blick an, und bei dem Gedanken an den ätzenden Inhalt hätte er sich fast übergeben.

»Wo ist die Kassette?« Zum ersten Mal klang die Stimme von Coblentz gehetzt und bedrohlich.

»Such sie dir selbst.«

»Du hast zwei Möglichkeiten.«

Der Lichtkegel schwenkte jäh zur Seite. Neben Coblentz stand Sara. Der Amerikaner hatte eine Maschinenpistole direkt auf ihre Brust gerichtet. »Das hier ist die eine.«

Dann schnellte der Lichtkegel einige Meter weiter zu Tina, die mit der HEPA-Haube über dem Kopf im Bett lag. »Und das ist die andere. Du entscheidest, welche von beiden ich erschieße, wenn du mir nicht die Kassette gibst. Solltest du nicht bereit sein, eine Wahl zu treffen, erschieße ich beide, sobald ich bis fünf gezählt habe.«

Christian streckte den Rücken durch. Sein Gehirn arbeitete fieberhafter als je zuvor in seinem Leben, aber eine Lösung war nicht in Reichweite. Er starrte auf Saras blutleeres, von grenzenlosem Entsetzen gezeichnetes Gesicht und sah zugleich im schwachen Lichtschein, wie Tina sich in ihrem Bett auf einen Ellbogen stützte.

»Drei ...«, sagte Coblentz.

Es gab nicht den geringsten Zweifel daran, dass der Amerikaner seine Drohung in die Tat umsetzen würde. Näher als je zuvor war das Böse an Christian herangerückt. Er holte tief Luft. Nicht seine Gehirnzellen entschieden, sondern sein Herz. Die einzig richtige Entscheidung wurde ihm von Moral, Ehre und Würde diktiert – nicht von der Neurochemie oder von Synapsen.

»Vier ...«

Christian spannte die Muskeln an und befreite sich endgültig von seinen neurobiologischen Fesseln. Er ergriff den Rand des Beckens, schwang sich auf den Sühnealtar und ließ sich in die kalte, heiligende Flüssigkeit fallen.

# 56

Schaumkronen leuchteten auf den dunklen Wellen. Der Mond über der Adria warf sein Licht auf die Metallhülle der Tomahawk-Raketen, die im Abstand von zweihundert Metern voneinander mit der Kraft von Düsenmotoren ihrem Ziel entgegendonnerten.

In der Ferne zeichnete sich als schwarzer Streifen die Küste von Montenegro ab. Die Koordinaten von Bukovica hielten die Flugkörper exakt auf Kurs. Bis zum Ziel waren es noch zwei Minuten und fünfzig Sekunden.

Christian spürte ein Brennen auf der Haut, aber nicht den ätzenden Schmerz, den er erwartet hatte. Sara schrie hysterisch. Rockler packte Christian am Arm, um ihn aus dem Becken zu ziehen, und schien dabei überhaupt nicht darauf zu achten, nicht mit der Flüssigkeit in Berührung zu kommen. Christian riss sich von ihm los.

»Raus aus dem Becken!«, befahl Coblentz mit vorgehaltener Maschinenpistole und blickte hastig auf die Uhr. »Glaubst du, du kannst dich damit aus der Affäre ziehen? Das ist Wasser. Das Becken ist vor dem Abbau ausgespült worden.«

Eine Mischung aus Raserei und Erleichterung erfüllte Christian.

»Kann sein, dass noch ein Rest Chlorsulfaminsäure drin ist. Im schlimmsten Fall wirst du deine Haut los.« Coblentz richtete die Waffe abwechselnd auf Sara und Tina. »Welche von beiden?«

Franjo spähte um die Ecke und sah durch die Optik seines Nachtsichtgerätes einen Amerikaner vor einer Tür Wache stehen.

Hinter Franjo hielt Nikola inne und hob in der Dunkelheit die Hand, um Plav, der aus der anderen Richtung auf dem Gang näher kam, ein Zeichen zu geben. Plav schlug den Wächter mit dem Stutzen seiner Maschinenpistole nieder. Dann stürmten die drei Männer durch die Tür.

Franjo brüllte Coblentz an und nahm ihm, unterstützt von seinen Kameraden, die Waffen ab. »Gehen wir... Es stecken noch mehr von ihnen irgendwo in der Festung.«

Triefend und mit heiß brennender Haut eilte Christian zu Tinas Bett und schob es auf den Gang.

»Sara, komm mit mir!«

Tina versuchte sich aufzurichten, aber Christian drückte sie sanft wieder nach unten. An der nächsten Zwischentür versuchte er das Bett über die Schwelle zu zerren, ohne die Räder anzuheben, aber das war unmöglich. Franjo eilte mit Maschinenpistole und Lampe in der Hand herbei und half Christian, das Bett über die Schwelle zu heben.

»Wo ist Sara?«, fragte Christian, als er das Bett weiter in Richtung Ausgang schob. »Sieh zu, dass sie hinauskommt!«

Franjo machte kehrt. Christian hielt vor einer Treppe an und merkte, dass Tina die Augen geschlossen hatte. Er legte einen Finger auf ihren Hals unter der HEPA-Faser und fühlte den Puls. Dann nahm er Tina behutsam auf den Arm und trug sie die Treppe hinauf.

Sara spürte, wie das Seil um ihre Fußgelenke mit schnellen Bewegungen zugezogen wurde. Franjo lag auf dem Gang. Drei Amerikaner, die aus dem Labyrinth von Bukovica aufgetaucht waren, hatten ihn überrascht und ihm ins Bein geschossen.

»Raus!«, sagte Coblentz zu Rockler, der Sara fesselte, und riss ihm das Seil aus der Hand. »Hast du gehört, Bob … geht raus und rennt, so schnell ihr könnt«, fuhr Coblentz fort. »Ich werde sie fesseln.«

Sein stählerner Tonfall ließ Sara die gefesselten Hände zu Fäusten ballen.

Christian ging mit Tina auf dem Arm dem Höhenkamm entgegen und blickte immer wieder besorgt hinter sich. Er konnte den Haupteingang der Festung nicht mehr sehen, aber er vertraute darauf, dass es Franjo und seinen Männern gelungen war, Sara in Sicherheit zu bringen. Der Wind vom Meer schien Tina zu beleben, denn sie hielt Christians Hals nun fester umklammert.

»Wirst du mir je verzeihen können?«, fragte sie mit schwacher Stimme.

Christian drückte sie an sich, auch wenn die Bisswunde an seinem Oberarm schmerzte und seine Haut unter den nassen Kleidern brannte. »Was soll ich dir verzeihen? Dass du mich liebst?«

Er ging den mit Gräsern bewachsenen Hang hinauf und hielt Tina immer fester im Arm. Dornige Sträucher raschelten an seinen Beinen, und der Mond beschien die wilde Landschaft. Über dem Meer hörte man ein scharfes Dröhnen, das stetig näher kam. Wie Flugzeuge, die aber trotzdem nicht wie Flugzeuge klangen.

Das Geräusch wurde stärker, bis plötzlich eine gewaltige Explosion erschallte. Durch die Druckwelle wurden Christian und Tina zu Boden geworfen. Die Erde unter ihnen erzitterte, zuerst einmal, dann immer wieder von neuem, als um sie herum Betonbrocken aufschlugen. Mit aller Kraft hielten sie einander umschlungen. Sara hat es bestimmt geschafft, sich mit Franjo in Sicherheit zu bringen, redete sich Christian ein, während er am ganzen Leib zitterte. Es dauerte mindestens eine Minute, bis der Lärm verebbte und gespenstischer Stille wich, die nur vom Rauschen des Windes durchbrochen wurde.

Christian richtete sich vorsichtig auf. Hinter ihnen brannte die Ruine des Nordflügels von Bukovica, aber der größte Teil der Festung war unversehrt geblieben.

Tina streckte die Hand nach Christian aus. »Ich will die Zerstörung nicht sehen«, stammelte sie erschöpft. »Zeig mir das Meer …«

Mit letzter Kraft nahm Christian sie wieder auf den Arm und stieg zwischen Betonbrocken weiter zum Höhenkamm hinauf.

»Der Absturz des Flugzeugs …«, fing Tina an, konnte aber nicht weiterreden vor innerer Bewegung. »Ich habe meine Pflicht getan … obwohl es das Schrecklichste war, was ein Mensch tun kann …«

Diese Sätze auszusprechen, schien ihr alle Kräfte zu rauben. Christian blieb stehen. Er hielt sie im Arm wie ein Kind. »Vergiss es. Streiche es aus deinem Bewusstsein.«

Als sie den höchsten Punkt der Anhöhe erreicht hatten, breitete sich vor ihnen bis zum Horizont das vom Mond beschienene Meer aus. In der Festung loderten orange Flammen. Durch die schmutzigen HEPA-Fasern und den Tränenfilm verwandelte sich der Anblick vor Christians Augen zu einem traumartigen Panorama.

»Ich bin müde«, flüsterte Tina. »Ich versuche dagegen anzukämpfen … Ich habe Angst, einzuschlafen …«

Christian kam es vor, als würde sie zusehends leichter und zerbrechlicher werden. »Hab keine Angst«, flüsterte er ihr ins Ohr. »Denk an das Schönste, was es gibt.«

»Das Baby«, sagte Tina mit immer schwächerer Stimme. »Ich möchte es Angelo nennen … Engel.«

Christian musste fest die Augen schließen und mit aller Macht gegen die Rührung ankämpfen. Der Nachtwind vom Meer blies ihnen entgegen. Christian schluckte, als Tinas Hände von seinem Hals glitten.

# EPILOG

Auf dem geschliffenen Steintisch lagen ›The Washington Post‹, ›The New York Times‹ und die Londoner ›Times‹. Alle drei Zeitungen machten mit dem Absturz der Regus Air auf: »*Vier Opfer im Meer gefunden. Die Suche geht weiter*«, »*Tote sind Opfer der Meeresströmung, nicht von Ufos*«, »*Tote Passagiere Kilometer weit entfernt am Ufer angespült – vermutlich werden manche Opfer nie gefunden werden*«.

An dem Tisch im abhörsicheren Besprechungsraum des Pentagon in Washington D.C. saßen drei Männer.

»Die Tomahawks haben Bukovica getroffen«, sagte der Oberst mit der Brille zu seinem Vorgesetzten. »Der Gebäudekomplex ist schwer beschädigt, und der größte Teil der Leichen aus der Air-Regus-Maschine ist vernichtet worden. Aber ein Teil hat nur weitere Blessuren abbekommen, worauf Coblentz die Operation zu Ende führte, indem er dafür sorgte, dass die verschont gebliebenen Leichen im Meer gefunden wurden. Die Obduktionen sind heimlich durchgeführt worden, damit die Virusinfektion nicht ans Tageslicht kommt.«

»Wie viele?«, fragte der General mit dem Toupet.

Coblentz, der einen Arm in der Schlinge trug, schaute starr vor sich hin, weshalb die anderen beiden Männer einen Moment auf eine Antwort warten mussten. »Neunzehn.«

»Und die Kassette?«

»Wurde beim Raketeneinschlag vernichtet.«

Der General zupfte an seinem Ärmel. »Und es war also Erpressung?«

»So ist es. Es lief von dem Moment an schief, als Carabella im Flugzeug versuchte, Weinstaub das Spray mit dem Virus abzunehmen.«

Der General ließ sich in seinen Stuhl zurücksinken. »Das war es also? Hat Weinstaub der Carabella denn nie den Grund verraten, warum sie die Nähe von Christian Brück suchen sollte?«

»Nein. Weinstaub gab die Anweisungen, und die anderen gehorchten. Brück war für ihn der perfekte Kontakt zum inneren Zirkel des Forschungsprojekts.«

Der General überlegte kurz. »Und jetzt? Was ist mit Brück?«

»Brück ist anscheinend ausreichend geschützt gewesen, denn er hat sich nicht infiziert.«

»Aber er weiß etwas. Ebenso wie diese Finnin.«

»Den beiden genügt es, wenn die Wahrheit über Carabellas Anteil am Flugzeugabsturz nie an die Öffentlichkeit dringt. Brücks Ruf war in dem Moment geläutert, als sich herausstellte, dass kein kausaler Zusammenhang zwischen dem Neuen Morgen und dem Unglück bestand.«

»Und Monsieur Cresson?«

»Er hatte Erfolg. Es ist ihm gelungen, seine Klientin aus dem Kult herauszuholen. Über den Rest weiß er nichts. Und er meidet das Gerichtsverfahren im Anschluss an die Mordermittlungen, weil er nicht unnötig neugierig ist. Der Fall Regus Air wird ein Rätsel bleiben, wie TWA 800, wie Egypt Air 990 und viele andere auch.« Der Oberst machte eine Kopfbewegung in Coblentz' Richtung. »Der Dank für das Gelingen der Operation gilt ihm.«

Coblentz starrte vor sich hin. »Ich brauche euren Dank nicht. Ich habe meine Arbeit getan, weil ich sie mir selbst zur Aufgabe gemacht hatte. Nur Idioten tun solche Dinge auf eine Bitte hin.«

Christian saß am Ende des Stegs und richtete den Blick aufs Meer. Am Horizont waren weiße Segel vor dem blauen Himmel zu erkennen. Er spürte den warmen Wind im Haar und im Gesicht. Er hatte die Hosen hochgekrempelt und hielt einen Laptop auf dem Schoß. Das Aluminiumboot, das am Steg angebunden war, schaukelte im Takt der Wellen hin und her.

Hinter Christians Rücken näherte sich Sara mit ihrer Taucherausrüstung.

»Hier steckst du also«, sagte sie lächelnd.

Christian begrüßte sie und richtete den Blick erneut aufs Meer.

»Ich habe dich angerufen, weil ich mich verabschieden wollte«, erklärte Sara.

»Ich habe deine Nachricht gehört. Du willst noch einen Tauchgang machen.«

Sara stieg ins Boot und legte ihre Ausrüstung hinein.

»Wäre Tina eine echte Künstlerin gewesen, hätte sie diese Landschaft gemalt«, sagte Christian versonnen.

Sara schaute aufs Meer. »Man kann sich kaum vorstellen, dass ihre Auffassung vom Leben so düster gewesen sein soll, wie es ihre Bilder auszudrücken scheinen.«

»Die Gemälde sind nicht von ihr. Das FBI hat sie irgendwo machen lassen. Sie verraten nichts über die wahre Tina.«

Sara nickte und sah Christian an. »Die wahre Tina ist diejenige, die dich liebte. Ehrlich liebte.«

Christian schwieg.

»Was tust du da?«, fragte Sara mit einer Kopfbewegung zum Laptop in Christians Schoß.

»Ich bin hundertzwanzig Forschungsgruppen im Pharmabereich durchgegangen, weltweit.«

Sara fing an, ihre Ausrüstung anzulegen. »Warum?«

Christian sog langsam die Seeluft ein. Dann sagte er ruhig: »Ich habe nicht vor, aufzugeben. Das Medikament kann hunderttausende Menschen vor dem Elend und dem Tod bewahren. Es gibt nichts, was wertvoller wäre. Aufgeben hieße so viel wie mein Leben wegwerfen. Ich werde Mittel für die weiteren Forschungen auftreiben, so oder so.«

Sara richtete sich im Boot auf und lächelte. »Du wirst also doch nicht aussteigen.«

»Zumindest das habe ich in Montenegro gelernt.«

»Ich weiß, dass du die einzig richtige Entscheidung getroffen hast. Ich bin auf deiner Seite.«

»Wann fängt dein Job auf Mauritius an?«

»Nächste Woche. Ich fahre vorher für zwei Tage nach Paris. Der Flug geht am Freitag.«

»Das Wasser ist dort wahrscheinlich ein bisschen wärmer und klarer als hier.«

»Überhaupt kein Vergleich. Die Unterwasserwelt von Mauritius ist der Wahnsinn.«

Christian schaute eine Weile wortlos aufs Meer. Dann wandte er sich wieder Sara zu. »Ich habe in Montenegro noch etwas anderes erkannt.«

»Was denn?«, fragte Sara vorsichtig.

»Ich will Tauchen lernen.«

Sara wurde ernst und sah ihm fest in die Augen. Der Wind wehte ihr eine Haarsträhne ins Gesicht, sie strich sie hinter das Ohr.

»Bist du dir da ganz sicher?«

Christian klappte den Laptop zu und stand auf. »Ich bin mir ganz sicher.«

Sara musterte intensiv sein Gesicht. »Wenn das so ist«, sagte sie schließlich, »dann steig ein.«

Sie band das Boot los und warf einen Blick auf Christian. Sie lächelten sich an, und Sara startete den Motor. Kurz darauf fuhr das Boot los, in Richtung Sainte-Marguerite, der Insel, die sich vor ihnen im Dunst abzeichnete.

# Ilkka Remes im dtv

»Intelligente Unterhaltung der Extraklasse.«
*Jil Malin*

**Ewige Nacht**
Thriller
ISBN 978-3-423-**20939**-7

Die Nachricht von einer noch nie dagewesenen Bedrohung erschüttert Europa. Für den Sicherheitsexperten Timo Nortamo beginnt ein Wettlauf mit der Zeit. – »Ein Spitzenthriller.« (Bild am Sonntag)

**Das Hiroshima-Tor**
Thriller
ISBN 978-3-423-**24535**-7 und
ISBN 978-3-423-**21044**-7

Timo Nortamo ermittelt gegen die geheimsten operativen Einheiten der Großmächte, die etwas in ihren Besitz bringen wollen, das es eigentlich gar nicht geben dürfte …

**Blutglocke**
Thriller
ISBN 978-3-423-**24605**-7

Der deutsche Innenminister wird ermordet. In einem Wald findet man seine Leiche, nackt und auffallend weiß …

**Die Geiseln**
Thriller
ISBN 978-3-423-**24638**-5

Am finnischen Unabhängigkeitstag versammelt sich die Elite des Landes im Präsidentenpalast. Da bringen schwer bewaffnete Männer die Gäste in ihre Gewalt …

**Höllensturz**
Thriller
ISBN 978-3-423-**24572**-2

Drei Frauen werden im äußersten Norden Finnlands ermordet aufgefunden. Sie gehörten der Glaubensgemeinschaft der Laestadianer an. Die Spuren führen in den Nahen Osten … Johanna Vahtera und Timo Nortamo ermitteln.

**Das Erbe des Bösen**
Thriller
ISBN 978-3-423-**24666**-8

Ilkka Remes' großer Thriller über Atomwaffen- und Menschenversuche der Nazis, deren Folgen bis in die Gegenwart reichen.

**Hochzeitsflug**
Thriller
ISBN 978-3-423-**21117**-8

Ein Flugzeug verschwindet vom Radar. Das Wrack wird gefunden, doch keine Passagiere. Mit an Bord war eine junge Frau – auf dem Weg zu ihrer Hochzeit …

Alle Titel übersetzt von Stefan Moster

# Bücher von Henning Mankell

**Kurt-Wallander-Romane**

1. FALL *Mörder ohne Gesicht*
Paul Zsolnay Verlag 2001
dtv 20232

2. FALL *Hunde von Riga*
Paul Zsolnay Verlag 2000
dtv 20294

3. FALL *Die weiße Löwin*
Paul Zsolnay Verlag 2002
dtv 20150

4. FALL *Der Mann, der lächelte*
Paul Zsolnay Verlag 2001
dtv 20590

5. FALL *Die falsche Fährte*
Paul Zsolnay Verlag 1999
dtv 20420

6. FALL *Die fünfte Frau*
Paul Zsolnay Verlag 1998
dtv 20366

7. FALL *Mittsommermord*
Paul Zsolnay Verlag 2000
dtv 20520

8. FALL *Die Brandmauer*
Paul Zsolnay Verlag 2001
dtv 20661

**(Kriminal-)Romane und Erzählungen**

*Wallanders erster Fall u. a. Erzählungen*
Paul Zsolnay Verlag 2002
dtv 20700/dtv großdruck 25270

*Die Pyramide*
Aus: *Wallanders erster Fall*
dtv großdruck 25216

*Der Tod des Fotografen*
Aus: *Wallanders erster Fall*
dtv großdruck 25254

*Der Mann am Strand*
Aus: *Wallanders erster Fall*
dtv großdruck 25283

*Die Rückkehr des Tanzlehrers*
Paul Zsolnay Verlag 2002
dtv 20750

*Vor dem Frost*
Paul Zsolnay Verlag 2003
dtv 20831

*Tiefe*
Paul Zsolnay Verlag 2005
dtv 20978

*Kennedys Hirn*
Paul Zsolnay Verlag 2006
dtv 21025

*Die italienischen Schuhe*
Paul Zsolnay Verlag 2007

*Der Chinese*
Paul Zsolnay Verlag 2008

**Afrika-Bücher**

*Der Chronist der Winde*
Paul Zsolnay Verlag 2000
dtv 12964/dtv 21003/
dtv großdruck 25212

*Die rote Antilope*
Paul Zsolnay Verlag 2001
dtv 13075

*Tea-Bag*
Paul Zsolnay Verlag 2003
dtv 13326/dtv großdruck 25260

*Das Auge des Leoparden*
Paul Zsolnay Verlag 2004
dtv 13424/21073/dtv großdruck 25290

*Butterfly Blues* (Theaterstück)
Paul Zsolnay Verlag 2003
dtv 13290

*Ich sterbe, aber die Erinnerung lebt*
Paul Zsolnay Verlag 2004
dtv 13479

*Die flüsternden Seelen*
Paul Zsolnay Verlag 2007
dtv 21120